GW01605876

QUATRE RACINES BLANCHES

Né en 1961, Jacques Saussey a commencé à écrire à l'âge de vingt-sept ans des nouvelles puis des romans policiers. Il est une nouvelle voix du polar français qui commence à prendre une belle ampleur, notamment avec le soutien de l'auteur star Franck Thilliez.

Paru dans Le Livre de Poche :

L'ENFANT AUX YEUX D'ÉMERAUDE

JACQUES SAUSSEY

Quatre racines blanches

LES NOUVEAUX AUTEURS

ISBN : 978-2-253-00445-5 – 1re publication LGF

Au début, il était toujours hanté par la peur du mur ;
il avait toujours envie de tendre les bras en avant,
et quelque chose se recroquevillait dans sa poitrine.
Tout son corps était comme une bête peureuse.
On a beau décider qu'il n'y a pas d'obstacle,
le ventre, les genoux n'obéissent plus et, déjà, se garent,
se préparent à souffrir la douleur du choc.
On a sans cesse l'impression que l'air est plus dense.
Comme au voisinage d'une paroi.

BOILEAU-NARCEJAC, *Les Visages de l'ombre,* 1953.

À Jimi et Michèle MANACH,

À Hervé LAIGLE,

Pour l'amour du Québec...

Chapitre 1

Montréal, 24 novembre 2011

Le capitaine Daniel Magne consulta discrètement le cadran de sa montre. L'orateur qui mobilisait l'estrade depuis plus de deux heures n'avait pas l'éloquence de celui qui l'avait précédé en début d'après-midi, et la somnolence le gagnait traîtreusement. Le sujet n'était d'ailleurs pas captivant en soi. Le dépassement des quotas de pêche dans l'estuaire du Saint-Laurent ne le passionnait pas outre mesure, et les solutions mises en place pour lutter efficacement contre les excès des trafiquants lui paraissaient bien éloignées des problèmes quotidiens de la police parisienne. Il réprima un bâillement et tenta tant bien que mal de recoller au discours de l'officier de la Sûreté du Québec.

Par la fenêtre entrouverte, un air frais entrait dans la salle de réunion, accompagnant la fin du mois de novembre qui approchait à grands pas. Au loin, vers l'est, Magne discernait la silhouette massive du pont Jacques-Cartier qui élançait ses milliers de tonnes d'acier au-dessus du fleuve, sur lequel des dizaines de bateaux se pressaient de conclure une saison de transit commercial qui se terminerait bientôt dans la solidification des eaux en une couche de glace de plusieurs centimètres d'épaisseur, bloquant les navires dans les ports. En attendant, l'automne se prolongeait paresseusement, et la ville bourdonnait de la circulation de fin de journée, vingt-trois étages plus bas.

L'officier rangea enfin ses feuilles sur le pupitre en les tapotant pour les remettre bien en ordre, puis il remercia l'auditoire de son attention. Magne poussa un imperceptible soupir de soulagement. Les journées de travail étaient d'ordinaire plus courtes au Québec qu'en France, mais ce soir-là les discours s'éternisaient, et il avait envie de se dégourdir les jambes dans les rues animées du centre-ville. Son voisin de gauche se tourna vers lui avec un sourire aux lèvres.

Il avait un visage d'adolescent et des yeux bleus rieurs, sous des cheveux blonds qui lui retombaient sur le front en mèches désordonnées. Il ne paraissait pas plus de vingt-cinq ans au premier regard, mais certaines fines rides autour de ses paupières en trahissaient sept ou huit de plus.

— Pas facile, avec le décalage horaire, hein ?

Beau joueur, Magne acquiesça en souriant à son tour. Il s'était fait prendre en flagrant délit de désir d'évasion. Inutile de le nier.

— Je suis arrivé il y a deux jours de Paris. Je n'ai aucune excuse, concéda-t-il.

L'homme lui pressa affectueusement l'épaule.

— T'en fais pas, mon gars. Ce type, là, il endormirait une portée d'oursons affamés.

Puis, hilare, il lui tendit la main et se présenta sans autre forme de procès.

— Louis Trédeau. Sergent au 6e district de Montréal. Bienvenue.

Magne serra la main tendue. L'accent chantant québécois ne cessait de lui charmer les tympans. Le tutoiement spontané était également dépaysant, et il le trouvait plutôt sympathique.

— Daniel Magne, officier de police judiciaire affecté au commissariat du Xe arrondissement de Paris. Enchanté.

— C'est nous qui sommes ravis de ta présence icitte, Daniel. C'est un grand honneur pour la Sûreté du Québec qu'un as de la Criminelle Française se déplace jusqu'au lointain Nouveau Monde...

Magne observa son compagnon avec un œil plus pointu. Sous le dehors d'un compliment, il venait néanmoins d'affirmer finement que le nombril de l'univers n'était peut-être pas situé sur la Seine. Point sur lequel Daniel Magne était plutôt d'accord, du moins en ce qui concernait l'avancée des technologies de police scientifique, dont le programme Francopol avait fait son fer de lance dans la lutte contre la criminalité dans le monde francophone.

Réunis par ce projet, tous les pays de langue française de l'hémisphère nord avaient adhéré à la proposition du Canada et de la France de mettre leurs expériences, leurs banques de données du crime et leurs dossiers en relation, de manière à être plus efficaces sur le terrain, et à ne pas laisser un criminel passer à travers les mailles d'un filet national si celui d'un État partenaire avait des trous plus petits. Une réunion Québec-France avait été programmée à Montréal une semaine avant le Congrès Francopol d'Ottawa, et l'officier de police judiciaire Magne avait été pressenti par le commandant Picaud, son officier de liaison à la Criminelle à Paris, au Quai des Orfèvres, pour y participer en tant que représentant de la métropole, ainsi que quelques autres officiers issus de différents services français. Le commissaire Estier, son supérieur direct dans le centre de police de la rue Bancel, n'avait pas eu son mot à dire, vu le regard de bouledogue qu'il lui avait adressé lorsqu'il était venu déposer son arme de service au coffre avant de prendre l'avion pour Montréal.

Trois heures plus tard, devant la porte d'embarquement, Magne avait serré Lisa contre lui, ses mains plaquées contre ses hanches.

— Tu feras attention à toi, hein ? avait-elle dit, les yeux humides.

Il l'avait serrée un peu plus fort, le nez plongé dans ses cheveux noirs qui lui chatouillaient les joues.

— C'est juste un congrès, Lisa. Il n'y a pas de quoi t'inquiéter, vraiment... avait-il murmuré en l'embrassant sur l'oreille.

La jeune femme avait jeté un regard craintif à l'Airbus qui trônait sur le tarmac, au-delà des vitres de la zone de transit. Une énorme feuille d'érable ornait la queue de l'appareil, dont les hublots scintillaient sous le soleil.

— Pourquoi tu n'as pas pris Air France ?

Magne avait haussé les épaules.

— Air France, Air Canada, c'est du pareil au même... Et puis l'invitation vient de la Sûreté du Québec. Ils ont choisi leur compagnie nationale, il n'y a rien d'étonnant à ça.

Elle avait hoché la tête en silence. L'appel des voyageurs du vol AC 812 pour embarquement immédiat à destination de Montréal avait alors retenti dans les salles d'attente de l'aérogare. Ils s'étaient séparés sur un long baiser, et Magne avait franchi les portes de sécurité en direction des passages magnétiques et de la fouille électronique des bagages. Elle avait agité la main avant de le perdre de vue, et il s'était soudain retourné pour lui répondre, comme s'il avait eu des yeux dans le dos. Quelques secondes plus tard, il avait disparu derrière les vitres teintées, avec la délégation d'une dizaine de policiers français triés sur le volet envoyés comme lui par le Quai d'Orsay.

Daniel Magne fit un léger geste de dénégation.

— Non, vraiment, c'est moi qui suis honoré d'avoir été invité.

Trédeau se pencha vers lui. Il désigna les policiers venus de la métropole qui étaient groupés à la droite de Magne.

— Tous les Français qui sont là sont des superflics, Daniel. Tu me feras pas avaler que ton gouvernement paye des billets aller-retour pour Montréal et des chambres d'hôtel en plein centre-ville pour dix jours à des petits officiers de quartiers en congés de fin de semaine. C'est correct ?

Magne ouvrit la bouche pour répondre, mais une bourrade de Louis l'en dissuada. Sur l'estrade, un officier de petite taille aux cheveux gris venait de régler le micro à sa hauteur, provoquant un larsen aigu et désagréable, ainsi que quelques ricanements dans les derniers rangs des auditeurs.

— Chers amis, permettez-moi de clôturer cette première journée de travail en remerciant nos collègues français d'avoir fait le déplacement jusque chez nous, ici, dans notre belle cité, fondée en 1642 par des colons, français eux aussi. Notre francophonie, ainsi que notre désir de ne pas voir nos démocraties respectives sombrer sous les assauts des bandes de criminels qui sévissent dans nos villes, doivent permettre à nos polices nationales respectives de travailler main dans la main, dans la plus parfaite transparence, et dans le souci perpétuel de notre devoir du maintien de l'ordre public. De plus, j'ajouterai que la France, étant l'alliée principale du Québec dans l'élaboration de cette politique commune, forme avec celui-ci la clé de voûte de l'organisation de cette lutte qui se met en place, et c'est la raison pour laquelle cette réunion informelle a été organisée avant le congrès d'Ottawa, afin que nos amis de l'Ancien Monde puissent se sentir plus à l'aise avec nos institutions, et nouer quelques contacts avant la fin de semaine. Cela ne pourra que renforcer les liens d'amitié qui unissent nos deux peuples depuis plusieurs siècles. N'oublions pas que déjà, en 1535, l'explorateur Jacques Cartier prenait possession du Canada au nom du roi de France, et que...

— C'est parti ! chuchota Trédeau. Désolé, mais on en a pour un bon moment, j'en ai peur. Ça te dit d'aller prendre un breuvage en sortant ?

Magne, tout en se demandant en quoi pouvait bien consister exactement un *breuvage*, hocha la tête en dressant silencieusement le pouce. Sur l'estrade, l'officier but une longue gorgée d'eau. Un léger murmure parcourut la salle, et quelques têtes ébauchèrent des sourires moqueurs. Visiblement, Louis Trédeau n'était pas le seul à redouter la longueur du discours.

Lorsque l'officier de la Sûreté du Québec se tut, une heure et quart plus tard, Magne émergea d'une sorte de léthargie rêveuse dans laquelle il avait rejoint Lisa à

Paris, la veille au soir de son départ, et il quitta à regret l'immatérielle et délicate étreinte de ses bras.

Trédeau émit un claquement de langue significatif en rangeant quelques documents dans sa serviette de cuir. Il était à peine dix-sept heures, et Magne s'aperçut qu'il faisait déjà nuit.

— Café ou bière ? s'enquit Trédeau. Ou bien autre chose ?

— Café, ce sera parfait pour moi.

— Bon, de toute façon, je t'emmène dans un endroit où tu trouveras les deux, dit Louis en lui montrant la sortie, où quelques groupes se faufilaient déjà.

Magne adressa un signe de la main à ses collègues français, dont il avait fait connaissance durant le long vol transatlantique.

Le Québécois prit familièrement Magne par le coude.

— Faut qu'on passe prendre mon char au parking, ajouta-t-il en se dirigeant vers les cabines d'ascenseur. Oh, Criss ! J'ai une de ces soifs ! De quel côté est ton hôtel, Daniel ?

— Rue Saint-Urbain. Le Cardinal.

— Oh, OK. Tu veux aller te changer, ou prendre une douche ?

— Non, ça attendra ce soir. Je préfère me retrouver devant une table avec un type sympa à discuter de l'avenir de la coopération entre la Sûreté et la Crim'...

— Ça, c'est bien parlé ! Alors, c'est parti, mon ami ! s'exclama Louis en appuyant sur le bouton du sous-sol.

Tandis que la cabine s'enfonçait dans les profondeurs du bâtiment, Magne sentit que ses oreilles se bouchaient entre le vingtième et le dixième étage. Il pinça son nez et souffla pour déboucher ses tympans.

— Dis-moi, tu es marié, Daniel ?

Magne hésita, un peu surpris par la question plutôt directe. Mais Trédeau continuait déjà.

— Moi j'ai une blonde et deux gamins, deux jumeaux qui passent leur temps à la faire tourner en bourrique. Tiens, regarde !

Louis ouvrit son portefeuille et lui montra les photos de sa femme et de ses enfants, qu'il conservait soigneusement dans une pochette plastique. Une belle femme aux formes pleines souriait à l'objectif, tandis que les deux frères se coiffaient mutuellement d'un bonnet d'âne avec les doigts en V en se mettant l'index de l'autre main dans le nez pour faire des grimaces.

— Une bien belle petite famille, sourit Magne en lui rendant les clichés.

— Et toi ?

— En ce qui me concerne, je suis divorcé, et sans enfants.

Trédeau eut l'air sincèrement navré.

— Ah là, j'suis désolé pour toi, vraiment...

— Ça ne veut pas dire que je suis seul... répondit Magne avec un clin d'œil.

— Ah, ça me rassure. Un homme a besoin d'une compagne pour être heureux, pas vrai ?

Trédeau eut un rire d'adolescent tandis que l'ascenseur ralentissait en arrivant au sous-sol. Magne commençait à apprécier l'homme, même si l'intérêt que celui-ci lui portait était un peu brusque et indiscret, et surtout complètement en déphasage avec ce à quoi il était habitué. La porte s'ouvrit silencieusement après une descente sans à-coups, avec une rapidité déconcertante pour une telle hauteur.

— Il est grand, ce parking... nota Magne en découvrant l'immensité du souterrain qui s'étendait à perte de vue entre des épais piliers de béton espacés d'une quinzaine de mètres les uns des autres.

— C'est normal. Il faut savoir qu'il dessert plusieurs immeubles. C'est bien pratique en hiver, quand il gèle fort dehors. Il y a beaucoup d'endroits comme ça dans la ville. C'est plus vivable pour nous autres que de traverser les rues avec les chausses pleines de boue !

Trédeau se dirigea avec assurance dans le dédale des allées encombrées de centaines de véhicules, tous plus gros d'une demi-taille qu'une cylindrée moyenne européenne. Il actionna la télécommande de sa clef, et une voiture aux armes de la Sûreté se mit à clignoter entre deux berlines grandes comme des paquebots. Il se glissa derrière le volant, puis entreprit d'ôter les sacs de hamburgers vides qui traînaient sur le plancher, devant la place passager.

Magne se recula de quelques pas pour admirer la ligne sportive de la voiture.

— C'est une Crown Victoria, précisa Trédeau. Ce modèle est l'un des derniers disponibles à la SQ. Maintenant, on a plutôt des Dodge Charger. J'ai réussi à récupérer celle-ci d'un inspecteur qui est parti en retraite. Je te dis pas ce que ça envoie quand tu pèses sur le gaz !

Magne hocha la tête en prenant un air connaisseur. Il supposa que sous le volumineux capot se cachait un moteur qui aurait fait pâlir d'envie le moindre concurrent d'un célèbre rallye transafricain. Trédeau tourna la clé de contact, le confortant dans cette impression.

Le bruit du huit-cylindres résonna comme un chœur de basses, et se mit à gronder sourdement dans l'air confiné du sous-sol. Le Canadien lui fit signe de monter.

À cet instant, la porte d'un ascenseur proche s'ouvrit, livrant passage à une femme d'une quarantaine d'années environ, vêtue d'une longue jupe colorée dans les tons ocre, et d'un gilet assorti sur un chemisier blanc que laissait apercevoir son manteau de laine entrouvert. Ses longs cheveux bruns étaient rassemblés dans un chignon sage orné d'une barrette aux motifs géométriques, et elle jeta un regard aigu vers la voiture lorsqu'elle réalisa qu'elle n'était pas seule. À la vue des armes de la Sûreté imprimées sur la portière, elle se détendit et sourit aux deux hommes.

Magne s'arrêta pour la contempler, tant elle dégageait de grâce naturelle. Il pensa à Lisa, et eut une fugitive vision de celle à laquelle elle pourrait ressembler lorsqu'elle aurait une douzaine d'étés de plus. La femme dut sentir le poids de son regard, car elle tourna à nouveau brièvement la tête vers lui avant de disparaître dans une allée perpendiculaire à celle où était garée la Crown. À son doigt, Magne vit briller une clef qu'elle venait de sortir de son sac.

— Hé, Daniel ! Tu m'as pas dit que t'étais en amour, toi aussi ?

Magne sourit, les yeux pleins d'étoiles.

— Si, Louis, mais même si tu ne me crois pas, c'est à elle que je pense.

— Ha ! Maudit Français ! Tous des sacrés dragueurs ! Il paraît que chez vous, il faut mettre les femmes en cage pour éviter que...

Un hurlement retentit tout à coup dans le parking, coupant la réplique narquoise de Trédeau. Il provenait du secteur vers lequel l'inconnue s'était éloignée.

L'espace d'une seconde, les deux hommes se figèrent. Magne, qui n'avait pas encore pénétré dans l'habitacle, fut le plus rapide. Il s'élança en courant vers le croisement des allées, en direction des cris qui gagnaient en intensité. Machinalement, il porta la main à son étui, et se souvint avec amertume qu'il se trouvait à Paris, avec le revolver, enfermé dans le coffre de sécurité du commissariat à plus de 6 500 km de là.

Il déboucha de l'allée principale en dérapant sur la peinture jaune du sol fraîchement lavé. À une cinquantaine de mètres de lui, deux hommes tentaient de maîtriser une femme qui se débattait de toutes ses forces, donnant des coups de pied et griffant ses assaillants avec l'énergie du désespoir.

Magne reconnut sans peine la couleur de ses vêtements. C'était bien l'inconnue de l'ascenseur. Son chignon avait lâché, et sa chevelure effleurait les chevilles des hommes qui l'entraînaient vers une camionnette blanche dont la portière arrière était ouverte. À l'intérieur, un troisième homme attendait au volant. Daniel Magne fonça dans leur direction, conscient du bruit de ses semelles qui claquaient sur le béton. Derrière lui, un deuxième écho de galopade lui parvint.

Trédeau le suivait.

Lorsqu'il tenta, plus tard, de se souvenir exactement de ce qui s'était passé, il ne put se rappeler grand-chose d'autre que le visage de l'homme qui s'était retourné vers lui, le poing en avant, alors qu'il était à moins de trente mètres de lui. Le trou noir du canon du revolver lui était apparu dans un éclair, et il avait désespérément plongé derrière l'une des voitures stationnées, coagulé dans un ralenti insoutenable, s'attendant à ressentir une violente secousse au thorax ou à l'abdomen. Les yeux bridés de l'inconnu l'avaient brusquement quitté tandis que la gueule de l'arme tressautait dans sa main. Le choc de son crâne contre la carrosserie d'une Chevrolet l'avait à moitié assommé, et il s'était écroulé entre les roues de la voiture, au milieu des éclats de verre brisé par les balles. D'autres coups de feu avaient retenti dans de la ouate épaisse, et les cris de la femme et ceux des hommes s'étaient mélangés dans une cacophonie assourdissante. Des appels plus lointains s'y étaient mêlés, se rapprochant rapidement dans un bruit de course précipitée. Un violent claquement de portière avait sèchement coupé les cris, et le moteur avait rugi dans un crissement de pneus qui avait craché une forte odeur de caoutchouc brûlé au ras du sol.

Magne essayait difficilement de se remettre à quatre pattes en luttant pour ne pas perdre connaissance lorsque des mains l'avaient saisi sans ménagement sous les épaules et assis contre la roue de la Chevy.

— Qui c'est, celui-là ? avait crié quelqu'un.

— Je le reconnais ! avait dit une voix plus âgée. Allez-y doucement ! C'est un Français, il était avec nous, là-haut... Faites attention, vous autres ! Il est blessé à la tête ! Il pisse le sang !

— Bon Dieu ! Que s'est-il passé, ici ? s'était exclamée une autre.

Magne avait essayé de parler, mais les mots étaient restés bloqués contre sa langue, sèche et comme recouverte de farine. Des lumières tournaient derrière ses orbites, et il avait du mal à remettre son esprit d'aplomb.

Il savait juste que quelque chose de grave venait de se produire, mais ses pensées se dérobaient dès qu'il essayait de les matérialiser.

Et puis, soudain, l'image s'était stabilisée, avant de se replier sur lui comme un voile d'ombre. Il avait tendu la main vers la forme étendue sur le sol, mais celui qui était allongé ne voyait déjà plus rien. Ses yeux bleus étaient vides, figés dans la brutale révélation de la mort. Le corps immobile de Trédeau était couché sur le dos, une main plaquée contre sa poitrine. Une flaque sombre s'étendait déjà près de lui, mouillant ses cheveux blonds d'un carmin luisant. Dans son autre main, il serrait encore son arme de service qu'il n'avait pas lâchée en tombant.

Un homme s'était accroupi près de Louis, les doigts posés contre sa gorge. Il avait tâté son pouls un moment, puis il avait tourné les yeux vers les trois autres et secoué lentement la tête.

Quelques instants plus tard, le hululement de la sirène d'une ambulance avait empli l'entrée du parking, puis on l'avait coupée tandis que les lumières clignotantes se répercutaient sans fin dans les vitres des voitures. Magne avait passé la main sur son visage ruisselant, puis avait observé sa paume rouge avec étonnement. Une vague de chaleur s'était alors abattue sur lui, son crâne s'était mis à battre furieusement au milieu d'éclairs aveuglants, et il s'était senti partir dans une spirale glissante avant de tomber dans un trou noir sans fond.

Magne revivait la scène pour la centième fois depuis qu'il avait repris connaissance dans l'ambulance, lors de son transfert à l'hôpital général de Montréal.

Son évanouissement n'avait duré que quelques minutes mais, à son réveil, il s'était senti aussi vidé que s'il avait passé dix ans dans un lit sans bouger. Le médecin urgentiste l'avait rassuré sur sa blessure, qui était superficielle. Seule la commotion risquait de lui occasionner quelques maux de tête pendant quelques jours. Le capitaine avait appris avec un frisson rétrospectif que sa coupure au front n'était pas due à la carrosserie de la Chevrolet, mais que c'était bien une balle qui lui avait tracé une vilaine cicatrice à la naissance des cheveux, et qu'elle était suffisamment profonde pour qu'il la garde jusqu'à la fin de sa vie.

Il se redressa sur son oreiller lorsque deux hommes pénétrèrent dans sa chambre. Il les reconnut immédiatement. L'un était le petit officier aux cheveux gris amateur de discours à rallonge, l'autre était l'inspecteur-chef Lachance, un homme replet au poil brun et aux larges épaules de lutteur. Lachance leur avait été présenté comme le chef de la meilleure escouade anticriminalité de la SQ à Montréal lors de la réunion de la veille dans un salon privé de l'hôtel Hyatt.

— Comment vous sentez-vous, capitaine ? demanda le petit officier avec un sourire forcé.

— HS ! répondit laconiquement Magne.

Il se sentait incapable de prononcer un mot plus long. L'inspecteur-chef Lachance se tenait très raide au pied du lit aux montants métalliques. Il avait l'air très éprouvé, et Magne sut ce qu'il allait dire avant qu'il ouvre les lèvres. Il avait aperçu les yeux inertes de Louis avant de tomber dans les pommes, et il avait déjà compris que le jeune flic québécois ne reverrait jamais sa femme et ses gosses.

— Capitaine, j'ai le regret de vous informer du décès du sergent Louis Trédeau, qui a été tué sur le coup lors de l'attaque du parking par deux balles de 9mm dans le cœur. Avez-vous une idée de ce que vous voulaient ces hommes ?

Magne se racla la gorge. Il venait de comprendre que l'officier n'avait pas la moindre idée qu'un kidnapping avait eu lieu sous leurs yeux. Il essaya de parler, mais seul un mince filet de voix filtra de sa bouche.

— La femme...

Le petit officier, dont le nom lui échappait, écarta les bras dans un signe d'ignorance.

— Quelle femme, capitaine ?

Magne força ses cordes vocales au maximum, tentant de secouer la couche de plâtre qui les recouvrait.

— Enlevée... L'homme...

Lachance haussa un sourcil épais.

— Vous voulez dire que vous avez assisté à un rapt et que vous avez vu l'un des agresseurs ?

Magne hocha la tête. Il visa le mur avec l'index, le pouce replié.

— Le revolver... C'est lui qui a tiré ?

Daniel Magne cligna des yeux.

— Vous avez vu son visage ?

Second signe affirmatif.

— Vous pourriez le reconnaître ?

L'officier pencha le cou vers le Français, guettant sa réaction avec une tension palpable dans la voix.

— J'en suis sûr... souffla Daniel, ses yeux fiévreux fixant les prunelles noires de Lachance.

Les deux policiers canadiens se consultèrent du regard. Magne semblait sur le point de s'effondrer. Sa tête oscillait comme celle d'un homme ivre qui ne sait pas s'il va s'écrouler ou boire encore.

— Capitaine, y a-t-il quelque chose qui vous revienne, là, maintenant, à chaud, et qui pourrait nous mettre sur la piste du tueur ?

Ils hésitèrent un instant, ne sachant pas si la question avait réussi à traverser les brumes qui envahissaient le cerveau du policier français. Puis Magne leva les yeux vers le plafond, comme s'il avait une vision.

— Les cheveux... dit-il d'une voix absente.

— Quoi, les cheveux ? s'enquit le petit homme sanglé dans son uniforme.

— Détachés... ajouta Magne d'un ton presque inaudible.

Sa tête bascula alors contre l'oreiller, et ses paupières tombèrent, à bout de résistance.

Il s'était endormi.

Chapitre 2

Hôpital de Montréal, 5 h 13

Lorsqu'il ouvrit à nouveau les yeux, le capitaine Daniel Magne était seul. La nuit était obscure, et la seule lumière filtrant dans la chambre était celle du couloir, réduite aux lampes de veille. Il discernait à peine les angles des rares objets présents dans la pièce. Sur sa droite, le petit bouton d'appel lumineux pendait au bout d'un fil électrique.

Magne se passa avec précaution les doigts sur sa blessure. Un bandage entourait son front, mais il ne ressentait pas de douleur vive, juste une brûlure lancinante qui irradiait jusque derrière ses oreilles. Il revit encore une fois le canon se diriger vers lui, et les yeux bridés implacables du tueur le transpercer. Comment avait-il pu le rater à cette distance ? Il restait à peine vingt-cinq mètres lorsqu'il avait plongé entre les voitures. Il était aussi facile à abattre qu'une vache dans un couloir...

Et soudain, il comprit. L'homme s'était aperçu que Magne n'avait pas d'arme, mais que son compagnon, lui, en avait une à la main. Il avait fait face à l'urgence et avait froidement assassiné le policier de la Sûreté qui courait derrière lui. La balle qui avait frôlé son crâne n'était pas due à une erreur de tir, mais à un changement de cible. Si le meurtrier l'avait mis en joue jusqu'au bout, il serait en ce moment à la morgue de l'hôpital, allongé à côté de Louis Trédeau.

Magne fit la grimace. Si son explication était juste, la balle qui l'avait touché était peut-être l'une des deux qui avaient réduit le cœur de Louis en bouillie.

Il tâtonna autour de lui et trouva l'interrupteur de sa lampe de chevet. Sur le petit meuble au formica écaillé, quelqu'un lui avait posé le journal du soir. Le meurtre du policier faisait la première page. Le photographe avait pris un cliché de l'ambulance tandis que les infirmiers y chargeaient un corps étendu sur une civière. L'enlèvement d'une femme était mentionné, mais en l'absence de témoignages, la police se perdait en conjectures. L'article expliquait qu'un officier français qui accompagnait Louis Trédeau se trouvait actuellement dans le coma, et avait été rapatrié en France en avion sanitaire dans la nuit.

— *Dans le coma ? En France ?* murmura Magne, abasourdi. Qu'est-ce que c'est que cette salade ?

Il y eut un toc-toc discret contre la porte de la chambre, puis elle s'ouvrit sur une jeune infirmière maigrichonne.

— Bonsoir, monsieur Magne, dit-elle d'une voix de souris. Comment va cette tête ?

— Ça va, merci. Dites-moi, je peux parler au médecin qui s'est occupé de moi ?

La jeune femme s'approcha de lui et inspecta son pansement.

— Il sera pas là avant demain en fin de matinée, j'en ai peur. Il est parti un peu après deux heures du matin. Une grosse opération. Mais il y a quelqu'un dans la salle des soignants qui attendait votre réveil. Je vais le chercher.

L'infirmière sortit prestement en laissant la porte entrouverte. Magne se tordit le cou pour attraper sa montre sur le chevet. Mais quelle heure était-il, bon sang ? Merde ! Bientôt trois heures ! Il était resté inconscient plus de huit heures !

Elle revint rapidement avec l'inspecteur-chef Lachance, qui la remercia et attendit qu'elle s'en aille. Il se rapprocha alors du lit de Magne et lui tendit une large paume.

— Capitaine, comment allez-vous ?

— Mal, je suppose... répondit Magne en levant le journal. Je sortirai du coma dans combien de temps ?

Lachance sourit et leva brièvement la main avec l'air de s'excuser.

— Nous voulions que vous soyez au courant dès votre réveil, capitaine. Il ne s'agit que d'une mystification bénigne uniquement destinée à vous protéger. Vous êtes dans un quartier spécial de l'hôpital, et le personnel ici est soigneusement choisi pour sa discrétion. Officiellement, vous n'êtes plus sur le sol canadien.

Magne haussa les sourcils, sceptique.

— Me protéger de quoi ?

Lachance s'assit sur le fauteuil qui jouxtait le lit. Il lissa le pli de son pantalon pour le défroisser. Il sembla chercher ses mots un instant.

— Vous m'avez dit que vous avez vu le visage du ravisseur de la femme du parking, c'est correct ?

— Oui, c'est exact.

— Capitaine Magne, cet homme sait que vous êtes le seul à pouvoir le reconnaître. Il n'y a aucun autre témoin de l'enlèvement de cette inconnue, et du meurtre de Louis Trédeau.

Magne réfléchit un moment avant de répondre. Les implications de cette situation lui apparaissaient soudain en pleine lumière.

— Vous voulez pouvoir agir sans précipiter la réaction de ces hommes, c'est bien ça ?

— Exactement. S'ils savent qu'ils ne risquent pas d'être identifiés, ils seront peut-être moins prudents. Ils commettront peut-être une erreur...

Magne hocha la tête. Il devait bien admettre que les autorités québécoises avaient agi avec logique. L'idée semblait plutôt bonne.

— Vos supérieurs sont au courant des événements de la soirée, capitaine, je les ai appelés au téléphone dès votre admission icitte, ajouta Lachance, devançant les questions que le policier français allait lui poser. Je les ai rassurés sur votre compte, et leur ai expliqué la situation. Rien ne doit filtrer de votre présence sur le sol canadien. Ils m'ont assuré de leur soutien logistique en ce qui vous concerne. J'ajoute que le coroner de Montréal a insisté pour que vous participiez de cette façon à l'enquête. Il attend d'ailleurs de pouvoir vous interroger dès que vous serez sur pied. Nous avons donc les coudées franches au niveau de nos autorités de tutelle respectives...

Magne resta silencieux un instant. Il sentait que quelque chose d'autre se cachait derrière l'attitude précautionneuse de l'inspecteur-chef de la Sûreté du Québec. L'homme l'observait attentivement. Il avait l'air d'attendre une réaction particulière de sa part.

— Et je vais rester combien de temps bloqué ici ? demanda Daniel. Qu'est-ce que je suis supposé faire, en attendant que vous mettiez la main sur ce type ? Des réussites ?

Lachance toussota dans son poing, et Magne le soupçonna immédiatement de cacher derrière ses doigts un sourire de satisfaction.

— Capitaine Magne, pardonnez-moi de vous attraper ainsi alors que vous venez juste de sortir d'une nuit difficile. Je sais que c'est dur pour vous, et le docteur Joliette a absolument voulu que vous récupériez avant que je ne puisse entrer vous parler. Il disait que vous alliez filer croche pendant un bon moment. Cependant, l'heure est grave. L'enlèvement de la femme du parking a eu lieu il y a presque dix heures, et asteure aucune demande de rançon n'a été transmise à nos services. Aucune disparition ne nous a été signalée non plus.

Lachance se pencha vers Magne, ses épais sourcils réunis dans une seule barre de poils drus.

— J'ai besoin de vous, capitaine. Vous seul avez aperçu les visages des ravisseurs et de leur victime. Nous devons mettre ces hommes hors d'état de nuire. Ils ont abattu l'officier Louis Trédeau de sang-froid, laissant sur le carreau une jeune veuve et deux orphelins. Nous pensons que cette femme est séquestrée quelque part, et nous avons besoin de toutes les informations qui pourraient nous permettre de l'identifier, et de la retrouver. *Avant qu'il ne soit trop tard...*

Magne digéra ce que le Canadien venait de lui dire. La raison de la visite nocturne de l'inspecteur-chef était à présent parfaitement limpide.

— Vous me demandez de participer à l'enquête, mais je n'ai aucune légitimité d'investigation sur le sol canadien, pas plus que n'importe quel touriste. Je ne suis OPJ qu'en France. J'ai bien peur de ne pas pouvoir vous servir à grand-chose...

Lachance repoussa l'objection d'un revers de main.

— Il ne sera pas question pour vous de participer *réellement* à l'enquête, mais de nous aider, en tant que témoin principal, à identifier cet homme. Nous avons des piles de fichiers de criminels dans nos ordinateurs, et nous gagnerons un temps inestimable si vous mettez un nom sur son visage. Votre supérieur, le commandant Picaud, que j'ai joint cette nuit au téléphone, m'a donné son accord virtuel, sous réserve du vôtre. Un homme charmant, d'ailleurs, et très compréhensif.

Daniel Magne se passa la main sur le front. Sa blessure commençait à le lancer furieusement.

— Le commandant Picaud a une grande confiance en vous, capitaine Magne, ajouta Lachance en se renfonçant dans son fauteuil d'un air satisfait.

— Picaud... souffla Daniel en laissant retomber ses bras. C'est lui qui vous a demandé cela ?

L'officier croisa ses doigts épais sur son ventre.

— L'affaire de l'assassinat d'un policier a mis notre belle province dans un émoi tel que vous ne pouvez l'imaginer, capitaine. Nous avons besoin de résultats, et de résultats *rapides*. La population québécoise est tombée sur les nerfs avec ce meurtre, et si la ville de Montréal est parfois le siège de crimes et de délits graves, il s'agit le plus souvent de bandes rivales qui s'affrontent dans des rues habituellement paisibles. Ils se tirent dessus entre eux, mais s'en prennent rarement aux forces de police.

— Des bandes rivales de quel type ?

— Et bien, il y a les bandes de motards affiliés aux *Hell's Angels*, et aussi des bandes ethniques comme les

Latinos, les Mohawks, ou les triades asiatiques. Depuis une dizaine d'années, on voit aussi la formation d'une forte communauté du Maghreb, en centre-ville. Le crime n'a pas de couleur, ni de religion.

— Les Mohawks, ce sont des Indiens ? demanda Magne avec un sourire.

— Des autochtones, descendants de la Nation iroquoise, précisa Lachance. Et ce ne sont pas des rigolos. Il y a bien longtemps qu'ils n'ont plus de plumes, qu'ils se trimbalent avec des pick-up et vivent dans des maisons en bois comme tout le monde. La majorité est intégrée, comme on peut l'être dans une réserve où l'on n'a pas choisi de vivre, mais il y a tout de même pas mal de délinquance chez les jeunes et certaines têtes chaudes. Tabac, drogue, jeux, tout ce qui rapporte du fric facile, et que le statut des réserves garde à l'écart de la loi provinciale. Tout ce qui est bon pour tenter d'échapper un peu à la misère. Il n'y a que l'armée qui ait autorité pour intervenir chez eux. Depuis le drame d'Oka, durant l'été 90, pendant lequel un policier de la SQ a été tué par les *Warriors*, ce qui a provoqué l'intervention de l'armée canadienne, on évite soigneusement de les maganer. Même la Gendarmerie Royale du Canada, la GRC, se tient à distance.

Magne leva la main. Il avait compris.

— Et les autres ? demanda-t-il.

— Les Latinos sont minoritaires, ici. Ils n'ont pas réussi à s'implanter fortement au Québec comme les triades, qui font de véritables dégâts dans pas mal de domaines. Ceux-là ne sont vraiment pas là pour faire du magasinage !

— Ils sont plus durs que les autres ?

Lachance hocha la tête avec une lenteur mélodramatique appuyée.

— Oui, capitaine. Ces Asiatiques sont de vrais tueurs. Certaines bagarres sont d'une férocité parfois inimaginable, lorsqu'ils se battent avec les motards des *Hell's*, notamment. Ou lorsqu'ils enlèvent des gens...

Magne soupira. Les yeux bridés de l'agresseur du parking dansaient devant les siens.

L'inspecteur-chef se leva pesamment.

— Capitaine, pardonnez-moi d'insister maintenant, mais... acceptez-vous de rester quelques jours afin de m'aider à identifier le salopard qui a enlevé cette femme et assassiné le sergent Louis Trédeau de sang-froid ?

Magne croisa le regard tendu de l'officier, qui attendait sa réponse en se tenant devant lui dans une rigidité toute martiale. Il repensa au jeune policier, qui lui avait ouvert les portes de son amitié quelques minutes avant sa mort, aux photographies de sa famille qu'il emportait partout avec lui, à la vie de ses proches qui avait été fauchée dans une douleur atroce. Comment aurait-il pu refuser ?

Il tendit sa main ouverte à Lachance, qui la serra avec solennité.

— Ce sera un honneur pour moi, inspecteur.

L'officier lui adressa un sourire visiblement soulagé.

— Je vous envoie un char demain matin pour venir vous chercher. Le toubib m'a confirmé que vous pourriez sortir après la consultation. Votre blessure est superficielle, même si elle a nécessité quelques points de suture. La radio a montré que vous n'aviez aucune commotion.

Soudainement, l'inspecteur-chef avait l'air d'un éléphant perdu dans une boutique de porcelaine, qui ne sait plus où poser une patte sans risquer de tout briser autour de lui.

— Merci pour votre aide, capitaine, dit-il finalement d'un air gauche, laissant transparaître dans le timbre de sa voix une émotion loin de son image de plantigrade professionnel. Je vais aviser le coroner de votre décision. J'aurais bien de la misère à vous dire à quel point j'apprécie votre geste.

Daniel Magne eut un sourire gêné. Il se rendait bien compte que sa position de témoin principal le rendait indispensable, en un sens. De plus, Louis Trédeau avait reçu dans le cœur une balle qui avait tout d'abord été destinée à sa propre cervelle, lui arrachant un morceau de cuir chevelu. Même si la vision des choses avait un petit côté obsolète, Trédeau et lui étaient devenus de fait des frères d'armes.

Des frères de sang.

Chapitre 3

Paris, 8 h 06

Lisa Heslin franchit le seuil du 36 quai des Orfèvres d'un pas vif. Elle avait passé la première sentinelle en lui présentant rapidement sa carte de police sans lui laisser vraiment le temps de la lire. Devant son air déterminé, et peut-être aussi à cause de sa silhouette soulignée par un bustier très ajusté et une pointe de rouge à lèvres, il l'avait laissée passer en la suivant du regard avec attention. Lisa pénétra dans le Saint des Saints et attaqua le grand escalier de bois poli par l'usage qui grimpait le long du mur du tribunal. Les marches résonnaient sous ses talons hauts, et l'étroitesse de sa jupe stricte n'en rendait pas la montée des plus faciles.

Elle parvint enfin au sas de filtrage qui bloquait l'accès aux différentes brigades. Derrière la vitre épaisse, un regard sourcilleux la toisa sans ménagement.

— Vous désirez ? s'enquit abruptement une voix originaire du sud de la Garonne.

— Voir le commandant Antoine Picaud, s'il vous plaît, répliqua Lisa, droite comme un I.

— Vous avez rendez-vous ? Un ordre de mission ?

— Non. Je veux le voir, c'est tout.

L'homme eut une ébauche de sourire. La péronnelle ne manquait pas d'air.

— Je regrette, mademoiselle, je ne peux pas vous laisser entrer dans le centre de police criminelle sans autorisation formelle.

Lisa sentit le rouge lui monter au front, mais elle compta sur la couche de fond de teint qu'elle s'était appliquée avec soin pour le dissimuler.

— Je dois absolument voir le commandant Picaud, insista-t-elle en présentant une nouvelle fois sa carte devant la vitre. Je m'appelle Lisa Heslin, APJ affectée au commissariat de la rue Bancel, près de l'hôpital Saint-Louis, dans le Xe. Transmettez-lui mon nom, s'il vous plaît. S'il ne vous dit rien à vous, ce ne sera peut-être pas le cas pour lui.

L'homme soutint le regard de la jeune femme, et elle sentit une vague hésitation passer dans ses prunelles. « *Mais qui est donc cette foutue emmerdeuse*, *bordel de merde ?* » semblait-il se demander avec incertitude. Son air buté rappelait à Lisa celui d'Alain Marceau, l'agent de police judiciaire le plus bête de Paris, le Rantanplan de la PJ, qu'elle avait eu le malheur de côtoyer chaque jour dans le commissariat pendant quatre ans, et qui avait fini par être muté dans un obscur service du ministère de l'Intérieur, à la suite d'une énorme bourde qui avait failli coûter la vie à un témoin capital dans une affaire précédente. Elle le voyait comme le dernier obstacle sur sa quête de vérité, et ce crétin risquait de lui barrer la route parce qu'elle n'avait pas téléphoné avant de venir, tétanisée par la nouvelle que leur avait annoncée le commissaire Estier le matin même :

Le capitaine Daniel Magne était dans le coma, et on l'avait rapatrié dans la nuit par un vol sanitaire express.

Lisa sentait son cœur battre violemment, tant l'angoisse la tenaillait. Personne n'allait l'empêcher de voir Picaud, et s'il fallait qu'elle dorme dans le couloir...

L'agent de faction lui rendit sa carte en la glissant sous la vitre. Il décrocha son téléphone en observant subrepticement les hanches de Lisa sous sa visière. Elle n'entendit pas la communication, car il avait coupé le son de l'hygiaphone.

— Le commandant est absent, mademoiselle, finit-il par lui répondre d'une voix métallique après avoir rebranché l'appareil, et je ne sais pas quand il sera de retour.

— Très bien, rétorqua Lisa. J'attendrai.

Elle lui tourna le dos et s'assit sur la première marche, les yeux braqués dans les profondeurs du colimaçon de bois qui plongeait devant ses genoux qu'elle avait serrés dans ses bras, les mains croisées devant ses chevilles.

— Vous ne pouvez pas rester ici ! cria le fonctionnaire, la voix rendue grésillante par le haut-parleur. C'est interdit ! Redescendez dans le hall, s'il vous plaît !

Lisa resta immobile, indifférente à l'injonction.

— C'est un ordre !

Elle se tourna alors posément vers la vitre et tendit son majeur en l'air, manifestant par un doigt d'honneur sans aucune équivoque que l'agent pouvait tailler sa sommation en pointe et se la planter là où il le jugerait bon. Soufflé par le geste inattendu, le policier devint instantanément écarlate. Il se mit à éructer des injures indistinctes derrière le carreau blindé, et se leva si brusquement qu'il fit basculer sa chaise sur le parquet, provoquant un bruit assourdissant dans le calme du palier.

Une porte s'ouvrit avec fracas dans le couloir derrière lui, et un visage peu amène lui demanda d'une voix tranchante quel était le con qui s'amusait à foutre le bordel à l'accueil, alors que tous les officiers étaient réunis en session extraordinaire. La consigne avait pourtant été passée, merde !

Penaud et apoplectique à la fois, incapable de maîtriser sa colère, l'homme tendit un index vengeur vers Lisa.

— C'est cette foutue bonne femme ! Je lui ai dit que vous n'étiez pas là, mais elle insiste, elle campe dans l'escalier, et en plus elle me fait...

— Bravo, Floquet ! coupa la voix, cinglante. Décidément, vous n'en manquez pas une aujourd'hui !

— Mais, je...

La tête franchit l'entrebâillement de la porte, et Lisa nota une nette touche de distinction dans le regard qui se posa sur elle sans trace de concupiscence, pour une fois. L'homme était plutôt petit, mais il avait le port altier de celui qui est habitué à être obéi, et qui connaît sa puissance. Il se dégageait de lui une sorte de raffinement inné que la majorité des hommes n'ont pas, et un fort sentiment d'assurance paraissant inaltérable. Ignorant l'air désemparé du gardien, il s'approcha de la vitre et s'adressa à Lisa d'une voix radoucie.

— Je suis le commandant Picaud, mademoiselle. Qui êtes-vous, et quelle est la raison de cet éclat, je vous prie ?

— Vous n'étiez donc pas sorti... constata Lisa avec un regard incendiaire en direction de l'agent Floquet.

— Non, c'est exact, mais notre vaillant cerbère avait des instructions très claires à ce sujet. Une affaire de la plus haute importance.

Lisa se lança.

— Il faut que je vous parle, commandant. Maintenant. S'il vous plaît...

Le regard du commandant se durcit.

— Je n'ai pas de temps à perdre en ce moment, mademoiselle, comme je viens de vous le dire. C'est la raison pour laquelle je vais vous demander de vous en aller immédiatement.

La jeune femme fit trois pas en avant et vint plaquer son insigne contre le verre épais.

— Je suis Lisa Heslin, commandant. La fille de Lionel Heslin. Je suis venu vous parler du capitaine Magne.

Son pouls battait la chamade. Elle avait passé les bornes, et elle en était parfaitement consciente. Mais rien, *rien*, ne l'empêcherait de savoir ce qui était arrivé à Daniel à Montréal.

Le commandant ne jeta même pas un œil à la carte. Il considéra Lisa avec une toute nouvelle attention, comme s'il venait d'avoir une révélation soudaine.

— *Lionel Heslin...* Lisa, sa fille unique, bien sûr... dit-il pensivement à mi-voix. La dernière fois que je vous ai vue, vous n'aviez pas plus de treize ans...

— Douze, commandant, répondit Lisa. J'avais douze ans le jour de son enterrement.

L'agent Floquet, complètement décontenancé, considérait alternativement la jeune femme irascible et le commandant impétueux, qui se jaugeaient mutuellement de chaque côté de la frontière pare-balles translucide. Picaud tourna imperceptiblement la tête vers lui.

— Ouvrez le sas, brigadier.

Un énorme poids tomba de la poitrine de Lisa, qui franchit la porte électrique presque timidement.

Antoine Picaud lui tendit une main ferme et sèche. Son eau de toilette discrète le précédait d'à peine cinquante centimètres.

— Donnez-moi quelques secondes, voulez-vous ? lui demanda-t-il tout en ouvrant la porte de son bureau. Excusez-moi, Messieurs, je suis à vous dans quelques minutes. Une urgence.

Picaud prit le bras de Lisa et la conduisit dans un bureau adjacent, vide pour le moment. Elle supposa que celui auquel il appartenait faisait partie de la réunion dérangée par son arrivée intempestive. Il referma la porte derrière eux et indiqua un fauteuil à la jeune femme, tout en prenant place lui-même sur un autre siège, de l'autre côté d'un bureau surchargé de dossiers.

— Mademoiselle Heslin, je veux tout d'abord que vous sachiez que si la disparition de votre père a été une énorme perte pour vous, elle l'a été aussi pour la République, et pour la France.

Lisa s'apprêtait à répondre vivement, peu sensible au ton emphatique de l'officier, mais Picaud leva la paume de la main en signe d'apaisement.

— J'imagine sans peine ce qu'une enfant de douze ans peut ressentir lorsqu'elle apprend que son père a été assassiné, mademoiselle. C'est exactement ce qui est arrivé à mes parents un soir de Noël, sur une route départementale, lorsqu'ils ont percuté la voiture folle d'un alcoolique qui venait de s'enfiler une vingtaine de pastis pour faire un concours imbécile avec ses copains de bar.

Picaud resta silencieux un instant, le temps que les images pénibles évoquées se désagrègent entre eux et retombent en poussière.

— Votre père était un homme intègre et courageux, mademoiselle Heslin, reprit-il, et c'est cela qui lui a coûté la vie. Et je vous jure sur celle de mes enfants que la police n'a jamais abandonné l'enquête pour retrouver les deux motards qui lui ont tiré ces coups de feu mortels depuis leur scooter.

Lisa hocha lentement la tête en ravalant ses paroles cinglantes. Le souvenir de ce père abattu alors qu'il allait accéder au poste de ministre de la Justice, ce funeste soir de juillet 1992, resterait à tout jamais le pire moment de sa vie. Mais, cet après-midi-là, elle n'était pas venue pour entendre toujours les mêmes phrases creuses, celles qu'on lui servait dès qu'était évoqué le meurtre de Lionel Heslin, le juge charismatique au destin tragique.

— Commandant, si je suis là devant vous aujourd'hui, ce n'est pas pour vous parler de mon père, mais parce que je veux savoir ce qui s'est passé à Montréal, et également où est actuellement hospitalisé mon supérieur hiérarchique Daniel Magne. Le commissaire nous a annoncé qu'il a été rapatrié en France cette nuit, et qu'il est dans le coma. Or c'est vous qui l'avez envoyé là-bas. C'est ce qu'il m'a dit avant de partir. Vous savez donc nécessairement où il est à présent, et comment il va.

Antoine Picaud se renversa dans son siège avec un soupir. La description de Lisa que lui avait faite le commissaire Estier, qui dirigeait le poste de police du Xe arrondissement, semblait encore loin de la vérité. Il l'avait présentée comme volontaire, désordonnée et tête de lard, mais Picaud aurait plutôt choisi pugnace et déterminée. Cependant, il ne pouvait pas lâcher l'information de ce qui avait été convenu avec l'inspecteur-chef Lachance de la Sûreté du Québec. Toute fuite pouvait se révéler préjudiciable à la sécurité du capitaine et à l'enquête, ainsi qu'au résultat que les deux gouvernements avaient fixé avec précision : identifier les auteurs du meurtre du policier canadien, et retrouver la femme kidnappée dans les plus brefs délais. Et en vie, si possible.

— Mademoiselle Heslin, je comprends que vous soyez inquiète à propos de la santé de votre capitaine, mais les médecins assurent que son état est stationnaire, et satisfaisant. Il est plongé dans un coma consécutif au choc d'une balle de 9 mm sur la partie supérieure de son os frontal, choc qui n'a pas causé de lésions graves. Son système nerveux a besoin de se refaire une santé, et pour cela il nous a été indiqué qu'il ne doit recevoir aucune visite, de quelque nature qu'elle soit. Il doit observer un repos complet, sans aucune variation émotionnelle due à un trop brusque retour au stress. Pouvez-vous comprendre cela ?

Lisa serra les dents. Elle n'avait pas fait le chemin jusqu'à la Criminelle pour s'entendre dire qu'elle était une gentille fille et qu'elle devait rentrer chez elle en regardant avant de traverser la rue. Elle se pencha en avant et abattit sa main sur le bureau dans un geste rageur.

— Commandant, vous ne m'avez pas bien comprise, je le crains. Je me fous de ce que vos toubibs vous ont raconté, je me fous de vos variations émotionnelles et autres conneries destinées à me balancer de la poudre aux yeux. Ce que je demande, c'est de le *voir*. Montrez-le-moi, ou dites-moi où il se trouve, et je sortirai de la pièce en ne faisant pas plus de bruit qu'une mouche sur une toile cirée.

Antoine Picaud scruta les yeux fixes et brillants de Lisa, étreints par une émotion palpable, qui visiblement n'était pas feinte. Il se prit le menton dans la main, une jambe croisée sur son genou. Il voulait afficher une décontraction qu'il ne ressentait pas du tout, car cette femme, malgré sa jeunesse, était animée d'une volonté qui apparaissait hors du commun. Personne, jusque-là, ne lui avait jamais parlé de cette manière. Encore moins quelqu'un qui venait pour *demander* quelque chose, et dont la carrière dépendait d'une simple pichenette de son index. Bien sûr, le commandant Picaud, en tant que supérieur de l'officier Daniel Magne, au-dessus même du commissaire Estier, avait suivi avec attention les enquêtes menées par son équipe, et la symbiose croissante de l'officier avec sa partenaire était parvenue jusqu'à ses oreilles, mais il n'avait pas encore pu constater de ses propres yeux l'affection profonde qui les unissait.

La détresse de Lisa Heslin faisait peine à voir, car sur son visage se succédaient des émotions aussi violentes que réprimées : la colère, l'amour, ou la peur.

Picaud regarda sa montre en s'efforçant de prendre une expression sévère. Il se leva abruptement, ses pensées entièrement chargées d'une compassion sincère envers ce qu'endurait la jeune femme. Mais la sécurité de Magne passait avant toute autre considération. Les ordres étaient formels, et ils venaient de haut.

De *très* haut.

— Je suis désolé, mademoiselle. Je ne peux vraiment rien faire pour le moment. Je vous tiens au courant dès que possible, je vous le promets.

Pâle et tendue, Lisa se redressa de toute sa petite taille. Elle avait les jointures des poings blanches d'être compressées. La colère l'avait finalement emporté sur les autres sentiments qui la harcelaient.

— Très bien, commandant. Je sais à quoi m'en tenir, à présent, sur l'estime que la République porte à la famille Heslin. Mon père n'aurait certainement pas été fier de vous !

Elle tourna les talons pour sortir et posa hargneusement la main sur la poignée de la porte, mais Antoine Picaud fut plus rapide et lui bloqua les doigts de sa poigne nerveuse.

— Le brigadier Floquet avait raison. Vous êtes vraiment une sacrée foutue bonne femme !

Il se rapprocha d'elle presque à la toucher, puis lui tourna doucement le visage de la paume de l'autre main. Il planta alors ses yeux d'un bleu profond dans ceux de la jeune femme, au bord desquels une larme de rage perlait. Elle s'immobilisa, le souffle court, les joues en feu.

Avant qu'elle n'ait eu le temps de se méprendre et de lui flanquer une gifle, il attrapa un volume du Code pénal français qui traînait sur le bureau au milieu des dossiers et le brandit devant elle, à ras de son nez.

— Jurez de garder le silence sur ce que je vais vous révéler, mademoiselle Heslin, dit-il à voix basse. Si vous ne respectez pas ce serment, c'est la vie du capitaine Magne que vous risquez de mettre en danger, vous m'avez bien compris ?

Sur la tempe du commandant Picaud, une veine saillait et battait lentement. Lisa avala une grosse boule de salive qui eut du mal à franchir sa gorge. Elle tendit solennellement une main vibrante au-dessus du Code.

— Je... Je le jure... souffla-t-elle.

Chapitre 4

Montréal

La voiture de patrouille ornée de la fleur de lys blanche sur fond bleu, entourée d'une couronne de feuilles dorées, l'attendit patiemment devant l'hôpital jusqu'à ce que, une fois les derniers examens dûment effectués, le médecin le laisse sortir. Un jeune policier le conduisit alors au siège, au 1701 de la rue Parthenais, tout en lui indiquant avec entrain quelques endroits dignes d'intérêt touristique qu'il ne devait pas rater lors de son séjour. Le jeune homme lui vanta le parc du Mont-Royal, le Biodôme et ses variétés d'espèces des cinq continents, l'insectarium, le stade olympique, et d'autres encore qu'il ne mémorisa pas, toute son attention tournée vers les façades animées de la rue Sainte-Catherine, dans laquelle des passants emmitouflés jusqu'aux yeux se pressaient vers les entrées des magasins.

Le centre-ville, beaucoup moins grand que Manhattan, dressait quelques dizaines de buildings modernes vers le ciel, mais cédait assez rapidement la place à des immeubles plus petits, puis à des faubourgs aérés où les maisons cubiques bordées d'arbres étaient alignées le long de rues sans fin se croisant à angle droit, comme aux États-Unis. Plus loin, à sa droite, il devinait le large Saint-Laurent, qui imprimait un grand souffle d'air à la dentelle urbaine, ses berges lointaines reliées par plusieurs ponts majestueux qui s'élançaient au-dessus du courant. Il reconnut la structure gigantesque et caractéristique du Jacques-Cartier lorsque l'auto bifurqua vers la gauche dans la rue Parthenais.

Daniel Magne pénétra dans le Quartier Général de la Sûreté du Québec à 15 h 00 précises. Il portait un léger bandage au front, plus discret que celui de la veille qui l'avait fait ressembler à un Targui. Les points de suture lui tiraient un peu la peau, mais la douleur avait disparu dans une gêne sourde et diffuse.

L'entrée du grand hall menait droit à un scanner corporel, dans lequel chaque visiteur devait montrer patte blanche avant d'accéder à l'accueil. Un fonctionnaire se présenta devant lui et lui montra la file d'attente, mais le jeune officier qui l'accompagnait lui fit signe de les laisser passer sur le côté de l'appareil, et il guida Magne directement jusqu'au comptoir d'enregistrement. Il lui fit alors remettre un badge à son nom, puis, sa propre carte de service à la main, il le dirigea vers la porte blindée qui sécurisait l'entrée du bâtiment lui-même.

Ils passèrent devant la cafétéria, où quelques officiers attablés jetèrent un œil à son bandage et lui sourirent en inclinant légèrement la tête. Apparemment, Lachance les avait déjà prévenus de son arrivée. L'un d'eux se leva, puis il vint à sa rencontre et se présenta :

— Sergent Joseph Lafleur. Bienvenue, capitaine. Je vous attendais.

Magne serra la main ferme tendue. L'homme avait d'épais cheveux noirs soigneusement lissés en arrière, et il arborait un teint de peau très mat, témoins de l'héritage de la forte mixité de la province. Il ne devait pas avoir plus de trente ans.

— L'inspecteur Lachance m'a chargé de vous conduire jusqu'à son bureau. Ce n'est pas très facile de se repérer ici quand on y vient pour la première fois. Voulez-vous un café avant de monter ?

— Volontiers, merci.

Lafleur lui commanda d'autorité un grand gobelet d'un liquide clair et brûlant, et il l'entraîna vers les ascenseurs. Une fois qu'ils furent parvenus au douzième étage, il le précéda à travers un dédale de couloirs qui les mena à une large pièce aux vitres immenses offrant une vue dégagée sur la ville. Le soleil se déversait à flots dans la salle, donnant une trompeuse impression de chaleur. La journée était en fait l'une des plus froides depuis le début de l'automne. Au loin, le fleuve fumait dans la brume comme une marmite en ébullition.

L'inspecteur-chef Lachance se leva à son arrivée et vint l'accueillir avec un large sourire. Joseph Lafleur tournait les talons pour s'éloigner, lorsque son supérieur le retint familièrement par l'épaule.

— Reste avec nous, Joseph, veux-tu ? On a à jaser[1], tous les trois.

Lafleur referma la porte et poussa un fauteuil en direction de Magne qui prit place en soupirant d'aise. La position debout, finalement, n'était pas encore terrible, et un léger étourdissement le gagnait en sourdine. Le jeune homme s'assit près de lui, interrogeant

1. « Jaser », d'usage commun, n'a pas la connotation péjorative que le français lui prête.

discrètement Lachance du regard. Celui-ci hocha imperceptiblement la tête. Il allait être bref pour permettre au Français de récupérer en le rapatriant rapidement à son hôtel.

— Capitaine, êtes-vous toujours d'accord avec la proposition que je vous ai faite hier ? Je dois vous dire que vous pouvez encore renoncer et retourner en France, et que personne ne vous en tiendra rigueur. Vous êtes ici loin de votre pays, et blessé... La seule obligation qu'il vous resterait alors à accomplir serait votre audition par le coroner, pour qu'il puisse finaliser son rapport d'enquête. Il vous attend demain, d'ailleurs, pour recueillir votre témoignage. Ensuite, vous serez libre de rentrer chez vous...

Magne secoua la tête et le regretta aussitôt lorsqu'un éblouissement lui traversa le cerveau.

— Je n'ai pas changé d'avis, inspecteur. Vous pouvez compter sur moi pour travailler avec vous.

Lachance se leva lourdement et vint planter une fesse énorme sur le coin de son bureau. Il lui posa alors ses deux énormes battoirs sur les épaules.

— Parfait, dit Lachance. Maintenant, tu m'appelles Anatole, et ici tout le monde se tutoie.

— Anatole ? s'esclaffa Magne en copiant très exagérément l'accent québécois. Cesse donc de m'niaiser[1] !

L'inspecteur se tourna vers le sergent Lafleur, l'air ravi.

— Il apprend vite, hein ?

1. Me prendre pour un idiot.

Magne éclata de rire avant qu'un éclair de douleur ne le lui fasse regretter. Lachance retrouva soudain un visage grave.

— T'as été très courageux de cavaler après ce meurtrier, Daniel, dit-il sentencieusement, mais t'aurais pu y laisser tes chnolles. Je veux pas que tu risques ta peau une nouvelle fois comme ça, comme un maringouin[1] face à un pare-brise de char sur l'autoroute, OK ?

— Mes « chnolles » ?

Lachance rit en désignant du doigt son entrejambe.

— Ouais, tes gosses[2], quoi !

Magne renonça à demander plus de précisions sur les *chnolles*, et repensa avec un peu de honte qu'il ne s'était aperçu de l'absence de son arme de service qu'après avoir pris le départ dans le sous-sol en direction des agresseurs de l'inconnue. Il n'y a pas d'héroïsme à se mettre à courir après un type armé d'un flingue lorsque l'on n'en a pas. Seulement de la connerie.

Il éluda le sujet avec mauvaise conscience, puis il passa à nouveau les doigts sur sa blessure, comme pour essayer de la chasser une bonne fois pour toutes. L'étourdissement ne passait décidément pas. Une migraine intense commençait à lui tomber sur le crâne, et il cligna des yeux en essayant de penser à autre chose.

— Je n'en ai pas l'intention, inspecteur. De toute façon, dans l'état où je suis, je ne ferais pas de mal à une mouche...

Lachance ouvrit un tiroir de son bureau et en sortit un téléphone portable flambant neuf. Il leva un œil

1. Gros moustique.
2. Testicules.

goguenard sur le Français tout en glissant la carte SIM dans le réceptacle de l'appareil.

— Y a un truc que tu sais pas, mon ami, sur les mouches d'icitte.

— Ah oui ?

— Oui, répondit Lachance avec un sourire moqueur. Chez nous, les mouches, elles sont beaucoup plus petites que chez toi, dans le vieux monde.

Après avoir manipulé un instant le portable, il l'envoya vers Daniel Magne en le faisant glisser sur le bureau.

— Et il y a autre chose qu'y faut que tu saches, ajouta malicieusement le Canadien. Elles sont voraces comme c'est pas croyable. Quand elles arrivent, au printemps, elles te font même sortir les bûcherons du bois !

Il baissa la tête d'un air de conspirateur.

— Quand elles se sont posées sur ton bras, tellement en masse que tu vois plus ta peau, et qu'elles commencent à t'en arracher des petits bouts pour les dévorer, t'as plus qu'à filer sans demander ton reste !

Magne rit de bon cœur en retenant une grimace.

— OK, Anatole. Je me garderai des mouches. Promis.

— Bah ! T'en fais donc pas. Elles sortent qu'à la fin de l'hiver, et on n'en a presque plus, maintenant. Mais c'était pour te dire, hein ?

Lachance laissa passer un moment de silence, et son sourire s'éteignit peu à peu.

— Tu dois rester toujours proche de nous, durant ton séjour, Daniel, OK ? N'oublie pas que ces salopards n'ont pas hésité à se servir de leurs pétoires une première fois. Louis en a payé le prix... Je t'ai réservé une chambre juste à côté du Centre, pour que tu aies le moins de trajet possible à faire seul pour rejoindre ce bâtiment. Ce téléphone, c'est un moyen pour que tu puisses rester toujours en contact avec moi, où que tu sois. Mon numéro est mémorisé sur la touche 1.

Il plongea alors à nouveau la main dans son tiroir et en exhuma une enveloppe, de laquelle il sortit un rouleau de billets de banque canadiens.

— Ça, ce sera pour tes petits frais, cadeau du gouvernement pour que tu sois pas achalé à pas pouvoir te payer un café en ville.

Magne se redressa, prêt à protester.

— Mais...

Lachance lui posa la main sur le bras, et lui fourra les billets dans la poche de sa veste.

— Pour tout ce dont tu peux avoir besoin, tu n'hésites pas à me demander. Y a juste quelques centaines de piasses[1], et franchement ça fait pas lourd en euros. Considère que c'est ton argent de poche, OK ? Ça te servira à manger et à t'acheter quelques habits d'hiver. Faut être équipé, par chez nous, sinon tu vas vite te geler dehors. Y a un char qui t'attend, sur le parking de l'immeuble, et Joseph ici présent sera ton guide jusqu'à la fin de ton séjour. C'est lui qui te conduira où tu voudras aller. Ce sera ton ange gardien. Si tu as besoin de plus d'autonomie, on avisera. Est-ce que ça te convient ?

L'officier français commençait à sérieusement avoir mal à la tête. La migraine enflait et tambourinait contre son crâne, avec une simple et impérieuse exigence, de plus en plus intolérable : dormir.

---

1. Mot populaire désignant les dollars canadiens.

— Ça m'a l'air parfait comme ça, répondit-il en se passant la main sur les yeux. Je crois qu'il va falloir que je retrouve mon lit une heure ou deux.

— Pas de problème, Joseph va te ramener à ton hôtel. Repose-toi bien, il reviendra te prendre vers dix-huit heures, et on ira manger des bines[1] au sirop d'érable et une tarte à la farlouche pour te requinquer. Icitte, on soupe tôt. Et demain, n'oublie pas, tu as rendez-vous avec le coroner.

Une dizaine de minutes plus tard, Joseph stoppa la Chevrolet devant la porte de l'hôtel du policier français. Magne le remercia et monta rapidement dans sa chambre. Il prit un cachet d'aspirine dans sa trousse de toilette, tira les rideaux sur le vitrage double embué de sa fenêtre, et s'écroula sur son lit sans prendre le temps de se déshabiller.

1. Haricots (d'origine américaine : *beans*).

Chapitre 5

Il lui fallut quelques minutes pour identifier le son qui traversait son sommeil, comme un roulement de tambours lointains qui se rapprochait dans un vent violent.

— Capitaine Magne ! Ouvrez, c'est Joseph !

Magne fit lentement surface. Montréal. L'hôtel. Des coups sur la porte...

— Capitaine ! C'est Joseph !

Joseph... Ah ! Oui... L'officier français se massa la nuque en se levant d'un pas mal assuré. Il constata avec soulagement que sa migraine avait disparu. Il poussa le loquet et cligna des yeux en ouvrant la porte sur la lumière vive du couloir.

— 'soir Joseph...

Le sergent se dandinait sur place, mal à l'aise.

— Ah, désolé capitaine, mais il fallait que je vous réveille.

— Quelle heure est-il ?

— Bientôt six heures du matin.

— *Six heures ?* J'ai dormi depuis hier après-midi ?

Joseph haussa les épaules.

— J'ai bien essayé, hier au soir, mais vous n'avez pas répondu. Le commandant a décidé de vous laisser vous reposer. Mais ce matin, j'ai pas pu attendre plus longtemps. Il faut que vous veniez avec moi.

Magne eut soudain un mauvais pressentiment.

— On a retrouvé la femme qui a été enlevée avant-hier, ajouta Lafleur.

Le policier français se frotta les yeux. Il fallait qu'il évacue rapidement les derniers voiles de sommeil.

— Enfin... ce qu'il en reste...

Magne se figea. L'expression consternée de Joseph lui en apprit plus qu'un long discours.

— Donne-moi une minute, Joseph, d'accord ? Je me passe la tête sous l'eau et je te rejoins en bas tout de suite...

Joseph acquiesça et disparut. Magne pénétra dans le cabinet de toilette et fit couler l'eau froide sur ses mains avant de se masser les tempes, puis il arracha son pansement et glissa son crâne sous le jet glacé. Il allait avoir besoin de toute sa lucidité très rapidement. Il jeta un coup d'œil par la fenêtre et s'aperçut que le temps avait radicalement changé depuis la veille. De grosses gouttes de pluie s'abattaient sur la ville en raies serrées et obliques. Apparemment, le vent était aussi de la partie.

Avant de sortir, il passa la tête dans un chandail au col camionneur, puis il enfila sa veste chaude et glissa le portable remis par Lachance dans une poche intérieure pour le protéger de l'humidité. Il s'observa un instant dans la glace, dubitatif, les yeux posés sur la couture qui courait de son sourcil droit jusqu'à son oreille.

Il ne l'avait aperçue que quelques secondes, dans le parking. Allait-il vraiment pouvoir reconnaître la femme qu'il avait croisée la veille dans ce cadavre qui venait de faire grimacer Joseph ?

— Où est-elle ? demanda-t-il dès qu'il fut assis à côté de Joseph.

— Le centre de police de Châteauguay vient de nous appeler. On a découvert un corps de femme dénudé sur Old Malone Highway, à l'entrée de la réserve mohawk de Kanawaghe, répondit le jeune sergent en s'engageant sur la chaussée. C'est juste de l'autre côté du fleuve, au pied d'un des piliers du pont Honoré-Mercier, là où l'autoroute se divise en deux parties distinctes, dont l'une continue plein sud, et l'autre va vers l'est en direction de Sherbrooke. Elle est allongée au milieu d'un bosquet de sumac[1]. D'après la description de ses vêtements, qu'on a retrouvés près du cadavre, on dirait qu'il s'agit bien de la femme du parking. Les gars nous ont prévenus que c'est pas très beau à voir...

— Qu'est-ce qui s'est passé, d'après toi ? Comment est-elle ?

Joseph Lafleur lui jeta un rapide regard avant de reporter son attention sur la circulation. Il avait des yeux froids qui n'étaient pas de son âge. Il répondit d'une voix sourde :

— En morceaux...

Magne appuya la nuque sur le siège et poussa un long soupir.

— Oh, merde...

---

1. Ou Rhus, arbustes de la famille des Anacardiacées, communément appelés « sumac » en France ou au Québec. Seul le « vinaigrier », originaire d'Amérique du Nord, a des feuilles rouges.

Lafleur prit le boulevard de Maisonneuve dans un silence pesant, puis il conduisit à vive allure jusqu'à l'entrée du pont, sur lequel la circulation était encore fluide. Il traversa alors le fleuve encore plongé dans l'obscurité. Les lueurs de quelques bateaux isolés étaient mouvantes, ballottées par le flot agité du Saint-Laurent. Magne rehaussa le col de sa veste. Joseph roulait la vitre à demi ouverte, maintenant à l'extérieur son moignon de cigarette qui se consumait rapidement. Un vent froid balayait la chaussée et entrait dans l'habitacle sans qu'il y prête la moindre attention. Le bruit saccadé des essuie-glaces rythmait leurs sombres pensées.

Lorsqu'il parvint à l'extrémité du pont Mercier, Joseph serra à droite et prit la première sortie en direction de Châteauguay. Quelques centaines de mètres plus loin, un panneau routier indiquait l'entrée de la réserve de Kanawaghe. Une fois arrivé sur la route principale desservant la réserve, il obliqua une nouvelle fois sur la droite pour s'engager dans une rue bordée de petites maisons de bois. Claquant au vent devant des boutiques et des habitations, des drapeaux multicolores sur lesquels le rouge et le jaune dominaient, annonçaient aux visiteurs qu'ils étaient en territoire mohawk.

Joseph longea la rue sur toute sa longueur, jusqu'à ce qu'ils parviennent devant un passage étroit creusé dans le soutènement de ce que Magne estima comme étant l'une des ramifications de l'autoroute par laquelle ils étaient arrivés. Les lampadaires s'arrêtaient là, et seuls les phares de la voiture révélaient la piste cabossée qui s'enfonçait plus loin sous les arches métalliques, de l'autre partie du pont. La pluie sembla alors redoubler de violence, et une bourrasque de vent siffla contre le véhicule comme une plainte morbide.

Lafleur bougonna en refermant sa vitre.

— Y a pas. Quand c'est la marde, c'est la marde !

Quelques dizaines de mètres plus loin, plusieurs gyrophares tournaient silencieusement, projetant sur le béton et sur la végétation des éclairs bleus et rouges intermittents. Une demi-douzaine de policiers entourait une zone restreinte au pied de l'une des piles du pont. Autour d'eux, un groupe d'hommes aux traits tendus se pressaient contre la banderole jaune indiquant la présence d'une scène de crime, ainsi que l'interdiction formelle de pénétrer dans la zone. Des bras se levaient, les poings serrés, et les visages inquiets des policiers indiquaient clairement qu'ils n'en menaient pas large. L'attroupement devait représenter au moins cinquante à soixante hommes, pour la majorité en dessous de trente ans. Beaucoup portaient les cheveux longs, et leurs chapeaux aux bords relevés luisaient sous l'averse qui s'intensifiait. Un jour ténu filtrait sous les nuages chargés, bordant d'un gris sale les cimes des arbres.

De peur d'écraser quelqu'un, Joseph Lafleur stoppa net lorsqu'un groupe se précipita vers la Dodge en poussant des cris de colère. Il jeta un regard affolé vers Daniel Magne.

— Asti ! Ça risque de chauffer, capitaine ! Surtout, restez près de moi, et...

Ignorant l'injonction du sergent, Magne poussa la portière et sortit de la voiture. La situation empirait à vue d'œil. Les policiers constituant le rang d'isolement de la scène commençaient à se faire bousculer. D'ici quelques minutes à peine, les traces éventuelles laissées par les assassins auraient disparu dans la boue, sous les semelles de la meute en furie. Il espéra qu'il faisait le bon choix.

— Ton arme, Joseph !

— Mais...

— *Vite !*

Vaincu par le ton autoritaire du capitaine, le jeune sergent lui tendit son Glock par la portière restée ouverte. Magne le saisit fermement, il ôta le cran de sûreté, puis il le brandit bien en évidence au-dessus de sa tête, et fit feu en l'air à trois reprises bien espacées. Un silence de plomb tomba soudain sur la foule qui se tourna vers lui comme un seul homme.

Magne avait figé la tension, mais cela n'allait durer que quelques secondes. Il vécut soudain un grand moment de solitude. Il n'avait pas le temps de penser à ce qu'il allait dire. Il jeta l'arme sur le siège de la voiture et s'avança dans la lumière des phares, les mains levées bien haut au-dessus de la tête.

— Écoutez-moi ! Nous voulons tous savoir qui est responsable de ce crime ! Ne vous approchez pas du corps ! Vous aller détruire les indices et les traces génétiques, s'il y en a ! Nous sommes équipés pour les relever, pas vous ! Laissez-nous faire notre travail, dans l'intérêt de tous ! Nous allons analyser la scène devant vous, et vous pourrez constater que...

L'un des jeunes hommes aux cheveux longs, au visage tendu par la colère, tendit un index rageur vers lui. Il portait un gilet de cuir noir sans manches par-dessus une veste en jeans, sur lequel une peinture jaune et orange criait au monde que l'Indien était membre des Warriors.

— *Hey, you ! What d'you think you're doin' here, son of a bitch ?* [1]

— Et merde... Joseph ! cria Magne en tournant brièvement la tête vers le sergent. Ils ne parlent pas français, ces types-là ?

La voix paniquée du jeune policier lui parvint par sa vitre baissée.

— Criss ! Les Mohawks sont anglophones, capitaine !

— Écoutez-moi ! hurla Magne encore plus fort, dans un anglais souligné d'un accent français à couper au couteau. Nous ne vous laisserons pas pénétrer dans cette zone, même si nous devons employer la force ! Vous risquez de faire disparaître les minces indices permettant d'identifier l'assassin ! Est-ce que vous comprenez ? Il y a toujours des preuves génétiques sur une scène de crime. Vous devriez espérer que ce ne soient pas les vôtres !

Un silence prudent accueillit ses paroles. Quelques têtes se détournèrent et tinrent une conversation en une langue incompréhensible. Soudain conscient que le cours des événements avait pris une nouvelle direction, Magne s'approcha lentement du groupe des autochtones.

— Cette femme a été enlevée à Montréal, dit-il d'une voix plus calme, et le crime a été commis hors de la réserve, là où seules la police provinciale et la Sûreté du Québec ont autorité ! Laissez-les faire leur travail ! Nous avons tous à y gagner !

---

1. Hé, toi ! Qu'est-ce que tu t'imagines que tu vas foutre ici, fils de pute ?

Le Warrior qui l'avait insulté quelques instants plus tôt s'avança brusquement et se planta devant lui, le défiant du regard. Le capitaine vit des ondes de haine pure scintiller dans les yeux noirs du Mohawk, qui le poussa brutalement du plat de la main pour le faire reculer. Les poings serrés, l'Indien fit alors un pas en avant pour le frapper, mais un bras décharné se posa soudain en travers de sa poitrine d'un geste sec.

— Ça suffit ! lança une voix impérative.

Magne baissa la tête et aperçut un vieillard aux cheveux gris et longs, dont les sourcils étaient sévèrement froncés. Il s'était glissé entre eux deux comme une anguille, et son visage trahissait la plus profonde désapprobation. Il était vêtu d'une veste en laine usée jusqu'à la corde, et d'un jean délavé troué aux genoux. Ses bottes baignaient dans une flaque d'eau qui lui arrivait à la cheville, mais il semblait ne pas en avoir conscience. Le jeune Mohawk recula en évitant d'affronter son regard cinglant. Le vieillard observa alors attentivement Magne, qui l'examinait avec une curiosité au moins aussi intense.

Loin au-dessus d'eux, un poids lourd passa sur le pont, faisant vibrer la structure métallique.

L'air farouche, le vieil Indien leva le menton pour toiser l'officier français.

— Qui es-tu ?

Saisi d'un brusque soulagement, Magne lui tendit la main.

— Daniel Magne, officier de la police criminelle française.

L'ancien hocha la tête pensivement. Il regarda la main tendue, mais ne leva pas la sienne pour la saisir.

Il se détourna alors du capitaine et s'adressa à la foule d'une voix curieusement forte pour son âge.

— Allons ! Laissez travailler la police criminelle ! Nous n'avons rien à gagner à nous dresser contre eux. Il y a déjà bien assez de trouble comme ça chez nous ! Dispersez-vous ! Rentrez chez vous !

— Qui est la femme couchée ? cria quelqu'un.

— Nous sommes plus nombreux ! jeta un autre. Pourquoi partir ? Nous sommes sur notre terre !

— Oui ! Nous sommes chez nous ! ajouta un troisième, suivi par plusieurs jeunes qui relevèrent le poing bien haut en défiant les policiers, montant le ton les uns après les autres.

— La limite de la réserve est derrière le pont, et vous le savez tous ici ! assena le vieillard en désignant successivement du doigt les hommes qui l'accompagnaient. L'autorité de la police canadienne s'applique ici, et pas celle du peuple mohawk. Celui qui ne respectera pas ce fait sera poursuivi en justice ! Et avec quoi vos familles vivront-elles à ce moment-là, quand vous vous retrouverez en prison ? Êtes-vous tous soudain redevenus des enfants ?

Un silence pesant s'abattit alors sur l'assemblée. Quelques instants d'indécision passèrent lentement, tandis que la vapeur de la respiration oppressée des hommes dérivait vers le corps nu immobile dans le sumac.

Finalement, saisis par le discours du vieil homme, les autochtones refluèrent, lentement d'abord, un par un, puis par groupe de trois ou quatre, en jetant des exclamations goguenardes ou des regards méprisants en direction des policiers aux visages crispés par l'inquiétude.

Magne réalisa alors qu'il avait la colonne vertébrale baignée de sueur. Il se passa une main nerveuse dans les cheveux et poussa un long soupir.

— Merci, monsieur... Sans votre intervention...

Le vieillard désigna le jeune Mohawk qui s'éloignait, bousculé par ses amis.

— C'est pour lui que je l'ai fait, officier. Pas pour toi...

Il partit alors sans se retourner, suivant la retraite de son clan d'un pas rapide et ferme. Joseph passa la tête par la portière. Il contemplait Magne avec une physionomie incrédule, tenant son talkie à la main. Un sourire éclatant lui fendait la figure d'une oreille à l'autre.

— C'est la police scientifique ! Ils arrivent ! Bon sang, vous avez réussi à éviter une sacrée bagarre !

Au bout du chemin de remblai qui s'enfonçait vers la réserve, les cheveux gris du vieil Indien s'évanouissaient dans la lueur montante de l'aube. Le Français désigna sa silhouette maigre d'un bref mouvement de menton.

— Non, Joseph. C'est lui qui a obtenu cela. Mais qui est ce type ?

Joseph écarta les bras.

— J'en ai pas la moindre idée...

— C'est John Wachihta, intervint l'un des policiers, un grand brun quinquagénaire à la mâchoire carrée qui se détacha de la ligne de rubans officiels encerclant le cadavre. John est le chef spirituel de la réserve, même s'il ne la dirige plus depuis plusieurs années. Il vit ici depuis son enfance. Il connaît tout le monde, et tout le monde le connaît. Il a toujours eu beaucoup de poids dans les conflits de ce genre. Seulement... on ne sait jamais de quel côté il va se ranger ! Ce soir, on a eu de la chance...

L'homme s'approcha de Magne et lui secoua la main à lui décrocher l'épaule.

— Vous êtes arrivés juste à temps, tous les deux ! Ça commençait franchement à sentir le roussi ! À tel point qu'on a évacué le coroner en vitesse, dès qu'il a eu constaté le décès de la victime. J'ai pensé qu'il valait mieux le faire sortir rapidement de la zone pour éviter un incident diplomatique avec les Indiens si l'un de ces excités en était venu à s'en prendre à lui. Moi, c'est Rob Dutreux. Je dirige cette escouade. Beau boulot ! Ravi de faire ta connaissance, Frenchy.

— Merci Rob, fit Magne, un peu gêné par le tour que prenaient les événements.

L'arrivée du fourgon cahotant dans les trous d'eau fit une heureuse diversion qui éloigna momentanément de lui l'attention des policiers. Rob Dutreux accueillit les hommes de la police scientifique, et les dirigea près du corps dès qu'ils eurent enfilé leur tenue. Magne s'approcha lentement derrière eux, tout en restant à une distance raisonnable de la victime. De là où il était, il ne pouvait voir que les pieds et les jambes de la femme allongée dans le sumac aux feuilles rouge sombre. Le haut du corps disparaissait dans la végétation. Tandis que les experts en traces génétiques s'activaient, Magne s'approcha d'un jeune officier, reconnaissable aux bandes jaunes ornant les épaulettes de sa veste trempée.

— Savez-vous qui a trouvé le corps de cette femme ?

Le sergent hocha la tête, mais il ne quitta pas le cadavre des yeux, le visage blanc comme un linge.

— Un certain Jean Lacouture, un riverain qui passe souvent ici de bon matin. Il s'était arrêté pour un besoin pressant, et il l'a aperçue à ce moment-là. Il est membre de Québec-Secours[1], et il a tout de suite pensé à la femme dont on a mis le signalement sur toutes les chaînes et sur le web. Il a câlé Info-crime tout de suite.

— Heu... c'est quoi, *Info-crime* ?

Le jeune homme le regarda d'un drôle d'air, comme s'il avait brusquement perdu la raison, puis il se souvint brusquement que son interlocuteur était français, et qu'il n'avait peut-être pas encore remarqué les affiches placardées un peu partout en ville.

— Ben... c'est le numéro sur lequel les gens appellent quand ils sont témoins d'un crime. Regardez la rubalise...

Magne se botta mentalement le derrière. Le numéro s'étalait sur cinq centimètres de haut sur le ruban de plastique jaune à moins de trois mètres de lui.

— Vous dites qu'il habite dans le coin, ce Lacouture ?

Le jeune homme hésita un instant, manifestement peu habitué à être interrogé par un civil. Mais il venait d'être témoin de la façon dont Magne avait évité l'affrontement avec les Mohawks, et il plongea la main dans la poche intérieure de sa veste. Il en sortit une feuille soigneusement pliée en quatre qu'il tendit à l'officier français.

— 3615, rang Saint-Vincent Nord... prononça Magne à voix basse, avant de lui rendre le morceau de papier. Merci, sergent...

---

1. Groupe de bénévoles civils s'occupant de la recherche d'humains disparus.

— Grangé, Fabrice Grangé...

— C'est à quelques kilomètres au sud, intervint Joseph, qui venait de les rejoindre. Salut, Fabrice.

— Hey, salut Joseph.

Le jeune sergent jeta un regard interrogatif à Magne.

— Si on allait rendre visite à ce type, on en saurait peut-être un peu plus, non ? Fabrice, sais-tu si une escouade de Châteauguay s'est déjà rendue chez lui pour l'interroger ?

— On avait trop à faire avec ces maud... avec les Mohawks. On n'a pas eu le temps... Et la SPVM[1] n'est pas encore arrivée. On les a appelés dès qu'on a su, pour la femme. Elle a été enlevée sur leur territoire.

Joseph hocha la tête.

— Oui, on est au courant. On va y passer, nous autres... Cette affaire va revenir à la Sûreté, vu la gravité des faits. C'est de notre compétence. On va prendre quelques longueurs d'avance, c'est tout. L'important, c'est de pas perdre de temps. J'enverrai mon rapport à l'inspecteur-chef de Châteauguay dès notre retour au centre Parthenais, OK ?

— OK, répondit Grangé, mal à l'aise, espérant qu'il n'avait pas commis une erreur de jugement en donnant l'information au Français.

Le sergent Lafleur se dirigeait déjà vers son véhicule, mais Daniel Magne lui fit signe d'attendre un instant tandis que Fabrice Grangé reprenait sa place dans le groupe d'hommes qui observaient les experts en action sous la pluie battante.

Les scientifiques du crime travaillaient rapidement, et tout dans leur attitude montrait que le temps leur

1. Service de Police de la Ville de Montréal.

était compté. De leur célérité dépendrait la réussite de l'opération ou son échec cuisant. Ils avaient monté à la hâte une tente de fortune au-dessus du cadavre pour l'isoler de la pluie, mais des filets continus couraient entre les branches piétinées de sumac. Quatre des cinq hommes inspectaient le sol et la végétation basse à l'aide de lampes aux faisceaux lumineux colorés de différentes nuances, et prélevaient certains éléments pour des raisons connues d'eux seuls. Le cinquième avait placé un film de polyane au ras du corps et s'était agenouillé dessus. Il effectuait d'autres prélèvements directement sur le tas de vêtements abandonnés et la peau de la femme inerte. Lorsqu'il lui écarta les jambes pour procéder à des examens plus complets, après avoir pris de nombreux clichés de son corps, Magne et quelques autres se détournèrent sans s'être concertés. Rob avait la peau des joues grise sous un regard de chien battu. Il se mit à fixer d'un air amer l'arche métallique qui s'élançait vers le ciel de plomb.

Magne s'éloigna et fit quelques pas sur le chemin inégal. Il marcha dans une flaque, puis une autre, le regard concentré dans le vague, quelques mètres devant lui. La deuxième poche d'eau était plus profonde, et il ôta son pied de la boue en jurant. Il s'immobilisa soudain, la jambe en l'air comme un héron. Cela n'avait duré qu'une fraction de seconde, mais le déclic s'était fait. Il revint sur ses pas et s'approcha de la zone protégée dans laquelle le cadavre était allongé. Il se pencha alors vers le policier à la mâchoire d'ours.

— Rob ? Vous avez identifié les traces de la camionnette ?

L'homme eut un mouvement de tête dépité.

— Non, je crains bien qu'on a tous roulé dessus...

— Pas forcément, poursuivit Magne. Je pense qu'il en reste quelques-unes.

Rob jeta un regard dubitatif autour d'eux, apparemment peu convaincu.

Magne eut alors un grand sourire. Quelques flics canadiens s'étaient rapprochés d'eux. La pluie tombant sur les imperméables reflétait les lampes des gyrophares que personne n'avait jugé utile d'éteindre après le départ des Mohawks. Il leva son pied plein de boue verdâtre devant Rob, et tendit le bras vers la grosse flaque boueuse la plus proche du cadavre.

— Là-dedans, dit-il. Au fond.

Rob claqua soudain des doigts.

— *La glaise !* Bon sang, comment j'ai pu ne pas penser à ça ?

Il se tourna brusquement vers l'un de ses collègues qui tendait le cou pour sonder le trou d'eau sale.

— Jean-Baptiste, on a encore dans le fourgon le matériel qu'on a emporté chez Gabriel Bravanche hier soir, pour l'inondation de sa cave ?

— Hein ? fit l'interpellé, un costaud blond, mollement détourné de ses pensées. Heu... oui, on n'a pas eu le temps de décharger les caisses, cette nuit, avec c't'histoire.

— Tu veux bien aller chercher la pompe et le groupe électrogène, s'il te plaît ? Dan ! Appelle le photographe des experts et demande-lui de venir ici, OK ?

Quelques instants plus tard, le technicien accourait, et Rob lui demanda de se tenir prêt tandis que Jean-Baptiste installait le matériel près de la flaque. Le photographe sortit un petit chiffon doux de sa poche et essuya soigneusement l'objectif de son appareil. Rob Dutreux lui indiqua la flaque du doigt.

— Vous allez faire une série de vues dès que ce trou est vide de flotte, d'accord ?

L'homme hocha la tête en réglant son objectif. Rob attendit qu'il se mette en visée sur la flaque d'eau, puis il tira la cordelette de démarrage du groupe. La poche liquide se vida presque instantanément, dévoilant une parfaite empreinte de pneu figée dans la boue. Le flash crépita une douzaine de fois, et tous les hommes gardèrent le silence tandis que la forme des crêtes des pneumatiques de la voiture de l'assassin se diluait lentement devant leurs yeux sous le crépitement de la pluie.

Rob se tourna alors vers le responsable de l'équipe de la police scientifique, qui venait de les rejoindre, tandis que ses hommes commençaient à remballer leur matériel.

— A-t-elle subi des violences sexuelles ?

L'homme posa sur le sergent un regard désabusé. Il respira un grand coup, comme pour chasser de son esprit ce qu'il venait de voir.

— Je ne dirais pas ça, non. Du moins à première vue... précisa-t-il avec une grimace éloquente. L'autopsie confirmera ou non. Mais si vous voulez mon avis, elle a quand même passé un sale quart d'heure...

Il salua l'officier et s'éloigna après l'avoir assuré qu'il lui ferait parvenir le compte rendu complet des examens le plus rapidement possible. Quelques instants plus tard, le fourgon repartait à vive allure vers Sainte-Catherine.

Succédant à la fébrilité, un silence pesant s'abattit sur les policiers de la Sûreté du Québec, qui se tenaient à distance respectueuse du cadavre, en attendant l'arrivée du véhicule médico-légal.

Magne s'approcha des rubalises et se pencha pour glisser les épaules dessous, puis il franchit lentement les quatre derniers mètres qui le séparaient du corps. Le chef de l'équipe scientifique avait replacé les membres dans leurs positions exactes d'origine, et il découvrit les restes de la femme entraperçue la veille dans le parking souterrain comme avait dû les trouver le dénommé Jean Lacouture lorsqu'il s'était arrêté pour vider sa vessie au pied du pont.

Magne crut tout d'abord que les doigts de la victime s'étaient enfoncés dans l'humus lors de sa chute au beau milieu du sumac, mais les plaies rondes et rougeâtres qui marquaient les extrémités de ses mains indiquaient qu'ils avaient été sectionnés, les uns après les autres. Le bout des os coupés nets laissait penser à l'utilisation d'un sécateur, la chair n'étant pas écrasée en dessous comme avec un coup de hache sur un billot. Les bras et les jambes de la femme portaient de nombreuses marques de brûlures circulaires, certainement de cigarettes, mais son buste et ses seins avait été plus ravagés encore par les multiples blessures que Magne jugea provenir a priori d'un fer à souder. Apparemment, le tueur s'était acharné sur elle en deux phases successives. Pour la seconde, il avait changé d'instrument de torture, et il avait déshabillé l'inconnue pour la soumettre totalement.

Quant à la couleur noire de son visage, elle avait été causée de façon certaine par le lien qui lui avait serré le cou et laissé des traces profondes dans la peau. Le pire était peut-être ses yeux exorbités qui semblaient vouloir lui sortir de la tête, ainsi que sa langue gonflée qui pointait entre ses mâchoires fracturées, révélant une hallucinante expression de terreur extrême qu'elle avait gardée jusque dans la mort.

Rob, plongé dans un mutisme sombre, s'était avancé et se tenait près de lui.

Magne soupira profondément.

— Les types qui ont torturé et assassiné cette femme n'ont pas eu ce qu'ils voulaient, dit-il à voix basse.

Rob se tourna vers lui, surpris.

— Ah bon ? Et qu'est-ce qui te fait penser ça ?

Magne désigna les mains mutilées maculées de terre.

— Si elle avait dit à ses ravisseurs ce qu'ils voulaient savoir, ils n'auraient pas eu besoin de lui couper *tous* les doigts, ni de la mettre dans un état pareil.

Rob fit la moue, pas convaincu.

— C'étaient peut-être simplement des fêlés... Des malades mentaux qui s'en sont pris à une femme parce que c'était facile...

— Ils ont tout de même tiré sur deux flics, et tué l'un d'eux !

Rob resta silencieux un instant.

— C'est correct... Tu es peut-être bien dans le vrai. Cette fille-là n'est en tout cas pas habillée comme une pitoune[1]. C'est pas une affaire pour les Mœurs.

Magne se tourna vers l'officier québécois.

— À ton avis, Rob, pourquoi les tueurs ont-ils laissé son cadavre juste devant l'entrée de la réserve des Mohawks ?

Rob secoua la tête en se grattant le cou.

1. Au XIXe siècle, les prostituées accueillaient les bûcherons, chasseurs, et autres travailleurs dans des villes qu'ils baptisaient « Happy towns », d'où le surnom « Pitoune » qu'ils leur avaient attribué.

— Je sais pas, Daniel. Peut-être pour fausser les pistes et emmerder la SQ en lui foutant les Indiens dans les pattes. Ils devaient se douter que les Mohawks allaient rappliquer comme des loups sur un agneau.

Magne observa Rob avec circonspection.

— Tu n'as pas l'air de beaucoup les aimer...

Rob eut un geste agacé.

— On a plein de problèmes, avec eux. Ça n'arrête pas. Les réserves sont des zones de non-droit, dans lesquelles la Sûreté ne contrôle pratiquement rien. Jeux, alcool, drogue, armes, tout transite là-dedans pratiquement sans obstacle. Ils font parfois équipe avec des bandes de motards de Montréal, qui ont des marchés en ville pour leurs trafics. Et nous, dans le reste de la province, on essaie de limiter la casse à longueur d'année. Alors non, j'les aime pas. Et crois-moi, y en a beaucoup dans ce cas, par ici !

Magne dirigea son regard vers l'entrée de la réserve, au-delà de la limite des épinettes qui poussaient à la verticale du pont, en bordure du fleuve.

— Fausser les pistes... Oui, peut-être... concéda-t-il en remontant le col de sa veste qui commençait à prendre l'eau au niveau des épaules.

Il se pencha au-dessus de l'inconnue. Elle ne portait aucun bijou, aucune marque particulière. S'il y en avait eu, ils étaient à présent dans les mains de la police scientifique. Quant à des bagues éventuelles, il en était réduit aux conjectures.

Le froid descendait dans ses os avec l'humidité, et il frissonna. Il était temps de bouger un peu. Il serra la main de Rob et Jean-Baptiste, puis il se dirigea vers la Dodge où l'attendait Joseph Lafleur. Le jeune flic avait rallumé le moteur et branché le chauffage, et Magne le bénit en pénétrant dans l'habitacle.

« *Ça peut aussi être autre chose...* » pensa-t-il en se frictionnant les mains au-dessus de la soufflerie du pare-brise qui peinait à évacuer la buée. Oui, la mort de l'inconnue pouvait revêtir encore un autre sens.

Un avertissement...

Chapitre 6

Route de Châteauguay

Magne descendit de la voiture de patrouille avec la sensation de replonger dans une baignoire d'eau froide. La maison de Jean Lacouture se dressait sur le bord de la route, à quelques mètres à peine de la chaussée. Un grand terrain s'ouvrait derrière un garage au bardage à moitié arraché par les intempéries. Plus loin encore, une zone de friche de plusieurs centaines de mètres de large s'étendait jusqu'à la forêt dénudée qui marquait l'horizon.

— C'est curieux qu'avec des terrains pareils, on ne construise pas un peu plus loin du passage des voitures, non ? demanda Magne en enfonçant les mains dans ses poches, à la recherche d'un peu de chaleur.

Joseph frotta ses bottes sur le paillasson de métal tressé annonçant « Bienvenue » devant la porte d'entrée.

— Pensez aux mètres de neige à dégager à la pelle, tous les jours de novembre à avril, si vous voulez chauffer[1] votre char, et vous verrez vite pourquoi !

1. Conduire.

dit-il avec un grand sourire. Chez nous, on doit penser avec l'hiver...

Magne acquiesça silencieusement. Évidemment... Il se traita mentalement d'idiot, et reporta son attention sur la façade du bâtiment. À l'instar du garage, l'extérieur de la maison ne payait pas de mine. La peinture rouge du bardage s'écaillait par endroits, et le mastic des carreaux aurait eu bien besoin d'un petit coup de neuf. Un détail attira son attention. Les volets étaient à l'intérieur des pièces. Magne allait poser la question à Joseph, mais il pensa soudain que c'était certainement une meilleure idée que d'avoir à sortir les bras hors de la maison lorsque la température avoisinait les – 40° en plein hiver.

Alors que le sergent levait la main pour appuyer sur le bouton cassé de la sonnette, la porte s'ouvrit sur un visage bouffi aux cheveux blonds et rares ramenés en arrière en un vague catogan, qui s'effaça pour les laisser entrer. Magne pénétra dans la pièce en désordre, dans laquelle flottait une odeur tenace. Celle de l'alcool.

— Je vous attendais, dit simplement l'homme. J'ai fait du café. Vous devez être gelés...

— Merci, Monsieur Lacouture, dit Joseph. C'est bien aimable à vous.

— Oh, vous en faites pas ! Quand j'ai vu que ça commençait à tomber fort, j'ai pensé que vous en auriez besoin. Rien qu'après avoir découvert le corps de cette pauvre femme, je m'en suis fait une cafetière complète...

— Je comprends ça, commenta Magne, tout en pensant qu'il n'avait pas dû boire que du café au vu des poches qu'il avait sous les yeux. Elle n'était pas belle à voir.

L'homme fit la grimace.

— Certain ! Ce n'est pas la première fois que je tombe sur un cadavre, mais celui-là était drôlement amoché. Ça fait toujours mal, surtout quand on sait que quelqu'un a fait ça *exprès*.

Joseph extirpa de la poche de veste un petit sachet contenant un coton-tige pour le prélèvement d'ADN.

— Est-ce que vous voulez bien frotter ce coton contre l'intérieur de vos joues, s'il vous plaît ? demanda-t-il en le lui tendant encore hermétiquement fermé. Nous devons connaître votre code génétique pour pouvoir l'isoler des autres, si nous trouvons des traces des meurtriers sur les vêtements ou le cadavre.

— Bien sûr, fit Lacouture. C'est comme ça à chaque fois qu'il y a mort violente...

— À *chaque fois ?* intervint Magne. Ça vous est déjà arrivé à plusieurs reprises ?

— C'est le cinquième assassiné que je retrouve, depuis que je suis bénévole à Québec-Secours. Sur dix-huit disparitions, quatre autres personnes ont été retrouvées vivantes, à la suite d'une fugue ou d'un pétage de plomb. Trois autres encore étaient des suicidés, et les six restants n'ont jamais réapparu. Parfois, un chasseur perd sa boussole et s'égare, et on le retrouve à la fonte des neiges, quand les animaux sauvages en ont laissé quelque chose. Ou bien il tombe en panne au milieu de nulle part en motoneige, ce genre de truc.

Joseph Lafleur récupéra le coton-tige et scella le sachet. Lacouture eut un maigre sourire.

— La Sécurité a déjà fiché mon ADN, pour les mêmes raisons, depuis le premier cadavre suspect que j'ai découvert. Vous êtes nouveau dans le coin, hein ? Français ?

Magne sourit à son tour.

— Je suis ici par un concours de circonstances, précisa-t-il. Je suis officier de police judiciaire à Paris, en visite à Montréal pour rencontrer des collègues du Québec.

Lacouture hocha la tête et leur indiqua le salon meublé de quelques fauteuils avachis séparés par une table basse recouverte de magazines cornés.

— Asseyez-vous, je vous amène les tasses et le café.

Magne cala son postérieur entre deux ressorts et se frotta les mains. Il commençait à se sentir un tout petit peu mieux. Jean Lacouture leur versa un liquide clair qui ne devait avoir de rapport avec le café que ce qui était écrit sur le paquet. Néanmoins, la vapeur qui s'échappait de la cafetière portait une promesse de chaleur et Magne accepta la tasse avec reconnaissance.

— Dites-moi, monsieur Lacouture, poursuivit Magne, qu'est-ce que Québec-Secours, exactement ?

— Une association de bénévoles, dit l'homme en plongeant quatre sucres dans le liquide brûlant. Notre but est d'aider les autorités à retrouver des personnes disparues. Le territoire est si grand que la police n'y suffit pas. Et ils ont d'autres chats à fouetter... Pas vrai, jeune homme ?

Joseph opina du chef.

— Cette association rend de réels services, confirma-t-il. Ses membres ont sauvé pas mal de gens, déjà, et évité que certains drames se produisent. Quand ils tombent sur un cadavre, ils nous appellent immédiatement. Comme aujourd'hui...

— Qu'est-ce qui vous a poussé à devenir membre vous-même ? s'enquit Magne.

Lacouture se leva et revint à pas lents en tenant une photographie encadrée qui était posée sur le buffet du salon.

— Ma fille Jessica, dit-il simplement en posant le cadre sur la table basse. Elle a disparu la veille de ses seize ans. On l'a retrouvée onze jours plus tard. Un type avait jeté son corps dans un fossé, au bord de la route de Sherbrooke, à vingt kilomètres d'ici. C'est Québec-Secours qui m'a appelé.

— Oh... je suis désolé... répondit Magne, qui se trouva soudain idiot avec les questions qui lui restaient.

L'homme avait les yeux secs, mais ils étaient fixés sur le vide, un peu au-dessus de l'épaule des policiers, en direction de la fenêtre aux rideaux gris de poussière.

— Il y aura cinq ans la semaine prochaine, conclut Lacouture. Ma femme n'a pas supporté ça. Quelques semaines plus tard, elle a jeté le char contre un mur. Elle est morte sur le coup.

Jean Lacouture vida d'un trait sa tasse fumante dans un silence palpable.

— Et vous savez le pire, messieurs les policiers ?

Magne lui jeta un œil interrogatif et navré.

— On n'a jamais retrouvé ce salopard, c'est ça ?

Lacouture déboucha la bouteille de whisky qu'il venait de sortir de sous la table. Il hocha la tête en remplissant sa tasse du liquide couleur de miel.

— C'est exactement ça, confirma-t-il. Ça peut être n'importe qui, là, dehors. Un voisin, un commerçant où je vais magasiner tous les jours, un ami, un flic... n'importe qui.

— Monsieur Lacouture, reprit Joseph, je comprends très bien votre douleur, croyez-le bien. Et même si cela ne fera jamais revenir votre fille Jessica, votre désir d'aider les autres à traverser ce type de déchirement vous honore. Cependant... Je vais devoir vous demander de réunir tout ce dont vous pouvez vous souvenir à propos du corps de la femme que vous avez découvert ce matin. La pluie a rapidement effacé la majorité des traces que nous aurions pu relever, et la moindre indication d'un détail que vous auriez pu apercevoir pourrait se révéler décisive pour l'enquête, vous comprenez ? Un véhicule, un autre jogger, des papiers sur le sol, vous voyez ce que je veux dire ?

— Je retourne ça dans ma tête depuis que je suis rentré, répondit l'homme en s'enfonçant dans son fauteuil, les jambes étendues devant lui. Je suis certain d'avoir croisé une camionnette blanche venant de la réserve quelques instants avant que je m'arrête sous le pont. Elle traçait plutôt vite en direction de La Plaine. Et je suis persuadé qu'elle venait de s'arrêter aussi.

— Comment en êtes-vous si sûr ? demanda Magne. Est-ce qu'elle ne pouvait pas tout simplement avoir traversé Kanawaghe ?

— Oh, elle aurait pu, c'est certain. Cette route devient passante après six heures du matin. Mais ce qui me fait dire qu'elle venait de repartir, c'est que quand le type est passé près de moi, les roues projetaient de la bouette[1] contre le bas de caisse, comme quand on sort d'un chemin avec les pneus tout poisseux de marde.

1. Boue.

Ça faisait tellement de bruit qu'au début j'ai cru qu'il s'était fait un flat[1]. J'en ai pris plein les portières.

Magne s'était redressé, les yeux brillants.

— Elle n'aurait pas pu sortir d'un autre chemin, vous êtes formel ?

Lacouture secoua vigoureusement la tête.

— Il n'y en a pas d'autre avant la réserve, et avec cette flotte qui tombait, les pneus auraient été nettoyés bien avant si le type s'était arrêté plus tôt...

— Monsieur Lacouture, c'est très important. Vous avez certainement croisé le véhicule des ravisseurs. Avez-vous aperçu les visages des passagers ?

— C'était encore la noirceur... J'ai vu que ses lumières, et j'ai senti que son muffler[2] puait salement. Et puis il y avait un truc orange écrit sur le flanc, mais je saurais pas dire ce que c'était. Ça pétait sur le blanc de la carrosserie, mais il est passé trop vite. Je n'y ai pas fait particulièrement attention à ce moment-là, mais c'est après que ça m'est revenu. Et c'est tout ce que je peux vous dire. Vous voulez encore du café ?

— Merci, non.

Joseph consulta Magne du regard, puis il se leva et regarda sa montre. Bientôt neuf heures.

— On doit y aller. Merci encore pour tout. J'espère que cela pourra nous être utile.

Lacouture s'était resservi un verre de whisky. Il n'allait pas finir la journée à ce rythme-là. Il avait déjà le regard plus flou qu'à leur arrivée chez lui, et il oscillait légèrement lorsqu'il les raccompagna jusqu'à la porte d'entrée. Magne pensa que des images de sa fille

---

1. Crevé un pneu.
2. Pot d'échappement.

étaient en train de remonter à la surface en se superposant à celles de l'inconnue, et il prit congé en se disant que ce pauvre bonhomme solitaire avait tout de même des circonstances atténuantes pour sombrer dans l'alcoolisme, même si l'issue de son calvaire était connue d'avance.

La Dodge s'était refroidie durant leur absence, et Joseph lança la soufflerie à fond après avoir démarré.

Attendant qu'elle tiédisse un peu l'atmosphère de l'habitacle, il saisit le combiné du téléphone de bord et appuya sur le bouton d'appel.

— Allô, central ?

— Ah, salut, Joseph. Je te reçois cinq sur cinq ! Câlisse, j'te croyais ben assis sur la craque[1] de tes fesses devant ta cheminée ! T'es de service, asteure ? Je te croyais en congé de fin de semaine !

— Une urgence, Virginie. J'ai annulé. Tu peux me passer l'inspecteur-chef, s'il te plaît ?

— OK ! T'as l'air pressé, ce matin !

— T'as pas idée...

Joseph soupira. Il ne parvenait pas à évacuer l'image du visage boursouflé de la femme assassinée. Quelques secondes plus tard, le crachotement du talkie le tira de ses réflexions morbides. C'était la grosse voix de l'inspecteur-chef.

— Allô, Joseph ?

— Affirmatif.

D'un geste instinctif, le jeune sergent coupa le haut-parleur.

1. Raie.

— J'ai un renseignement sur la camionnette, continua-t-il. Une inscription orange sur le flanc. Elle doit encore avoir les enjoliveurs pleins de boue, et son pot d'échappement fume épais. L'équipe scientifique a les photos des empreintes des pneus. Ils vont les analyser et vous envoyer rapidement leurs conclusions... Vous mettez des hommes là-dessus ? Bon, très bien... Oui, une société, certainement, mais qui n'assure pas forcément un entretien régulier des véhicules. Elle a dû être volée il y a peu de temps, oui, c'est ce que je pense aussi. L'inscription la rend trop visible pour la garder trop longtemps... Ils vont la larguer quelque part... C'est d'accord, j'attends votre appel.

Tandis que Lafleur rangeait l'appareil dans son logement sur la console, Magne ouvrit la fermeture éclair de sa veste. La ventilation commençait à sérieusement faire monter la température dans l'habitacle. Pendant qu'il parlait avec l'inspecteur-chef Lachance, Joseph Lafleur avait repris le chemin de Montréal et traversait à nouveau le pont Mercier vers le centre-ville. En contrebas, le fleuve charriait ses eaux sombres reflétant le ciel chargé. La pluie avait cessé, mais les gros nuages gorgés d'humidité roulaient toujours leur menace en paquets denses et mouvants.

Magne reporta son attention sur la route lorsqu'ils débouchèrent sur la rive nord du Saint-Laurent. Joseph remonta la rue Sainte-Catherine sur environ cinq cents mètres, puis il s'engagea dans l'entrée d'un parking souterrain situé entre un hôtel et un fast-food.

— On va où ? demanda-t-il alors qu'il lui semblait reconnaître le profil de l'un des gratte-ciel voisins, dans les vitres duquel se reflétait la flèche pointue et verdâtre d'une vieille église.

— À l'endroit où l'enlèvement a eu lieu, capitaine. Il y a quelque chose qu'il faut que je vérifie.

— Tu es sûr que c'est là, Joseph ?

Le jeune homme indiqua le portillon automatique qui s'ouvrait devant le capot.

— Le parking a plusieurs entrées et sorties. Celle-ci nous évite de faire le tour du quartier pour accéder à la zone où Trédeau avait garé son char. Je suis né dans cette ville, vous savez, et les gamins connaissent tous les raccourcis du coin pour aller n'importe où.

Magne eut un léger sourire, malgré la crispation qui lui tordit le ventre lorsque la voiture s'enfonça dans la pénombre du parc de stationnement.

— Je n'en doute pas une seconde, Joseph.

Les pneus crissèrent sur le sol lisse peint en gris clair. Des bandes jaunes guidaient le passage des véhicules, et des flèches indiquaient le sens de circulation. Joseph descendit un étage par une rampe sombre et serrée, puis il prit une rangée à contresens et stoppa près d'une zone fermée au public par des barrières métalliques. Magne reconnut instantanément l'endroit et il se figea en posant le pied hors du pick-up. La dernière fois qu'il était venu ici, il n'avait échappé à la mort que de quelques millimètres. Il porta inconsciemment la main à sa blessure en s'avançant vers les barrières. Sur le sol, la trace blanche qui délimitait l'endroit où Louis Trédeau avait été abattu était encore visible.

Magne s'en approcha lentement, la voix du flic québécois résonnant encore dans un coin de son cerveau.

« Moi j'ai une blonde et deux gamins, deux jumeaux qui passent leur temps à la faire tourner en bourrique. Tiens, regarde ! »

Une tache sombre marquait encore le béton, là où il avait perdu la vie. Lafleur resta respectueusement en retrait, la tête baissée et les mains jointes devant lui. Magne se tourna sur lui-même, inspectant les alentours. Il repéra l'allée par laquelle il avait débouché dans celle où l'inconnue avait résisté à ses ravisseurs, et dont les cris l'avaient alerté. Il se replaça à peu près dans la position où il se trouvait lorsque la scène lui avait sauté aux yeux, deux jours plus tôt.

Les hommes venaient de sa droite, l'un tenant les bras de la femme, l'autre les jambes. Leur trajectoire était de biais par rapport à l'allée et à l'endroit où stationnait la camionnette, et semblait provenir des emplacements de parking du bord droit du souterrain. Ils avaient dû attraper leur victime par surprise au moment où elle manipulait les clés de sa voiture, et donc était plus occupée à ouvrir sa portière qu'à regarder autour d'elle.

Ce qui voulait dire que les assassins connaissaient son véhicule personnel, et qu'ils lui avaient tendu un véritable guet-apens, loin des regards indiscrets, et sans témoin gênant. Sauf que le hasard avait voulu que deux flics sortent d'une réunion et passent par là au même moment.

Magne revint sur ses pas et se tint devant les voitures stationnées contre le mur. Il avait fouillé les poches de tous les vêtements de la victime sans rien trouver, mais une chose était sûre : *il l'avait vue passer devant lui dans le parking avec son trousseau de clés à la main.* Et il aurait pu jurer sur sa propre tête qu'elle ne les avait plus tandis qu'elle luttait contre ses agresseurs en essayant de les griffer sauvagement. De plus, il était quasiment certain que les kidnappeurs n'étaient pas venus chercher la voiture. Qu'en auraient-ils fait ? Un véhicule appartenant à une femme assassinée serait en peu de temps aussi visible qu'une mouche dans un verre de lait, et ne pourrait apporter que des ennuis. De plus, le site de la fusillade avait grouillé de policiers pendant deux jours, et Magne voyait mal les truands tueurs de flics risquer leur tête pour récupérer une voiture compromettante au beau milieu de la ruche.

Donc, la voiture en question devait encore être là. Oui, mais *laquelle ?* La rangée comportait une trentaine de véhicules de tourisme. Magne tenta d'ouvrir les portières, mais elles étaient toutes fermées à clé.

Joseph, qui observait un mutisme et un immobilisme complets en voyant Magne tourner et virer en se grattant le crâne, vit le Français se mettre soudain à genoux, puis à quatre pattes, et commencer à avancer devant les calandres comme un chien têtu qui cherche une balle. Quelques instants plus tard, le capitaine s'allongea sans aucun égard pour son costume, et ramassa un objet d'une dizaine de centimètres de long. Une fois ramené en pleine lumière, il s'avéra qu'il s'agissait d'une barrette à cheveux ornée de piquants de porc-épic cousus en chevrons.

— C'est ici qu'ils ont commencé à la porter, expliqua-t-il à Joseph. Quand elle est sortie de l'ascenseur, elle avait les cheveux attachés, piqués en chignon avec ce truc. Elle l'a perdu en se débattant pendant l'enlèvement. Si elle était en train d'ouvrir sa serrure à ce moment-là, soit les clés sont restées dedans, soit elles sont tombées aussi. Et comme je n'aperçois rien qui dépasse des portières... Tu veux bien me filer un coup de main, Joseph ?

Le jeune homme se glissa derrière les voitures, entre le mur et les coffres des berlines. Sa petite taille lui permettait de se faufiler là où le capitaine serait resté coincé. Il chercha quelques minutes, lui aussi à plat ventre, et il aperçut soudain le porte-clés qui luisait faiblement, coincé dans une goulotte, sous une grille d'évacuation de l'eau de pluie.

— Je l'ai ! Vous avez un truc qui pourrait être bricolé en crochet ?

Magne fouilla dans ses poches, mais ne trouva rien de tel. Il jeta un coup d'œil rapide autour de lui. Le parking était vide.

D'un geste sec, il brisa l'antenne radio d'une vieille Chrysler et la tendit à Joseph sous le châssis de la voiture où il était allongé. Le jeune sergent ne fit pas de commentaire, et il pêcha l'anneau métallique après avoir tordu l'antenne en forme d'hameçon.

Magne hocha la tête en silence en examinant la clé munie d'une télécommande. Il la dirigea alors vers le groupe de véhicules et appuya sur le bouton-poussoir. Une Plymouth grise clignota brièvement en émettant un claquement significatif.

Joseph sortit un mouchoir en papier de sa poche et glissa un doigt sous la poignée, puis il la fit basculer.

— Je vais rappeler la police scientifique, dit-il en se penchant à l'intérieur. Il y a sûrement des empreintes à relever sur ce char. Au moins celles de sa propriétaire, ça pourra nous aider à l'identifier... bien que ce soit difficile de les comparer avec celles du cadavre, à présent...

Il tenta d'appeler avec le talkie, mais le signal était bloqué par l'épaisseur de l'immeuble au niveau du sous-sol. Il se dirigea alors vers les escaliers pour remonter vers la surface. Daniel Magne, la barrette à cheveux à la main, déplaçait précautionneusement les quelques objets présents sur les sièges, à la recherche d'un document qui pourrait le mettre sur la voie. Dans la boîte à gants, il tomba sur un contrat de location de la Plymouth établi au nom de Sarah Duncan, de nationalité américaine, résidant à Philadelphie. Il nota le nom et l'adresse sur le petit carnet qui ne quittait jamais la poche interne de sa veste. La voiture avait été louée cinq jours plus tôt chez Avis, à l'aéroport Dorval de Montréal, pour une semaine. Le membre du personnel avait apposé sa signature au bas du document pour valider le contrat. *Gilles Devigne*. Il pourrait certainement leur fournir quelques précisions sur Sarah Duncan.

Quelques minutes plus tard, le fourgon des experts n'ayant pas pu passer dans l'entrée du sous-sol, les scientifiques descendaient l'escalier en compagnie de Joseph, leur matériel à la main.

Magne donna les clés de la Plymouth au responsable de l'équipe, puis il fit signe à Joseph de remonter dans la Dodge Charger.

— Vous ne voulez pas rester pour assister à la fouille ? demanda le sergent, étonné.

— Pas la peine, on aura le rapport tout à l'heure. Et ce parking me fout les boules.

Lafleur vit le teint pâle de Magne et n'argumenta pas. Il était évident que c'était inutile. Le policier français leva la barrette devant les yeux du jeune homme. Des motifs en relief ornaient les côtés de l'objet, dans un style primitif.

— Ça te dit quelque chose, ce genre de truc ?

Joseph secoua la tête.

— Ça ressemble pas mal à du style autochtone.

— Ça peut venir de la réserve ?

— Ils en vendent des centaines aux touristes, là-bas.

— C'est bien ce que je pensais...

— Mais il y a des boutiques qui en vendent des copies, en ville.

— Beaucoup ?

— En masse...

Magne soupira.

— C'est ce que je craignais aussi...

Chapitre 7

Aéroport de Dorval

Lisa Heslin regardait le sol se rapprocher lentement sous le fuselage de l'appareil. La largeur du fleuve était incroyable, même vue du ciel. Les deux berges semblaient aussi distantes l'une de l'autre que si elles avaient été séparées par un bras de mer. Au-delà des bandes de terres cultivées qui bordaient le courant, la forêt paraissait s'étendre jusqu'à l'infini. Si le soleil voilé avait brillé, les milliers de petits lacs gros comme des têtes d'épingle auraient scintillé comme autant de minuscules pierres précieuses.

Un claquement retentit dans le ventre de l'avion, signifiant que le train d'atterrissage se déployait. La ville apparut plus nettement, et la ligne d'horizon se mit de travers dans le hublot. L'appareil descendit rapidement, puis il se cabra juste au-dessus de la piste. Lisa avala rapidement sa salive avant que les roues touchent le sol, mais le Boeing se posa avec douceur, et elle sentit à peine l'impact sur le béton. Quelques minutes plus tard, elle suivait vers le tourniquet à bagages la file des voyageurs impatients de se dégourdir les jambes après les six heures de vol depuis Paris. Elle récupéra rapidement son unique valise et se dirigea vers les guichets de la douane, où un fonctionnaire maussade l'observa un instant par-dessus son passeport.

— Quelle est la raison de votre séjour, mademoiselle ?

L'air revêche de l'homme lui fit instantanément penser à Floquet, l'agent de garde au Quai des Orfèvres. Lisa lui adressa un sourire enjôleur. Elle pensa une seconde lui dire qu'elle venait chercher un officier de police judiciaire français dans le coma, rien que pour voir la tête qu'il ferait. Peut-être la même que celle du commissaire Estier lorsqu'il allait se rendre compte qu'elle était partie pour Montréal sans même lui demander son avis.

— Tourisme, dit-elle à regret.

— Vous séjournez combien de temps ?

Elle n'en avait aucune idée, et n'avait même pas envisagé de billet retour pour l'instant. Tout ce qui comptait, c'était de retrouver Daniel. Ensuite, elle aviserait.

— Un mois.

L'homme la regarda une nouvelle fois, puis il lui rendit son passeport sans ébaucher la moindre amorce de sourire. Il considéra alors par-dessus son épaule le voyageur qui patientait derrière elle dans la file d'attente.

— Bon séjour au Québec, mademoiselle. Personne suivante !

Phrase machinale. Elle n'existait déjà plus pour lui. Lisa franchit les derniers mètres qui la séparaient de l'intérieur de l'aérogare. Des hommes en costume attendaient des voyageurs d'affaires, une pancarte avec un nom écrit dessus brandie au-dessus de leurs têtes, affichant un sourire de commande. Lisa s'arrêta devant un plan du site. Elle savait que personne n'était au courant de son arrivée, et qu'elle allait devoir se débrouiller seule pour se rendre au centre-ville dans les locaux de la Sûreté du Québec.

Elle était en train d'hésiter entre prendre un bus ou un taxi lorsqu'une voix masculine la tira de ses réflexions.

— Mademoiselle Heslin ?

Surprise, Lisa eut un léger mouvement de recul. Elle leva les yeux vers l'homme puissamment bâti qui lui souriait gauchement en lui tendant la main. De l'autre, il tenait lui aussi une pancarte avec son nom écrit en grandes lettres noires. Les cheveux taillés en brosse, d'un noir tirant sur le gris, il était habillé d'un costume sombre recouvert d'une parka au col de fourrure. Malgré sa masse impressionnante, elle ne décela rien dans son attitude qui aurait pu lui donner une raison de ressentir de l'inquiétude. Son regard, en particulier, était presque timide, même si elle se doutait qu'il ne devait pas utiliser le même avec les hommes.

— Inspecteur-chef Lachance, de la Sûreté du Québec. Bienvenue à Montréal, mademoiselle Heslin.

— Mais... comment...

Le colosse rit et lui posa délicatement son énorme patte sur l'épaule.

— Le commandant Picaud et moi sommes de vieux amis. Il m'a appelé dès qu'il a su par la douane que vous aviez embarqué à Roissy... Et il m'a envoyé une photo de vous.

Lisa était sidérée, et son air embarrassé augmenta encore le rire du commandant. Elle se sentit stupidement rougir jusqu'à la racine des cheveux.

— Il m'a dit qu'il était « inquiet que vous fassiez une bêtise. » Pardonnez-moi : ce sont ses propres termes. Il a fait surveiller les vols en direction du Québec, pensant que vous alliez partir rapidement.

Profitant de son avantage, l'officier saisit la poignée de sa valise.

— Apparemment, il a eu raison... Vous permettez que je porte votre bagage jusqu'au fourgon cellulaire ?

Lisa se détendit et décocha un grand sourire au géant.

— Vous ne me passez pas les menottes, inspecteur-chef ?

— Non, à part si vous avez décidé de faire du trafic d'armes ou de cocaïne...

— Uniquement du rapatriement sanitaire, je l'espère. Comment va le capitaine Magne ?

Lachance s'arrêta devant l'ascenseur menant au parking et posa sur le bouton d'appel un énorme doigt recouvert de poils.

— Il se porte très bien pour un type qui est passé tout près de la mort, mademoiselle.

Lisa s'engouffra dans la cabine à la suite du géant. Le ton du policier avait un léger accent d'ambiguïté qui lui fit dresser l'oreille. Elle s'approcha de lui et demanda d'une voix tendue :

— Que voulez-vous dire ?

Lachance était mal à l'aise. Il ne voulait pas mentir à la jeune femme, ni l'inquiéter outre mesure non plus, mais il sentait qu'il devait lui dire la vérité. Enfin... ce qui était le plus proche de la vérité. Il avait déjà eu à s'occuper d'officiers ayant échappé de peu à une issue fatale lors d'une émeute, et il savait parfaitement que ce type d'événement laissait des traces indélébiles dans la mémoire d'un homme.

— Votre ami a eu un violent choc émotionnel, mademoiselle Heslin, mais il ne le sait pas encore. Pas *vraiment.* Ce genre de choses met parfois du temps à se déclencher, dans un sens ou dans l'autre, et nul ne peut prévoir de quel côté le caractère de la victime va basculer. La balle a failli le tuer, et elle a ôté la vie à quelqu'un d'autre, un officier québécois. Louis Trédeau.

— Oui, je suis au courant de ce qui s'est passé, souffla Lisa.

Lachance sortit de l'ascenseur, suivi par la jeune femme. Une saute de vent glacial lui fit rentrer le menton dans les épaules. Il avança d'un pas vif vers la voiture de police garée à une cinquantaine de mètres d'eux.

— Votre ami culpabilise pour la mort de Louis. Il pense, sans vraiment le formuler pour l'instant, que c'est lui qui devrait être à la morgue, en ce moment. Le connaissant, le commandant Picaud m'a suggéré de le laisser participer à l'enquête. Une sorte d'exorcisme, si vous voyez ce que je veux dire. C'est un peu comme quand on est tombé de cheval et qu'on a eu très peur. Si l'on ne remonte pas tout de suite en selle, il est possible que plus tard on ne le puisse plus du tout. Picaud a jugé qu'il ne fallait pas que le capitaine Magne rentre pour le moment, dans son propre intérêt, en dehors du fait qu'il est le seul témoin visuel de l'enlèvement de Sarah Duncan et du meurtre de Trédeau dans ce parking.

— Sarah Duncan ? demanda Lisa en refermant la porte de la voiture.

Lachance démarra et s'engagea vers la sortie du sous-sol.

— Oui. La femme a été identifiée ce matin grâce à son contrat de location que votre collègue a retrouvé dans son automobile. J'ai contacté les services de la Gendarmerie royale du Canada, qui m'ont rapidement obtenu des renseignements sur elle, par l'intermédiaire du FBI. C'était une Américaine originaire du New Jersey, et établie depuis quelques années à Philadelphie. Une prof d'université. Célibataire, la cinquantaine, mais elle paraissait facilement dix années de moins, d'après ce que Daniel en avait aperçu juste avant son enlèvement. Personne ne sait si elle était accompagnée, ni où elle résidait à Montréal.

— Aucune trace dans sa voiture ?

— Les analyses sont en cours. On n'en sait pas plus pour l'instant.

— Et les assassins du policier, vous avez quelque chose sur eux ?

Lachance soupira.

— Rien à part ce que votre capitaine nous a indiqué. Trois hommes, dont un Asiatique. Celui qui a abattu Trédeau. Les deux autres n'étaient que des ombres. Une camionnette blanche, avec un sticker[1] orange sur le côté, que nous recherchons activement depuis ce matin. C'est à peu près tout.

— Le calibre de l'arme ? demanda machinalement Lisa.

— C'était un P38. Aussi répandu que la grippe, icitte.

Lisa fit la grimace. Effectivement, il n'y avait pas grand-chose à piocher pour l'instant. Lachance lui jeta un œil en diagonale.

---

1. Autocollant.

— Je vous emmène au siège, là, mais vous voulez peut-être que je vous trouve une chambre avant pour vous relaxer un peu ?

Lisa enfonça sa nuque dans l'appuie-tête confortable de la voiture. Elle ferma les yeux et secoua fermement la tête.

— Non, merci. Tout ce que je veux, pour l'instant, c'est voir Daniel.

L'inspecteur-chef opina du menton.

— Bien, mam'zelle. Mais on va devoir l'appeler. Il est reparti en char avec Joseph en fin de matinée.

Il tendit la main vers le talkie, mais Lisa l'interrompit.

— Non, laissez-le rentrer quand il aura fini. Je ne tiens pas à gêner l'enquête. Ça fait plusieurs jours que j'attends ce moment, mais je peux patienter encore un peu. Le siège, ce sera parfait. Vous avez du café, là-bas ?

Lachance éclata de rire. Cette fille était vraiment impayable...

Tandis que Joseph reprenait le volant en direction de l'aéroport, Magne rappela le central de la Sûreté. La secrétaire de l'inspecteur-chef lui indiqua qu'il était sorti, mais qu'elle n'était pas au courant de l'endroit où il s'était rendu. Tout ce qu'elle savait, c'est qu'il riait en quittant le bâtiment. Oui, *il riait*, comme un gamin qui s'apprête à faire une bonne farce. C'était suffisamment rare pour mériter d'être noté.

— Heu... Capitaine...

La voix soudain grave de la secrétaire alerta immédiatement l'officier français, qui ressentit un léger picotement désagréable sur la nuque.

— Oui ? demanda-t-il presque timidement.

— L'enterrement de l'officier Louis Trédeau est prévu après-demain, en début d'après-midi, au cimetière Notre-Dame-des-Neiges. Je... j'ai pensé que vous aimeriez le savoir.

Magne devint soudain sombre. Il passa le bout des doigts de sa main gauche sur sa blessure aux fils proéminents.

— Je vous remercie. J'y serai.

— Très bien. Je préviens l'équipe de Louis. À tantôt.

Elle raccrocha, et le policier français jeta un regard affligé vers les bâtiments qui défilaient sur le bord de la route. Il savait déjà qu'il allait se ronger les sangs en anticipant la cérémonie difficile du surlendemain. Il y aurait la femme de Louis, ses enfants, toute la famille. Et puis ses collègues, ses amis, et parmi tous ces gens, certains le regarderaient comme celui qui aurait dû mourir à sa place, peut-être aussi comme le responsable de sa mort. Après tout, c'était bien lui, Daniel Magne, qui s'était mis à courir comme un dératé en direction des cris, lui qui avait précipité Trédeau à sa poursuite, lui qui lui avait bouché la vue en étant devant lui, et qui avait plongé pour éviter une balle qui l'avait tué.

— Ça va ?

Joseph avait levé le pied de l'accélérateur en voyant le capitaine se frapper le front avec le talkie. Magne soupira et reposa le combiné sur son socle. Il adressa un maigre sourire au jeune homme.

— Je pensais à Louis...

Lafleur reporta son attention sur la route, gêné par le regard sinistre de Magne.

— Je comprends, oui...

Le capitaine laissa passer un moment de silence.

— Tu le connaissais, toi ?

— Pas très bien. Nous ne bossions pas sur le même secteur. Et puis il avait une bonne dizaine d'années de plus que moi. Le soir, il ne traînait jamais dans les bars avec les jeunes.

— Trop pressé de voir sa femme et ses mômes, pas vrai ?

— Oui. Il n'y avait que ça qui comptait. Du moins, c'est ce que disent ceux qui le connaissaient le mieux, au central.

Magne hocha pensivement la tête. Ce métier n'était décidément pas fait pour les pères de famille. À tout moment, une femme de flic pouvait entendre la sonnette de la porte d'entrée ou celle du téléphone avec la terreur viscérale qu'on allait lui annoncer *la* terrible nouvelle. Ses gosses se retrouvaient orphelins avant même d'avoir vraiment appris à connaître leur père. On appelait cela pudiquement les « risques du métier ». Combien y avait-il de chances sur cent de se faire descendre dans un parking avant de voir ses enfants parvenir à l'âge adulte, finalement ?

— Dis-moi, Joseph, il y a quelque chose de prévu, pour l'enterrement ? Je pense à des fleurs, des couronnes, ce genre de gestes, tu vois ?

— La SQ a prévu une belle cérémonie, acquiesça Lafleur. Il est hors de question que madame Trédeau ait quoi que soit à payer pour l'enterrement. L'inspecteur-chef est allé lui-même s'occuper du service funèbre dans l'un des meilleurs établissements de la ville. La pauvre femme, elle n'en avait pas la force. Il y aura des fleurs partout.

— Je tiens à participer, dit Magne d'une voix rauque. Je veux... Je veux qu'il sache que je serai là, moi aussi...

Le jeune policier mit son clignotant pour sortir de la voie rapide en direction des pistes de Dorval. Il hocha la tête, les yeux braqués sur la route.

— Il le sait déjà, Daniel...

Magne tourna brièvement la tête vers lui, puis reporta son attention sur les alentours de l'aéroport. Une autre voiture de patrouille les croisa, mais trop rapidement pour avoir le temps de discerner les visages de ses occupants.

Il pensa alors brusquement à Lisa, qui n'avait aucune nouvelle de lui depuis deux jours. Il se demanda comment elle avait pris les choses, et il se promit de l'appeler le soir même, dès qu'il serait seul.

Au diable les ordres. Elle était ce qu'il avait de plus cher dans sa vie, et jamais le besoin de le lui dire ne s'était fait sentir aussi fort. Il éprouvait physiquement sa présence, comme si elle avait été assise à côté de lui, à ce moment précis.

Il se botta mentalement le derrière. Lisa se trouvait à plus de 6500 kilomètres de lui, à cette heure. Un peu plus, et il se mettrait à sentir son parfum.

Il commençait vraiment à se faire vieux...

Chapitre 8

Aéroport de Dorval

— On y est ! dit Joseph en se garant derrière une brochette de véhicules portant le logo de la société Avis.

La moitié des places du vaste parking étaient vides. Le commerce de location se portait visiblement bien.

Un jeune homme en costume anthracite, cravate bleu ciel sur chemise blanche impeccable, se précipita à leur rencontre, une plaquette munie d'un contrat vierge déjà prête à la main. La raie bien nette et le poil rasé de près, il jaugea ses visiteurs d'un œil exercé et parut soudain plus réservé.

— Messieurs... Puis-je vous aider ?

— Oui, dit Joseph. Sûreté du Québec. Nous recherchons un certain Gilles Devigne. Pouvons-nous lui parler, s'il vous plaît ?

À l'air morose que le jeune cravaté arbora soudain, comprenant que son après-midi allait être moins rentable que d'habitude, Magne comprit qu'ils n'auraient pas à chercher plus loin.

— C'est moi. Mais pour quelle raison...

— Un meurtre, monsieur Devigne, précisa Lafleur d'une voix plus grave que la sienne, qu'il cherchait à rendre intimidante. Une femme. L'une de vos clientes, Sarah Duncan. Ça vous dit quelque chose ?

L'employé n'hésita pas une seconde.

— Oui, je me souviens très bien d'elle. Elle est venue me louer une Plymouth dimanche soir, le 20. La quarantaine, environ. Elle avait beaucoup de classe. Vous dites qu'elle est morte ?

— On ne peut plus morte, monsieur Devigne. Nous ne connaissons pas pour le moment quelqu'un qui l'ait vue vivante après vous. Quelle impression vous a-t-elle faite, véritablement ? Je veux dire... Sa façon de parler, son attitude... Était-elle pressée, nerveuse, en colère ?

Visiblement pris par le ton autoritaire du sergent, Devigne se creusa les méninges avec ostentation, subitement désireux d'aider la police de son pays, et soucieux que cela se voie. Magne perçut un mouvement dans la cabine de l'accueil. Un visage de femme était apparu à la fenêtre et les observait.

— C'est votre patronne ? demanda-t-il en la désignant d'un geste imperceptible du menton.

— Oui, souffla le jeune homme. Elle surveille constamment les employés. J'ai un contrat provisoire. Faut que je fasse du chiffre...

— OK, dit Joseph. On n'en a pas pour longtemps, si vous nous répondez rapidement. Dites-moi... comment était-elle, ce jour-là, quand elle est venue ici ?

Devigne avait apparemment ramené ses souvenirs à la surface. Il n'hésita pas.

— Elle portait un ensemble pantalon tailleur, dans les tons clairs. Elle avait des chaussures noires à talons, mais elle a mis une paire plate juste au moment de conduire la voiture.

— Elle voyageait seule ?

— Oui.

— Des bagages ?

— Une valise et un sac de cabine, c'est tout.

— Vous avez une idée d'où elle venait ?

— Des États-Unis.

— Philadelphie ?

Devigne regarda Magne d'un air surpris, avec l'air de se demander l'intérêt qu'il y avait à lui poser des questions dont on connaissait déjà la réponse.

— Oui. Philadelphie, via New York.

— Vous en êtes sûr ?

Devigne secoua énergiquement la tête.

— Oui, oui. J'ai mis sa valise dans le coffre. C'est bien ce qui était indiqué sur le coupon de vol. On doit vérifier pour les réservations.

Magne écrivait au fur et à mesure les indications du jeune homme sur son calepin. Il resta un instant le stylo levé, relisant ses notes.

— Vous disiez qu'elle avait de la classe... Vous pouvez préciser ?

Les yeux de Devigne s'allumèrent.

— Elle était... enfin...

— Bien balancée ? suggéra Magne, qui évacua de son esprit l'image du cadavre luisant sous la pluie au pied d'un pilier de pont.

Devigne rougit légèrement.

— À tomber raide ! confirma-t-il en baissant la voix. Des yeux clairs un peu bridés, des cheveux longs et soyeux, un parfum qui lui collait tellement à la peau qu'il vous mettait la tête à l'envers. Pour une femme de son âge, elle était vraiment exceptionnelle.

Magne lança un bref regard au jeune homme.

— Vous avez quel âge, vous, monsieur Devigne ?

— Vingt-trois ans, pourquoi ?

— C'est bien ce que je pensais... Dites-moi, est-ce qu'elle vous a paru inquiète, voire angoissée ?

— Non, pas du tout.

— Vous a-t-elle demandé conseil pour un hôtel en centre-ville ou ailleurs ?

— Non.

— Bon, dommage. Quelque chose d'autre ?

— N... non, je ne vois pas.

Magne referma son calepin et le glissa dans sa poche intérieure, puis il jeta un coup d'œil à Joseph, comme pour s'excuser d'avoir conduit l'interrogatoire à sa place.

— Je pense que ça devrait être tout pour le moment, intervint le sergent Lafleur. Je vous remercie de ces informations. Si quelque chose vous revenait après notre départ...

Le jeune homme leva l'index devant ses lèvres, comme pour cristalliser sur le bout de la phalange une pensée qui risquait de s'envoler.

— Il y a juste un truc...

— Oui ?

Devigne se gratta la tempe d'un ongle soigneusement entretenu.

— Elle avait une voix qui ne collait pas avec le reste de sa personne. Plutôt autoritaire, et assez forte. On l'entendait de loin. Quand elle m'a appelé sur le parc auto pour me montrer la Plymouth qu'elle avait réservée, elle était au moins à trente mètres d'où je me tenais, et je l'ai parfaitement bien entendue, comme si elle avait été juste devant moi. Ensuite, elle a négocié le tarif de la voiture à – 20 %, et la patronne a accepté en moins de dix minutes. J'avais encore jamais vu ça...

Magne laissa son regard glisser sur l'alignement des véhicules de location.

— Une maîtresse femme... dit-il rêveusement.

Il évoqua à nouveau les quelques secondes pendant lesquelles il l'avait vue vivante, sortant de l'ascenseur et marchant d'un pas ferme et rapide dans le parking sombre vers sa voiture. Elle avait jeté un regard vers Trédeau et lui, avec circonspection, mais sans crainte réelle. Combien de femmes seules, tombant sur deux hommes en train de discuter dans un endroit aussi isolé, auraient prudemment rebroussé chemin en attendant quelques minutes que les inconnus aient disparu ? Elle, elle avait jaugé en un instant qu'ils ne représentaient pas de danger et avait continué à marcher sans plus s'occuper d'eux.

— Ses cheveux... dit-il soudain, étaient-ils attachés ?

— Non. Ils lui arrivaient plus bas que l'épaule. Je me souviens que quand elle s'est penchée pour regarder sous la voiture, elle a glissé une mèche derrière son oreille, pour les retenir.

Magne le dévisagea, stupéfait.

— Vous êtes en train de me dire qu'elle s'est accroupie pour inspecter le dessous de la Plymouth ?

— Oui. J'ai pensé qu'elle s'y connaissait un peu et qu'elle voulait voir l'état général de la voiture...

— Et vous la louez souvent, celle-là ?

Devigne fit la moue.

— Elle est assez ancienne, maintenant, et le parc est beaucoup plus attrayant sur de nombreux modèles : Ford, GMC, Pontiac, on a tout ce qu'il faut. Même des 4 × 4 pour les routards qui veulent se balader sur les pistes, dans les bois. Comme ce gros pick-up break, là, derrière vous. Mais certains clients sont nostalgiques, parfois, et ils veulent un véhicule très précis. Cette Plymouth a quand même un certain succès.

Tout en parlant, les trois hommes s'étaient approchés de l'ancien break 4 × 4 Ford dont la peinture ne payait pas de mine. Devigne faisait l'article du vieux clou que Joseph n'aurait pas voulu dans son jardin, même pour y mettre des poules.

— Celui-ci, disait-il en caressant amoureusement la carrosserie défraîchie, je l'ai loué trois fois le mois dernier. Au prix du neuf.

— Ça alors ! répondit Magne, très intéressé. Et comment vous faites ?

Devigne lui fit un clin d'œil.

— C'est une idée que j'ai vendue à la patronne. Sur ce 4 × 4, qu'on a acheté d'occasion pour une bouchée de pancake, on ne révise que le moteur. Il doit être sans défauts, irréprochable, parce que personne n'aime tomber en panne à plusieurs heures de piste de la première route goudronnée. En revanche, on ne prend pas de garantie pour l'état extérieur. Et donc, pour les chasseurs, les pêcheurs, et d'une manière générale tous les adeptes du sport outdoor[1]...

— ... c'est la tranquillité assurée, conclut Magne en donnant une tape sur le bras de Devigne. Drôlement futé, mon garçon ! Et vous vous en sortez ?

— Les gens s'aventurent rarement hors des pistes, ce qui n'abîme pas spécialement les pneus. La forêt est dense, ici, et il vaut mieux y pénétrer à pied. On a quelques amortisseurs à changer de temps en temps, et je n'ai eu qu'une seule casse d'essieu. Pour la

1. Activités de pleine nature.

carrosserie, on s'en fout, et tout le monde y gagne. On ne facture pas les rayures. Moins de réparations pour nous, moins de risques et d'argent gardé en caution pour eux. C'est l'un des véhicules les plus rentables du parc.

Magne hocha la tête, impressionné.

— Et la Plymouth, à votre avis, qu'est-ce qu'elle a de spécial qui a pu justifier son choix ?

Devigne haussa les épaules.

— Je vous l'ai dit : la nostalgie. Celle d'un âge révolu de la belle Américaine. Il y en a qui les aiment « dans leur jus ». Celle-ci est un vieux modèle un peu plus haut sur pattes que la moyenne. Ça permet de rouler pratiquement partout, tout en restant d'un encombrement moyen en ville.

— Mouais... fit Magne, les doigts sous le menton. Et de la part de cette fille sophistiquée, ça ne vous a pas étonné ?

Le jeune homme le regarda, perplexe. Il produisit un bruit de pet avec la bouche.

— Ben... non, pourquoi ?

— Ouaip. Je vois. Merci, monsieur Devigne, dit Magne en lui secouant vigoureusement la main. Vous nous avez décidément été d'une grande aide.

— Heu... Pas de quoi, monsieur... répondit l'employé en jetant alternativement un air un peu surpris aux deux hommes. Oh ! je crois que la patronne arrive. Faites attention, elle est pas commode...

La femme était sortie de son abri vitré et se dirigeait rapidement vers eux, les mains enfoncées dans les poches de son manteau.

Elle s'arrêta non loin de Lafleur, lorgnant sur le logo de la Sûreté du Québec qui ornait les portières de la Dodge Charger avec laquelle ils étaient arrivés.

— Vous êtes de la police ? demanda-t-elle d'un ton peu avenant, malgré l'évidence.

— Oui, m'dame, répondit Lafleur. On est venu à propos d'une de vos clientes, celle qui vous a loué la Plymouth. Elle a été enlevée et assassinée.

— J'ai écouté les infos, et je sais ce qui lui est arrivé, lâcha-t-elle sèchement. Et la Plymouth, je la récupère quand ?

Magne la considéra avec un air de léger dégoût. Cette femme semblait plus affligée par l'immobilisation de sa voiture que par la mort violente de sa cliente.

— Le véhicule est actuellement dans les mains des experts scientifiques. Il vous sera restitué dès que l'instruction de l'affaire le jugera possible, répondit posément le sergent. En attendant, il va être immobilisé à la fourrière de la Sûreté.

La femme pinça les lèvres, affichant ouvertement son mécontentement.

— Je n'y peux rien, si elle est morte, ajouta-t-elle, comme si elle avait pu lire dans les pensées du policier. Mais j'ai une entreprise à faire tourner, et je vous prie de faire le nécessaire pour que la voiture revienne dans mon parc le plus rapidement possible. Merci.

Là-dessus, elle tourna les talons sans attendre de réponse et revint sur ses pas à grandes enjambées rageuses.

— Joseph, je peux te donner mon avis ?

— Volontiers, Daniel. Je vous écoute.

— Ça va peut-être te sembler idiot, mais je pense que cette foutue barrette qu'elle avait dans les cheveux est importante. Il y a *un sens*. D'autre part, il faut retourner inspecter la voiture. Il y a quelque chose de pas normal dans le fait qu'une femme plutôt classe loue une caisse aussi atypique pour elle. De plus, mon petit doigt me dit que le temps est important dans cette histoire. Ce qui me le fait croire, c'est la cruauté avec laquelle on l'a torturée avant de la balancer bien en vue sur le bord de ce chemin. Les ravisseurs n'ont pas eu ce qu'ils voulaient, et ils sont pressés. Avec cette mise en scène, ils voulaient le faire savoir à quelqu'un, j'en suis persuadé. Peut-être pour le pousser à agir de son côté, je ne sais pas. Toute la question, dans cette éventualité, est de trouver *à qui* le message est destiné. À mon avis, si les tueurs voulaient juste se débarrasser du corps, c'était tout de même plus facile de le balancer dans le fleuve, non ? Tu ne crois pas ?

Lafleur acquiesça mollement. Il avait suivi des yeux le retrait de la gérante de la société de location, et ne pouvait évacuer de ses lèvres une moue contrariée. Daniel lui donna une bourrade amicale.

— Laisse tomber, Joseph, ce n'est pas la dernière salope que tu rencontreras. Dis-moi, tu disais que la Plymouth a été emmenée à la fourrière ?

Le jeune intendant soupira et opina du chef.

— À celle de la Sûreté, normalement. Rue Parthenais. Mais parfois on manque de place, et on met les voitures dans des fourrières privées. Ça fait plusieurs affaires consécutives où l'on est obligé de mettre les véhicules au garage dans un établissement de la rue Rosemont. Elle doit y être, maintenant, si les experts ont terminé leurs examens.

Joseph passa un rapide coup de fil au centre, qui confirma que la voiture de Sarah Duncan venait d'atterrir rue Rosemont. Au moment où il raccrochait, le téléphone que Lachance avait remis à Magne la veille sonna dans la poche de sa veste. Le capitaine reconnut la voix à présent familière de l'inspecteur-chef.

— Daniel, tu es avec Joseph ?

— Exact. Nous sommes à Dorval. Nous partons de la société de location de voiture pour la fourrière. Un point important à vérifier rapidement sur la voiture de Sarah Duncan.

— Bien. Laisse Joseph y aller seul et rejoins-moi au QG le plus tôt possible. Le coroner est là, et il veut te voir tout de suite. Ensuite, j'ai toute une collection de visages de truands orientaux à te montrer. À propos, tu peux prendre une location de char, puisque tu es chez Avis. Je me débrouillerai avec les frais généraux, OK ?

Magne sourit. Il posa avec envie les yeux sur le vieux break Ford.

— Je pense pouvoir dénicher ça ici, inspecteur...

— Tu retrouveras le chemin jusqu'à la rue Parthenais ?

— Pas de problème. Joseph va m'expliquer.

— Parfait. À tantôt, capitaine !

Magne raccrocha, et il fixa l'employé d'Avis avec l'air d'un gamin de dix ans qui arrive au pied du sapin de Noël après une longue nuit d'attente.

— Topez là, jeune homme ! s'écria-t-il avec un grand sourire avant de frapper la paume d'un Gilles Devigne abasourdi. Ce break est exactement ce qu'il me faut ! Vous m'avez convaincu ! Je vous le prends pour deux semaines, et je vous paye d'avance, ça ira ? Le plein est fait ?

Les dollars sortis comme par magie de la poche de Magne rendirent le sourire au jeune commercial qui adressa au policier français un regard plein de reconnaissance.

— Oui, monsieur. Et je vous garantis que vous n'aurez pas d'ennuis avec ce véhicule. Vous pourrez aller n'importe où avec. C'est un vrai coucou suisse.

— Très bien, alors allons signer ce contrat.

Quelques minutes plus tard, Daniel Magne ressortait du bureau avec une feuille rose à la main et un sourire qui s'étendait d'une oreille à l'autre.

— J'ai toujours rêvé d'avoir un tank comme ça, dit-il à Joseph en lui collant une grande claque dans le dos. Maintenant que j'ai un char, moi aussi, on va se séparer un peu, Joseph.

— Vous êtes sûr que ça va aller ?

— Certain. Instructions du commandant. Je dois rentrer là-bas pour être interrogé par le coroner, mais il faut inspecter la Plymouth. Je suis prêt à parier ce que tu veux qu'elle a un petit secret, cette voiture.

Joseph hocha la tête, mais sans enthousiasme.

— OK. Je me fie à votre instinct... Qu'est-ce que je dois chercher ?

— Tout ce qui te semble sortir de la normale. Quelque chose qui ne serait pas d'origine sur la voiture, ou caché dans un petit coin. Je te rejoins dès que possible. Au fait, dis-moi, c'est quoi, exactement, un coroner ? Un juge ?

— Non, pas du tout. Plus précisément, c'est un officier civil, mandaté par l'État, qui instruit une enquête criminelle. C'est lui, ou l'un de ses représentants, qui intervient dans la majorité des morts violentes, ou suspectes. Il convoque les experts scientifiques, fait se déplacer le médico-légal, ordonne l'enquête... C'est un peu le chef d'orchestre, si vous voulez. Mais ce n'est pas un juge. Il n'a aucun pouvoir à ce niveau-là. En revanche, il doit rédiger un rapport sur l'affaire et le fournir à la justice en indiquant ses propres conclusions. Le procès, s'il y a lieu, est ensuite conduit par un magistrat, comme en France.

Magne hocha la tête, puis il lui tendit une main amicale.

— Va pour le coroner...

Lafleur serra la main tendue. Il lui déplaisait fortement de laisser le Français partir seul au volant du break dans une ville qu'il ne connaissait pas, mais les instructions du commandant Lachance ne se discutaient pas.

— C'est correct, céda-t-il. Laissez-moi vous donner un plan de la ville. J'en ai un dans la Dodge.

Magne lui sourit, puis il monta dans le Ford en prenant appui sur le marchepied. La hauteur de l'habitacle était complètement nouvelle pour lui, et la largeur de l'engin aussi impressionnante que la longueur. Trois hommes pouvaient tenir assis côte à côte, et très à l'aise. Un espace d'environ deux mètres de large, derrière les sièges, était suffisant pour emporter tout ce qui pouvait craindre l'humidité lors d'une virée de chasse ou de pêche. Au-delà, la cloison marquait la délimitation de l'immense plateau arrière muni de ridelles, où l'on pouvait charger à peu près tout ce qu'on voulait : des tentes, tronçonneuses, bidons de carburant, carcasses de gibier, et autres objets encombrants.

Magne tourna la clé de contact, et un grognement sourd lui répondit instantanément. Il n'y connaissait rien en mécanique, mais il ne fallait pas être grand clerc pour comprendre que la bête avait des ressources sous le capot. Il passa la marche avant, accéléra du pied droit, et appuya instinctivement du pied gauche pour embrayer, ce qui eut pour effet instantané de le propulser contre le volant lorsque le pick-up pila dans un crissement de pneus.

— Ah, merde ! Qu'est-ce que c'est que ce bordel ?

Le visage hilare de Joseph Lafleur apparut à la portière, tandis que Magne essayait de garder un air digne. Il lui fit signe d'ouvrir la vitre, un sourire compatissant collé sur les lèvres, puis il lui tendit le plan en essayant de ne pas éclater de rire.

— La pédale de gauche, chez nous, c'est le frein ! expliqua-t-il patiemment. Si vous pesez sur le gaz en même temps...

Magne jura, furieux d'avoir oublié une seconde que, outre-Atlantique, presque toutes les voitures sont à boîte automatique. Il cala son pied gauche dans le bâti du plancher pour lui interdire tout usage intempestif du frein, puis il appuya doucement du droit sur le champignon. Le break avança alors docilement et sans le moindre heurt.

Le policier progressa avec précautions jusqu'à l'entrée du parking, où il fit signe à Joseph par la portière que tout allait bien, puis il s'engagea prudemment dans la circulation en direction de l'autoroute Chomedey, que le plan indiquait comme la voie la plus rapide pour rallier le centre-ville depuis l'aéroport. Il avait hâte de ne plus sentir le regard amusé du jeune sergent dans son dos.

Au premier feu rouge, il manqua de peu de recommencer son erreur, et retint son pied juste à temps. Il parvint finalement sans encombre jusqu'à la voie rapide, qu'il suivit jusqu'à l'embranchement de l'autoroute du Souvenir, sur laquelle il n'eut plus qu'à se laisser guider en direction du centre.

Un quart d'heure plus tard, il roulait sur le boulevard René-Levesque en tenant bien sa droite. La voie était large, et il se sentait plutôt à l'aise avec le monstre, une fois le premier contact passé. Il repéra quelques noms de rues au passage, puis, afin de consulter son plan, il s'arrêta sur une place de stationnement à l'approche du pont Jacques-Cartier près duquel, il le savait à présent, se situait le centre névralgique de la Sûreté du Québec.

Tandis qu'il approchait du but, il se demanda ce qui pouvait bien avoir motivé un appel si pressant de l'officier. La circulation devenant plus dense, il évacua la question et se concentra sur sa conduite. Il ne tenait pas à diminuer son attention au milieu des feux de signalisation tricolores, qu'un technocrate farceur avait curieusement placés de l'autre côté de chaque carrefour. Si les Québécois étaient visiblement très habitués au procédé, il n'en demeurait pas moins qu'il était assez déstabilisant pour un Européen qui en était encore à se demander sur quelle pédale appuyer pour éviter de s'écraser le nez contre le pare-brise, ou de s'arrêter contre un bus.

Quelques coups de klaxon furieux – qui le laissèrent de marbre – plus tard, il garait le break sur le parking du quartier général de la rue Parthenais.

Il sortit alors du 4 × 4 en sifflotant et se dirigea vers l'accueil, où la silhouette massive de l'inspecteur-chef Lachance l'attendait déjà en compagnie d'un homme de haute taille aux cheveux d'argent. Vêtu d'un costume impeccable, l'inconnu le regardait approcher à travers la vitre pare-balles, et son regard ne le quittait pas d'un pouce.

Chapitre 9

Plutôt que de remonter vers le centre, Joseph décida de passer plus au nord et opta pour la rue Sherbrooke. Une fois parvenu sur le boulevard Pie-IX, il tourna à gauche et se rendit jusqu'au croisement du boulevard Rosemont.

Il parcourut l'artère jusqu'au portail de la fourrière, facilement identifiable avec l'enroulement de barbelés au sommet des vantaux, qui était suffisamment important pour attirer l'œil, même de la route. Lafleur se rangea sur un emplacement libre un peu plus loin et remonta la rue en marchant, tout en observant les hauts murs hérissés de tessons de bouteilles. Une plaque métallique gravée expliquait clairement que l'endroit n'était pas un moulin, et que tout intrus pénétrait dans les lieux à ses risques et périls.

Il avisa une sonnette couplée à un visiophone, et il appuya dessus plusieurs fois avec assurance, sur un tempo du genre « coucou, c'est moi ». Une voix dure jaillit immédiatement de l'appareil, montrant que le personnel de surveillance n'était pas payé seulement à jouer aux cartes. Un type devait l'avoir repéré déjà bien avant qu'il n'appuie sur le bouton d'appel. Dans la cour, plusieurs chiens se mirent à aboyer furieusement.

— Qui êtes-vous ?

Joseph produisit son badge bien en face de la lentille de la caméra.

— Sergent Joseph Lafleur. Je viens inspecter la Plymouth que vous avez ramenée ce matin.

L'homme se discuta pas plus longtemps et déverrouilla la clenche électrique du portail.

— Au fond à gauche ! jeta-t-il avant de couper la communication.

Joseph poussa le vantail avec précaution, cherchant à localiser les aboiements et l'endroit où se situait leur origine. Il s'avança prudemment dans l'enceinte, mais respira plus librement quelques pas plus loin. Trois molosses tournaient dans une cage entre le sas d'entrée et l'accueil, et il fit un écart pour passer au large des barreaux sur lesquels ils appuyaient bruyamment leurs truffes en cherchant à capter son odeur. Une porte en acier s'ouvrit au rez-de-chaussée d'un vieux bâtiment en briques rouges, et un homme en bleu de mécanicien, costaud mais bedonnant, vint l'accueillir sur le seuil. Il vérifia sa carte une nouvelle fois, puis lui fit signe de le suivre dans le local. Sur un meuble bas, un match de hockey tournait en sourdine sur un poste de télévision portable. Il avait certainement dû baisser le son pour parler dans le micro de l'interphone. Deux autres employés les observaient d'un air maussade. Le score devait être serré, et le match était en direct.

— Entrez, sergent, dit-il en se grattant une barbe naissante. Désolé pour l'accueil, mais nous devons être très vigilants. Ce sont les ordres.

Joseph sourit, compréhensif. Il désigna les chiens et le portail en pointant le pouce dans son dos.

— Vous êtes plus protégés qu'à la Banque Centrale, dans votre sous-marin !

L'homme hocha gravement la tête.

— Vous savez qu'on a de temps en temps des voitures sensibles, ici, saisies lors de crimes en tous genres. Certains de ces véhicules sont des vraies pièces à conviction, et il y a parfois des gens qui voudraient faire disparaître ce genre de trucs en fumée.

— Et la Plymouth ?

Le gardien se dirigea vers l'arrière de la pièce, et il ouvrit une porte vitrée qui donnait sur un immense hangar qui abritait un nombre impressionnant d'automobiles.

— Elle est vers le fond, à droite, juste derrière le van rouge, vous voyez ?

— OK. Merci.

Le gros homme lui tendit les clés et fit mine de l'accompagner. Joseph lui adressa un clin d'œil. Tout ce qu'il voulait, c'était que ce type se tire de là et le laisse seul avec la voiture.

— Je ne voudrais pas vous faire rater la fin de la rencontre. C'est quelles équipes ?

L'homme sembla s'illuminer de l'intérieur.

— Les *Red Wings* de Détroit contre les *Canadiens*[1]. On va leur mettre une branlée, à ces Ricains !

— Je n'en doute pas une seconde, acquiesça le jeune sergent.

— Vous êtes sûr, vous n'avez pas besoin de moi ?

Pour toute réponse, Joseph enfila une paire de gants de latex et les fit claquer sur ses poignets, puis il agita les doigts devant lui.

— Vous savez, dit l'homme en hésitant, je suis supposé rester avec vous tout le temps...

---

1. Équipe emblématique du Québec.

Lafleur lui sourit d'un air complice.

— Ne vous inquiétez pas de ça. Ce détail restera entre nous.

L'employé leva le pouce bien haut.

— Merci, vous êtes chouette.

Puis il fit demi-tour et partit à grands pas assister au destin de la rencontre Détroit-Montréal sur petit écran. Quelques instants plus tard, Joseph Lafleur se retrouva seul face à la voiture de Sarah Duncan. Par chance, le van voisin était suffisamment haut pour qu'aucun curieux n'assiste à son examen.

Il commença par faire lentement le tour de la Plymouth, observant chaque détail de la carrosserie, chaque cicatrice laissée par les années de location successives, puis il inspecta consciencieusement l'habitacle, prenant tout son temps pour en examiner chaque centimètre carré. Mais en dehors des papiers froissés retrouvés à l'arrière, des publicités qu'elle avait dû ôter de sous ses essuie-glaces et jeter par-dessus son épaule après les avoir froissés, il ne dénicha rien de particulier. Les serrures ne semblaient pas avoir été forcées. Personne ne l'avait donc fouillée avant les experts.

Par acquit de conscience, il lissa du plat de la main les feuilles que la police scientifique avait déjà analysées et les aligna sur le siège arrière. Trois d'entre elles étaient identiques. En bas de l'une des publicités, un numéro de téléphone avait été souligné d'un trait de stylo noir. Ce qui signifiait qu'elle y était allée, ou tout au moins qu'elle en avait eu l'intention.

Il s'agissait d'un restaurant japonais, le *Hokkaido*, situé promenade Sir-William-Osler, juste en contrebas de la rue des Pins, l'artère qui longe la bordure sud du

Mont-Royal, quelques centaines de mètres au nord du centre-ville.

Joseph sortit son portable pour appeler Daniel Magne, mais il réalisa qu'il n'avait pas mémorisé son numéro. Il ne pouvait joindre que le central. Il décida alors d'attendre la fin de son examen de la voiture pour contacter l'inspecteur-chef Lachance. Il plia le papier froissé et le rangea dans sa poche de veste, puis il referma doucement la portière, s'apprêtant à faire à nouveau le tour de la Plymouth, centimètre par centimètre, histoire d'être bien certain que rien n'avait échappé à son examen.

Soudain, il s'immobilisa. Un bruit infime venait d'attirer son attention, comme celui d'un film plastique frottant sur quelque chose de dur. Il écouta, l'oreille aux aguets, mais le bruit s'était arrêté. Il ouvrit à nouveau la portière, puis le referma plus sèchement. Le froissement se reproduisit, un peu plus nettement, cette fois. Le policier actionna la poignée et s'accroupit à la hauteur du rembourrage intérieur, qu'il suivit du bord de l'index sur tout son pourtour. Près de la charnière, une rayure agrippa la peau de latex recouvrant son doigt.

Joseph glissa le bout de la lame de son canif entre la tôle et l'habillage, et il fit sauter un petit clip de plastique qui maintenait celui-ci en place. Il répéta la même opération une dizaine de fois avant que l'ensemble se désolidarise du bâti. Derrière, entre les armatures métalliques de la porte, un petit sac plastique enroulé sur lui-même était dissimulé, enfoncé dans une pliure du métal. Le jeune sergent cueillit le sac du bout des doigts et ouvrit le sachet avec précautions. Lorsqu'il sortit l'objet pour l'observer de près, un mince résidu blanc tomba dans le bâti de la portière.

Incrédule, il tendit sa découverte devant la lumière blanche des néons. Il s'agissait d'une vertèbre, d'une taille sensiblement équivalente à celle d'un humain. Elle était en très mauvais état, comme si elle avait traîné durant de nombreuses années dans l'humidité.

Joseph n'avait pas le moindre début d'explication de la raison pour laquelle quelqu'un s'était donné la peine de démonter la moitié de la portière pour y cacher un os aussi abîmé. Il s'était attendu à de la drogue, une arme, ou quelque chose d'autre dans ce genre d'activités répréhensibles, mais *ça*...

Était-ce Sarah Duncan qui l'y avait dissimulé, ou bien cela remontait-il à une location précédente de la Plymouth ?

Instinctivement, Joseph penchait pour la première solution. La rayure sur la carrosserie était très récente, et il y avait fort à parier que si une autre personne que Sarah Duncan s'était livrée à ce jeu curieux auparavant, elle aurait pris soin de récupérer l'os en question avant de rendre la voiture au loueur. Il était encore trop tôt pour formuler une hypothèse, mais la personnalité de cette femme prenait à présent un tout autre visage, et du statut de victime elle bifurquait lentement vers celui de point d'interrogation.

Voire de fouteuse de merde.

Car quelles qu'aient pu être les raisons qui avaient motivé sa présence à Montréal, l'Américaine avait visiblement très vite mis le feu à la poudre d'un canon dirigé droit sur sa propre tête.

Renonçant à pousser plus loin son examen de peur d'abîmer la pièce à conviction, il remit la vertèbre dans le sac et glissa le tout dans la poche de sa veste, puis il s'appliqua à remettre en place l'habillage de la portière.

Au bout de quelques instants, cependant, il finit par abandonner, les clips récalcitrants refusant de reprendre leur place dans le châssis métallique. Peut-être avait-il mal encliqueté le premier...

Il haussa les épaules et se redressa. Après tout, il avait plus urgent à faire...

Il abandonna alors la Plymouth et revint pensivement vers la salle des gardes. En traversant le hangar, il ôta ses gants et les jeta dans une poubelle, puis il remercia l'employé qui s'était entre-temps replongé dans son match. L'homme lui fit un salut distrait avant d'être à nouveau absorbé par la rencontre, happé par les hurlements de ses camarades, apparemment fervents supporters des *Canadiens*.

Lorsqu'il sortit de la fourrière, Joseph fit un nouvel écart prudent devant la cage des chiens, à présent indifférents, qui le gratifièrent au passage uniquement d'une œillade maussade. En remontant dans sa Dodge de service, il déplia le prospectus trouvé dans la Plymouth.

Il visualisait très bien la promenade Sir-William-Osler, qui montait assez raide vers le mont Royal. De mémoire, elle finissait en impasse au pied d'un long escalier de bois menant vers l'hôpital central et le parc. Cependant, il n'avait aucun souvenir de l'implantation d'un restaurant japonais dans ce secteur plutôt résidentiel. Il devait vraiment être très récent. Il y avait bien quelques établissements ouverts toute la nuit pour accueillir les étudiants de l'université voisine, mais ce genre de commerce était assez rare dans le quartier.

Intrigué, il prit le chemin de la rue des Pins. De cette artère qui surplombait la ville, longeant le pied des collines qui grimpaient vers le mont lui-même, il aurait une vue plongeante sur la promenade, avant même d'y mettre les pieds.

Un quart d'heure plus tard, il se gara près de l'endroit où débouchait l'escalier, ce qui lui permit d'attendre un peu au chaud tout en ayant une visibilité totale sur le périmètre. À sa droite, un chemin de randonnée s'enfonçait entre les arbres du parc et disparaissait peu après dans l'obscurité. Au pied d'un immeuble, juste avant le croisement de la promenade avec la rue Docteur-Penfield, il aperçut l'enseigne d'un restaurant qu'il ne connaissait pas. De là où il était, il devinait des lettres japonaises noires sur fond blanc, bordée d'une fine ligne d'un rouge éclatant.

Tandis qu'il patientait en fumant une cigarette, l'œil rivé sur l'entrée du restaurant, Joseph Lafleur se demanda pourquoi il n'allait pas directement frapper à la porte. Quelque chose lui soufflait de ne pas le faire, et d'attendre suffisamment avant de prendre une décision. Il détestait rester inactif trop longtemps, mais il avait appris à tenir compte de la petite voix qui lui suggérait d'être prudent, et jusque-là elle avait souvent eu raison, même si parfois ses motifs restaient particulièrement obscurs. Son esprit avait-il perçu un détail dont seul son inconscient avait relevé l'importance ? Avait-il croisé dans la rue un visage qu'il aurait dû reconnaître ? Un véhicule ? *Une camionnette blanche ?*

Joseph s'enfonça dans son appuie-tête. Il rembobina mentalement les dernières images gravées dans sa mémoire. Il n'avait rien de mieux à faire que d'attendre, et il se cala dans une position confortable, un peu dissimulé à la vue du trottoir par la hauteur de la portière. Le repas se prend tôt au Québec, et il pensa qu'il pourrait pousser la porte du restaurant vers dix-huit heures sans se faire spécialement remarquer. D'ici là, il pourrait se consacrer à surveiller les allées et venues dans la rue. Si Sarah Duncan avait récupéré trois prospectus du *Hokkaido* sur son pare-brise, c'est que sa voiture était habituellement garée près du restaurant, ou tout au moins dans les environs immédiats.

Dans la rue, où le *Hokkaido* semblait être la seule exception commerciale dans une zone purement résidentielle, les piétons se comptaient sur les doigts d'une seule main. La pluie mêlée de neige, qui avait concédé une accalmie en début d'après-midi, menaçait de se déverser à nouveau dans un ciel presque noir. Une voiture passa sur la chaussée, provoquant une gerbe d'eau sombre qui jaillit sous ses roues et éclaboussa les portières de la Dodge dans un bruit mou.

Au bout d'un laps de temps qui lui parut interminable, Joseph consulta le cadran de sa montre, espérant contre toute attente que les minutes avaient accéléré rien que pour lui. Mais il interrompit son geste, les yeux fixés sur la petite silhouette qui s'était faufilée à l'extérieur du restaurant, un gros paquet de feuilles jaunes à la main. Une voix sèche retentit dans la rue, qu'il entendit très clairement, même derrière ses vitres fermées. Elle provenait de la porte ouverte de l'établissement, et le policier pouvait discerner sur le trottoir l'ombre de la femme qui avait appelé. L'enfant se retourna, l'air bougon. Il hocha brièvement la tête, les sourcils froncés. Il se dirigea alors vers la file de voitures et entreprit de glisser un prospectus sous les essuie-glaces de tous les véhicules stationnés le long du trottoir. Joseph le suivit des yeux jusqu'à ce qu'il disparaisse à l'angle de la rue.

Une fois qu'il fut hors de vue, le sergent démarra la Dodge, puis il redescendit la rue des Pins jusqu'à Peel, qu'il emprunta sur quelques dizaines de mètres avant de bifurquer prudemment dans la rue Docteur-Penfield, cherchant l'enfant du regard.

Il l'aperçut rapidement, car le gamin garnissait consciencieusement chaque pare-brise, et il n'avait pas encore beaucoup progressé. Lafleur se gara non loin du restaurant, puis il sortit de sa voiture et le suivit de loin, calant son pas sur le sien.

Le gosse remonta jusqu'au parc, puis il bifurqua sur la droite et poursuivit son travail de fourmi sur l'enfilade de voitures garées le long des arbres bordant la rue des Pins. Au carrefour suivant, le policier renonça alors à la suivre, la zone paraissant beaucoup plus large que ce qu'il avait tout d'abord estimé. Il savait que le gamin serait bientôt à court de feuilles, et qu'il devrait revenir au restaurant par l'escalier fermant au nord l'impasse de la Promenade.

Pensif, Joseph revint lentement sur ses pas, observant toutes les Audi, Pontiac, Mercedes, et autres Chevrolet qui étaient sagement garées le long des deux trottoirs. L'enfant avait forcément remarqué la Plymouth, vieille guimbarde perdue au milieu de ces voitures de moyenne et haut de gamme.

Le môme avait-il parlé à Sarah Duncan ? Était-ce lui qui faisait à chaque fois les tournées de prospectus ? Avait-il vu quelque chose, au restaurant ou à l'extérieur ?

Le sergent était presque revenu à sa voiture lorsqu'il sursauta, arraché à ses réflexions par une traction inattendue de la manche de sa veste vers le bas. Il baissa les yeux, et se retrouva avec une feuille jaune dans les mains avant d'avoir compris ce qui se passait.

— Hé, m'sieur ! Vous voulez manger des sushis, ce soir ? Bonne cuisine, tout fait main, produits frais... OK ?

Joseph considéra le jeune garçon qui lui souriait, ses yeux bridés pétillants de malice. Il était presque impossible de lui apercevoir les pupilles. Il lui rendit son sourire et lui tendit la main à plat, à la mode des jeunes.

— Vendu, mon garçon ! Et il est où, ce fabuleux resto ? demanda-t-il joyeusement, heureux d'avoir résolu son dilemme.

Le garçon lui frappa la paume et tendit le doigt vers la porte de l'établissement.

— Là-bas, environ cinquante mètres devant votre caisse ! Vous pouvez pas le rater !

Joseph garda la bouche entrouverte pendant une dizaine de secondes, le temps nécessaire à ce qu'il prenne pleinement conscience qu'il venait de passer pour une truffe. Le garçon le planta là et il partit en courant en direction des lumières de la devanture. Il ouvrit la porte du *Hokkaido* et se retourna une dernière fois juste avant de rentrer, et le policier sidéré vit distinctement ses dents luire sur un éclat de rire dans le carré de lumière issu de la salle.

Chapitre 10

Lisa se réveilla en sursaut, le cœur battant la chamade. Devant son refus d'aller à l'hôtel tant qu'elle n'aurait pas revu le capitaine Daniel Magne, l'inspecteur-chef lui avait arrangé un coin pour qu'elle puisse se reposer un peu dans une petite pièce jouxtant la salle de réunion, au dernier étage de l'immeuble. Il avait fait monter un fauteuil de son bureau, lui avait déniché une couverture empruntée au matériel d'intervention, avait fermé les stores vénitiens pour occulter la lumière du jour, et l'avait quittée avec la promesse formelle de la réveiller dès que l'officier français serait de retour.

Elle mit quelques secondes à se souvenir de l'endroit où elle était, puis le contact rêche de la couverture la ramena à la réalité. Elle pencha le poignet pour tenter de déchiffrer l'heure au cadran de sa montre, mais l'éclairage électrique de la ville ne parvenait que très faiblement jusqu'à elle, atténué par les lamelles baissées des stores. Apparemment, il faisait déjà nuit.

Elle s'assit et se frictionna vigoureusement le cuir chevelu au-dessus des oreilles. Combien de temps avait-elle dormi ? Était-ce le matin, le soir ? Impossible de le savoir. À vue de nez, elle jugea qu'elle ne pouvait avoir passé une nuit complète. Elle se sentait encore complètement vannée par le vol.

Elle posa les pieds sur le lino frais et bâilla à s'en décrocher la mâchoire. Il n'était pas aussi agréable de dormir habillée que nue, et l'élastique de sa culotte de coton s'était enfoncé désagréablement dans la chair de sa cuisse. Tout en grognant en sourdine, Lisa glissa le plat de la main entre l'aine et la ceinture de son pantalon pour se gratter et ôter le bourrelet de tissu de l'endroit où il la gênait.

— C'est dur, de tomber d'un piédestal ! dit soudain une voix toute proche.

Lisa fit un bond dans le fauteuil.

— Qui est là ? cria-t-elle, écarquillant les yeux dans l'obscurité en direction de la voix.

— Moi qui te croyais parfaite, je m'aperçois que tu es finalement comme tout le monde au réveil. Quelle pitié !

Lisa poussa un nouveau cri, de joie cette fois.

— Daniel !

Magne actionna l'interrupteur, et la pièce fut instantanément noyée dans une forte luminosité qui les fit cligner des yeux ensemble. Lisa se jeta aussitôt à son cou, lui arrachant une plainte lorsque ses doigts se posèrent sans douceur sur sa blessure.

Elle s'écarta soudain de lui et abattit ses poings à plat sur ses épaules tandis que son rire se transformait en cris de colère.

— Pourquoi tu ne m'as pas prévenue ? Tu ne sais pas ce que j'ai vécu, moi ! J'étais *folle* d'inquiétude !

Daniel Magne eut un sourire d'excuse. Il ouvrit les bras en signe d'impuissance.

— C'étaient les ordres... Officiellement : trop dangereux de communiquer... Mais dis-moi, comment as-tu pu savoir ce qui s'est passé ici, et partir aussi vite au secours de ton capitaine préféré ?

L'air encore boudeur, Lisa lui raconta brièvement les événements qui l'avaient conduite à prendre le premier vol pour Montréal, omettant volontairement de préciser de quelle manière elle avait joué du passé de son père pour faire plier le commandant Picaud. Elle évalua qu'il s'agissait du genre de détail qu'il valait mieux éviter de mettre en évidence face à Daniel, malgré leur relation atypique et fusionnelle. Et le fait qu'elle avait cassé son maigre compte épargne pour payer son billet ne regardait qu'elle.

Elle se tut alors et lui prit le visage dans les mains, puis elle posa sur ses lèvres un baiser brûlant. Daniel sentit que sa joue était mouillée et la repoussa délicatement.

— Hé, là... Ça va... J'ai eu plus de peur que de mal, d'accord ? Moi, j'ai eu de la chance. Un homme est mort, ce soir-là...

— Oui, je sais... dit Lisa en reniflant.

— Il s'appelait Louis Trédeau ; on a à peine eu le temps de faire connaissance. Un jeune père de famille, bosseur et sympa. Un mec bien, à ce que tout le monde dit. Il règne ici une énorme émotion à la suite de sa disparition, comme tu vas pouvoir t'en rendre compte, et je suis le seul à avoir vu le visage de son meurtrier.

Lisa hocha la tête. Elle était déjà au courant.

— L'inspecteur-chef Lachance t'a raconté toute l'histoire ?

— Jusqu'à la découverte du cadavre de cette Sarah Duncan, ce matin, oui.

Daniel Magne lui résuma brièvement la suite de la journée.

— Joseph est allé inspecter la Plymouth, et moi j'ai rappliqué ici quand le patron m'a appelé, conclut-il.

Lisa eut une moue un peu gênée.

— Il n'aurait pas dû, je lui avais demandé de ne pas le faire pour ne pas perturber l'enquête.

— En fait, le coroner voulait entendre rapidement mon témoignage. C'est lui qui est en charge de l'enquête, à la base, et il avait besoin de savoir exactement ce qui s'est passé ce soir-là pour son rapport. Même s'il a, à présent, délégué la responsabilité du travail de terrain à la Sûreté, c'est lui qui présentera les conclusions des investigations au juge, le moment venu.

Magne sourit et lui caressa la joue.

— Mais je sais aussi que ça contrariait beaucoup Anatole que tu dormes dans ce coin isolé sans que j'en sois informé. C'est ce qu'il m'a expliqué lorsque, ensuite, il m'a conduit jusqu'ici. L'inspecteur-chef Lachance ne ressemble pas à notre commissaire préféré, Lisa. C'est un sensible, lui.

Lisa appuya son front sur l'épaule du capitaine. Un gros soupir souleva ses épaules avant qu'elle ne se sente devenir toute molle, engourdie par le soulagement.

— C'est si bon d'être près de toi...

— Là... dit doucement Magne en la serrant dans ses bras.

Ils restèrent quelques instants blottis l'un contre l'autre, chacun plongé dans ses propres pensées, puis Daniel Magne se dégagea avec douceur. Un air grave se matérialisa lentement sur ses traits.

— Lachance m'a demandé de descendre quand tu serais réveillée pour consulter les archives criminelles, histoire de voir si je pouvais identifier le salopard qui a tué Louis.

Lisa posa sur la sienne une main légère comme une plume.

— Vas-y. Je me refais un visage potable et je te rejoins.

Magne acquiesça d'un air compatissant.

— Les ravages de l'âge... Je connais ça... Prends ton temps.

— Salaud ! cria-t-elle en lui donnant un coup de poing dans le flanc.

Il bloqua l'attaque en riant et l'attira vers lui en la renversant sur le canapé.

— Il n'y a pas femme plus désirable que toi, lui souffla-t-il dans l'oreille. Tu le sais, ça ?

Elle se débattit de toutes ses forces en repoussant énergiquement la main baladeuse qu'il avait glissée sous son pull de polaire. D'une roulade, elle glissa hors du canapé et agrippa l'une de ses chaussures qu'elle brandit devant elle comme une arme, tout en soufflant du coin des lèvres une mèche qui lui tombait sur le nez.

— Encore une réflexion de ce genre et tu dormiras dans la baignoire ce soir ! lui lança-t-elle en agitant la chaussure d'un air menaçant.

— Je voudrais bien voir ça, ma belle... répliqua Magne en souriant, tout en se dirigeant à reculons vers la porte de la salle. Il y a juste une petite chose que tu oublies...

— Ah oui ? Et qu'est-ce que tu as comme bon argument pour me faire changer d'avis, sombre mufle ?

La main sur la poignée, Daniel saisit un objet dans sa poche et le secoua nonchalamment devant lui.

— C'est moi qui ai les clés de la chambre. Alors, à moins que tu aies toi-même le temps d'en trouver une autre...

La chaussure de Lisa ne rencontra que la porte, que Magne rouvrit aussitôt, hilare.

— Si tu me cherches, je serai au sixième étage...

Il referma juste à temps pour éviter la deuxième chaussure qui avait suivi la trajectoire de la première, puis il entendit le rire de Lisa tandis qu'il s'éloignait vers l'ascenseur.

Pour la première fois depuis qu'il avait posé le pied sur le sol canadien, il se sentait en harmonie avec l'univers, de quelque couleur le lendemain pût être fait.

Lorsque Lisa Heslin poussa la porte vitrée de l'immense salle dédiée aux archives criminelles, elle resta sans voix devant l'étendue des bureaux juxtaposés dans un ordre monacal. On sentait qu'ici aucune place n'était laissée au hasard. Des rangées d'ordinateurs cliquetaient en sourdine, reliées à des centrales illuminées comme des arbres de Noël et, sur les murs, des centaines de dossiers étaient rangés par ordre chronologique, remontant apparemment aux temps les plus anciens de la colonisation du Québec par les Français. Comme partout, l'informatique avait pris la suite du papier depuis un certain nombre d'années, mais visiblement il restait encore pas mal de documents à scanner et à référencer en binaire. Lisa se demanda depuis quand l'installation avait été mise en place, les locaux et le matériel paraissant flambant neufs.

L'inspecteur-chef Lachance et Daniel Magne étaient vissés devant un écran, sur lequel défilaient les visages de tous les criminels ayant eu maille à partir avec la justice canadienne depuis plusieurs années. Lisa s'assit sans bruit à côté de Daniel, soucieuse de ne pas interrompre sa réflexion.

Magne tourna pourtant la tête et lui sourit, et elle sentit son cœur se gonfler d'un bonheur indescriptible. Ils étaient à nouveau ensemble, réunis malgré les obstacles. Magne posa sa main sur sa cuisse, et ses yeux lui transmirent brièvement le même message. Il replongea alors son regard dans les fiches d'identité qui défilaient sur l'écran. Lachance avait commencé par les Asiatiques connus des services de la Sûreté à Montréal, Québec, et Hull, puis il avait étendu la recherche sur l'ensemble de la province.

Il parvint au bout du dossier et poussa un long soupir de découragement.

— Alors, Daniel... Tu n'as rien repéré qui puisse nous mettre sur la voie ?

Magne se redressa dans son siège et allongea les pieds pour dégourdir ses jambes qui s'ankylosaient, puis il secoua lentement la tête, un léger sourire sur les lèvres. Plongé dans la même concentration que lui, l'inspecteur-chef en était revenu instinctivement au tutoiement.

— Désolé, Anatole. J'ai encore en mémoire la violence de son regard, et je vous assure que je l'aurais reconnu si j'avais vu sa sale bobine là-dedans.

— Tabarnak[1] ! Mais d'où vient ce câlisse de fils de pu... Oh pardon, mademoiselle !

Soudain aussi emprunté qu'un éléphant à qui l'on vient de faire comprendre qu'il doit sortir en marche

1. Juron du style « bordel de merde ». C'est bien sûr une allusion à « tabernacle », où sont placées les hosties à l'église.

arrière d'un magasin de vaisselle fine, il se leva gauchement et leur proposa du café.

— Vous avez parfaitement raison, chef, s'écria Lisa en se levant à son tour. Ce *câlisse* d'enfoiré est *vraiment* un sale fils de pute ! Et je suis aussi d'accord pour le café. Je crois que je vais en avoir besoin.

Lachance sourit, et les dévisagea tous les deux alternativement. Il allait ajouter quelque chose, puis se ravisa. Quelques instants plus tard, une tasse fumante à la main, ils avaient repris place tous les trois face à l'écran de l'ordinateur.

— C'est peut-être un type qui ne s'est jamais fait arrêter, suggéra Lisa. Ça expliquerait qu'il ne soit pas dans vos fichiers...

— C'est une éventualité, admit Lachance. Toutefois, il semble qu'il n'ait pas hésité une seconde à tirer, n'est-ce pas Daniel ?

— Ce type est un vrai tueur, confirma le Français d'un air sombre. Je l'ai vu dans ses prunelles quand il a braqué son arme sur moi. Il avait l'œil froid et sans aucune espèce de remords. C'est un exécuteur, et il n'en est pas à son premier coup. Pour moi, il n'y a aucun doute là-dessus.

— Alors, c'est que ce pourri est plus malin que les autres, et qu'il ne s'est jamais fait prendre, conclut Lisa. Inspecteur, vous devez avoir dans vos archives des affaires non résolues, avec des liens dans le milieu asiatique de votre ville, non ?

— Non résolues ?

— Oui. Sinon, on aurait le portrait de tous les protagonistes dans la base de données.

Anatole Lachance leva un sourcil en direction de Magne. Manifestement, cette idée n'avait pas encore fait son chemin dans le cerveau des deux hommes. Répondant au regard interrogateur du policier canadien, Daniel sourit.

— Elle n'a pas oublié de manger du poisson quand elle était petite, c'est exact...

Lachance pianota quelques secondes sur le clavier.

— Voyons cela... Braquage de banque. Cinq affaires en attente depuis janvier dernier, faute d'éléments concrets. Deux mentionnent des témoignages signalant les yeux bridés de l'un des agresseurs, qui portait pourtant une cagoule. Dans ces deux cas, un employé a été froidement exécuté à l'arme automatique *avant* l'arrivée de la police, juste pour terroriser les otages. Une fois à Montréal, la deuxième à Trois-Rivières.

Daniel et Lisa échangèrent un regard.

— On a les balles ? questionna Magne.

— Je vérifie... Oui. Du gros calibre. Un Uzi, sans doute. Rien à voir avec les balles de l'arme qui a tué Louis. Elles sont différentes dans les deux braquages.

— De deux choses l'une, dit Lisa en posant son index droit sur les doigts de sa main gauche. Soit ce n'est pas lui, soit il change de flingue à chaque nouveau coup. Il ne se fera pas piéger avec un truc aussi élémentaire.

Accoudé au bureau, Magne tapotait des doigts sur sa lèvre supérieure en réfléchissant.

— Il y a beaucoup d'endroits où l'on peut se procurer des armes illégales, à Montréal ?

Lachance eut un sourire désabusé.

— Il y a des filières qui viennent en ligne droite depuis les États-Unis, dont la frontière n'est qu'à soixante-dix kilomètres d'ici. Et plus loin, le Mexique... Autant dire un réservoir inépuisable de matériel pour les truands canadiens. Sans parler de tous les petits truands qui font leur beurre avec ça, et aussi des...

— Des... ?

Le commandant s'était figé, et il termina sa phrase d'une voix atone :

— Des réserves... des autochtones.

Magne siffla entre ses dents.

— Tiens donc !

Lachance leva une main pour empêcher le Français de s'emballer trop vite.

— On sait qu'il y a du trafic dans ces zones mal surveillées. Mais on n'a rien de concret. Juste quelques prises par-ci par-là. Quelques fusils pas déclarés, des carabines qui se baladent... Ces réserves sont des poudrières pour le gouvernement canadien, et l'on ne peut y mettre les pieds qu'avec des chaussons, vous comprenez ?

— C'est pas gagné... grogna Daniel.

— À ce titre, l'organisation des Hell's Angels est dix fois plus dangereuse. Eux sont beaucoup plus actifs dans ce genre de trafic.

— Hm... fit Daniel, pas convaincu.

— Bon, on continue, dit l'officier québécois en pianotant quelques instants sur son clavier. Ça, c'est le relevé des meurtres commis dans la province avec une arme à feu depuis un an. Sur deux cent quatre-vingt-sept homicides, trente-cinq n'ont jamais été résolus. Dix-huit d'entre eux concernaient des truands que personne ne regrettera, sinon leurs familles, leurs chiens ou leurs maîtresses. Ces affaires ont été classées rapidement, l'État ayant d'autres chats à fouetter que de rendre justice à des malfrats notoires. Sur ces dix-huit cas, treize ont été commis à chaque fois avec une arme différente, d'après les marques laissées par les canons sur les balles. En revanche, le procédé était toujours le même. Le type a été descendu au moment où il mettait le pied hors de sa voiture. On pourrait creuser de ce côté-là...

— Je parie que c'est lui ! s'écria Lisa.

— Rien ne le prouve formellement, objecta Magne. Des tas de truands pratiquent ce genre de truc pour ne pas risquer d'être identifiés.

— Bonne ou mauvaise, c'est une piste... conclut Lachance. On regarde dans les autres provinces ou vous en avez assez ?

— Allons-y, Anatole, dit Daniel Magne. Ce type a peut-être eu un peu moins de chance un jour ou un autre. Quand il était plus jeune, par exemple... S'il est aussi prudent, c'est qu'il doit y avoir une bonne raison, dissimulée quelque part dans son passé. Pourquoi pas un séjour en prison ?

L'inspecteur-chef acquiesça. Ses doigts s'envolèrent au-dessus du clavier.

— Oui. Peut-être... La connexion avec les fichiers des autres provinces ne remonte pas plus loin que vingt ans en arrière, dans notre système, mais ça suffira peut-être...

— Et avec les États-Unis, vous avez une connexion sur les bases de données ? s'enquit le Français.

— Hélas non. Ce serait le rêve si ça pouvait être aussi simple, soupira Lachance. Mais nos gouvernements respectifs ne se sont pas encore mis d'accord pour ouvrir ce type de renseignements à leur voisin. Bon, icitte, les établissements pénitentiaires sont classés en régions. Atlantique, Québec, Ontario, Prairies, Pacifique. Par quoi tu veux qu'on commence ?

Magne hésita une seconde, puis il se décida en pointant le doigt sur l'écran.

— Québec.

L'inspecteur-chef cliqua alors sur le premier lien.

— C'est parti. Établissement Archambault...

Chapitre 11

Joseph Lafleur poussa la porte du restaurant et pénétra dans une salle vide, où les lumières tamisées dispensaient un éclairage d'ambiance propice aux rendez-vous d'amoureux. Une musique étrange et très douce planait comme des flocons de neige dans un courant d'air. Une petite sonnette aigrelette retentit lorsqu'il posa le pied sur le tapis rouge qui barrait l'entrée. Dans un coin du bar, un rideau lourd s'écarta, livrant passage à une femme d'une trentaine d'années à la beauté saisissante. Ses cheveux d'un noir profond étaient relevés en une spirale élégante piquée de longues aiguilles blanches, et son kimono écarlate serré étroitement à la ceinture mettait en valeur sa taille mince, son buste prononcé, et son visage de porcelaine fine au teint trop pâle pour être naturel.

Les yeux troublants tirés en amande accueillirent le visiteur avec une courtoisie appuyée, certainement due à la présence de l'insigne de la Sûreté du Québec sur son uniforme. Joseph lui rendit son sourire et ôta son chapeau de feutre.

— C'est la fin de mon service, et je meurs de faim, déclara-t-il. Ce n'est pas trop tôt pour souper ?

— Non, pas de problème, répondit-elle d'une voix suave légèrement voilée qui lui fit dresser les poils des bras. Vous serez seul ?

— Oui.

— Bien. La table du fond, près du miroir, vous convient-elle ? C'est l'endroit le plus tranquille, loin du passage des serveuses. Pour l'instant, il n'y a personne, mais dans une heure la salle sera pleine. Vous serez moins dérangé.

— Ce sera parfait, merci.

— Je vous en prie. Prenez place, je vous envoie quelqu'un immédiatement.

De la table, Joseph avait une vue complète de la salle, incluant la porte d'entrée, l'accès aux toilettes et à la cuisine, ainsi que le rideau masquant la porte conduisant à l'office de la belle Asiatique.

Il s'installa après avoir accroché son manteau sur le dossier de sa chaise, rendant ainsi moins visibles les signes de son appartenance à la police. Il choisit un menu léger à base de poulet, et demanda également une bière Asahi pour patienter. La jeune serveuse, qui était apparue en vitesse de la cuisine en finissant d'attacher son tablier dans le dos, nota consciencieusement la commande, et se retira après lui avoir apporté sa bière.

Tandis qu'il la sirotait à petites gorgées, Joseph s'interrogea sur la raison pour laquelle il n'était pas simplement entré comme enquêteur au lieu de se faire passer pour un client. Quelques questions auraient peut-être suffi pour lui permettre de savoir si Sarah Duncan était bien venue dans ce restaurant, et qui elle avait pu y rencontrer. Il en vint à conclure que l'attitude du gamin avait été le déclencheur, et le regard fascinant de la femme en kimono le catalyseur.

Il se surprit à laisser ses pensées dériver au fil de la musique aérienne que diffusaient les haut-parleurs dissimulés dans les cloisons. Des images se succédèrent en cascade, et elles défilèrent sans qu'il tente de les contrôler, comme on le lui avait expliqué pendant les séances de sophrologie appliquée qui avaient été proposées au personnel des équipes d'intervention après la mort de Louis Trédeau. Le flux des tensions devait s'écouler par des voies naturelles, que seule la décontraction du cerveau pouvait identifier au beau milieu des connexions complexes de l'émotionnel.

Le corps de Louis à la morgue, sous un drap blanc immaculé, près duquel il avait tenu à venir se recueillir ; le capitaine Magne, debout à côté du Dodge, avec de la fumée autour du canon de son arme braqué vers le ciel ; les Mohawks menaçants, et le visage rempli de haine de l'Indien qui provoquait le Français ; les doigts sectionnés de Sarah Duncan, dont le cadavre torturé luisait sous la pluie, et les éclairs des gyrophares rouges et bleus se répercutant sur le soutènement métallique du pont ; la voix abattue de Jean Lacouture évoquant sa fille disparue en tenant sa photo sur ses genoux, l'odeur d'alcool flottant dans l'air immobile autour de lui...

Joseph fit un effort pour reprendre pied avec la réalité. Un homme venait de pénétrer dans le restaurant, et s'était immédiatement dirigé vers le rideau qu'il avait franchi après lui avoir jeté un bref coup d'œil.

Un membre du personnel qui venait prendre son service, certainement.

L'inconnu avait les yeux très bridés, et pas un muscle de son visage n'avait frémi lorsqu'il avait croisé son regard.

Joseph soupira. Le fait que l'assassin de Trédeau appartienne à cette ethnie n'allait pas faciliter les choses pour l'identifier. Pour un Européen, les Asiatiques avaient une fâcheuse tendance à tous se ressembler, plus ou moins...

Quelques minutes plus tard, deux couples firent leur entrée avec des enfants, et la jeune femme réapparut instantanément. Elle se révéla une hôtesse parfaite, débarrassant les femmes de leurs manteaux, et donnant aux plus jeunes des albums de coloriages pour les faire patienter. Une serveuse vint prendre leur commande d'apéritifs, et d'autres personnes entrèrent à leur tour.

Il ne se lassait pas de contempler les courbes qui ondulaient souplement sous le kimono carmin tandis que l'hôtesse s'activait entre les tables, tout en scrutant ses traits délicats à la dérobée quand elle ne regardait pas dans sa direction. Il émanait d'elle une grâce éthérée très particulière, à laquelle il se sentait incapable d'échapper.

La serveuse se matérialisa soudain devant lui, une assiette fumante à la main. Elle rompit le charme en lui dissimulant la salle derrière elle. Joseph ôta sa serviette de la table et poussa son verre de bière. Épinglé sur la poitrine de la jeune femme, un badge plastifié annonçait son nom : *Chiyeko.*

— Excusez-moi, mademoiselle, j'attends une amie. Elle aurait déjà dû arriver depuis un moment. Une femme brune, d'une quarantaine d'années. Elle s'habille dans les tons ocre, et porte parfois une barrette de type indien dans les cheveux. C'est elle qui m'a indiqué votre restaurant. Vous voyez qui je veux dire ?

La jeune Japonaise hocha vigoureusement la tête.

— Oui, je vois de qui il s'agit. Elle est venue ici deux ou trois soirs cette semaine, mais je ne l'ai pas vue depuis au moins deux jours.

Joseph haussa les sourcils d'un air étonné.

— Tiens, c'est curieux... Je suis peut-être arrivé trop tôt ?

— Il me semble qu'elle venait vers les dix-neuf heures. Elle s'asseyait au bar et attendait celui qui venait souper avec elle en buvant un verre.

— Ce doit être Mike, son chum[1], dit Joseph d'un air égrillard. Un grand blond, costaud... Il ne la lâche pas d'un pouce !

La serveuse rit et ses yeux disparurent dans un pli.

— Si c'est son chum, c'est qu'elle en a changé. Lui est plutôt petit, et il n'a plus beaucoup de cheveux sur le crâne ! Et il n'est venu seul que l'avant-dernière fois. Il y a deux jours, il y avait un autre client avec eux, un homme plus âgé.

Joseph rit de bon cœur lui aussi.

— Ha ! Sacrée Sarah ! Toujours la même...

Joseph considéra la jeune femme qui attendait qu'il lui fasse signe qu'il en avait terminé avec elle. Un silence tomba entre eux tandis qu'il réfléchissait à la meilleure façon de lui poser la question suivante. Au moment où elle esquissait un mouvement pour partir, il se pencha en avant, son sourire le plus enjôleur aux lèvres.

— Dites-moi, mademoiselle, auriez-vous entendu le nom de cet homme, par hasard ?

L'Asiatique leva les yeux un instant, comme pour rompre l'emprise du regard de l'homme sur elle. Elle

1. Petit ami.

cessa soudain de rire, et elle considéra Joseph Lafleur avec un air empli de méfiance, tout en faisant un pas en arrière.

— Pourquoi vous me demandez ça, monsieur ? Je ne suis pas certaine que cela vous concerne, finalement.

Joseph soupira et lui montra discrètement son badge accroché à sa veste.

— Écoutez... Cette femme a disparu. J'enquête sur cette affaire, et je souhaitais éveiller vos souvenirs sans vous effrayer, d'accord ?

Les yeux noirs de la jeune femme indiquaient clairement qu'elle n'appréciait pas vraiment le procédé, mais Joseph poursuivit sans plus s'occuper de ses états d'âme.

— Je dois savoir avec qui elle a soupé ici. C'est extrêmement important pour comprendre ce qui a pu lui arriver depuis, vous me suivez ?

La serveuse se détourna, mais Joseph la retint par le bras. Il perdait le contact. Il décida de tomber complètement le masque.

— C'était une femme solitaire, perdue dans Montréal, et elle est tombée sur quelqu'un qui lui a fait du mal. Vous seule pouvez me mettre sur la trace de celui qui l'a approchée avant qu'elle ne soit sauvagement assassinée...

La jeune Japonaise se figea, puis elle se dégagea d'un geste brusque et repartit d'une traite vers la cuisine, les yeux braqués sur le sol.

À l'autre bout de salle, la femme au kimono glissa un œil vers le policier, puis inclina doucement la tête vers son épaule en abaissant la main sous le comptoir pour actionner un bouton invisible depuis la salle. Une mèche de cheveux d'un noir de jais glissa sur son front imperturbable. Quelques secondes plus tard, le rideau s'écarta de quelques centimètres derrière elle, puis il reprit discrètement sa place.

Joseph mangea lentement, espérant contre toute attente que la serveuse allait revenir, mais elle ne réapparut pas durant tout le repas.

Sa bière et son plat terminés, il s'étira et une autre serveuse apparut instantanément pour débarrasser sa table.

— Vous désirez autre chose, monsieur ?

Le jeune policier examina son air neutre et sans expression. Était-elle au courant de quelque chose, elle aussi ? Son petit doigt lui soufflait que même si c'était le cas, il n'obtiendrait pas plus de renseignements d'elle que de la précédente, à présent que les dés avaient été jetés. Il n'avait plus qu'une seule personne à interroger, par la force s'il le fallait. Et franchement, rien que cette idée le rendait malade.

— Non, merci, mademoiselle. Je peux avoir l'addition, s'il vous plaît ?

L'Asiatique lui désigna le comptoir d'accueil d'un mouvement de menton tout en débarrassant sa table.

— Vous pouvez régler directement à madame Katô, à l'entrée.

Joseph hocha la tête et se leva, puis il s'approcha du comptoir où la belle Japonaise gardait en permanence un œil sur la salle, tout en consultant de l'autre l'écran d'un ordinateur relié aux boîtiers de commandes des serveuses.

— Votre note est prête, monsieur, dit-elle de sa voix étrangement magnétique lorsqu'il fut devant elle. Votre repas vous a-t-il plu ?

— Oui, c'était excellent.

— Désirez-vous un petit verre de saké, avant de repartir ? Il fait froid dehors...

Joseph plongea son regard dans les reflets violets de celui de madame Katô, et il se sentit soudain comme enveloppé d'un bain de vapeur chaude, dans lequel un parfum suave se serait lentement emparé de son odorat, puis de son esprit, avant de descendre jusqu'à ses testicules.

— Je... volontiers, merci, parvint-il difficilement à articuler.

D'un geste délicat à la lenteur affectée, elle se retourna pour saisir une bouteille dans le bar, lui offrant une vue imprenable sur ses formes parfaites. Elle lui servit un dé à coudre d'alcool dans un verre qui révélait une femme dénudée dans une position particulièrement évocatrice. Son poignet fin à la couleur d'albâtre tranchait nettement avec le rouge soutenu du kimono.

Joseph baissa les yeux sur le fond du verre, plus pour échapper au regard de madame Katô que pour se rincer l'œil sur le sexe nubile de la créature qui l'observait en dessous du saké, dévoilé par la loupe et le liquide associés. Pour se donner une contenance, plutôt que par goût véritable pour l'alcool de riz, il leva le coude et but le verre d'un coup sec, puis il parvint à rassembler son courage et affronta à nouveau les yeux insondables du visage de porcelaine.

— Madame Katô, je ne suis pas là ce soir tout à fait par hasard, dit-il d'une voix plus ferme. Une femme a été assassinée hier soir dans des conditions abominables. J'ai appris qu'elle est venue souper ici avec deux hommes, peu de temps avant sa mort. Pour les besoins de l'enquête, je dois absolument identifier ces personnes. J'aurais dû vous poser mes questions d'entrée, mais... je... j'avoue que je me suis laissé séduire par votre... heu... menu.

La Japonaise hocha lentement la tête. Oui, bien sûr, elle comprenait la demande du policier. Elle sourit aimablement, n'ayant apparemment pas remarqué la gêne du jeune sergent.

— Je ne suis pas sûre de pouvoir vous aider, dit-elle à voix basse, soucieuse de ne pas éveiller l'intérêt de ses clients en salle. Je ne me souviens absolument pas de ces personnes...

— Votre serveuse... dit Joseph en se passant la main sur la nuque pour évacuer un léger frisson, celle qui m'a apporté mon plat. Elle a reconnu la description de cette femme. Je voudrais l'interroger maintenant, si vous le permettez...

Madame Katô eut un sourire désolé. Chiyeko avait eu un malaise en cuisine quelques instants auparavant, et on l'avait immédiatement accompagnée chez un médecin. Comme elle était enceinte, il s'agissait de prudence la plus élémentaire, bien sûr...

— Peut-être pouvez-vous repasser demain en fin de matinée, suggéra-t-elle. Elle sera certainement là à 10 h 30 pour le service de midi.

— Il faut que je lui parle *tout de suite*, insista le policier. *Même* si elle est malade. C'est très important.

La femme au kimono acquiesça silencieusement, le visage grave.

— Je vous demande une minute, s'il vous plaît. Je vais me renseigner.

Elle rangea la bouteille de saké derrière elle dans le bar, puis elle disparut alors derrière le rideau opaque, et Joseph se passa une main sur le front pour tenter d'évacuer le léger engourdissement qui le gagnait lentement.

Les yeux rivés à ses hanches, il ne la vit pas sourire.

— Putain, c'est lui !

L'inspecteur-chef Lachance sursauta et renversa sa tasse, heureusement vide, sur le bureau. Il avait fini par s'assoupir tandis que Daniel Magne faisait inlassablement défiler des centaines de visages sur l'écran de l'ordinateur, scrutant attentivement chaque faciès avant de passer au suivant. Le Français avait appuyé son doigt sur l'image d'un homme d'une cinquantaine d'années, aux yeux nettement bridés, qui regardait l'objectif de l'appareil photo avec une animosité glaciale de fauve en cage. Au bas de son oreille droite, un bout de lobe manquait, comme sectionné d'un coup de dents. Lisa serra instinctivement ses bras devant sa poitrine tandis qu'elle se penchait pour examiner la physionomie du tueur.

— Jamais vu ce type, affirma Lachance en s'approchant lui aussi. Tu es sûr que c'est lui ?

— Aucun doute là-dessus, affirma le capitaine. Je le reconnaîtrais dans une rue de Tokyo un jour de grève !

— Comment s'appelle-t-il ? demanda Lisa.

— Shinzo Takashimura... Américain, d'origine japonaise par son père, énonça Magne en lisant la fiche signalétique qui accompagnait le cliché. Il a fait quinze ans pour homicide à *Millhaven*, à Kingston, dans l'Ontario, de 1989 à 2003. Né en 1958. Il avait quarante-cinq ans en sortant, et cinquante-deux aujourd'hui.

— *The Haven*... siffla Lachance. Rien que ça...

Devant les regards interrogateurs des deux Français, le commandant précisa :

— La prison de *Millhaven* a ouvert précipitamment ses portes en 1971, après les émeutes sanglantes du mois d'avril de cette année-là, dans le vieux pénitencier de Kingston qui datait de 1835.

— Des émeutes ?

— Il y avait dans *Old Kingston* pas loin de mille des détenus les plus difficiles de tout le continent américain. C'était une véritable poudrière. Lorsque ça a pété en 71, les prisonniers ont été déplacés dans d'autres centres. Ceux qui sont arrivés à *Millhaven* ont été accueillis par les surveillants à coup de gourdins de chêne à la sortie du fourgon[1]. Histoire de le leur remettre le sens des valeurs entre les oreilles. C'est le style de discipline qui a perduré dans cette prison depuis. Un type qui a fait quinze ans là-dedans et qui en est ressorti libre ne peut pas être tout à fait le même que celui qui y est entré.

— Et en pire, j'imagine... soupira Lisa.

— Attendez une seconde, je rentre le nom dans le système de recherche... Shinzo Takashimura... Voilà. Non, rien à signaler depuis 2003. Il s'est complètement évaporé dans la nature depuis sa libération.

— Y a-t-il une dernière adresse connue ? demanda Magne.

Le commandant pianota quelques secondes.

— Non. Ce type a disparu de la surface du globe il y a bientôt sept ans... Pas d'emploi déclaré, pas de résidence, pas de mariage, pas de carte bancaire... rien.

Les trois policiers se consultèrent du regard en silence. Le meurtrier de Louis Trédeau et de Sarah Duncan était à peine plus palpable qu'un fantôme, et pourtant d'une violence très réelle et apparemment sans limites. Il n'y avait pas la moindre ombre d'un

1. Authentique.

début de piste pour remonter jusqu'à lui, et en dehors du fait qu'ils pouvaient à présent poser un nom sur le visage du tueur, c'était l'impasse totale.

Sur l'écran de l'ordinateur, les pupilles à moitié dissimulées par ses paupières fortement bridées, Shinzo Takashimura dirigeait droit devant lui un regard menaçant et immobile. Malgré les vingt ans de différence entre le cliché et le visage qu'il avait vu dans le parking, Magne constata que ses traits étaient empreints de la même expression froide et hostile, quelques rides en moins. *The Haven* n'avait pas *changé* le caractère de Takashimura.

Il l'avait *exacerbé*.

Chapitre 12

Joseph Lafleur mit le contact de la Dodge, mais il attendit une seconde d'avoir rassemblé ses pensées avant de lancer le démarreur. Il passa une main moite sur sa nuque brûlante, puis il cligna des yeux pour évacuer la sensation désagréable d'un étourdissement sourd qui ne le quittait plus. La pluie avait recommencé à tomber en un brouillard dense et glacé, déposant sur le pare-brise un voile de gouttelettes à moitié gelées. Joseph respirait lentement, et la vapeur dégagée par son souffle se déposa rapidement en buée opaque sur les vitres de l'habitacle.

Madame Katô venait de lui remettre l'adresse de la jeune Chiyeko, et il était très pressé de l'interroger. Pourtant, il sentait qu'il y avait quelque chose qu'il aurait dû remarquer, qui aurait dû se matérialiser concrètement devant ses yeux, là, en surimpression sur son reflet renvoyé par le rétroviseur noyé de condensation, et qui lui échappait au fur et à mesure que l'humidité se déposait dessus.

Il finit par hausser les épaules et tourna la clé. Ça finirait bien par lui revenir. Il fit demi-tour sur la chaussée déserte de la rue du Docteur-Penfield, puis vira à droite dans Peel. Il roula jusqu'au croisement suivant et se prépara à tourner à gauche dans Sherbrooke Est.

Chiyeko habitait dans le quartier populaire de Montréal-Nord, distant d'un peu plus de cinq kilomètres.

Arrivé à l'angle de la rue, Joseph ralentit à l'approche d'un feu qui venait de passer à l'orange. Il jeta de nouveau un œil dans son rétroviseur, qui avait repris son aspect habituel depuis que le policier avait ouvert la glace pour évacuer la fumée de sa cigarette. Il était à peine vingt heures, et pourtant les trottoirs luisants étaient pratiquement vides de piétons. Une saute de vent polaire lui gifla la joue, l'incitant à jeter son mégot sur la chaussée et à refermer la vitre. Un frisson désagréable lui saisit les épaules, tandis qu'il observait la couleur mouvante du feu rouge qui semblait danser devant lui.

Il repensa au trouble de la serveuse lorsqu'il lui avait demandé si elle connaissait le nom des hommes qui accompagnaient Sarah Duncan au restaurant le dernier soir où elle s'y était rendue. Instinctivement, il aurait juré que ce n'était pas le cas. Il ne pouvait formaliser exactement son sentiment, mais la façon dont la jeune femme lui avait décrit leur apparence physique l'amenait à penser qu'elle avait vu le deuxième inconnu pour la première fois. Pourquoi, dans ce cas, une telle réticence à lui en parler ? Si elle ne connaissait pas son nom, une simple réponse négative de sa part aurait clos la discussion.

À bien retourner la scène dans sa mémoire, Joseph ne voyait qu'une seule raison qui avait pu pousser Chiyeko à se dérober aussi vite à ses questions. *Elle avait reçu des instructions pour se taire*. Et si elle lui avait tout d'abord répondu sans méfiance, c'est qu'elle n'avait reçu cet ordre qu'*après* avoir commencé à lui parler, alors qu'elle était devant lui. Mais dans ce cas, comment...

Joseph leva soudain les yeux vers le rétroviseur tandis que l'éclat de feux de croisement s'approchant derrière lui accrochait ses pupilles. Il y aperçut le coin de son visage. Saisi d'une brusque illumination, il mit un coup de poing sur le volant.

Le miroir !

Le miroir, bien sûr ! Madame Katô lui avait conseillé de s'asseoir à cette table, loin du passage des serveuses, et c'était dans le miroir qu'elle avait intimé à Chiyeko l'ordre de se taire. La serveuse étant plantée devant lui à ce moment-là, Joseph n'avait pu apercevoir le geste en question, mais la brusque nervosité de la jeune femme ne pouvait pas s'expliquer autrement. C'était *cela* qui lui tournait dans la tête depuis son départ du *Hokkaido.*

Le feu passa au vert, et Joseph Lafleur s'engagea dans Sherbrooke. D'après son plan, Chiyeko résidait dans une ruelle, à quelques rues du boulevard Papineau, près des voies de l'autoroute métropolitaine.

Il bifurqua sur le boulevard Pie-IX, où seules quelques rares échoppes de dépanneurs étaient encore ouvertes entre les immeubles délabrés, trouant la nuit de leurs lumières blafardes. Des silhouettes indistinctes se déplaçaient comme des ombres, malgré le froid, entre les coins obscurs que les maigres réverbères ne parvenaient pas à éclairer, lorsqu'ils fonctionnaient encore. Depuis la mort d'un jeune homme, en 2008, à la suite d'un contrôle de police qui avait mal tourné, même les voitures de protection de la jeunesse qui patrouillaient aux mains de volontaires motivés se faisaient attaquer pour le simple fait qu'une vignette officielle se balançait sous leurs rétroviseurs[1].

La population de chômeurs qui avait complètement investi ce secteur de l'arrondissement Nord posait de nombreux problèmes à la police à cause des trafics de tous ordres qu'avait engendrés la pauvreté. Comparativement aux autres ethnies de la ville, qui en comptait beaucoup en raison de sa vocation cosmopolite, la communauté haïtienne était l'une des plus démunies, et certaines mauvaises langues n'hésitaient pas à affirmer, toujours en privé, que ces fainéants n'avaient que ce qu'ils méritaient, et que le jour où un Haïtien de ce quartier deviendrait un honnête travailleur, il tomberait des bouses de vache sur Montréal. Les familles monoparentales étaient monnaie courante, et bien souvent les parents lâchaient prise au bout d'un moment, assommés par le découragement, abandonnant leurs tentatives de canaliser leurs jeunes, leur fermant parfois la porte à clef après minuit en les laissant plonger définitivement dans la délinquance.

Depuis le tremblement de terre de janvier 2010 en Haïti, et l'horreur de plus de deux cent mille morts et disparus dans un pays dévasté, à l'agonie, la communauté haïtienne de Montréal avait subi un contrecoup qui rendait les jeunes encore plus désespérés, encore plus violents, incapables de comprendre pourquoi le destin s'acharnait à ce point sur eux.

Joseph essuya son front en sueur et baissa le chauffage de l'habitacle, puis il enclencha le verrouillage intérieur des portes. Il ne tenait pas à ce qu'une bande de jeunes excités, s'estimant provoqués par la présence

---

1. Authentique.

d'une voiture de patrouille de la Sûreté du Québec dans leur quartier, prenne d'assaut sa Dodge à un croisement. Quelques visages se tournaient vers lui de loin en loin, dépassant à peine des cagoules rabattues sur les yeux. Les démarches chaloupées des jeunes terreurs des rues étaient caractérisées par des fourches de jeans baggies baissées jusqu'aux genoux. Ils déambulaient par grappes compactes, s'invectivant les uns les autres en jouant à celui qui parlerait le plus fort et ferait taire les autres.

Plus Joseph s'enfonçait dans ce quartier, et plus il se demandait quelle raison impérieuse avait pu pousser Chiyeko à emménager dans cet environnement hostile. Une jeune femme comme elle ne devait pas pouvoir marcher dix mètres sans se faire molester par ces jeunes fauves urbains, et encore moins rentrer chez elle en fin de soirée après son service au *Hokkaido*.

Par acquit de conscience, il décrocha son talkie, et appela le central.

— Fox3 à Central, vous me recevez ?

— Affirmatif, Fox3. Le commandant se demande ce que tu fabriques, Joseph. Tu devrais être déjà rentré...

Joseph sourit. Un élancement soudain lui parcourut le cerveau, comme s'il venait de prendre une décharge électrique en posant les doigts sur un fil dénudé. Il poussa l'appuie-tête de la nuque pour soulager les muscles tétanisés de son cou, dans une nouvelle tentative d'échapper à la migraine qui lui vrillait les tempes.

— Attends-moi, Samantha, dit-il d'une voix assourdie. Dès que j'arrive, je vais te...

— La ferme, Fox3 ! Un mot de plus et je porte plainte pour harcèlement... Précisez votre position, s'il vous plaît !

— Boulevard Pie-IX, en direction du nord-ouest, indiqua le jeune policier. Je vais interroger un témoin qui habite 67 rue Martineau. Une certaine Chiyeko, serveuse dans un restaurant japonais du centre. C'est en relation avec l'affaire Sarah Duncan.

— Charmante balade, Fox3... Il faudra trouver un autre coin pour m'emmener souper un de ces soirs et me présenter vos excuses !

— Bien reçu, Central, répondit Joseph. Je consulte mon agenda et je vous rappelle ! Ensuite, je rentre au chaud. J'ai une de ces crèves, ce soir...

Joseph reposa le talkie d'une main mal assurée. Samantha Clairmont avait une poitrine magnifique et de longues jambes qu'elle aimait mettre en valeur dans des bas noirs même pendant son service, mettant au supplice les membres masculins de la Sûreté qui passaient devant son bocal d'accueil en faisant semblant de regarder ailleurs. Samantha était réputée pour ne pas se laisser approcher facilement, et de mémoire de flic aucun membre de la Sûreté n'avait jamais pu concrétiser le rêve de poser la main sur elle. Seul, Joseph était parvenu à enclencher une espèce de jeu tacite avec elle, mais peut-être cela était-il dû au fait que le jeune policier était notoirement fiancé depuis plusieurs mois avec une beauté blonde qui n'avait rien à envier à ses charmes.

Les yeux plissés par la douleur, Joseph mit son clignotant et s'engagea dans la rue Martineau, une voie encore plus sombre que le boulevard qu'il venait de quitter. Ses phares glissèrent sur des épaves de voitures aux vitres brisées reposant sur leurs disques de freins. Il enclencha sa torche extérieure pour inspecter les numéros des portes, et remonta la rue jusqu'au 63, un petit immeuble de quatre étages situé entre une laverie à l'abandon et le terrain vague qui s'étendait jusqu'au bout de la rue, bordé par le parapet en béton qui surplombait les voies de l'autoroute urbaine.

Joseph ne prit réellement conscience du danger que lorsqu'une paire de phares haut perchés s'allumèrent face à lui à pleine puissance, soulignant la silhouette massive d'un camion de chantier qui lui bloquait la sortie de la rue. Il pesa instinctivement sur le frein, le cœur s'emballant malgré lui, mais son pied manqua la pédale et la voiture fit une embardée qui la propulsa dans un véhicule stationné. De chaque côté, les carcasses des épaves lui interdisaient toute échappée par le trottoir, eût-il été assez large pour cela. Il enclencha la marche arrière et accéléra pour se dégager de l'impasse, avant de stopper une nouvelle fois, ébloui par les projecteurs de deux autres véhicules qui se tenaient derrière lui, et qui venaient de se positionner l'un à côté de l'autre au milieu de la chaussée pour lui obstruer toute voie de repli.

Les phares se balançaient dans la nuit, alors que Joseph savait que les voitures étaient à l'arrêt.

Il y eut un moment où tout se figea, durant lequel Joseph comprit brusquement que son malaise n'avait rien de naturel. Dans un ralenti irréel, il revit madame Katô se retourner devant lui pour lui servir un verre de saké tandis qu'il avait les yeux vissés sur ses reins. Il eut soudain la brutale révélation que la Japonaise l'avait drogué, et peut-être même empoisonné.

C'est alors qu'une ombre blanche surgit d'une ruelle sur sa gauche et percuta de plein fouet la portière conducteur, projetant la Dodge contre la façade décrépie d'un bâtiment aux fenêtres scellées par des briques. Joseph en eut le souffle coupé, et une douleur insoutenable lui bloqua l'aine, l'empêchant de respirer. Il ouvrit les yeux, essayant de discerner quelque chose au travers du brouillard qui lui voilait la vue. La carrosserie enfoncée lui avait bloqué la jambe, et il tenta de tirer son pied pour l'arracher au piège de métal.

Un hurlement lui échappa, et une sueur glacée se répandit instantanément sur tout son corps. Il baissa les yeux et eut soudain un vertige. Un morceau dur d'un blanc inquiétant sortait du tissu déchiré de son pantalon, à la hauteur de sa cuisse, et son cerveau butait dessus comme une guêpe sur une vitre, incapable de saisir le sens réel que l'extrémité déchiquetée impliquait. En proie à une panique viscérale, il tendit une main hésitante vers la console centrale dans laquelle il avait rangé le talkie quelques instants auparavant.

Luttant contre son esprit embrouillé par la drogue et la collision, il ne trouva pas l'appareil tout de suite, le téléphone ayant été projeté sur le sol de la cabine. Il avisa l'appareil coincé entre les deux sièges et laissa son bras tomber dessus sans forces, puis il appuya sur le bouton d'appel avant de laisser échapper une nouvelle fois le combiné.

Le rugissement d'un moteur lancé à plein régime lui fit relever la tête, et il sentit la salive quitter son palais tandis que les phares du camion arrivaient sur lui dans une lenteur de cauchemar. Il comprit confusément, juste avant le choc, qu'il ne sortirait pas vivant de cette rue, et qu'il était trop tard pour se demander quelle erreur il avait pu commettre.

Curieusement, le fracas du deuxième véhicule s'écrasant contre le sien lui parut plus lointain, comme déjà assourdi par la stupeur qui lui envahissait le cerveau. Sa tête heurta le pare-brise et le fit voler en éclats, mais il ne perdit pas connaissance, malgré l'insoutenable déchirement que lui renvoya sa jambe gauche, et l'éblouissement de son nez écrasé, dans lequel un liquide poisseux l'empêchait déjà de respirer. Il redressa le cou pour tenter d'apercevoir le visage de l'un de ses agresseurs. À sa gauche, une portière claqua. Du bout de la langue, il sentit que quelques-unes de ses dents de devant avaient disparu, et que ses lèvres avaient éclaté sous l'impact.

Il tenta de respirer plus fort, mais une autre douleur intolérable lui laboura la poitrine. Une tache sombre se répandait rapidement sur le tissu du siège, et coulait le long de l'axe du volant qui lui avait enfoncé la cage thoracique. Une forte odeur d'essence le prit alors à la gorge. Le réservoir avait dû céder sous l'impact de l'un des deux béliers. Il pensa confusément qu'il avait intérêt à sortir rapidement de la Dodge s'il ne voulait pas cuire sur son siège comme une côte de bœuf sur un grill.

Sur le trottoir, un homme maigre, habillé d'un épais manteau de laine, le regardait en silence. En dépit du sang qui coulait dans ses yeux depuis ses arcades fendues, Joseph l'identifia sans hésiter. Il s'agissait de l'homme qu'il avait aperçu au restaurant *Hokkaido*, celui qui était entré dans l'arrière-salle comme s'il s'était agi de son propre appartement. L'homme au regard très bridé, froid comme celui de la mort elle-même, tira un paquet de cigarettes blondes de la poche de sa veste. Il en exhuma une et la glissa entre ses lèvres, puis il gratta une allumette et approcha la flamme du cylindre de tabac en plissant ce qui lui restait de paupières. L'angle vif de sa mâchoire se dessina brièvement dans la nuit entre ses mains.

Sans le quitter du regard, l'Asiatique prit deux longues bouffées de sa cigarette, puis il tendit l'allumette devant lui, comme pour évaluer la qualité de la flamme. Au bout d'un bref instant, la lueur orangée s'éteignit en touchant son doigt, qui ne frémit absolument pas à son contact brûlant.

Joseph n'avait même plus la force de maintenir la tête droite. Il sombra en avant, appuyé contre le volant brisé, l'odeur de l'essence lui montant jusqu'au cerveau à travers quelques derniers éclairs de lucidité.

Shinzo Takashimura fit un geste sec, et les voitures disparurent l'une après l'autre en marche arrière dans une ruelle adjacente. Le camion se dégagea en arrachant le pare-chocs de la Dodge, puis il recula jusqu'au boulevard désert, où il fit demi-tour avant de s'évanouir vers le nord.

Le policier n'esquissa pas le moindre mouvement. Son visage n'était plus qu'une bouillie sanguinolente, et Takashimura aurait parié que la blessure au thorax était mortelle, vu la taille du morceau de ferraille qui avait pénétré dans ses poumons. Mais il voulait s'assurer que le flic ne reviendrait pas lui courir aux fesses un peu plus tard, et il n'avait qu'un seul moyen d'en être certain sans prendre aucun risque supplémentaire.

Il fit quelques pas en arrière sur le trottoir, puis il gratta une deuxième allumette.

Chapitre 13

Daniel Magne ouvrit les yeux sur l'épaule dénudée de Lisa. Elle s'était couchée dès qu'ils étaient rentrés du centre de police de la Sûreté du Québec, et n'avait même pas voulu avaler le moindre sandwich tant elle tombait de sommeil. Elle s'était juste permis le luxe de passer rapidement sous la douche pour évacuer ce qui restait de l'inconfort de son voyage. Le décalage horaire avait fini par avoir raison de ses dernières forces, et elle dormait à poings fermés, le visage tourné vers lui, sa main à quelques centimètres de son torse, là où elle l'avait abandonnée lorsqu'elle avait plongé dans le sommeil.

Daniel consulta sa montre-bracelet sur la table de nuit. Quatre heures du matin. Il constata que lui-même n'était pas encore complètement remis de son propre décalage. Il bâilla et se leva sans bruit, puis il se rendit dans le cabinet de toilette sur la pointe des pieds. Un quart d'heure plus tard, il en ressortit lavé, rasé, habillé, et en se demandant ce qu'il allait bien pouvoir faire jusqu'au lever du jour.

Il opta pour une balade dans le quartier de l'hôtel. Ce serait toujours mieux que d'attendre interminablement dans le fauteuil de la chambre, où il ne pouvait pas allumer la télévision, de peur de réveiller Lisa.

Il prit la clé magnétique et sortit dans le couloir uniquement éclairé par les veilleuses de nuit. L'ascenseur le déposa douze étages plus bas en quelques secondes, et pratiquement sans secousses. Par chance, le bar de l'hôtel était ouvert, et il était désert, mis à part deux noctambules tardifs au regard hâve encore attablés dans un coin de la salle devant une bouteille de vodka presque vide. Magne s'assit devant le comptoir sur un siège haut et tournant fixé au sol. Il commanda un café allongé, et écouta distraitement les informations distillées par une chaîne anglophone de Montréal.

L'ambiance du bar était feutrée, rompue de temps en temps par le bruit aigrelet des tasses et des verres qui s'entrechoquaient tandis que le barman les rangeait sur les étagères métalliques. Magne suivit vaguement les explications de la speakerine sur les événements de la nuit. Un braquage de pompiste à Dollard-des-Ormeaux, un accident de poids lourd sur l'autoroute Métropolitaine, une sortie des pompiers pour éteindre un feu de voiture dans le quartier nord, un bateau bloqué dans la passe de Boisbriand pour avoir trop présumé de son habileté à passer les récifs de la rivière des Mille Îles...

À peu de chose près, rien qui ne soit fondamentalement différent de ce qu'il aurait pu entendre à Paris à la même heure. Il commanda un second café et attrapa un journal qui traînait sur le bar. L'exemplaire était de la veille, et un long article d'un journaliste qui n'avait pas été sur place expliquait comment Louis Trédeau avait trouvé la mort au troisième sous-sol d'un parking du centre-ville. En dehors des détails morbides que s'était fournis le pisse-copie, la vie privée du policier était décortiquée jusqu'à l'os, et la photo impudique de sa femme effondrée au bras d'un officier en uniforme à la sortie de la morgue de l'hôpital s'étalait sur une demi-page. Derrière elle, on apercevait une sinistre étendue de croix noires plantées de guingois dans la neige. D'après la légende, il s'agissait du cimetière Côte-des-Neiges, implanté près du sommet du mont Royal. C'était là que la cérémonie allait se tenir.

Daniel Magne sentit une énorme boule qui montait soudain dans sa gorge, et le journal se mit à trembler légèrement entre ses doigts. Il referma le quotidien, refusant d'en lire plus.

Il avait réussi à identifier le tueur. Soit. C'était déjà un progrès, mais sans la moindre idée pour avoir une chance de le localiser, cela ne les avançait finalement pas à grand-chose. Takashimura n'aurait pas été plus inaccessible en Papouasie Nouvelle-Guinée.

Magne termina son deuxième café tiédi, indécis sur la conduite à tenir de si bon matin. Les deux autres clients étaient partis, et il lorgna sur la bouteille de vodka qui était restée à leur table. Il était peut-être un peu tôt pour ça...

De quoi disposait-il, finalement ? Un cadavre mutilé jeté comme un sac d'ordures devant l'entrée d'une réserve d'autochtones chatouilleux, un témoin assurant avoir aperçu une camionnette blanche avec un sticker orange sur le côté qui venait de sortir du chemin boueux menant au corps, un visage de repris de justice issu des fichiers anciens de la prison de *Millhaven*, une voiture de location un peu fatiguée...

Magne tiqua. Il n'avait pas eu de nouvelles de Joseph depuis la veille en fin d'après-midi. Même si le jeune homme était rentré directement chez lui après la fouille de la voiture, ce dont il doutait, puisqu'il aurait auparavant nécessairement prévenu le Centre du résultat de son investigation, il était curieux que l'inspecteur-chef ne l'ait pas appelé à ce propos. Il jeta un œil à son téléphone. Peut-être avait-il manqué un message...

Mais l'écran resta muet. Le policier français soupira. Il ne savait pas par quel bout prendre cette histoire. Il lui manquait jusqu'à la simple possibilité de solliciter les réseaux habituels qu'il côtoyait depuis des années dans la capitale française. Il se sentait complètement déraciné, et à vrai dire impuissant à aider ses collègues canadiens.

Magne lança un regard coupable vers le barman qui essuyait ses tasses, impassible. Allait-il lui commander une vodka, finalement ? Il aurait bien besoin d'un coup de fouet pour voir le jour se lever avec un peu plus d'optimisme.

La sonnerie du portable le coupa dans ses réflexions. Il ouvrit le clapet. C'était le central.

— Capitaine Magne ? demanda une voix de femme qu'il ne connaissait pas.

— Oui, c'est moi. Mais...

— Central de la Sûreté du Québec, le coupa abruptement la voix. Pouvez-vous vous rendre immédiatement au siège, s'il vous plaît ? L'inspecteur-chef Lachance vous attend dans son bureau.

Magne leva son poignet gauche. Il était à peine cinq heures et demie. L'affaire devait être d'importance pour qu'il soit déjà sur le pont du navire. Il ne chercha même pas à en savoir plus par téléphone.

— Dites-lui que j'arrive tout de suite, dit-il avant de refermer le mobile sans attendre de réponse.

Il jeta un billet de cinq dollars sur le comptoir et sortit rapidement du bar. Quelques flocons lui tombèrent sur les joues lorsqu'il franchit la porte de l'hôtel. Apparemment, le temps des premières neiges arrivait avec quelques semaines d'avance. Le parking était recouvert d'une épaisse couche blanche qui noyait les voitures dans une uniformité ouatée. Daniel Magne repéra néanmoins facilement son break Ford grâce à sa taille plus imposante que celles des berlines des autres clients.

Il fit chauffer le moteur et racla du plat de la main les vitres qui, heureusement, n'avaient pas gelé. Il sortit alors précautionneusement de l'enceinte grillagée, et adressa un salut compatissant au garde emmitouflé dans sa cabine lilliputienne près de la barrière d'entrée. L'homme lui répondit en souriant. Sur la petite tablette constituant le seul aménagement de son local, une tasse fumait près d'un journal ouvert. Il appuya sur un bouton et la herse se redressa lentement, rayant la lumière d'un réverbère sur le pare-brise du pick-up.

Magne prit la rue Saint-Denis et roula avec méfiance jusqu'au croisement de la rue Parthenais. La soufflerie intérieure, particulièrement efficace, lui permit de réchauffer ses mains rougies par le froid. Il ne mit que quelques minutes pour rejoindre le siège de la Sûreté, mais cela lui parut interminable. Il ne cessait de revenir buter sur la même question. Que justifiait cet appel si matinal, *et pourquoi Lachance ne l'avait-il pas contacté lui-même ?*

Lorsqu'il pénétra dans l'enceinte de la Sûreté, Magne eut tout de suite un mauvais pressentiment. Des visages graves étaient réunis par groupes dans la salle d'accueil du public, et il régnait entre eux un silence à couper au couteau. Il glissa sur la borne d'accès la carte magnétique que lui avait remise l'inspecteur-chef, franchit le sas de sécurité, et pressa le pas jusqu'à l'ascenseur. Dix étages plus haut, dans le couloir menant au bureau de Lachance, en revanche, il ne croisa personne. Il frappa à sa porte, attendit un instant, recommença un peu plus fort, et resta interdit face à l'huis qui venait de s'ouvrir.

L'officier canadien avait le visage complètement défait, et des traces de transpiration débordaient de ses aisselles sur sa chemise de la veille. Apparemment, il n'était pas rentré chez lui, et n'avait pas dormi de la nuit. Magne considéra avec stupeur la bouteille de whisky et le verre trônant sur son bureau au-dessus des dossiers en cours.

— Mais qu'est-ce qui se passe, Anatole ?

Lachance s'assit lourdement dans son fauteuil et lui indiqua d'un geste vague de faire de même.

— C'est Joseph... articula-t-il enfin difficilement.

— Joseph ?

L'inspecteur-chef lui jeta un regard noyé de brume.

— Il est mort cette nuit, Daniel.

Magne cessa de respirer. L'inquiétude qui le rongeait depuis l'appel du standard venait de prendre consistance de la plus terrible manière.

— *Joseph est mort cette nuit ?* répéta-t-il en accentuant les syllabes, incrédule.

Le policier canadien hocha brièvement la tête.

— Sa voiture a brûlé dans le quartier nord de la ville en début de soirée. Il...

Lachance se resservit un plein verre d'alcool et tendit la bouteille à Daniel, tandis que celui-ci, comme dans un mauvais rêve, se remémorait les informations télévisées aperçues un peu plus tôt au bar de l'hôtel.

— Il a été retrouvé carbonisé à l'intérieur. Les pompiers ont été appelés par un riverain.

— Mais... comment...

Lachance frappa son verre sur le bureau, projetant du whisky sur ses papiers.

— Il a été assassiné, Daniel ! Son char était complètement écrabouillé ! La tôle était enfoncée du côté conducteur jusqu'au volant, et sur l'avant le moteur avait été réduit à un tas de ferrailles broyées... À tel point qu'on a mis plus de deux heures à désincarcérer son corps !

Daniel Magne se sentit blêmir.

— Un piège... murmura-t-il.

Le géant acquiesça à nouveau. Il posa un regard fatigué sur le visage du capitaine. Toute la responsabilité de la disparition du jeune policier transpirait à travers ses paupières rougies par une nuit blanche.

— C'est Takashimura, dit-il d'une voix atone. Ça ne peut être que lui.

— Pourquoi dites-vous cela ?

— Pour le devant de la voiture, on pense que c'est un gros véhicule qui l'a écrasée, vu la hauteur des marques qu'il a laissées. Mais c'est une camionnette qui a servi à le percuter du côté gauche. Elle a brûlé avec la Dodge de Joseph.

— Blanche ? demanda Magne, fébrile.

— C'est ce qu'il semble, a priori, d'après les restes de peinture qu'on a pu examiner. Et vide. En ce qui concerne les traces ADN et les stickers orange sur les flancs... il ne reste plus rien ! Les pompiers ont relevé le numéro sur les plaques arrière grâce à l'embouti du marquage. On l'a identifié une heure plus tard. Il s'agit d'un véhicule volé il y a quatre jours à Trois-Rivières. Le logo de la société à laquelle il appartient est un rectangle orange avec un dessin noir dessus. Ça correspond bien au témoignage de Lacouture.

Magne se frappa le front avec le poing, crispant les yeux sur son impuissance.

— C'est de ma faute ! gémit-il en se prenant la tête entre les mains. Je l'ai laissé aller voir la voiture tout seul pour pouvoir rentrer ici plus vite.

Lachance se leva lourdement et vint poser une main amicale sur son épaule. Il pesa suffisamment fort dessus pour que le Français comprenne le message.

— C'est moi qui t'ai rappelé, Daniel. Ne l'oublie pas. Tu n'es pas responsable de ce qui est arrivé. Joseph était jeune, mais c'était un policier aguerri, pas un petit garçon. Il connaissait son travail, et il savait ce qu'il avait à faire. Il a trouvé quelque chose, et a choisi de faire cavalier seul. À nous de comprendre pourquoi.

— La Plymouth... souffla Magne. Je suis sûr que ça vient de cette putain de bagnole !

Lachance prit sa veste sur la patère, derrière la porte.

— Alors, on va la voir tout de suite.

Magne leva vers lui une expression de chien battu.

— Où est-il, maintenant ?

— À la morgue de l'hôpital. Dans une salle proche de celle où repose Louis. J'ai demandé une autopsie, mais il est dans un tel état que ça risque de ne pas donner grand-chose...

L'inspecteur-chef sonna au visiophone de la fourrière avec un code particulier, et la porte s'ouvrit immédiatement. Magne ne commenta pas. La grande aiguille de sa montre indiquait qu'il n'était pas encore six heures et demie. Des ordres avaient déjà été donnés, et le personnel de garde amena directement les deux hommes près de la Plymouth.

Magne s'approcha d'elle à pas lents, comme s'il évaluait les capacités d'un serpent dangereux prêt à lui sauter dessus sans élan. Il en fit alors le tour en inspectant la carrosserie centimètre par centimètre, essayant de voir un détail particulier qui trancherait avec le reste du véhicule, qui aurait pu éveiller une réflexion chez Joseph, et dont il n'avait pas la moindre idée. Il mit ensuite une paire de gants de latex que lui avait remise Lachance, et ouvrit avec précautions la porte conducteur. Il inspecta les petits rangements des portières et la console centrale, le dessous des sièges, où se trouvaient quelques papiers de bonbons et des prospectus froissés, les plis du tissu à la naissance des dossiers.

Quelques clips en plastique posés sur la moquette de sol devant la place passager arrière droite attirèrent son attention. Il posa la main sur la garniture de la portière, qui se déforma vers l'intérieur sous sa poussée. Magne arracha la plaque d'un coup sec. Le logement était parfaitement vide, à l'exception d'un peu de poussière blanchâtre.

L'inspecteur-chef Lachance avisa l'un des gardes qui se tenait à distance respectueuse derrière lui, et qui observait son manège avec attention.

— Dites-moi, demanda-t-il en lui faisant signe d'approcher, vous étiez là hier après-midi, lorsque le sergent Joseph Lafleur est venu inspecter cette voiture ?

— Heu... non, monsieur. C'est mon cousin qui était de permanence avec deux collègues.

— Bien. Votre cousin vous a-t-il mentionné un événement bizarre qui serait produit pendant que Joseph faisait ses recherches ? Il ne s'est pas exclamé, n'a pas téléphoné ? Il n'a pas emporté quelque chose ?

L'homme secoua la tête dans un geste d'ignorance.

— Non, Édouard m'a pas jasé de ça...

L'officier laissa retomber sa main, découragé.

— Y a juste un truc... fit l'employé pensivement.

— Un truc ? demanda le géant en plissant les yeux.

— J'ai vidé les poubelles ce matin, en arrivant. Et dans celle qui est là, derrière vous, sur le sommet des déchets, il y avait une paire de gants comme les vôtres.

— Et qu'est-ce que vous en avez fait ?

— Ben... j'ai vidé le tout dans le container, au fond du garage...

Magne se redressa.

— Vous pouvez me montrer ?

Les deux hommes suivirent l'employé de la fourrière jusqu'à un gros bac en plastique, muni d'un couvercle basculant, qui était poussé contre un mur, près d'une issue donnant sur l'extérieur. Lachance ouvrit le caisson de déchets, qui s'avéra presque plein.

— C'est l'avant-dernière que j'ai versée, précisa l'homme, qui commençait à s'agiter devant l'intérêt manifeste des deux policiers. Je commence toujours par l'autre côté des ateliers.

Magne chercha des yeux un outil pour remuer les ordures, qui étaient pour l'essentiel des rebuts non organiques. Une tige métallique dépassait du tas, et il s'en saisit pour fouiller entre les sacs plastiques et les morceaux de carton déchirés, les chiffons sales et les emballages divers. Il trouva rapidement la paire de gants de latex, qui étaient juste sous la première couche de détritus. Joseph les avait soigneusement retournés en les ôtant, comme le recommandent les précautions élémentaires enseignées dans les stages de formation sur la récolte d'indices lors d'une enquête criminelle. Magne s'en saisit et retourna son propre gant gauche par-dessus avant de le remettre à l'officier québécois.

— Vous n'avez rien remarqué d'autre de particulier ? s'enquit ce dernier. Quelque chose qui sortirait de l'ordinaire ?

L'homme se creusa visiblement les méninges, mais cette fois la récolte fut stérile.

— N... non, je ne vois rien d'autre.

Daniel Magne était déjà retourné près de la voiture, et s'était à nouveau accroupi près de la portière arrière ouverte. Il avait tout d'abord pris la poudre blanchâtre pour de la poussière, mais cela pouvait se révéler tout à fait autre chose. Peut-être même de la drogue...

Il sortit de sa poche intérieure le même sachet garni d'un coton-tige stérile que celui que Joseph avait utilisé la veille pour recueillir l'ADN de Jean Lacouture, le témoin qui avait découvert le cadavre de Sarah Duncan au pied du pont. De la main droite, il promena très lentement le petit pinceau improvisé le long des soudures de carrosserie, là où le dépôt de couleur claire paraissait le plus abondant. Il secoua la tige de coton à plusieurs reprises au-dessus du sachet, tentant de récolter le plus de matière possible.

Lorsqu'il eut terminé, il plia le sachet et le rangea dans la poche de sa veste. Il fit ensuite sauter les garnitures des trois autres portières, mais sans rien découvrir de plus. Il se releva enfin en époussetant les genoux de son pantalon. Durant tout ce temps, Lachance était resté muet, et l'avait observé travailler avec attention. Intimidé, l'employé n'osait pas approcher, et il tendait le cou pour essayer de voir ce que lui bouchait le dos puissant de l'officier.

— On en a terminé ici, je pense... dit Magne.

— Tu as trouvé quelque chose ? demanda le policier canadien en faisant demi-tour.

Magne tapota sa poche.

— Les clips plastiques sur le plancher indiquent que la garniture a été ouverte, dit Magne, l'air sombre. Je n'ai rien d'autre que ça. S'il y a une seule chance de pouvoir analyser ce qui a envoyé Joseph se faire tuer, je parie ce que vous voulez qu'elle est là-dedans.

Les deux hommes regagnèrent le gros 4 × 4 et s'assirent en silence sur les sièges fatigués. Magne ne démarra pas tout de suite, les mains cramponnées sur le volant, le regard dans le vide.

— Il n'a pas laissé de message ? finit-il par demander entre ses dents serrées.

Lachance soupira. Il avait passé la nuit à échafauder toutes les hypothèses, et avait vérifié tous les coups de fil passés au Centre. Il n'y en avait eu qu'un seul de Joseph.

— Il a appelé Samantha un peu après vingt heures. Il a dit qu'il allait interroger un témoin au 67 rue Martineau, près du boulevard Papineau. Une employée de restaurant, avec un nom japonais que Samantha n'a pas compris... Choki, Cheyobi, quelque chose comme ça... Il y a eu de l'interférence juste à ce moment-là, et ce n'est pas très discernable.

Magne jeta un œil en biais au commandant.

— Et ?...

— J'ai vérifié l'adresse. La rue Martineau s'arrête au 63. Ensuite, ce sont des terrains vagues jusqu'à l'autoroute.

— L’enfoiré ! éclata Magne en donnant un coup de poing sur le tableau de bord. Comment Joseph a-t-il pu tomber sur Takashimura en si peu de temps ?

— Je n’en ai pas la moindre idée, admit Lachance.

— Il a un réseau, dit Magne, pensif. Une filière bien huilée, avec des hommes de main prêts à lui obéir instantanément. C’est ça qu’il s’est construit, pendant toutes ces années. Il s’est protégé pour devenir intouchable, et invisible...

Il mit le contact. Le moteur du Ford se mit à ronronner sourdement. La vision du visage de Joseph, penché à la vitre et prêt à éclater de rire, sur le parking de chez Avis, s’imposa alors à lui avec insistance.

— Il était marié ? demanda le Français d’une voix sourde.

— Fiancé, seulement. Une belle fille de l’Est. D’origine russe, je crois.

— Des enfants ?

— Non.

— Anatole...

Le commandant se tourna vers le capitaine dont la voix s’était soudain mise à trembler.

— Oui ?

— Je vais trouver ce salopard.

— Je sais, Daniel...

— Et je vais le descendre.

Lachance ne répondit pas. Le rôle d’un flic ne consiste évidemment pas à se substituer à la justice, mais ce n’était pas le moment d’en discuter. Les épaules penchées en avant, le visage fermé, Daniel Magne n’était pas en mesure d’entendre le moindre argument. Aucune peine, quelle qu’elle soit, ne pourrait jamais régler la dette du meurtrier de Sarah Duncan et des deux policiers vis-à-vis de leurs familles, de leurs amis.

Lachance tourna ses yeux brillants vers la nuit rayée de traînées blanches et molles. Depuis que Joseph Lafleur était entré à la Sûreté du Québec, il l'avait toujours considéré comme un fils.

Chapitre 14

Daniel Magne stoppa le pick-up à l'aplomb de la pile du pont. Un film plastique jaune déchiré, sur lequel était inscrit en noir « Sûreté du Québec, passage interdit », glissait en crissant sur la neige, indiquant à la fois la présence du lieu d'un homicide, et le fait qu'il n'avait pas été respecté. Il descendit et attendit que Lisa ait enfilé ses gants et son bonnet en inspectant les lieux, qu'il n'avait jusqu'à présent aperçus que de nuit. Le chemin défoncé avait gelé, et les roues du Ford avaient cassé la glace des grandes flaques qu'il avait contournées la veille avec Joseph. La blancheur omniprésente enveloppait la végétation qui avait été brisée par la chute du corps de Sarah Duncan au milieu du sumac.

— C'est là ? demanda Lisa en se frottant les bras pour se réchauffer.

— Oui. Juste au pied de ce montant métallique, sur ta droite.

Lisa contempla en silence l'endroit qui ne révélait désormais rien de particulier. D'ici quelques jours, la nature y aurait repris ses droits. Des traces d'animaux traverseraient à nouveau les bosquets, seulement dérangés par les véhicules qui transitaient par la réserve de Kanawaghe, et par le bruit du trafic de l'autoroute, une vingtaine de mètres au-dessus d'eux.

— Le vieux John Wachihta a dit que le territoire de la réserve commençait là-bas, de l'autre côté du pont. Tu es sûre de vouloir y aller avec moi ?

Lisa rit nerveusement. Un filet de vapeur sortit de ses lèvres, nimbant de volutes le sourire confiant qu'elle voulait arborer, et qui lui tendit désagréablement ses joues rosies par le froid.

— Je ne suis pas venue jusqu'ici pour t'attendre à l'hôtel toute la journée, Daniel ! Et puis... ils ne vont pas nous bouffer, hein ?

Le regard inquiet qu'elle jeta sous les arches du pont incita Daniel Magne à la prendre dans ses bras. Elle ne montrait pas souvent de signe de fragilité, et de la voir soudain si désarmée le toucha plus particulièrement. Il avait été surpris de la violence avec laquelle elle avait appris la nouvelle de la mort de Joseph, lorsqu'il était retourné la retrouver dans la chambre pour la mettre au courant de la situation. Bien qu'elle n'ait pas eu le temps de faire sa connaissance, les larmes avaient jailli sans qu'elle puisse les contenir, et il s'était trouvé désemparé devant ses sanglots. Il lui avait fallu quelques minutes pour comprendre qu'il s'agissait en fait d'une manifestation incontrôlable de la peur viscérale de le perdre, lui, et que rétrospectivement elle venait de réaliser qu'il aurait tout aussi bien pu être à la place de Joseph, à la morgue.

Pour la deuxième fois en moins de trois jours.

Magne rit à son tour, avec la sensation de broyer du poivre entre ses dents.

— J'en suis pas certain, mais s'ils essaient, ils vont avoir quelques problèmes ! On est tous les deux, c'est ça qui compte, non ?

La jeune femme leva des yeux humides et profonds vers lui.

— Oui, c'est ça qui compte.

— Bien, fit-il en lui donnant une bourrade sur l'épaule, alors bougeons-nous avant de geler sur place !

Tandis que Daniel faisait le tour du 4 × 4 pour reprendre le volant, Lisa aperçut une peinture taguée à la bombe sur le pied en béton d'un des piliers suivants du pont. Le dessin représentait un guerrier indien, tenant d'un côté une lance ornée de plumes près de la lame, et de l'autre un fusil-mitrailleur. Sous son front entouré d'un bandeau rouge flottant au vent, un regard hostile toisait le visiteur, ajoutant au malaise d'une posture volontairement provocatrice, les jambes plantées large dans le sol comme pour attendre la charge de l'ennemi.

Sous la peinture, un texte en grosses lettres noires proclamait :

REMEMBER YOU ARE ON AN INDIAN LAND[1]

— Tu viens, ou tu me rejoins plus tard ? interrogea Magne.

— Tu as vu ce truc ? demanda-t-elle en s'installant après avoir tapé ses semelles sur le châssis de la portière.

— Des gamins qui veulent marquer leur territoire... rien de bien méchant, répondit Magne en démarrant,

1. « Souvenez-vous que vous êtes en terre indienne. »

tout en repensant au visage vindicatif de l'Indien que John Wachihta avait empêché de le frapper. C'est comme les ados dans les villes, ils ont un désir profond d'identité communautariste.

Lisa suivit des yeux la peinture jusqu'à ce que le mouvement du pick-up la dérobe à sa vue.

— Ouais... dit-elle pensivement. Ils sont doués en dessin, les mômes, par ici...

Daniel Magne ne répondit pas. Le pont étendit son ombre sur le Ford tandis qu'ils s'engageaient sur la route creusée de nids de poule. Sur les bas-côtés, des fondrières marquaient le passage répété des véhicules qui avaient dû se croiser sur le chemin trop étroit.

— Qu'est-ce qu'on va faire là-bas, exactement ? demanda Lisa en se tournant à demi vers lui.

Une branche d'un bouleau qui penchait vers la route racla la carrosserie en grinçant comme des ongles sur un tableau noir.

— Il faut savoir si Sarah Duncan est venue ici. C'est devant l'entrée de la réserve que ces salopards ont jeté son cadavre. Il doit y avoir une raison à cela.

— Tu comptes t'y prendre comment ? Tu crois qu'ils vont te dire qu'elle est venue chez eux, comme ça, de but en blanc ?

Magne sourit.

— Non, je ne pense pas que les Mohawks répondraient à cette question, effectivement. Mais j'ai autre chose qui me permettra peut-être d'obtenir ce renseignement.

Devant l'air interrogatif de Lisa, Daniel exhuma de la poche de sa veste un petit sac en plastique.

— Tiens, regarde.

Lisa prit l'objet qu'il contenait et le porta devant le pare-brise pour mieux le voir.

— Cette barrette à cheveux appartenait à Sarah ? demanda-t-elle en admirant les motifs cousus de piquants de porc-épic teintés, et bien que se doutant déjà de la réponse.

Magne opina.

— On suppose qu'elle l'a achetée ici. Du moins, c'est ce que pensait Joseph.

Lisa leva les yeux vers Daniel. Sa voix venait de vibrer un peu sur la dernière phrase. Le visage du policier s'était tendu à nouveau, tandis qu'il luttait pour accepter l'inacceptable. L'amitié qui était née entre les deux hommes était bien dans le profil de Magne. Spontanée, et entière. Lisa lui posa la main sur le bras, puis elle garda le silence quelques instants.

Magne engagea le Ford dans l'étroit tunnel qui menait des piles du pont à la réserve. Ils débouchèrent rapidement près des premières maisons qui bordaient les talus, en contrebas de la voie rapide. Un panneau de guingois, planté au bord de la route, indiquait sobrement :

KANAWAGHE

Sur le bois défraîchi, les lettres avaient pâli avec les années et les intempéries.

Rien de plus pour marquer l'entrée de ce qui restait des grandes étendues vierges d'autrefois, sur lesquelles l'une des plus puissantes nations amérindiennes avait prospéré pendant des siècles. Le territoire, à présent limité à cet espace restreint, entre le fleuve et le pont, n'était même plus l'ombre de ce qu'il avait été autrefois. Quelques jeunes désœuvrés étaient assis sur un banc, sur le bord d'une terrasse, et discutaient en buvant des bières, engoncés dans des vestes épaisses. Sous la visière de leurs casquettes, ils jetèrent un regard blasé sur le 4 × 4 vieillot en échangeant des commentaires moqueurs.

Deux chiens hauts sur pattes, complètement indifférents, traversèrent lentement la rue devant le pare-chocs, et Magne dut freiner pour ne pas leur rentrer dedans. L'indolence de leur pas incita Lisa à regarder d'où ils venaient, et elle aperçut une porte qui se refermait en claquant. Hormis les jeunes et les chiens, la rue était vide. Malgré le froid mordant, des odeurs de repas flottaient dans l'air, et pénétraient dans l'habitacle par la ventilation. Lisa regarda sa montre. Il était à peine onze heures du matin. La fin de la nuit avait été difficile, et l'ambiance qu'elle avait trouvée en revenant au Centre de la Sûreté lui avait ôté toute envie de prendre un petit déjeuner. À présent, cependant, elle devait s'avouer qu'elle aurait bien donné un coup de dents dans n'importe quoi de comestible.

Daniel Magne roulait au pas entre les maisons dont les rideaux bougeaient de temps à autre. Ici et là, un visage à l'expression rude observait en silence leur voiture avancer sur la chaussée.

— On n'a pas l'air d'être les bienvenus... observa Lisa à voix basse.

— Objectivement, je dirais qu'ils devaient s'attendre à une visite de la police canadienne assez rapidement, depuis la découverte du cadavre de Sarah Duncan devant l'entrée de la réserve. Mais je pense qu'ils attendaient quelqu'un d'autre que moi !

Lisa lui jeta un regard aigu.

— Tu crois qu'ils t'ont reconnu ?

— Peut-être pas encore, mais ça ne va pas tarder...

Il montra du pouce la direction des jeunes qui s'étaient rapidement éclipsés après leur passage.

— Le téléphone mohawk a l'air de bien fonctionner...

Il gara le pick-up devant une boutique d'artisanat autochtone, dont la vitrine poussiéreuse arborait une affiche décolorée vantant les vertus d'une célèbre bière américaine. Magne poussa la porte, qui produisit un tintement aigrelet lorsqu'elle heurta une cloche suspendue à une ficelle accrochée au plafond. Lisa le suivit à l'intérieur et resta interdite devant la quantité de petits objets rangés dans des paniers tressés tout autour de la pièce.

Il y avait, proposés en vrac, une multitude de petites sculptures animalières – loups, orignaux, ours, caribous, etc. – travaillées dans du bois clair ; des bagues, des colliers et des pendants d'oreilles en rangs serrés sur des présentoirs défraîchis ; des arcs pour enfants rangés dans un coin, avec des tomahawks en plastique et des coiffes de guerre à plumes colorées. Des amas de porte-clés dorés brillaient sous la lumière du plafonnier, rendue nécessaire à cause des étagères obstruant les fenêtres grises de poussière. Dans un coin de la pièce, un réfrigérateur antédiluvien était recouvert de cartons vides éventrés.

Lisa se dirigea vers un panier dans lequel des bracelets en cuir teinté côtoyaient des barrettes à cheveux rehaussées de piquants de porc-épic. Elle prit l'une d'elles et la retourna pour examiner le travail de couture, mais une fine épaisseur de peau de cerf avait été collée en finition pour masquer les nœuds d'attache.

— *This one for ten dollars only !* dit soudain une voix au fond de la pièce, provenant d'un renfoncement indécelable au premier coup d'œil. *Two for only fifteen*[1].

Lisa se retourna et aperçut le visage aux traits marqués d'une femme âgée qui braquait sur elle un regard impassible. Elle venait de se lever de son siège, et les observait par-dessus un comptoir encombré d'objets hétéroclites, allant du savon aux essences d'épicéa jusqu'à l'attrapeur de rêves sous blister.

— Oh ! Bonjour ! Cette barrette est très jolie, mais ce n'est pas exactement ce que je pensais trouver, répondit-elle en souriant dans un anglais impeccable qui fit hausser les sourcils de Magne. Je vais la prendre quand même pour ma collection. Daniel ? Tu veux bien montrer à cette dame le type exact que je cherche ?

Le capitaine lui adressa une légère inclinaison de tête pour saluer son initiative puis, sans quitter des yeux l'expression de la femme mohawk, il sortit de sa poche la barrette de Sarah Duncan. Il en fut pour ses frais, car pas un trait de l'aïeule ne frémit à la vue du bijou. Lisa mit la main dans son sac et lui tendit l'argent.

— Vous n'en auriez pas une autre de ce genre-là ? ajouta-t-elle, c'est pour faire un cadeau à une amie...

La femme leva les yeux vers le sourire de Lisa, puis elle pêcha le billet de dix dollars dans sa main.

— Tout est là, dit-elle alors abruptement. Y a un autre magasin plus loin dans la rue.

---

1. « Celui-ci est à dix dollars seulement ! Deux pour seulement quinze ! »

Puis, comme s'ils avaient déjà franchi le seuil de son magasin, elle se rassit sur sa chaise et ne s'occupa plus d'eux.

— Ces barrettes... Elles sont fabriquées ici ? insista Magne, qui la força à reporter son attention sur celle de Sarah en l'agitant devant son nez, tout en essayant vainement de ne pas perdre patience.

— C'est le travail d'Anihi, répondit la vieille femme à contrecœur. Je ne vends pas ce qu'elle fabrique.

Lisa et Magne échangèrent un bref regard. Enfin, ils sentaient la ligne se tendre. Magne décida de ferrer tout de suite, avant de laisser le poisson prendre le large. Malgré l'air revêche de la vieille femme, il lui adressa son sourire le plus charmeur.

— On peut la trouver où, cette brave dame ?

— Elle habite pas ici.

— Mais encore ?

L'œil noir détailla Magne de la tête aux pieds, lui exprimant une hostilité clairement perceptible. Lisa sentit le blocage arriver et s'apprêta à dire quelque chose, mais le capitaine la devança. Il venait d'ouvrir son portefeuille et agitait un billet de cent dollars canadiens au-dessus du comptoir.

— Je vous achète tout votre panier de ces trucs, dit-il en pointant du menton vers le stock de barrettes.

Un éclair passa dans le regard de la grand-mère, vite rabattu par la méfiance. Elle considéra à nouveau les deux drôles d'inconnus amateurs d'artisanat local, pesant le pour et le contre. Magne lisait son hésitation sur son visage, et il prit le parti d'attendre, gageant sur le pouvoir du portrait de sir Robert Laird Borden[1] pour faire son office.

— Elle vit seule, hors du village, dit-elle enfin. Elle veut voir personne.

— C'est nous qui voulons la voir, objecta Magne. C'est très important pour ma femme...

Lisa dut se mordre la joue pour ne pas lui sauter au cou. Sa femme... C'était la première fois que Daniel parlait ouvertement de leur avenir, et il fallait que ce soit ici, au milieu de nulle part, devant l'animosité manifeste d'une aïeule grincheuse. Elle glissa sa main sous le coude de Daniel, et se serra instinctivement contre lui.

Le billet claqua lorsque la femme voulut s'en saisir. Le policier le tenait fermement entre les doigts. La porte de la boutique s'ouvrit alors sur un homme de petite taille, âgé et mince, qui resta interdit devant la scène. Il était vêtu d'une vieille veste en jeans et chaussé d'une paire de bottes avachies.

Lisa fut la plus rapide à réagir.

— Nous prenons tout le lot, madame. C'est du beau travail. Nous reviendrons dans quelque temps pour en racheter d'autres. Tu peux payer, s'il te plaît, Daniel ? J'ai faim et je voudrais rentrer...

— Bonjour, John Wachihta, dit Magne en lâchant le billet vert.

— Bonjour, policier. Laisse-nous, Martha, je t'en prie. J'ai à parler à ces gens.

John attendit que la vieille femme soit sortie, les yeux baissés pour ne pas croiser les siens. Il referma

1. Premier ministre du Canada de 1911 à 1920, dont le visage orne le billet de 100 $cad.

alors soigneusement la porte et s'appuya contre le chambranle, indiquant par là qu'il souhaitait bien avoir une explication à leur présence avant de les laisser repartir.

— Qu'es-tu venu chercher ici ? demanda-t-il abruptement. Crois-tu que tu peux entrer sur la réserve des Mohawks et interroger qui tu veux, comme ça, sans demander ni l'avis de la police tribale, ni celui des Mères du Clan ? Qui t'a mandaté pour enquêter sur le sol canadien, d'ailleurs ?

— Il y a eu un meurtre devant l'entrée de Kanawaghe, argumenta Magne. Vous le savez bien.

— *Devant* la réserve n'est pas *dans* la réserve. Aucune loi d'aucune sorte ne t'autorise à procéder ainsi, chez nous. On ne t'a pas appris ça, à la Sûreté du Québec ?

— Le meurtre de cette femme est lié à deux assassinats de policiers à Montréal, ajouta Magne. Deux jeunes hommes, courageux, qui se battaient pour faire respecter l'ordre.

— Ce n'est pas notre problème. De nombreux Indiens sont morts pour leurs peuples au cours des siècles, depuis que les Blancs se sont arrogé le droit de faire respecter *leur* ordre sur ce continent. Je n'ai vu personne venir ici pour en parler.

— La police est sur les dents, John. Ça va se mettre à bouillonner d'ici pas longtemps si elle ne met pas la main sur les coupables.

— La seule autorité de police, sur la réserve, est la police autochtone. Et nulle autre, pas même internationale, n'a son mot à dire.

— Pas même l'armée ?

John Wachihta donna un coup de reins pour se dégager de la porte. Il se planta devant Magne et lui brandit son index sous le nez, les yeux vibrants de colère.

— Écoute-moi bien, policier ! La dernière fois que l'armée est intervenue sur une réserve mohawk, en 1990, ça a bien failli dégénérer en nouvelles guerres indiennes dans tout le Canada[1]. Je ne suis pas bien sûr que le gouvernement fédéral prendra ce risque, même pour connaître la vérité sur la mort de deux flics.

D'un geste brutal, Magne croisa son index avec celui du vieil homme. Leurs poings se heurtèrent violemment.

— Es-tu prêt à le prendre, toi, ce risque ? contra-t-il avec hargne. Le cadavre mutilé de Sarah Duncan a été trouvé juste devant votre territoire, un jeune flic a pris deux balles dans le cœur en essayant de la protéger, et un autre a péri carbonisé dans sa voiture en enquêtant sur sa mort ! Tu peux me jeter tes vérités historiques au visage, John Wachihta, mais je peux te dire que ça va drôlement sentir la merde pour ton peuple dans les jours à venir !

Les deux hommes se défièrent du regard, le souffle court. Lisa sentait qu'elle devait dire quelque chose, une phrase de fille pour désamorcer la tension électrique qui menaçait de produire des arcs entre eux, mais elle avait beau chercher avec l'énergie de l'urgence, rien de pertinent ne lui venait à l'esprit.

— Viens, Lisa, dit soudain Magne d'une voix rauque. On n'a plus rien à faire ici !

---

1. Crise d'Oka. En 1990, la mairie d'Oka accorda à un promoteur l'autorisation d'agrandir un terrain de golf. Mais les travaux rasèrent une partie d'un cimetière ancestral mohawk, provoquant la colère des autochtones à qui le gouvernement fédéral avait préalablement refusé l'achat du terrain.

Il contourna John Wachihta et sortit en coup de vent, sans un mot de plus. Lisa croisa les yeux étincelants du vieil homme. Elle s'approcha de lui, puis tendit la main et la posa timidement sur son bras sec comme une branche morte.

— S'il vous plaît, John, réfléchissez. Si vous avez le pouvoir de nous aider à éclaircir cette affaire, et si aucun membre de la réserve n'y est impliqué, vous mettrez hors de cause votre nation qui pourrait être injustement accusée. Nos intérêts se rejoignent.

John ne répondit pas. Il considéra Lisa avec attention, et la jeune femme lui sourit faiblement. Elle ramassa alors la barrette oubliée par Magne sur le comptoir avant de sortir à son tour. Elle referma lentement la porte derrière elle et chercha le capitaine du regard. Magne était assis derrière le volant du Ford, l'air sombre. Elle aperçut quelques jeunes hommes qui attendaient à l'abri de la véranda du magasin, assis sur le même banc au vernis fatigué, et qui ne la quittaient pas des yeux.

Elle prit place dans le pick-up dans un silence seulement rompu par le bruit d'un chien qui aboyait quelque part. Magne démarra et prit le chemin du retour vers la sortie de Kanawaghe. Quelques instants plus tard, les maisons s'espacèrent, puis disparurent, et ils furent à nouveau entourés par les bois. Le 4 × 4 bondit un peu plus qu'à l'aller dans les nids de poule, et il fallut que Lisa se cogne la tête contre la portière pour que Magne lève soudain le pied en bredouillant de vagues excuses.

— Daniel, il faut les comprendre... On arrive ici en pays conquis, on essaye d'acheter des renseignements en se faisant passer pour des touristes... John Wachihta pense qu'on les prend pour des...

— Il me fait chier ! coupa violemment Magne. J'en ai rien à foutre, moi, de ses problèmes existentiels ! Je n'y suis pour rien si les Indiens vivent comme des manouches dans un camp ! Il y a des dizaines d'années que ça dure ! Je ne suis pas responsable de l'Histoire !

— Daniel...

Magne pila et Lisa dut se rattraper au tableau de bord pour ne pas se cogner une nouvelle fois.

— Écoute, Lisa, dit-il en tentant tant bien que mal de maîtriser son énervement. Cette barrette, c'est la seule petite piste microscopique que nous a laissée Sarah derrière elle avant de mourir. Et elle mène ici. Je veux en connaître la raison.

Lisa baissa les yeux sur le sac en plastique posé sur ses genoux.

— Tu veux dire... Tu penses qu'elle n'a pas perdu cette barrette ? Tu crois qu'elle l'a jetée exprès ?

— Elle voulait nous dire quelque chose, Lisa, sinon ce bijou serait tombé à côté de la Plymouth, pas dessous. Et qu'est-ce qu'elle pouvait bien vouloir nous dire d'autre que de venir ici ?

Les yeux de Lisa plongèrent dans le vague, tentant de visualiser la scène.

— En se débattant... objecta-t-elle sans conviction.

— La femme de la boutique nous a affirmé que cet objet a été fabriqué par une autochtone de Kanawaghe. Sarah se l'est procuré dans la réserve. Elle a eu au moins un contact ici durant son séjour, et elle voulait qu'on le sache.

À bout d'arguments, Lisa hocha faiblement la tête. Oui, bien sûr. Daniel avait raison, mais elle ne pouvait s'empêcher de croire à la sincérité de la colère de John Wachihta. Elle réalisait qu'elle avait acquis l'intime conviction que le vieil homme et son peuple n'avaient rien à voir avec les derniers événements. Seulement, elle était incapable d'étayer cette certitude avec des arguments tangibles. Et il allait falloir autre chose pour convaincre son capitaine.

Magne embraya plus doucement, son éclat l'ayant un peu calmé. Le 4 × 4 franchit les dernières centaines de mètres qui le séparaient du pont dans un silence morose. Lisa ressentit alors une morsure sourde au creux de son estomac.

— Tu m'emmènes déjeuner où ? demanda-t-elle d'une voix faussement enjouée.

Malgré son caractère artificiel, la question eut cependant le don de forcer un léger sourire sur les lèvres du policier.

— Désolé, Lisa. Cette affaire commence à me porter sur le système.

— Tu es pardonné, mon mari, répondit-elle, espiègle. Mais je meurs de faim ! Cette fois, c'est la vérité pure et dure !

Magne franchit la pile du pont devant la rubalise de police déchirée qui claquait au vent. Il tourna volontairement les yeux vers Lisa et lui sourit. En abordant la route Old Malone Highway, qui relie la réserve de Kanawaghe à la 132 Ouest, il voyait toujours les volutes de plastique jaune griffer l'air dans un appel muet et désespéré, bien après qu'ils eurent disparu de son rétroviseur.

Chapitre 15

La maison au bardage vieilli s'élevait au bord d'un jardin qui n'avait pas été retourné depuis bien des lunes. La succession du ruissellement des pluies et de la dureté des hivers du Québec avaient mis à mal la structure en bois qui s'appuyait sur des pilotis courts, scellés dans la roche. L'humidité y avait creusé des sillons noirâtres le long des fondations, que pas un coup de peinture n'était venu égayer depuis l'accident de Richard Nakamé, le mari d'Anihi.

Sept ans auparavant, un soir d'automne pluvieux, Richard avait eu la mauvaise idée de vouloir réparer seul le shingle[1] de son toit, dont quelques lattes menaçaient de s'envoler sous les coups de boutoir du vent du Nord. Mal calée, l'échelle avait glissé sur la gouttière mouillée sous son poids, entretenu à grand renfort de beignets et de bière canadienne, et Richard avait atterri sur le dos cinq mètres plus bas avec la colonne vertébrale cisaillée au niveau des reins. Les médecins avaient dit que la moelle épinière était atteinte, et qu'il ne recouvrerait jamais l'usage de ses jambes. Depuis, Richard n'avait pas remis le pied dehors, et

1. Bardeau de bois goudronné offrant l'aspect de l'ardoise, commun en Amérique du Nord.

sa principale occupation quotidienne était de vider consciencieusement le frigo de tout ce qu'il contenait.

Il avait tellement grossi ces trois dernières années qu'Anihi avait renoncé à l'aider à monter dans son fauteuil. Il restait toute la journée dans son lit, à maugréer des imprécations lorsque la bière n'était pas assez fraîche, ou lorsque sa femme ne lui apportait pas le haricot assez vite pour se soulager.

Richard n'avait jamais voulu payer pour creuser la tranchée qui lui aurait permis de recevoir l'eau potable directement à la maison, et il avait toujours argumenté que si l'eau du fleuve avait été suffisante pour les besoins de ses ancêtres, elle l'était également pour lui.

Depuis sept ans, et malgré l'approche de ses soixante-dix ans, Anihi allait deux fois par jour remplir ses seaux au pied d'un méandre du Saint-Laurent qui avait creusé la berge en une sorte de cuvette large et plate. Les jours de pluie dense ou de neige trop profonde, elle ne sortait pas et récupérait ce qui tombait des gouttières dans un tonneau en plastique branché en dessous, quitte parfois à en casser la surface à coup de hachette.

John Wachihta termina sa cigarette en observant au loin la vieille femme qui pliait sous le poids de l'eau en revenant sur le chemin. Il savait que s'il lui proposait son aide, elle le prendrait de haut, lui demandant s'il la croyait impotente.

John plissa les paupières à cause de la fumée que lui renvoyait l'air venant du fleuve. Anihi avait toujours eu un caractère d'ours affamé, et la vie que lui faisait mener son mari n'avait certainement pas amélioré les choses. Il fallait dire que la chance ne lui avait pas beaucoup souri, ces dernières années.

Anihi avait dû faire face à la nécessité d'exercer un travail pour gagner un peu d'argent, l'aide du gouvernement canadien suffisant à peine à assurer leur survie à tous les deux. Remettant au goût du jour une tradition ancestrale, elle s'était alors mise à fabriquer des petites boîtes en écorce de bouleau, puis avait reproduit les gestes séculaires des femmes de sa famille en utilisant des piquants de porc-épic pour y réaliser des œuvres de couture complexes. L'un des attrape-touristes de la rue centrale de la réserve lui en avait acheté quelques-unes, puis en était venu à lui commander des petits bijoux ornés de la même façon, dans le style de ceux que fabriquaient sa mère, et sa grand-mère bien avant elle.

Anihi avait un réel talent, et ses objets se vendaient bien. Elle n'était pas devenue riche, mais parvenait à présent à subvenir à leurs besoins vitaux sans problème, avec parfois même un peu de surplus.

John se demanda ce qu'il adviendrait d'eux dans quelques années, lorsque la vieillesse empêcherait définitivement Anihi de porter à bout de bras deux seaux remplis d'eau sur plus de cinq cents mètres. Il avait bien essayé de lui faire creuser un puits, à l'arrière de sa maison, mais elle y avait opposé une farouche résistance et le projet avait été abandonné en cours de route. Quoi qu'il en soit, il faudrait que quelqu'un les abrite et prenne soin d'eux, car ni le mari ni la femme n'accepteraient jamais de se retrouver dans l'une de ces maisons où les blancs mettent leurs parents quand ils sont trop vieux et deviennent un poids insurmontable pour la famille. John passa en revue les personnes de sa connaissance qui pourraient éventuellement accueillir le couple d'ici quelque temps, et il fit la grimace. L'état de Richard allait être un sérieux handicap à surmonter.

Il haussa les épaules. S'il le fallait, il viendrait lui-même vivre ici quelques mois, ou même quelques années, de façon à permettre à la Terre mère de réclamer ses enfants quand leur temps serait venu, sans qu'ils tombent en plus dans l'humiliation de la dépendance loin de chez eux.

Anihi était à présent à portée de voix, mais le bruit de son souffle combattant le poids de l'eau incita John à attendre qu'elle ait posé son fardeau avant de la saluer. Il aurait été malpoli de lui adresser la parole sans qu'elle puisse lui répondre. Quand elle passa devant lui, il nota que les seaux étaient remplis seulement à moitié. Finalement, il allait peut-être déménager plus rapidement qu'il l'avait tout d'abord imaginé...

Anihi se baissa lentement en prenant soin de bien caler ses seaux sur le bord de la terrasse vermoulue, puis elle ôta le bâton de ses épaules. Lorsqu'elle prit la serviette qui protégeait son cou pour s'essuyer le front, John vit les traînées rougeâtres laissées par le bois sur sa peau parcheminée. Il baissa un instant les yeux devant son regard aigu.

— Je vais très bien, John Wachihta.

— C'est ce que je vois, Anihi.

Loin au-dessus d'eux, le cri d'un pygargue invisible retentit dans le ciel gris. La journée avait toujours du mal à se dépêtrer de sa gangue d'humidité, et les rapaces profitaient d'une légère accalmie pour sortir chasser en plaine. Les mains rêches de la vieille femme produisaient le bruit du papier que l'on froisse, tandis qu'elle les frottait l'une contre l'autre pour faire circuler le sang.

— Et Richard ?

— Il va.

John hocha la tête doucement. Anihi l'observait avec attention en attendant qu'il dise ce pour quoi il était venu. La vie d'ermite que les Nakamé avaient choisie n'incitait pas aux visites de courtoisie, et si John était là, debout devant sa porte avec l'air d'avoir deux chaussures gauches aux pieds, c'était pour une bonne raison.

— On dit que tu fais du bon travail, Anihi, commença-t-il précautionneusement, adoptant le pronom impersonnel cher aux Indiens pueblos[1] du sud des États-Unis, qui le considèrent comme une preuve indispensable de respect.

— On le dit.

John posa les yeux sur la ligne lointaine des arbres, moins dérangeante que les prunelles de la vieille femme.

— On dit aussi que tu pourrais vendre encore plus d'objets, jusqu'en ville même.

— Je n'ai pas besoin de plus, John.

— Tu ne voudrais pas gagner davantage d'argent ?

Anihi émit un petit rire aigrelet, le premier qu'il ait jamais entendu fuser depuis l'accident entre ses lèvres décharnées.

— Pour en faire quoi, mon garçon ?

Elle appuya ses paumes sur ses hanches et se pencha légèrement en arrière, tout en réprimant une grimace de douleur. La dernière fois que quelqu'un avait appelé

---

1. Les Indiens pueblos – Hopis, Zuñis, et Navajos – vivent dans la région aride appelée aujourd'hui les *Four Corners*, à la frontière de quatre États américains dont les limites se croisent à angle droit dans le désert : Nevada, Texas, Arizona, et Nouveau-Mexique.

John Wachihta « mon garçon » devait remonter à l'enterrement de son père, quelques jours avant ses dix-huit ans, plus d'un demi-siècle auparavant. Curieusement, il se sentit revenir à ses jeunes années, lorsqu'il ne lui serait même pas venu à l'idée d'émettre la moindre opposition à un propos de l'un de ses aînés, et quand le simple regard réprobateur d'un ancien suffisait à lui donner envie de s'enfouir dans un trou de renard.

Les mains dans les poches, histoire de se donner une contenance, John tapa du pied dans un caillou pointu qui dépassait du sol, et l'envoya gicler à plusieurs mètres de là.

— On dit que tu as vendu une barrette à une Américaine. Une barrette avec des piquants de porc-épic.

Anihi sortit un paquet de cigarettes froissées de la poche de sa blouse et en alluma une sans en proposer à John.

— On n'est plus en guerre avec l'Amérique depuis Wounded Knee[1], John.

Wachihta soupira. Décidément, Anihi avait décidé de ne pas lui faciliter les choses.

— On a retrouvé le cadavre de cette femme devant l'entrée de la réserve il y a deux jours. La police commence à poser des questions, et je n'aime pas ça. Notre nation n'a pas besoin de ce genre de problème,

---

1. Le 29 décembre 1890 – quinze jours après l'assassinat du chef légendaire Sitting Bull –, Big Foot ainsi que cent quarante-six hommes, femmes, et enfants lakotas étaient massacrés par les soldats américains à Wounded Knee, mettant ainsi un terme aux guerres indiennes. Ce lieu est devenu depuis un lieu de pèlerinage, symbole de la résistance des autochtones à l'envahisseur, et de la renaissance des valeurs lakotas, qui perdurent encore aujourd'hui.

en plus de ceux que causent ici les trafics d'alcool et de cigarettes, sans parler de la drogue et des armes...

Anihi tiqua et lui lança un regard noir. Elle savait très bien que John connaissait l'ancienne appartenance de son petit-neveu Tommy au mouvement des Warriors, spécialisé dans ces trafics en tous genres, qu'il avait quitté pour intégrer un groupe de *Hell's Angels* de la banlieue nord. Tommy était un renégat. Il avait renié ses racines, et c'était de notoriété publique à Kanawaghe. Elle allait lui répondre vertement, mais elle se ravisa devant l'attitude déterminée du vieil homme. Elle avait cru un instant qu'il allait faire demi-tour rapidement, mais il semblait bien qu'elle s'était trompée. John Wachihta était bien campé sur ses jambes, à présent, même si son allure montrait qu'il était plus sur la défensive qu'en position de mener la discussion.

Elle inhala une longue bouffée et se tourna vers ses seaux qu'elle prit à pleine main après avoir jeté sa cigarette à peine entamée sur le sol.

— Entre, John, dit-elle finalement sans le regarder. Nous avons à parler.

Chapitre 16

Le cortège avançait lentement entre les allées bordées d'érables nus. Derrière le fourgon mortuaire, toute la section du Centre métropolitain de la Sûreté du Québec marchait en silence, les yeux baissés, et l'on n'entendait que le bruit des semelles raclant les gravillons de l'allée recouverte d'une faible couche de neige gelée. Devant ses hommes, l'inspecteur-chef Lachance marchait seul, les mains croisées et le cou raide dans le col serré de sa chemise blanche immaculée. Derrière lui, une cohorte d'officiels escortait la procession, sanglés d'écharpes aux couleurs de la fleur de lys blanche sur fond bleu, dans des costumes coûteux montrant leur appartenance au gouvernement québécois.

Daniel Magne et Lisa Heslin suivaient le groupe un peu en retrait, et la jeune femme observait à la dérobée la silhouette vêtue de noir précédée par le corbillard. Elle se tenait debout uniquement à l'aide du bras qui la soutenait pour marcher, et les deux enfants qui levaient des yeux apeurés vers elle donnaient la main à des adultes aux visages sombres. Le petit garçon avait des larmes plein les paupières, mais la petite fille montrait un front dur et secouait la tête négativement à chaque question que la femme qui l'accompagnait lui posait. Une peluche pendait au bout de son autre bras, balayant le sol à chaque foulée.

Le véhicule franchit les dernières dizaines de mètres au ralenti et s'immobilisa près d'une fosse fraîchement ouverte. Il régnait dans l'air une odeur douceâtre de gazon moisi, et l'ocre de la terre tranchait avec le vert pâle de la pelouse arrachée mélangée à la blancheur de la neige. À l'écart de la tombe, un engin de chantier attendait patiemment la fin de l'enterrement sur une allée perpendiculaire, comme un insecte géant endormi. Adossé à sa chenille, un ouvrier fumait une cigarette en regardant les gros écureuils gris se poursuivre entre les pierres tombales.

La famille de Louis Trédeau n'avait pas souhaité d'office religieux, et le préposé des pompes funèbres prit à nouveau la parole, lorsque tous les amis et proches du policier disparu eurent rejoint le bord de la sépulture. Il désigna de son doigt ganté un panier regorgeant de fleurs coupées.

— Mesdames et messieurs, si vous le voulez bien, nous allons maintenant procéder à l'inhumation de Louis, et je vous demanderai, au nom de la famille, de jeter l'une de ces roses sur son cercueil en signe d'amitié, lorsque vous voudrez lui adresser un dernier au revoir, à l'issue de la cérémonie. Madame Trédeau ne souhaite pas de condoléances, et elle espère que vous comprendrez son émotion en ce jour pénible pour elle et pour ses enfants.

Il fit un signe discret aux employés en faction devant le véhicule, qui se tournèrent comme un seul homme en un salut très martial, la main tendue en visière au niveau des yeux. Le plus âgé ouvrit la porte arrière du fourgon et tira sur une poignée du cercueil, qui glissa sur des roulettes sans racler le châssis. Les trois autres se mirent de part et d'autre de la bière et, sur un bref regard de concertation, la levèrent à hauteur d'épaule. Ils la transportèrent alors jusqu'au bord du trou, puis se tinrent immobiles, attendant le signal.

Le préposé consulta la veuve du regard, mais ce fut l'homme qui lui tenait le bras qui lui fit signe de procéder à la descente de la caisse de chêne. Le voile de tissu noir qui masquait le visage de la femme de Louis semblait obstinément braqué vers le fond de la fosse. Lisa vit sa main se crisper sur le tissu de la veste de son compagnon, qui posa la sienne par-dessus dans un geste de protection dérisoire.

Le cercueil fut déposé au sol, puis recouvert avec respect du drapeau canadien à la feuille d'érable, en plus de celui de la province. Il fut alors accroché par les poignées avec des crocs en acier. Les quatre employés se déployèrent de chaque côté de l'excavation, et tendirent les cordes d'un geste expert pour le placer au centre de l'ouverture. Puis, résistant aux poids du bois et du corps qui tiraient vers le fond du trou, ils le laissèrent filer jusqu'à ce qu'il touche le sol, trois mètres plus bas. Les cordes furent alors enlevées, et les hommes en noir s'éclipsèrent discrètement pour laisser la famille et les amis seuls quelques instants.

Le préposé principal invita au recueillement, le front baissé, et un silence de plomb tomba sur l'assemblée, où tout le monde se retenait de respirer. Seuls, les sanglots assourdis de la veuve de Louis étaient perceptibles. Le petit garçon semblait ne plus avoir de larmes et suçait désespérément son pouce. La petite fille, elle, avait le visage congestionné de colère, et Lisa eut un coup au cœur en réalisant qu'elle était en train de dévisager le capitaine depuis l'autre côté de la tombe. Elle se tourna vers lui, et son sang ralentit dans ses veines. Magne avait les joues humides, et il avait fermé les yeux. Sur son front, sa blessure ressortait en rose sur sa peau livide, et elle vit qu'il oscillait lentement sur lui-même, comme victime d'un malaise.

Elle posa la main sur son bras et le fit sursauter. Il lui jeta un regard mort et plongea les yeux dans le trou.

Lisa allait lui dire quelque chose lorsque le préposé releva la tête et guida l'inspecteur-chef jusqu'au panier de fleurs. Anatole Lachance se saisit d'une rose et la tendit au-dessus du vide. Il leva les yeux au ciel, et une salve de coups de feu retentit dans l'allée proche. L'un des hommes en costume qui l'accompagnaient fit un bond de côté. On avait manifestement oublié de le prévenir. Lachance lâcha alors la rose qui tomba sur le cercueil en produisant un bruit à peine perceptible. Il eut du mal à se détourner, et veilla à ne pas se retrouver face au bloc familial qui s'était regroupé de l'autre côté du panier.

Les hommes de l'équipe suivirent les uns après les autres, et tous prirent le temps de parler à voix basse au-dessus du trou béant. Lisa n'entendait pas ce qu'ils disaient, mais, au fur et à mesure qu'elle se rapprochait, quelques bribes lui parvinrent.

Courage, *Abnégation*, *Amitié*... les mots se succédaient dans une mélopée lancinante, et Lisa commençait à avoir la tête qui tournait. Elle laissa Magne passer devant elle dans la queue qui défilait lentement. Lorsque ce fut son tour, il s'avança en hésitant. Il se saisit alors d'une rose d'une main tremblante, et la tendit devant la fosse. Il ferma les yeux encore une fois, et Lisa, qui crut tout d'abord dans un instant de panique qu'il allait tomber dedans, comprit qu'il faisait un effort surhumain pour se maîtriser.

À cet instant, la petite fille échappa à sa gardienne et se rua sur le policier. Elle se planta alors debout face à lui, l'index accusateur braqué sur son torse, les talons frôlant le vide.

— Pourquoi c'est pas toi qu'est mort ? hurla-t-elle soudain à s'en déchirer la voix dans un silence sépulcral. Pourquoi c'est mon papa qu'est dans le trou et pas toi ?

Magne ouvrit les yeux et reçut les coups de poing de la fillette sans broncher. Les épines de la rose cassée lui griffèrent la main. Il leva alors le regard vers le ciel en un geste de supplication qui arracha un gémissement d'impuissance à Lisa.

La vieille femme qui avait la garde de l'enfant s'était approchée lentement, de peur qu'elle tombe dans la fosse, et elle accrocha brusquement le bras de la petite fille avant de la tirer à elle.

— Je te déteste ! Je te déteste ! *Je te déteste !* cria-t-elle tandis qu'on l'emmenait plus loin pour tenter de la calmer. *Je voudrais que tu sois mort ! Je te déteste !*

Lisa porta la main à ses lèvres, le souffle court. Magne cligna des yeux, l'air hagard, puis il parut revenir progressivement au monde des vivants. Les mâchoires serrées, il brandit la rose cassée au-dessus de la tombe. Il la lâcha en ouvrant le poing d'un coup. Ses lèvres prononcèrent pour lui-même quelques mots indistincts, puis il se détourna et, la tête basse, il se rapprocha à pas lents du groupe de policiers qui se tenaient dans l'allée, l'air terriblement gêné. Il s'arrêta avant de se joindre à eux, méditant en silence, le visage tourné vers la sortie du cimetière.

Devant la tombe, Lisa essaya d'éprouver autre chose que de l'inquiétude pour Daniel. Mais elle n'avait pas connu Louis Trédeau, et elle était peut-être la seule que sa disparition ne bouleversait pas autant que les autres membres de l'assistance. Il n'en restait pas moins qu'il s'agissait d'un flic mort dans l'exercice de son métier, et à ce titre elle prit le temps de formuler une prière pour lui avant de lancer une rose à son tour. Lorsqu'elle rejoignit enfin Daniel, elle le força à se tourner vers elle et le prit dans ses bras. Il appuya son front sur le sien, et elle se leva sur la pointe des pieds pour déposer un baiser furtif sur ses lèvres. Leurs doigts se croisèrent.

Lisa hocha la tête lentement, les yeux plantés dans ceux de Magne. Le message était passé.

On va se faire cet enfoiré...

L'inspecteur-chef s'approcha d'eux avec précautions. Il posa sa grosse main sur l'épaule du capitaine, qui lui adressa un maigre sourire de reconnaissance. Une voiture aux vitres sombres se rangea alors entre les arbres, à une cinquantaine de mètres du caveau. Un membre de la famille y accompagna la jeune veuve et ses enfants, et Lisa put s'apercevoir que la fillette ne quitta pas Magne des yeux jusqu'à ce que la portière se referme sur elle.

Les policiers commencèrent à s'éloigner en groupes dispersés, les voix enflant au fur et à mesure qu'ils se rapprochaient du portail métallique donnant sur la rue. Lachance suivait en compagnie des deux Français qu'il avait pris chacun sous un bras. Sa grosse tête se penchait alternativement vers l'un ou l'autre, prodiguant quelques sourires et acquiescements du menton. Bientôt, ils franchirent la limite du cimetière et se dirigèrent vers les voitures garées un peu plus loin, près de l'entrée nord du parc.

Daniel Magne résista à l'envie de jeter un dernier regard derrière lui. Il lui fallait porter son attention *devant*, à présent.

Lorsque les premières pelletées de terre furent jetées sur le cercueil de Louis Trédeau, les écureuils avaient repris possession du cimetière.

Chapitre 17

John Wachihta entra dans le bar d'une démarche assurée et s'assit sur une chaise haute entre deux énormes motards qui mâchaient des hamburgers dégoulinants de sauce. Il ne parut pas se rendre compte du mutisme qui était tombé sur la salle, où le cuir noir semblait être un signe de ralliement obligatoire. Les deux obèses s'arrêtèrent de mastiquer et baissèrent leurs regards vers lui comme si une merde de chien venait de se matérialiser subitement sur le siège qui les séparait.

Le *Coyote's Bar* était situé sur le bord de la 15, à une dizaine de kilomètres au nord de Laval. Sous l'œil éberlué de trois bikers en train de boire une bière en fumant un joint devant la vitrine de l'établissement, John avait garé son vieux pick-up déglingué devant une ligne de Harley-Davidson flambant de tous leurs chromes, en bloquant délibérément les motos contre le trottoir. Il avait alors mis pied à terre et avait poussé la porte du *Coyote's* avec l'air buté de celui qui vient chercher les ennuis. Les trois types s'étaient regardés, et l'y avaient suivi avec un sourire en coin. Le grand-père n'était pas plus épais qu'une tranche de bacon, le lard en moins.

Le barman, un géant serré dans un tee-shirt sans manches et tatoué des poignets jusqu'au cou, se pencha vers John, l'air mauvais. Il posa les mains à plat sur le bar, ses muscles saillant de ses bras comme des cordes de bateau.

— Qu'est-ce que tu viens foutre ici, vieux schnock ? C'est pas un endroit pour les momies !

John leva un œil impassible sur l'armoire à glace.

— Je veux voir Tommy, dit-il en articulant bien les syllabes, comme s'il s'adressait à un demeuré.

Contre toute attente, l'homme gloussa en se redressant, prenant la salle à témoin. Il fit un geste théâtral désignant John d'un mouvement large de l'avant-bras balayant l'air chargé de fumée du bar.

— Hé, vous autres ! Touthankâmon est parmi nous ! Et il veut voir Tommy !

Un éclat de rire général lui répondit, et quelques motards se levèrent pour apercevoir l'étrange énergumène disparaissant derrière les deux montagnes de graisse qui grognaient la bouche pleine, hilares.

John Wachihta haussa les sourcils d'un geste fataliste et il sourit au barman, puis il glissa la main dans son gilet et en exhuma un Colt 45 « Peacemaker » qu'il braqua sur le ventre du géant en armant le chien d'un mouvement sûr du pouce. Le cliquetis qui venait d'indiquer que la queue de détente était prête à l'emploi ramena immédiatement le silence dans la salle.

Le canon de l'arme bruni par les ans ne tremblait pas, malgré le poids de l'acier au bout du bras du vieil homme. Le barman leva lentement les mains à hauteur de ses épaules.

— Je veux voir Tommy, répéta calmement le vieux Mohawk.

Son regard ne quittait pas le géant, mais tous avaient compris qu'au moindre geste porté contre lui, la situation allait salement dégénérer.

— Il est au *Yellow's*, dit une voix derrière lui. J'ai vu sa bécane devant en arrivant, Eddy.

L'Indien sourit à nouveau.

— Allez me le chercher. Vite.

Le barman sonda à nouveau le regard de John, puis il fit un signe au motard qui venait de parler.

La porte s'ouvrit brutalement, et l'on entendit le bruit d'une course décroissant sur le bitume. Une moto démarra et partit en faisant hurler les pneus sur le macadam.

— Tu crois que tu vas t'en tirer comme ça, pépé ? demanda soudain Eddy le barman. Tu t'imagines que tu vas faire ta loi chez nous comme un putain de Géronimo à la con ?

Il baissa brusquement les mains pour frapper le comptoir avec violence, dans le but évident d'impressionner son interlocuteur. Le bruit du coup de feu couvrit celui du plat de sa paume heurtant le bois. Derrière lui, une vitrine explosa en projetant des morceaux de verre par-dessus le bar. Malgré lui, il baissa instinctivement les épaules en se protégeant la tête de ses bras. Le colt de John avait juste fait un écart d'une seconde, et il visait de nouveau l'abdomen de son interlocuteur, aussi immobile qu'une roche. Son regard n'avait pas cillé. Il arma à nouveau ostensiblement le chien du revolver.

Il n'ajouta pas un mot. C'était inutile. Cependant, les paroles d'Eddy résonnaient en lui en écho à celles que lui-même avait adressées au policier français quelques heures plus tôt. Le *cercle* était sur lui, et c'était bien ainsi. L'harmonie en toute chose...

Le temps se figea dans une gélatine où régnait l'odeur acre de la poudre. Les bikers avaient tous reculé, et certains échangèrent des regards interrogatifs. Le barman fit un léger signe négatif de la tête. Le bruit de la détonation avait dû être perçu à l'extérieur, et il y avait fort à parier que les flics étaient déjà en route pour le *Coyote's.* Depuis le temps que le voisinage se plaignait du bruit des motos et du raffut des Hell's qui se battaient parfois le soir entre eux sur le parking, après avoir ingurgité de la bière jusqu'à ne plus pouvoir tenir debout, la flicaille allait s'en donner à cœur joie. Sans parler qu'ils allaient avoir un prétexte rêvé pour venir foutre la merde dans leurs différentes petites affaires juteuses.

Le repaire des Coyotes braqué par un septuagénaire seul, muni d'un calibre digne de Clint Eastwood, Eddy McCallum risquait d'en entendre parler un moment ! L'histoire allait rebondir de bar en bar jusqu'à Montréal, et il imaginait déjà les flics morts de rire dans toute la province, se frappant les épaules en renversant leurs tasses de café sur leurs uniformes.

Eddy McCallum fronça les sourcils, gravant chaque trait du visage de ce vieil emplumé dans sa mémoire. L'ancêtre allait lui payer ça, et très chèrement.

Le son de deux moteurs de Harley enfla rapidement dans la rue, puis se tut devant l'entrée du bar. La porte bascula de nouveau avec violence, et deux hommes firent irruption dans la salle.

— John ! s'écria la voix d'un des nouveaux venus en se rapprochant de lui, mais qu'est-ce que...

— La ferme, Tommy ! aboya le vieux en lui tendant un jeu de clefs. Monte dans mon pick-up et démarre !

Même les bikers les plus aguerris sentirent l'autorité du vieillard s'imposer dans le bar. Ses traits émaciés, que presque tous apercevaient de profil, étaient à présent tendus à l'extrême. L'énorme revolver paraissait toujours scellé dans la roche, immobile au bout de son bras maigre. Tommy quitta la pièce sans répondre. Quelques secondes plus tard, le son du six-cylindres tournait au ralenti devant la porte du *Coyote's*.

John recula lentement, braquant toujours le canon du Colt sur la bedaine d'Eddy McCallum. Il s'arrêta un instant dans l'embrasure de la porte, et sa silhouette se découpa en contre-jour, pas plus épaisse que celle d'un adolescent famélique.

— On se retrouvera, Géronimo ! lança le barman d'une voix chargée de colère.

— J'ai assez de balles pour toutes les motos qui essaieront de nous suivre, dit John calmement en posant son regard froid sur les motards qui le fixaient sans réagir.

Il attendit encore quelques secondes, puis ajouta :

— Si Tommy a des ennuis à cause de l'un d'entre vous, vous apprendrez très vite que les Mohawks n'ont rien à envier aux Chiricahuas[1] lorsqu'ils se fâchent, et qu'ils sont plus nombreux que les Hell's de tout le Canada.

John recula encore et sortit en pleine lumière devant le bar. Il releva alors le chien du colt et s'engouffra dans le pick-up.

— Roule ! ordonna-t-il sèchement.

---

1. Apaches dont Cochise était le chef, et Géronimo l'un des plus célèbres guerriers (1829-1909).

Tommy accéléra et s'écarta du trottoir au moment où la sirène d'un véhicule de police retentissait dans une rue perpendiculaire qui débouchait derrière le *Coyote's.* Les motards qui étaient sortis pour les regarder partir entrèrent à nouveau dans l'établissement tandis que les hululements se rapprochaient. John eut un léger sourire. La voiture des flics était une berline routière basse sur les essieux.

Ils parcoururent quelques kilomètres en silence, puis John indiqua à Tommy un chemin creux qui s'enfonçait dans un sous-bois de bouleaux. Le jeune homme quitta la route en ralentissant à peine et s'engagea entre les arbres. Le pick-up disparut rapidement à la vue des véhicules qui empruntaient la nationale, mais John insista pour que Tommy avance encore de quelques centaines de mètres. Ils stoppèrent près d'un petit étang bordé d'épinettes, au pied duquel un mirador d'affût était installé. On entendait très faiblement au loin le bruit de la circulation, et la sirène assourdie de la police traversant la végétation dense quelques minutes plus tard prouva que la chasse était bel et bien lancée.

John sortit sans un mot, s'assit sur une souche et alluma une cigarette. Tommy le rejoignit en se balançant d'un pied sur l'autre, scrutant d'un air inquiet le chemin qu'ils venaient d'emprunter.

— Mais qu'est-ce qui t'a pris, John ? s'exclama-t-il enfin. Tu es complètement inconscient, ou quoi ? Ces types ne vont plus te lâcher, maintenant !

John tira une longue bouffée. Il regardait Tommy en silence. Un poisson sauta hors de l'eau, brisant le calme de l'étang. Il retomba dans une gerbe qui propagea des ondes loin autour de lui.

— N'as-tu rien à me dire, Tommy ? demanda doucement le vieil homme.

Le jeune homme glissa une main nerveuse dans ses cheveux lissés en arrière.

— Te dire quoi, John ? J'ai 20 ans. Je n'ai besoin de l'autorisation de personne pour rouler en moto avec mes copains !

— Je ne te parle pas de ça, Tommy. Cette bande de bons à rien ne vaut même pas que je m'en occupe. Si ce sont les amis que tu t'es choisis, alors tant pis pour toi.

Le jeune homme écarta les bras, prenant le ciel à témoin.

— Alors quoi, John ? *Quoi ?* Qu'est-ce qui se passe ?

— Réfléchis. Tu le sais déjà.

John se leva et ôta les clefs du contact du pick-up, puis il se dirigea le long de l'étang, les mains dans les poches. Il s'assit à nouveau, un peu plus loin, tournant ostensiblement le dos au jeune Mohawk.

Tommy baissa la tête. Il revoyait la scène comme si elle s'était déroulée quelques minutes auparavant. Il en éprouvait encore une puissante brûlure de honte au fond du cœur.

Il avait volé la barrette sacrée d'Anihi, et il l'avait donnée à cette femme pour qu'elle pose les yeux sur lui, pour qu'elle le prenne au sérieux. *Pour qu'elle le regarde...*

Il avait sali son propre peuple. Il l'avait trahi. Il avait volé le bien d'une femme âgée et d'un impotent sans défense. Et depuis, le remords le rongeait comme une rivière d'acide coulant dans ses entrailles.

L'Américaine lui avait promis de l'argent et des choses... des choses...

Il approcha lentement du dos de John, les épaules voûtées sous le poids de la culpabilité.

Seule, Anihi savait. Elle en avait parlé à John. Il était maudit. *Maudit...*

— Ça te revient ? demanda sèchement le vieillard.

Les larmes sortirent brusquement, inondant le visage du jeune homme, qui tomba à genoux face au dos obstinément tourné de John.

— Pardon... dit-il faiblement, la voix brisée par le dégoût de sa propre lâcheté. *Pardon...*

John cracha un brin de tabac dans l'eau.

— Ce n'est pas à moi de te pardonner ou pas, Tommy.

Le motard se prit la tête dans les mains, les bras agités de tremblements incontrôlables.

— Mais je dois savoir une chose, ajouta John Wachihta.

John prit une longue respiration en regardant un couple d'outardes s'envoler au bout de l'étang, dérangé par leur conversation.

— Est-ce que tu l'as tuée, Tommy ?

— Non ! *Non !* Pourquoi j'aurais fait ça ?

— Pour t'acheter de la dope avec son fric, peut-être ?

Tommy se releva brusquement.

— Ce n'est pas ça ! Je voulais...

— Tu voulais la baiser, alors ? le coupa John. Tu voulais juste tremper ton biscuit, et tu n'as rien trouvé de mieux que de lui offrir un objet que tu venais de voler, fabriqué par les mains d'une aïeule de ta propre nation ?

John Wachihta s'était relevé, lui aussi, et il toisait Tommy avec un indicible mépris. Le jeune homme, anéanti par l'ignominie de son geste, semblait se ratatiner sous le regard aigu de son aîné.

— Je veux savoir ce qui s'est passé avec elle, Tommy. Depuis le premier instant où tu l'as croisée, et jusqu'au dernier où tu as posé les yeux sur elle. Ensuite, tu repartiras. Ta conscience te dictera comment tu dois réparer ce que tu as fait à Anihi.

Tommy baissa les yeux sur ses bottes de moto maculées de terre.

Il parla.

Chapitre 18

Assis dans le bureau de l'inspecteur-chef Lachance, Daniel Magne et Lisa Heslin réécoutaient pour la centième fois au moins le message laissé par Joseph la veille au standard, quelques minutes avant sa mort. Samantha Clairmont avait eu la présence d'esprit d'enregistrer l'appel, comme elle le faisait régulièrement pendant son service de nuit, même en début de soirée. Joseph avait mentionné le nom d'un témoin mais, pas plus qu'elle, ils ne parvenaient à en comprendre exactement les syllabes.

— Il n'y a pas une Asiatique dans le service, qui pourrait nous filer un coup de main ? s'écria soudain Lisa, énervée.

Lachance appuya sur son interphone et transmit l'ordre à sa secrétaire. Il fallait que l'on prévienne mademoiselle Sue Young de venir dans son bureau le plus rapidement possible. Il raccrocha et sourit à Lisa avec l'air de présenter ses excuses pour ne pas y avoir pensé plus tôt. La jeune femme lui renvoya son sourire en essayant d'atténuer le ton sec de sa question. Ils étaient tous à cran.

— Joseph parle d'un restaurant japonais dans le centre-ville. Il y en a combien, environ ?

Lachance soupira.

— Une bonne dizaine, au moins, rien que dans la rue Sainte-Catherine. Si l'on y rajoute ceux de Sherbrooke, de Maisonneuve et des rues transversales...

Magne se prit le front dans les mains.

— Oh merde...

— Il a dit aussi qu'il allait au 67 rue Martineau, insista Lisa. Ça au moins, c'était parfaitement clair. Vous avez vérifié ce qu'il y a à cette adresse ?

— Un terrain vague, dit l'inspecteur-chef avec lassitude. Le quartier est tellement déshérité que plus personne n'y fait construire quoi que ce soit. Cet endroit est oublié des dieux et du gouvernement. Même la police ne s'y rend en patrouille qu'en cas de force majeure. Il n'y a jamais rien eu à cette adresse. Celui qui l'a envoyé là savait ce qu'il faisait...

Magne se leva et se dirigea vers la machine à café.

— Il va falloir interroger les bandes qui traînent là-bas, dit-il en glissant une dosette d'expresso dans l'appareil. Ce type n'a pas pu opérer dans ce secteur sans l'appui de quelque chef local. Vous avez des indics dans ce coin ?

— Très peu, fit Lachance. Ils se font rapidement repérer et descendre. Ceux qui restent sont timorés et peu loquaces. On essaie de les recruter quand on les serre pour trafic de drogue, mais en général ils préfèrent purger leurs peines plutôt que de balancer les gens de leur quartier. Ils savent que s'ils restent en prison moins longtemps que prévu, ils seront immédiatement soupçonnés de collaborer avec nous, et qu'ils ne feront pas de vieux os. Ceux qui acceptent encore, on les tient avec une prise indirecte, comme une menace sur un ami proche qui risque de plonger encore plus. Ils sont moins identifiables.

Lisa hocha la tête. L'affaire se présentait plutôt mal de ce côté-là. Daniel se mura dans le silence, face à la fenêtre, les yeux braqués au loin, au-dessus des arbres d'un parc voisin.

— La camionnette... dit-il enfin. Vous avez des renseignements plus complets ?

L'officier canadien tira une feuille de la pile qui s'entassait sur son sous-main.

— Volée dans la nuit du 22 novembre à Trois-Rivières, sur le parking de la société GIMKO, un grossiste de meubles. C'est-à-dire deux jours avant l'enlèvement de Sarah Duncan, donc le surlendemain de son arrivée au Québec. Aucun témoin. Le véhicule n'avait été repéré nulle part depuis. L'examen de la carcasse n'a pas permis de retrouver quoi que ce soit d'exploitable, à part la plaque minéralogique et le fait que le dessin de ce qui reste de l'un des pneus arrières semble prouver qu'il s'agit bien du fourgon qui a déposé le cadavre de l'Américaine devant Kanawaghe.

— Et... ?

Magne se racla la gorge.

— Et dans celle de Joseph ?

Le visage de Lachance s'assombrit brusquement.

— La voiture a brûlé aussi, et tout est détruit à l'intérieur. On a retrouvé son arme sur le plancher. Même si les cartouches ont explosé avec la chaleur, l'examen des douilles a prouvé qu'aucune n'a été percutée. *Il n'a même pas eu l'occasion de se défendre.* J'attends les résultats de l'autopsie dans la matinée...

Il consulta sa montre. Il était presque midi.

— Ça ne devrait plus tarder, maintenant.

Lisa compta à voix haute, repliant ses doigts au fur et à mesure qu'elle comptait.

— Un, enlèvement et meurtre de Sarah Duncan, puis assassinat du policier Louis Trédeau. Le seul témoin est Daniel. Aucun indice, sauf la barrette qui mène à l'impasse de la réserve mohawk, et le dessin des pneus retrouvés dans une flaque d'eau, pneus appartenant à un véhicule volé menant lui aussi à une impasse. Deux, examen de la voiture de Sarah Duncan, qui ne mène pas à grand-chose non plus, du moins pour l'instant. Les échantillons prélevés par Daniel sont encore sous le microscope. Joseph Lafleur, lui, a certainement trouvé quelque chose d'autre qui l'a dirigé vers un restaurant japonais du centre-ville. Une facture ? Une publicité ? Une boite vide ? Mystère... Trois, Joseph est attiré dans un guet-apens et assassiné. Quatre, nous identifions le tueur en la personne de Shinzo Takashimura, un ancien prisonnier de *The Haven*, l'un des pénitenciers les plus violents d'Amérique du Nord. Purge quinze ans dans cette prison. Depuis sa sortie en 2003, Takashimura s'est évaporé dans la nature. Cinq, Joseph déclare sur l'enregistrement qu'il se rend seul à une adresse que quelqu'un lui a donnée. Il y va sans appréhension particulière, mais donne le nom du témoin qu'il va interroger. J'ai oublié quelque chose ?

Magne fit signe que non d'un mouvement de tête.

— Il faut trouver ce restaurant. C'est notre seule piste, maintenant...

Il fut interrompu par un léger toc-toc à la porte du bureau.

— Entrez ! barrit l'officier québécois.

Une jeune femme aux pommettes hautes pénétra dans la pièce en jetant un regard timide autour d'elle. L'ambiance lourde l'impressionnait visiblement. Ses longs cheveux noirs étaient réunis en une sage queue-de-cheval, dégageant ses superbes yeux en amande. Lisa se leva et lui sourit.

— Bonjour, mademoiselle Young, dit Lachance d'une voix radoucie. Nous avons besoin de votre aide...

John Wachihta était assis sur la dernière marche de sa véranda. Il suçotait un brin d'herbe en essayant de maîtriser les élans de colère qui dévastaient son esprit. Faire le vide lui apparaissait comme une tâche insurmontable, totalement hors de portée pour le moment. Il tenta de ne pas écouter les grondements de son estomac, qui protestait contre le jeûne qu'il lui imposait depuis la veille. Les odeurs de la cuisine de Deborah se faufilaient jusqu'à lui à travers les fenêtres entrouvertes, et il pensa avec amertume que cela s'annonçait mal en terme de détermination.

John avait besoin de purifier son âme avant de prendre une décision, et il ne le pourrait pas avec le ventre plein. Il se leva et marcha en direction de la limite du village, les mains enfouies dans les poches de son blouson de jean.

Il se sentit tout de suite mieux lorsqu'il passa sous les premières branches dénudées des érables centenaires. Le bois était pour lui depuis toujours un élément naturel dans lequel il se trouvait chez lui, encore plus que lorsqu'il était enfermé entre les quatre murs de sa maison préfabriquée. L'odeur de la forêt l'emplissait d'un bien-être inexprimable, surtout après une bonne averse qui magnifiait les exhalaisons de l'humus détrempé. John n'était nulle part ailleurs plus près de la Terre mère, de là d'où venait l'existence, et là où elle repartait une fois son cycle en surface terminé. Il ressentait la moindre étincelle de vie sous les feuilles, sur l'écorce, et dans les branches des grands frères plus vieux que lui de plusieurs décennies, et qui avaient assisté au passage de ses ancêtres dans l'autre monde.

Il y croisait parfois le loup timide fuyant pour laisser la place à son dangereux rival humain, l'ourse aux aguets prête à tuer n'importe qui pour protéger son petit. Plus au nord, l'élan majestueux à la ramure couverte de lichen lorsque, dérangé par le bruit des rames du canoë heurtant la surface de l'eau d'un lac, il levait sa tête ruisselante pour toiser l'intrus. Il y rencontrait aussi l'aigle altier en quête d'une proie dérivant dans l'azur du ciel, l'araignée suspendue à sa maison de toile entre les hautes herbes, la fourmi en colonies disciplinées arpentant inlassablement le sol de la forêt. Il y trouvait partout les manifestations invisibles du Grand Pouvoir, de la plus petite créature à la plus grande, dans l'harmonie que les dieux avaient créée sur le monde pour que chaque espèce y ait sa place privilégiée.

Aujourd'hui, les hommes avaient bousculé cet ordre, immuable depuis des millénaires, et il faisait bon reprendre pied avec le monde réel, débarrassé des chimères inventées par les Blancs et imposées à son peuple par l'envahisseur victorieux. Ici, l'argent ne servait à rien, et l'on ne pouvait pas y survivre au premier hiver si l'on n'avait pas la conscience que l'homme n'est qu'une partie fragile de cet équilibre. Ici, on ne pouvait pas subsister si l'on ne respectait pas l'animal qui offrait sa chair pour la nourriture, sa peau pour les vêtements, ses tendons pour les cordes des arcs. Ici, la loi était éternelle. Ou bien l'on faisait partie du cercle sacré, ou bien l'on finissait par être rejeté comme un corps étranger planté dans un organisme sain. Comme un virus.

Mais pour combien de temps encore ?

Chaque année, chaque mois, et presque chaque semaine, la pression devenait plus forte, plus palpable. Les compagnies pétrolières, toujours plus avides, avaient entrepris la démolition systématique de l'écosystème de l'Alberta, à la recherche de toujours plus d'or noir, toujours plus profond, avec des moyens toujours plus dévastateurs. Les montagnes décapitées du Maine, victimes de l'acharnement à récupérer du charbon et du schiste bitumineux, redevenus rentable avec la montée du cours du pétrole, étaient le témoin que rien ne pouvait plus arrêter la course à l'énergie, ainsi que toutes les rivières du nord du pays barrées par des structures hydroélectriques gigantesques bloquant la circulation naturelle des espèces aquatiques et leur cycle originel de reproduction.

Le gigantisme de la convoitise s'était abattu sur la terre de son peuple comme un ouragan, et aucune force ne parviendrait plus, désormais, à en assécher la voracité. Les jours de ce monde étaient comptés.

John Wachihta traversa une longue vallée de jeunes trembles, suivant une piste étroite qui menait vers une courbe d'un affluent du fleuve. Il parvint au bord de la rivière au bout de deux heures et demie de marche, pendant lesquelles il remua de sombres pensées, tout en essayant de les évacuer en accélérant le rythme de ses foulées. Mais lorsqu'il mit le pied sur la berge, il en était toujours au même point. Il allait avoir besoin d'aide.

Il inspira longuement l'odeur de la forêt, et n'entendit rien d'autre que le bruit du courant et les cris des oiseaux dans les branches.

Il ôta alors ses vêtements, pour se retrouver aussi nu qu'au jour de sa naissance. Il disposa ensuite des pierres en un cercle de seize pieds environ de diamètre, comme l'avaient fait ses ancêtres depuis la nuit des temps, puis il s'assit au centre, les yeux tournés vers l'ouest, dans la direction où allait se coucher le soleil quelques heures plus tard. Il n'avait rien emporté pour manger, ni pour boire. Ses besoins étaient autres, et seul le jeûne les lui apporterait. Il se souvint de son enfance, et de la première fois qu'il était passé par cette épreuve. Le deuxième jour avait été le pire, amenant la faim et la soif. Sa vision d'homme lui était venue dans la nuit du troisième au quatrième jour. Il savait que cette fois-ci encore, un signe lui serait envoyé du monde des esprits. Il ne pouvait se résoudre à prendre une telle décision seul.

John sourit.

Il était en avance. Il n'avait pas mangé depuis la veille. Il enroula alors sa veste autour de ses épaules pour se protéger du froid, et il s'assit au centre du cercle.

Puis il attendit.

Chapitre 19

Lorsque Daniel Magne s'engagea sur le boulevard Bourassa Nord, il ralentit et gara le pick-up sur le bas-côté, entre deux poubelles trop pleines et un dépanneur aux présentoirs extérieurs pratiquement vides. Malgré les récriminations de Lisa, il l'avait laissée au centre de la rue Parthenais, argumentant qu'il n'accepterait pas de l'emmener dans une partie aussi dangereuse de la ville, là où même un policier risquait de se faire assassiner en pleine rue. Heureusement, l'inspecteur-chef l'avait épaulé sur ce coup-là, et face aux deux hommes déterminés, elle avait été obligée de plier, bien que de fort mauvaise grâce. Daniel savait dans quelle humeur la mettait ce type de contrariété, et il ne put s'empêcher d'esquisser un sourire en imaginant la vie qu'elle allait faire mener à l'officier québécois pendant son absence.

À ses côtés, Rob Dutreux, dont il avait fait la connaissance le matin de la découverte du corps de Sarah Duncan à Kanawaghe, se méprit sur son sourire.

— Drôle de coin, hein, Frenchy ?

— Fais-moi plaisir, Rob, et appelle-moi Daniel, OK ? demanda Magne sur un ton jovial, en essayant vainement d'évacuer un puissant sentiment de malaise qui le taraudait depuis qu'il s'approchait de l'endroit où Joseph avait perdu la vie, le même que celui qu'il avait ressenti en revenant dans le parking, le surlendemain de la mort de Louis Trédeau.

Rob lui donna une bourrade dans l'épaule en riant, puis il se tourna vers le second policier assis à l'arrière, qui avait jusque-là gardé le silence.

— OK, Frenchy ! Dis-moi, je pense à un truc, Jean-Baptiste...

Jean-Baptiste Cormeaux approchait la cinquantaine, et se dégarnissait sérieusement sur le dessus du crâne, tout en conservant une touffe sur les tempes qui lui donnait un côté un peu lunaire. Il paraissait d'un naturel peu expansif. Il se pencha en avant entre les dossiers des sièges, et tourna ses lunettes de myope vers son collègue.

— Shinzo Takashimura a utilisé ses connaissances dans le quartier haïtien pour mettre son plan au point. Nous sommes d'accord là-dessus, n'est-ce pas ?

Magne et Cormeaux hochèrent brièvement la tête.

— Or, a priori, un Asiatique ne peut pas imposer sa loi, ici. Cette partie de la ville est très fortement dominée par les gangs afro-américains. Ce type a forcément un allié puissant dans le secteur. Et pour que ce complice soit si puissant que ça, devinez où il peut l'avoir rencontré ? Qu'est-ce qui fait qu'un voyou devient une vraie terreur dans son propre quartier ?

Les yeux de Magne brillèrent soudain.

— *The Haven*... murmura-t-il.

Rob se renversa dans son siège en tendant le pouce en l'air face à lui. Le capitaine saisit le portable que lui avait remis Lachance et appela le standard.

— Mademoiselle Heslin, bureau de Anatole Lachance, s'il vous plaît...

Quelques jeunes déambulant sur le trottoir leur jetèrent un regard venimeux. Ils examinèrent le Ford et se détournèrent en riant.

— On va rouler, un peu, Dany, suggéra Rob. Laisse-moi conduire. On va se faire repérer...

Magne descendit et prit la place passager tandis que Rob se glissait derrière le volant. Dans ce quartier défavorisé, la carrosserie hors d'âge du break était le plus parfait garant de leur anonymat, mais il ne fallait pas trop compter sur cela pour rester inaperçus très longtemps. Les bandes n'étaient pas composées que de crétins, et l'on aurait tôt fait de les cataloguer comme flics s'ils s'attardaient trop quelque part.

— Lisa, dit enfin le Français lorsqu'il eut la communication, j'ai besoin que tu cherches un truc très vite. Tu es près d'un ordinateur connecté au réseau ?

— Oui, je suis avec l'inspecteur-chef. Qu'est-ce qu'il y a ?

Magne lui expliqua les déductions de Rob, et il entendit Lachance proposer à Lisa d'utiliser son propre terminal. Il avait dû brancher le téléphone sur haut-parleur.

Quelques instants plus tard, la jeune femme s'était murée dans le silence, mais il entendait ses doigts tapoter les touches du clavier comme une lourde pluie d'été sur une toile de tente.

Il ne s'écoula pas plus de deux minutes avant qu'elle ne reprenne la parole d'une voix tendue.

— César Dubailly. C'était un assassin de fillettes, œuvrant dans les familles aisées où sa femme faisait des ménages. Il attirait les gamines dans sa voiture à la sortie de l'école, et elles y allaient parce qu'elles le reconnaissaient, et ne l'identifiaient pas comme dangereux. Dubailly n'est rien qu'un sadique qui a pris perpète en 1999 pour des viols et meurtres multiples. Il a été sévèrement bastonné en 2001 par une bande de latinos, pendant que les gardiens avaient le dos tourné. Le seul qui s'est mis en travers de ses tortionnaires, c'est Takashimura. On n'a jamais su pourquoi. Dubailly est resté dans le coma quelques jours et s'en est sorti, mais avec une telle commotion cérébrale que c'est presque un légume depuis. Il a finalement été libéré en 2008, après avoir passé ses six derniers mois d'incarcération en établissement de santé pénitentiaire. Sa place n'était plus en prison, apparemment... Le Japonais a eu un bras cassé et une fracture du nez, mais il a réussi à sauver la peau de l'Haïtien. Et dans le quartier du boulevard Bourassa Nord...

— ... Ce genre de truc a pu lui rendre des services, conclut Magne.

Rob mit le clignotant à droite et prit la première rue transversale.

— De là à conclure qu'il a trouvé refuge en sortant de prison... ajouta Lisa.

— C'est fort possible, effectivement. Où habite César Dubailly, depuis sa libération ?

— Une seconde...

Les touches résonnèrent à nouveau dans le combiné.

— Avenue Pelletier, au 387. Près du parc Primeau. C'est une rue parallèle au boulevard Pie-IX, entre la rue Balzac et la rue Garon. Tu vois ?

— 387, rue Pelletier, dit Magne à Rob. Tu localises ?

Rob hocha la tête avec vigueur.

— On n'est pas loin. On y va !

— OK, Rob. Merci, Lisa. T'es la meilleure.

— Mouais... répondit la jeune femme en raccrochant.

Tout en gardant un œil sur la route, Rob se tourna alors vers Magne.

— Il faut que je t'explique un peu l'historique des gangs du quartier de Montréal-Nord, Dany, autrement tu n'y comprendras rien.

— Je t'écoute...

— Premièrement, le quartier est découpé en trois factions distinctes. Il y a les Crips, les Bloods, et ceux qui n'appartiennent ni aux uns ni aux autres. Les Crips et les Bloods ont été créés à la fin des Sixties à Los Angeles par des Afro-Américains. Les premiers ont généré l'émergence des seconds qui voulaient lutter contre leur hégémonie dans le secteur pauvre de Compton. Ce qui n'était au début qu'une coalition de voyous du même quartier a évolué en une entité de plus en plus grande, avec même des luttes internes fratricides, qui ont produit quelques éclatements du groupe. Mais dans l'ensemble, ils se sont agrandis à une vitesse effrayante, qui a gagné les grandes villes américaines, puis celles du Canada[1].

Rob s'arrêta à un feu, à l'angle du boulevard Pie-IX.

— Ici, à Montréal-Nord, poursuivit-il, ils ont pris le contrôle de ce quartier depuis plusieurs années. La catastrophe d'Haïti, en janvier 2010, a fait immigrer illégalement bon nombre d'Haïtiens qui avaient tout perdu sur leur île. Les jeunes de ces familles étaient une proie idéale pour les recruteurs des gangs, qui ont vite mis la main sur eux. Les Crips et les Bloods se livrent une guerre sans merci pour le contrôle du territoire, et

1. Authentique.

ils se sont partagé cette manne de nouveaux paumés selon les arrivées.

— Et les autres ? demanda Magne.

— Des fortes têtes, ou des renégats des partis en place, désireux de tenter leur propre chance, même si c'est terriblement dangereux. Il y a beaucoup d'argent à faire avec le crack et la cocaïne. Certaines de leurs filles se prostituent même pour survivre.

— Comment peut-on les reconnaître les uns des autres ?

— Les Crips portent des vêtements à dominance bleue, les Bloods sont en rouge. Ils se font des signes distincts avec les mains, représentant parfois un C ou un B majuscule.

— Des vrais mômes... sourit le Français.

— Des mômes avec des flingues, corrigea Rob, qui n'hésitent pas à descendre quelqu'un s'il a le malheur de les dévisager trop longtemps. Ils n'ont plus rien de gentils bambins, crois-moi !

Le pick-up s'engagea dans la rue Pelletier, laissant derrière lui l'espace ouvert du boulevard. Le vrombissement du six-cylindres attira sur le seuil des entrées d'immeubles quelques regards étonnés. Une poignée de gamins partirent en courant vers les rues adjacentes.

— Impossible d'arriver en douce dans ce coin, commenta Jean-Baptiste. Il y a toujours mille paires d'yeux qui te suivent ou te précèdent.

— On s'en fout, déclara Magne d'une voix froide. On pile devant le 387 et on fonce.

Rob sortit son arme de son holster d'épaule et arma la culasse, faisant glisser une balle dans la chambre, immédiatement imité par Jean-Baptiste. Il planta alors son regard bleu dans les yeux du Français.

— Non, Dany. Toi, tu restes dans la voiture, OK ? Tu ne prends aucun risque ! Ce sont les ordres de l'inspecteur-chef...

Magne se contint, puis il répondit d'un hochement de tête. Il savait déjà que Lachance n'était pas d'accord qu'il accompagne ses hommes sur le terrain. L'officier avait plié uniquement par rapport au lien qui s'était brièvement noué entre Joseph et lui.

— Bien, dit Rob, l'air tendu. Préparez-vous, on arrive...

Chapitre 20

Lisa Heslin considérait avec amertume l'écran de l'ordinateur. Même si elle reconnaissait en son for intérieur qu'il était nécessaire que quelqu'un fasse les recherches, elle rageait de ne pas pouvoir faire partie de l'action. Elle n'avait pas traversé l'Atlantique pour venir s'encroûter dans un bureau, à boire des litres de café toute la journée en se demandant ce qu'il pouvait bien advenir de son capitaine sur le terrain.

Elle regarda le profil de Sue Young, qui était toujours en grande conversation avec l'inspecteur-chef. La jeune femme avait identifié le nom prononcé par Joseph dans le micro le soir de sa mort.

Chiyeko. Un prénom féminin japonais. Depuis ce moment, elle parcourait tous les documents officiels établis depuis plusieurs années pour les résidents d'origine japonaise, mais le patronyme de Chiyeko n'apparaissait nulle part. Soit il s'agissait d'une fausse identité, soit la serveuse était entrée clandestinement dans le pays, ce qui n'avait rien d'exceptionnel, hélas.

En désespoir de cause, l'inspecteur-chef avait envoyé une équipe enquêter dans le quartier nord, dans le secteur où Joseph avait été assassiné, et Lisa s'était retrouvée abandonnée comme une vieille chaussette dépareillée lorsque Daniel avait demandé à les accompagner. Et comme elle n'avait aucun moyen de locomotion et ne connaissait pas la ville, elle était coincée là jusqu'à ce qu'il revienne.

Elle plissa soudain les yeux. *À moins que...*

Sue Young finit par se lever, et le géant lui serra chaleureusement la main.

— Merci de ton aide, Sue. On n'a rien encore, mais ça va peut-être finir par payer à un moment ou à un autre...

Lachance avait son bon gros sourire débonnaire, et la petite main de la jeune femme disparut dans son énorme battoir. L'inspecteur-chef était sous le charme. C'était le moment d'en profiter.

Lisa se leva lorsque Sue passa devant elle pour la saluer également. Elle lui sourit et prit son manteau dans la foulée.

— Excusez-moi, Sue, est-ce que vous connaîtriez un magasin de sous-vêtements, dans le coin ? Il va falloir que j'en achète d'urgence.

Lisa lui adressa un clin d'œil évocateur, et Lachance plongea le nez dans un dossier urgent.

— Ça ne vous dérange pas, chef, que je m'absente un moment pour aller faire quelques emplettes de petites culottes ? Vous voulez peut-être venir avec moi ?

— Heu... Non, non, grommela l'officier, visiblement gêné. Allez-y toutes les deux. Vous ne vous perdrez pas, comme ça.

— Bonne idée ! s'exclama Lisa. Vous êtes d'accord, Sue ?

— Pas de problème, acquiesça la jeune Asiatique. Je vous emmène. C'est en centre-ville.

Lisa suivit sa nouvelle compagne dans le couloir, et elle prit garde à ce que son sourire victorieux soit complètement masqué lorsqu'elle referma la porte du bureau derrière elle.

— Comment trouves-tu ces doughnuts ? demanda Sue Young.

— Ch'est vachement bon ! articula difficilement Lisa, la bouche pleine.

— Ce sont les meilleurs de la ville, affirma Sue en riant. Tu en veux encore un ?

Lisa acquiesça vigoureusement en hochant la tête. Du bout de la langue, elle fit passer un énorme morceau de gâteau contre sa joue.

— Avec *plaigir* !

Elle regarda son guide se lever et se diriger avec grâce vers le comptoir du coffee-shop. Sue avait à peine la trentaine, mais elle marchait encore avec une souplesse évoquant la fin de l'adolescence. À peine plus grande que Lisa, son corps élancé attirait le regard des hommes venus se détendre devant une boisson chaude au *Starbuck's* en ce début d'après-midi. Apparemment indifférente à l'effet qu'elle produisait autour d'elle, elle se pencha un peu pour faire signe au serveur occupé à ranger des gâteaux dans la vitrine.

Lisa estima qu'elle avait eu de la chance de tomber sur elle au moment propice. Daniel risquait de ne pas être tout à fait ravi de son escapade, mais elle avait une petite idée derrière la tête, et elle avait bien l'intention de la creuser en l'absence des hommes.

Sue revint bientôt avec deux autres cafés géants et des pâtisseries. Lisa ouvrit de grands yeux. Elle but une petite gorgée brûlante, histoire d'évacuer les dernières miettes qui lui encombraient encore la gorge.

— Dis-moi, Sue, j'ai besoin de ton opinion, et de ton expérience de la ville.

Les yeux bridés se firent soudain attentifs. Sue Young eut un petit sourire complice qui montrait qu'elle n'était pas dupe du prétexte avancé par Lisa pour s'échapper du Centre.

— Tu as entendu parler de cette Américaine assassinée il y a quelques jours ? attaqua Lisa.

— Oui. Sarah Duncan. Je sais qu'on l'a retrouvée devant la réserve de Kanawaghe.

— Exact. D'après ce qu'on en sait, cette femme était originaire de Philadelphie. Elle ne connaissait apparemment personne à Montréal, puisqu'il n'y a pas eu d'avis de disparition émis sur le sol canadien entre le moment de son enlèvement et la découverte du cadavre, et qu'il a fallu aller chercher aux États-Unis les renseignements sur elle. Nous sommes d'accord ?

Fascinée par la transformation instantanée de Lisa, qui quelques instants auparavant présentait le profil d'une jeune femme insouciante venue boire un café avec une copine, et dont les yeux brillaient à présent de l'excitation de l'enquête, Sue Young ne perdait pas une miette de l'exposé. Elle émit un unique signe de tête pour signifier son assentiment.

— Bien, ponctua Lisa. Nous avons donc d'une part une femme seule, la quarantaine bien passée, qui a priori arrive au Québec sans que personne vienne la chercher, puisqu'elle a loué une voiture chez Avis avant son départ de Philadelphie. Nous savons d'autre part qu'elle n'a pas demandé de renseignements sur les hôtels de la capitale à l'employé de l'agence de location. C'est donc, toujours a priori, qu'elle savait où elle allait loger. Elle est quand même restée trois nuits en ville avant d'être enlevée. Or si elle savait où elle allait, c'est qu'elle avait réservé une chambre. En tout cas, c'est ce que moi j'aurais fait, en arrivant dans un pays et une ville inconnus. Et si elle a réservé, il y a de grandes chances que ce soit par Internet, ou par téléphone, et *avec son vrai nom*, pour pouvoir payer avec sa carte bleue. Seulement les services de la Sûreté sont là-dessus depuis hier, et on n'a pas retrouvé sa trace. Ni dans les hôtels de la ville, ni dans ceux de la périphérie. Chou blanc également dans les chambres d'hôtes et les pensions familiales. Nous sommes toujours d'accord ?

Sue Young ne pensait même plus à tremper les lèvres dans son gobelet fumant. Elle était suspendue aux paroles de la Française. Elle hocha brièvement la tête une nouvelle fois, sa réflexion parcourant le même chemin que celle son interlocutrice.

— D'autre part, poursuivit Lisa, l'intendant Joseph Lafleur a découvert *quelque chose* dans la voiture de Sarah. Quelque chose qui l'a mis sur la piste d'un restaurant japonais où travaille une certaine Chiyeko, quelque chose qui a brutalement causé sa mort de façon aussi tragique, et c'est là que tu interviens avec ta connaissance de la ville...

Lisa Heslin s'interrompit pour boire une gorgée. Ses idées semblaient s'éclaircir d'elles-mêmes au fur et à mesure qu'elle les énonçait, et le silence de Sue Young la confortait dans cette impression.

— Toujours en me mettant dans la peau de cette Sarah, continua-t-elle, je viens pour une affaire à Montréal, et j'ai trouvé une chambre dans un coin. Je veux aller manger un morceau, et je veux être en forme le lendemain. Alors, je ne mets pas à courir la ville pour trouver un restaurant sympa. Je vais au plus proche.

— Donc, trouvons la chambre...

— ... Et nous trouverons le restaurant.

Les deux femmes se dévisagèrent, se heurtant à la même question. *Par quel bout de la ville commencer ?*

— D'après ton analyse, dit Sue Young, si je comprends bien, soit elle n'a pas réservé sa chambre elle-même, soit elle l'a payée en liquide pour passer inaperçue, soit elle a logé chez un particulier.

— Oui. Mais dans ce cas, deux objections : Pourquoi a-t-elle loué une voiture avec son vrai nom ? Et s'il s'agit d'un particulier, pourquoi ne s'est-il pas manifesté après sa disparition ?

— Pour le premier point : parce que la location ne peut se faire sans l'empreinte de la carte bleue.

— Exact.

— Pour le second...

— Moi non plus. Je n'ai pas d'explication. Je pense qu'on peut éliminer cette solution. Donc on reste sur l'idée qu'elle a loué une chambre incognito quelque part, ou que quelqu'un l'a fait pour elle.

Sue jeta à Lisa un œil désemparé.

— Ça peut être n'importe où en ville...

La Française se figea soudain. Une phrase du commandant venait de lui revenir brutalement à l'esprit. Elle claqua sa main sur la table, comme pour matérialiser ce qui venait de s'imposer à elle.

À son air tout à coup surexcité, Sue comprit qu'elle venait de mettre le doigt sur un point qui leur avait échappé jusque-là.

Lisa sourit. Elle se pencha vers Sue, les yeux étincelants.

— Ça y est ! Je *sais* où elle a trouvé un coin pour dormir.

Elle profita quelques secondes de l'air sidéré de la jeune Asiatique, puis elle s'inclina un peu plus et lui dit quelques mots à voix basse pour ne pas être entendue d'un consommateur qui venait juste de s'asseoir à côté d'elles, et les regardait avec insistance.

Tandis que Sue Young l'observait, les yeux ronds, Lisa se renversa dans sa chaise d'un air satisfait et attaqua son quatrième doughnuts. Elle mordit dedans à pleines dents, et articula à nouveau en essayant de ne pas cracher de morceaux de gâteau sur la table.

— Tu reprendrais pas un café, toi ?

Chapitre 21

Rob Dutreux fit une embardée et monta sur le trottoir en martyrisant la roue avant gauche. Malgré les suspensions adaptées au tout-terrain, Daniel Magne sentit le choc se répercuter dans ses dents. Les deux policiers québécois bondirent comme un seul homme hors de la voiture, l'arme à la main.

Magne envoya une pensée muette à Louis et Joseph, tombés sous la rage de Takashimura. Les deux hommes disparurent dans la maison après avoir constaté que la porte n'était pas verrouillée. Magne commença immédiatement à ronger son frein, rageant d'être ainsi écarté de l'enquête. Il espérait de toute son âme qu'il n'y aurait plus de dégâts collatéraux dans les rangs de la Sûreté, et que Rob et Jean-Baptiste n'allaient pas se jeter dans la gueule du loup en haut de ces cinq marches de pierre.

Alertés par le crissement des pneus et les claquements de portières, quelques jeunes s'étaient dressés devant un immeuble proche, et ils s'égaillèrent dans la rue en courant dès qu'ils s'aperçurent qu'il restait quelqu'un dans le 4 × 4.

— Dans cinq minutes, c'est la guerre ! commenta Magne pour lui-même d'une voix tendue.

Il laissa passer quelques instants, puis, n'y tenant plus, il sortit du pick-up et monta rapidement l'escalier. Il ne pouvait pas rester plus longtemps inactif, alors que ses deux collègues ne donnaient plus signe de vie. Il pénétra sans bruit dans la bâtisse en se collant contre le mur de l'entrée, le cœur battant.

Trois portes donnaient sur le palier. L'une d'elles était entrouverte, et révélait une salle de bains munie de toilettes adaptées aux handicapés. Une large place était prévue près des WC, et le capitaine se remémora alors que César Dubailly avait été lourdement touché lors de son tabassage, par ses codétenus de *The Haven.* Il considéra l'équipement sans émotion. Il ne ressentait aucune forme de compassion pour le violeur et meurtrier multirécidiviste amoché, et il pensa que s'il ne tenait qu'à lui, ce type de criminel ne sortirait jamais de prison. Les passages successifs du fauteuil roulant avaient creusé le bois de la porte à hauteur de la poignée, indiquant que l'homme habitait là depuis longtemps.

Magne considéra l'escalier menant vers le palier du premier étage. La poussière qui recouvrait la rampe prouvait à elle seule que le niveau supérieur était inutilisé.

Magne hésita à appeler. Il n'avait rien entendu jusque-là, comme s'il n'y avait personne dans la maison. Il aurait pu croire qu'il était seul dans le bâtiment. Il s'avança lentement dans le couloir sombre menant au fond de l'appartement, inspectant du regard chaque pièce devant laquelle il passait, qui s'avérèrent toutes vides.

Il se figea soudain. Jean-Baptiste venait d'apparaître dans le couloir, sortant d'une pièce à reculons. Il se détourna alors, et Magne vit que le flic canadien avait rangé son arme dans son holster, et qu'il avait surtout l'air d'un homme tentant d'empêcher son estomac de se retourner.

À l'interrogation muette du policier français, il fit un signe de la main vers la porte la plus éloignée.

— Dubailly est là. Je te préviens, vaut mieux avoir le cœur bien accroché...

En s'approchant de l'entrée de la chambre de l'ancien bagnard, Magne prit conscience de l'odeur qui s'en échappait par bouffées malsaines. Il fronça les sourcils, sachant déjà à peu près ce qu'il allait trouver. Il franchit le chambranle en se demandant s'il pourrait jamais enlever la puanteur de son nez, tant les remugles de mort étaient puissants et semblaient lui coller à la peau.

Le fauteuil roulant de César Dubailly était près du lit, renversé, et la flaque de sang noir qui avait séché sous les roues montrait qu'il avait été tué dedans, comme l'attestait le reste de cervelle qui adhérait encore au mur à l'endroit où la balle avait traversé son cerveau malade. Le cadavre avait alors été basculé sur le lit, où il avait fini de se vider sur les draps après avoir été éviscéré. L'assassin lui avait sorti les intestins de l'abdomen et les avait suspendus en guirlande depuis le lustre de la chambre jusqu'à l'armoire, dans une parodie macabre de décoration de Noël.

Daniel Magne prit malgré lui une profonde respiration qui l'amena instantanément au bord de la nausée. La main sur le nez, il fit le tour de la pièce du regard, essayant de capter un détail important, une impression qui viendrait confirmer que quelque chose clochait, comme il l'avait ressenti en pénétrant dans la maison.

Il y avait, dans cette mise en scène, un élément dissonant qui essayait de se frayer un chemin jusqu'à sa conscience. Mais en tentant de mettre le doigt dessus, il ne faisait que le repousser un peu plus loin, hors de sa portée.

Il photographia mentalement la chambre, la disposition du corps, l'emplacement du fauteuil, la trajectoire approximative du tir...

Et soudain, il sut. C'était *tellement* simple.

Il retourna dans le couloir où les deux flics canadiens l'attendaient, la mine grise. Rob se tourna alors vers Jean-Baptiste.

— Appelle l'inspecteur-chef, J.-B. Dis-lui de faire venir l'équipe du labo. Il y a peut-être des traces exploitables sur le cadavre, sur le fauteuil, ou ailleurs.

Magne réfléchissait furieusement. Il avait besoin de savoir s'il avait raison ou pas. *Tout de suite.*

— Rob, dit-il avec fermeté. J'ai besoin de ton aide, ou plus exactement de *l'absence* de ton aide.

Rob haussa un sourcil, puis il leva la main tandis que Magne avançait vers la porte.

— Qu'est-ce que tu fais, Dany ? Il va y avoir du monde qui va nous attendre, dehors !

Magne regarda intensément le policier de la Sûreté.

— Je le sais, Rob. Mais j'ai des questions à poser à ces gosses.

— Des questions ? demanda Dutreux avec un air éberlué. Mais qu'est-ce que tu veux leur demander ? Ils vont te foutre un coup de couteau dans le ventre, oui !

— Ce n'est pas moi qui ai tué César, argumenta le Français. Ce criminel, même assassin d'enfants, était l'un des membres de leur communauté. Il faut qu'ils soient au courant de ce qui lui est arrivé. Et ensuite, peut-être que je pourrai enfin en savoir un peu plus sur ce qui s'est passé ici.

— Comment ça, en savoir un peu plus ? Tu as vu comme moi que ce type vivait seul dans cette maison ! *Qui* va te dire quoi que ce soit ?

Magne ôta sa veste et l'accrocha à une poignée de porte. Il eut un petit sourire à l'adresse de Rob.

— Peut-être celui qui, depuis trois ans, lui faisait descendre et monter les cinq marches du perron avec son fauteuil pour qu'il puisse aller se chercher de quoi se nourrir.

Laissant Rob la bouche béante sur une dernière objection qui ne franchit pas ses lèvres, Magne ouvrit la porte et sortit dans la rue.

Chapitre 22

— C'est là, dit Sue Young en montrant les immeubles du doigt.

— McGill... dit Lisa en lisant la plaque métallique rivée au mur de l'enceinte.

Face à elles, séparés les uns des autres par des espaces ouverts, les bâtiments de l'université encadraient une pelouse recouverte de neige, tandis que de minces flocons tombaient en pointillés piquants, aiguillonnés par le vent du nord. Dans une déclivité du terrain, une longue flaque d'eau avait gelé, et des étudiants riaient en courant sur la glace, le bonnet enfoncé jusqu'aux oreilles.

Sur le bord de l'allée qui s'éloignait vers le fond du campus, la statue de bronze du fondateur de l'institution tenait d'une main son tricorne rivé sur le crâne, comme pour résister à la tempête des siècles. De l'autre, il agrippait une longue canne fermement plantée sur le sol, marchant d'un pas assuré vers l'avenir.

Lisa referma le col de sa veste et sourit à sa nouvelle amie.

— Bon, on y va ? Je commence à me peler, moi !

Sue eut un petit rire et la guida jusqu'à l'entrée menant à l'accueil, où elles pénétrèrent avec soulagement. Elles secouèrent leurs vestes et tapèrent leurs bottes sur le carrelage pour les débarrasser de la neige, puis elles s'avancèrent vers le guichet des renseignements, où une femme rondouillarde et joviale les accueillit avec le sourire.

— Bienvenue ! Que puis-je pour vous, mesdames ?

— Nous cherchons une amie, dit Lisa. Elle a dû louer une chambre d'étudiant la semaine dernière, dimanche soir. C'est une universitaire américaine. Vous auriez une idée de l'endroit où elle a pu trouver à se loger ?

— Oh, c'est pas bien difficile à savoir, répondit l'hôtesse. Tenez, voici un plan de l'université. Vous voyez ? Nous sommes ici, sur Sherbrooke. Pour les chambres et les logements d'étudiants, vous devez remonter vers le parc en prenant par-derrière, par la rue McTavish, ou bien vous allez chercher University Street en traversant le campus devant le Redpath Museum. Les logements des étudiants sont situés au bord du mont Royal, tout en haut de University. Vous ne pouvez pas vous tromper. Ensuite, demandez à l'accueil du bâtiment circulaire, Bishop Mountain Hall. Vous le voyez, sur le plan, au milieu des résidences ?

— Il n'y a aucun autre logement plus proche d'ici ? s'enquit Lisa, lorsqu'elle eut identifié la distance à parcourir à pied pour s'y rendre.

— Non. Ils sont tous là-bas. Ici, dans ces bâtiments, ce sont les salles de cours, de conférence, la bibliothèque, les services informatiques, etc. Si votre amie a bénéficié d'une chambre, ce ne peut être qu'à University. Et encore, cela m'étonne car elles sont réservées très longtemps à l'avance par les parents des étudiants. À mon avis, il s'agit plutôt d'un pensionnaire qui lui a prêté la sienne...

La femme eut un sourire égrillard un peu plus appuyé.

— Une femme de quel âge, vous m'avez dit ?

— La cinquantaine, environ.

— La veinarde... soupira l'hôtesse avec un mouvement appuyé du double menton. Si vous trouvez celui qui l'a logée...

— ... On vous donnera le tuyau, promis ! s'esclaffa Lisa. Merci pour les infos !

Elle prit Sue Young par le bras, le plan dans l'autre main.

— Bon, on va éviter de se geler le plus possible. On dirait bien qu'on peut traverser par là, dans ce hall longiligne, en direction de la bibliothèque. Ensuite, on ressortira devant le Redpath. Ça nous fera toujours ça de gagné au chaud !

Consciente des regards masculins qui se posaient sur elles tandis qu'elles marchaient dans le long couloir desservant la salle informatique qui jouxtait l'accueil, Lisa croisait la plupart d'entre eux en se demandant si elle n'avait pas en face d'elle l'étudiant qui avait permis à Sarah Duncan de résider en ville incognito. Mais le nombre des jeunes était beaucoup trop élevé pour que l'interrogatoire de chacun d'eux, l'un après l'autre, puisse apporter un renseignement utile avant un certain nombre de semaines.

Elles franchirent le seuil en refermant le col de leurs manteaux, tandis qu'un groupe de jeunes filles piaillardes s'écartait pour les laisser passer. La neige tombait à présent plus drue et en flocons plus lourds, enveloppant la ville dans un rideau mouvant qui voilait la vue au-delà de quelques dizaines de mètres.

— Viens, c'est par là, dit Sue en montrant un passage entre deux immeubles de brique rouge.

Lisa rabattit sa capuche sur ses cheveux qui commençaient déjà à s'imbiber d'eau. Elle marcha en silence quelques instants, puis elle glissa rapidement les mains dans ses poches, le froid se faisant plus vif de minute en minute.

Tout en avançant près de la jeune Asiatique, elle tentait d'imaginer comment Sarah Duncan avait pu entrer en contact avec un étudiant de McGill. Bien sûr, cela pouvait également être une étudiante. Mais sans pouvoir se l'expliquer, Lisa sentait que ce n'était pas le cas. Peut-être la description qu'en avait faite Daniel, une simple impression due à ce qu'il en avait perçu pendant le bref laps de temps où il l'avait suivie du regard. Il lui avait dit qu'elle dégageait une sorte de charme animal, une grâce naturelle que les années n'avaient pas encore véritablement entamée. Malgré elle, la jeune femme en avait conçu une sorte de jalousie irraisonnée, comme si le fait que Daniel avait posé les yeux sur sa silhouette avait le pouvoir de lui retirer un peu de son affection pour elle-même.

— On est bientôt arrivées, dit Sue Young, interrompant ses réflexions. Tu vois le bâtiment circulaire, sur la gauche, en haut de la rue ?

Lisa leva le nez de son écharpe et acquiesça en hochant la tête.

— Les immeubles d'habitations sont tout autour, précisa-t-elle après avoir déplié le plan. Quatre rectangulaires, et cinq avec celui-là. On n'est pas sorties de l'auberge s'il faut tous les visiter !

— Elle a passé combien de temps ici ?

Lisa compta sur ses doigts.

— Quatre nuits. Pas plus.

— Quelqu'un a dû la remarquer, c'est obligé, dit Sue Young dans un panache de condensation. Tu te souviens, dans les couloirs de l'Université ? Il n'y avait que des jeunes. Une femme d'une cinquantaine d'années n'a pas pu passer totalement inaperçue ici.

Lisa approuva d'un nouveau hochement de tête. Elle désigna l'entrée du bâtiment circulaire du menton.

— On commence par ici ?

Sue Young lui prit le plan des mains.

— Bishop Mountain Hall, lut-elle en poussant du doigt les flocons qui se déposaient sur le papier. Allons-y.

Chapitre 23

Rassemblés autour de l'entrée de la maison de César Dubailly, les jeunes formaient un groupe silencieux d'une quarantaine d'individus. Leurs visages menaçants, cependant, ne laissaient pas planer la moindre incertitude sur leur état d'esprit commun. Daniel Magne ne croisa que des regards pleins d'hostilité, et il sentit l'électricité qui crépitait dans leurs cerveaux tandis qu'il se rapprochait d'eux. Il leva lentement les mains à hauteur de ses épaules, et il se tourna vers tous les membres du groupe, les uns après les autres, en cherchant des yeux lequel pouvait bien être le chef de la bande aux blousons rouges. La similitude de son premier contact avec les Mohawks de Kanawaghe le frappa avec acuité.

L'un d'eux s'avança soudain, mais sans cet air bravache auquel le policier français s'était attendu. Il n'en avait visiblement pas besoin, car les autres s'écartèrent respectueusement devant lui. Le jeune homme devait avoir un peu plus d'une vingtaine d'années, et malgré le froid mordant, il portait un tee-shirt sans manches qui laissait apercevoir des bras puissants, tatoués du poignet à l'épaule de motifs tribaux en épaisses lignes noires ressemblant à du fil de fer barbelé. Sa peau chocolat clair donnait plus d'éclat encore à ses yeux d'un vert lumineux. Il avait les cheveux rasés sur les tempes, mais il avait choisi de garder une espèce de touffe frisée sur le front qui, en d'autres circonstances, aurait arraché un sourire à l'officier français. Magne repéra plusieurs autres jeunes qui portaient le même style de coiffure. Un signe de ralliement à leur chef, sans doute.

— Où est César ? demanda-t-il simplement. Qu'est-ce que vous foutez ici ?

Il avait une voix profonde qui portait loin, et le calme dont il faisait preuve indiquait que ce n'était pas la première fois qu'il avait affaire à une situation délicate.

Daniel garda les mains en hauteur, de manière à ne pas déclencher d'attitude belliqueuse de la part d'un des nombreux jeunes dont il apercevait à présent les armes glissées dans les ceintures.

— Nous sommes des policiers, répondit-il en essayant d'anticiper la réaction du jeune leader. Dubailly est mort. Assassiné chez lui comme un agneau à l'abattoir...

L'inconnu tressaillit. Son regard devint instantanément tranchant comme une lame de couteau. Des cris fusèrent du groupe, et des mains empoignèrent des crosses de revolver.

— D'après l'odeur et l'état du cadavre, poursuivit Magne en haussant la voix, je pense qu'il a été tué il y a au moins trois ou quatre jours. Mais seule l'autopsie pourra le déterminer avec précision.

Les jeunes voyous échangèrent des regards interdits, puis ils observèrent les réactions de leur chef, attendant son signal. Celui-ci planta ses yeux émeraude dans ceux de Magne, et il leva la main pour exiger l'attention de ses hommes, dont l'âge moyen ne dépassait pas quinze ans.

— Je vais le voir !

Ce n'était pas un souhait, mais un ordre. Les jeunes gens le comprirent aussi bien que le policier français, qui s'effaça pour le laisser passer. Le jeune homme s'arrêta devant Magne, et le considéra avec attention.

— Tu es courageux... apprécia-t-il en le toisant, le menton haut.

— Il y a eu assez de sang versé ici, répondit sobrement la capitaine.

Le chef des Bloods secoua la tête avec fatalisme.

— Je ne crois pas, non... Celui qui a tué César paiera.

C'était un constat. Simple, clair, et irréfutable.

— Je m'appelle Harvey, ajouta le jeune homme. Jack Harvey. Allons-y.

Puis il détourna la tête et enjoignit à Magne de passer devant lui.

— Je viens avec toi ! s'écria l'un des jeunes, l'air farouche.

— Moi aussi ! lança un autre en brandissant une arme d'une taille impressionnante au-dessus de sa tête.

Harvey leva à nouveau la main pour imposer le silence.

— Non, j'y vais seul. Papa César n'aurait pas aimé voir ses enfants autour de son cadavre. Pedro et Javier, vous surveillez le coin.

— C'est dangereux ! reprit un troisième garçon. Ils sont trois, là-dedans !

Harvey sourit.

— Ils savent que nous sommes dix fois plus nombreux dehors. Il n'y a rien à craindre de leur part. Attendez-moi ici, et ne laissez entrer personne.

— L'équipe scientifique va arriver d'une minute à l'autre, intervint Magne. Ce sont eux qui vont recueillir les éventuels indices et traces génétiques sur la scène du crime.

— On a la télé, ici aussi, commenta le jeune chef. On sait ce que c'est que des experts. On nous préviendra. Va ! J'ai assez attendu...

Magne remonta les marches et pénétra dans le hall d'entrée, précédant Jack Harvey. D'un froncement de sourcil, il fit signe à Rob et Jean-Baptiste de laisser leurs pétoires tranquilles.

— Il est dans sa chambre...

Le capitaine observa le jeune homme tandis qu'il se dirigeait d'un pas lent mais assuré vers la pièce du fond, sans jeter le moindre regard ni aux autres portes, ni aux deux flics canadiens. Il hocha la tête lentement. Il y avait de fortes chances que ce Harvey soit celui dont ils allaient avoir besoin. Mais il allait falloir le manœuvrer avec délicatesse. Le jeune homme avait l'air d'être particulièrement coriace.

Jack Harvey resta un instant dans l'encadrement de la porte, et Daniel Magne vit ses larges épaules s'affaisser devant la scène qui s'offrait à lui. Il le suivit quand il entra avec précautions dans la pièce. Harvey marcha lentement vers le lit où reposait le corps mutilé de Dubailly. Il détailla la dépouille et la mise en scène macabre pendant un long moment, puis il posa un genou sur le sol au bord du lit, baissa la tête et joignit les deux mains sur le drap imbibé de sang. Il ferma les yeux, laissant ses lèvres égrener en silence une prière muette.

Le policier respecta son recueillement, attendant patiemment que le choc de la découverte morbide s'estompe et que Jack revienne dans le monde des vivants. Pendant ces quelques minutes, il n'y eut plus dans la chambre que le bruit presque imperceptible des mots soufflés par le jeune homme pour accompagner Dubailly dans son dernier voyage. Magne eut le temps de détailler sa musculature imposante, tandis que des contractions involontaires tendaient parfois des masses roulant sous la peau de ses bras. Ce garçon avait grandi dans la rue, à la dure, et il était aussi baraqué que s'il avait fait une cure protéinée dans un club de gym à 800 $ l'année.

Jack se releva, les mâchoires serrées. Il tendit la main vers la mare de sang qui imprégnait le lit, et il trempa son index dans le liquide poisseux avant de se tracer une ligne d'un rouge noirâtre sur les deux joues. Magne n'intervint pas, tout en se disant que ce n'était pas une bonne idée de l'avoir laissé polluer la scène du crime. Il estimait ne pas avoir les moyens de l'en empêcher, à moins de provoquer le début de la troisième guerre mondiale en plein centre de la métropole québécoise.

Lorsque Jack Harvey, le visage sombre, fit enfin demi-tour pour sortir de la pièce, Daniel Magne tenta tout de même de lui expliquer comment l'équipe scientifique allait travailler.

— Ils vont avoir besoin de votre ADN pour isoler les traces que vous avez pu laisser derrière vous, conclut-il. Cela permettra de vous éliminer de la liste des fichiers de recherche...

Harvey passa près de lui et cracha sur le sol.

— Vous l'avez, maintenant ! dit-il en le considérant d'un œil méprisant.

— Jack, écoutez...

— Je n'ai rien à écouter, désormais. Mon père est mort, et j'ai à faire.

Jack Harvey prit le bras que Magne tentait de mettre en travers de son chemin. Il le serra juste assez fort pour faire comprendre au policier français qu'il était inutile qu'il espère prendre ce chemin-là.

— *Votre père ?* questionna Magne, les yeux ronds.

Harvey tourna vers lui un regard de fauve blessé qui le surprit.

— César était le père de tous les enfants perdus du quartier, flicard. Tu peux comprendre ça ? Tous les gosses dehors sont orphelins, aujourd'hui.

Quelque chose ne collait pas du tout, et Magne ne put s'empêcher de formuler sa réflexion à voix haute.

— César Dubailly avait pris vingt ans pour le viol et le meurtre de plusieurs fillettes d'une douzaine d'années, dit-il en observant les réactions de Jack. Il n'en a fait que dix à cause de son infirmité, et il a été relâché dans la nature comme un chien sans collier. Comment se fait-il que tous ces jeunes lui soient autant attachés ? Ils ont à peu près le même âge que les petites victimes de ce criminel...

Jack Harvey empoigna le col de chemise de Magne et approcha son visage du sien, les yeux vibrants de colère.

— César n'a jamais tué personne, flic de mes deux ! Tout ça est un ramassis de conneries !

Derrière le dos du voyou, Magne vit Rob sortir son arme en silence. Il fallait qu'il intervienne avant que la situation dérape complètement.

— On se calme ! cria-t-il en levant les mains une nouvelle fois. Tout le monde ! Toi tu retires ta main de mon col, et toi, Rob, tu remets ton flingue dans son étui, OK ? Maintenant si tu veux jouer au caïd avec moi, Jack, il va te falloir le faire devant tes petits copains, là, dehors. Parce que je n'ai pas l'intention de me laisser secouer comme un prunier par un petit con toute la journée. Tu as beau avoir des bras comme mes cuisses, ça ne m'empêchera pas de te foutre mon poing dans la gueule, même si j'ai peu de chance d'avoir le dessus. Les boyaux de ton « père » sont en train de pendouiller au lustre de sa chambre, et si tu n'es pas un peu plus coopératif tu pourras t'en faire du boudin pour Noël. César Dubailly traîne derrière lui un curriculum proche de celui de l'Éventreur de Londres, et il va me falloir de bonnes raisons pour envisager l'éventualité que la justice ait pu se tromper en ce qui le concerne. Alors, ou tu te décides à baisser le ton d'un cran et de nous aider à comprendre ce qui s'est passé pour pouvoir retrouver l'assassin de César, ou tu retournes braquer les commerçants et les petits vieux avec tes mioches en te faisant passer pour un chef de guerre. Est-ce que tu comprends bien ce que je suis en train de te dire, Jack Harvey ?

Il y eut soudain un silence total, uniquement souligné par le bruit de quatre respirations oppressées. Daniel se dit qu'il venait de franchir un pas définitif, et qu'à partir de maintenant il ne pouvait plus revenir en arrière. Il avait réussi, en moins de vingt minutes, à se mettre à dos l'une des bandes les plus violentes de

Montréal-Nord, et de mettre sa vie en péril ainsi que celles de deux policiers canadiens. Les yeux de Jack Harvey lançaient des éclairs, et ses jointures étaient blanches à force de serrer le tissu entre ses doigts.

Malgré son inquiétude, Magne voyait le combat interne auquel Jack était livré. Le jeune homme n'avait pas l'air d'un crétin, et il se rendait compte qu'il ne pourrait pas, seul avec son groupe de gamins, retrouver la piste du meurtrier. Mais il n'avait manifestement pas l'habitude de céder sur quelque sujet que ce soit, et le flic français venait de lui tendre un sérieux dilemme en travers de son chemin.

L'ambiance devenait aussi épaisse qu'électrique, aucun des deux hommes n'esquissant le moindre geste pour désamorcer le conflit. Magne sentait le col de sa chemise lui rentrer désagréablement dans le cou, et il était en train de se dire qu'il allait certainement devoir enfoncer son genou dans les parties génitales de Harvey pour se libérer de sa poigne, lorsque Jack le lâcha soudain. Le jeune homme le regarda avec un air venimeux et étonné à la fois.

— Finalement, je ne sais pas si tu es courageux ou complètement inconscient, flicard.

— Je m'appelle Magne, Daniel Magne. Alors, on travaille ensemble pour mettre la main sur cette ordure ?

Jack Harvey fit une moue qui en disait long sur l'accord que le policier voulait établir avec lui.

— Je te donne trois jours pour circuler dans le quartier et faire ton travail, *Daniel Magne*. Si tu ne l'as pas trouvé d'ici là, je ne veux plus te voir traîner par ici avec ta bande de flics.

Jack Harvey se détourna et ouvrit la porte donnant sur la rue. Daniel haussa la voix pour tenter de le retenir encore quelques secondes.

— Je voudrais que tu me dises un truc avant de partir, Jack. Qui était *réellement* César Dubailly ? Pourquoi sa mort te met-elle dans un tel état, alors qu'il a été condamné pour s'en être pris au même genre de gosses que ceux que tu protèges ?

— César ne peut pas avoir fait une chose pareille, dit Jack d'une voix où toute agressivité avait curieusement disparu. C'est lui qui, depuis son fauteuil roulant, a organisé le rapatriement sur Montréal des enfants qui avaient perdu leurs familles après le tremblement de terre, à Port-au-Prince. Tous ces mômes, dehors, lui doivent leur survie, comme moi. Quand il est arrivé ici, en 2008, après avoir été libéré du pénitencier de *The Haven*, il a fondé une association pour les jeunes Haïtiens défavorisés, et il luttait depuis ce temps-là pour améliorer les conditions de vie des familles dans le quartier. La catastrophe d'Haïti en janvier 2010 en a fait un sauveur que tout le monde vénérait.

Jack Harvey chercha les yeux de Magne. Lorsqu'il fut certain que le flic lui portait bien toute son attention, il tendit un index vers la porte de la chambre de César.

— Est-ce que tu crois sérieusement, flicard, que cet homme-là peut avoir violé des petites filles en abusant les familles ?

Il jeta un dernier regard étincelant aux trois policiers.

— Trois jours, lança-t-il en guise de conclusion et de dernier avertissement.

Puis il sortit en claquant la porte.

Chapitre 24

— Oui, dit la femme boulotte en fronçant les sourcils, je me demandais pourquoi elle n'était pas venue depuis plusieurs jours...

— Vous êtes sûre ? C'est bien elle ?

La gérante de l'accueil de Molson Hall remonta ses lunettes sur son nez et observa à nouveau la photographie de Sarah Duncan que Lisa lui présentait. Le cliché avait été transmis la veille à Montréal par les autorités américaines, et le visage de la femme d'une cinquantaine d'années au sourire carnassier qui regardait l'objectif bien en face était parfaitement reconnaissable. Le concierge de Bishop Mountain Hall avait été formel. Il avait repéré l'Américaine le jour même de son arrivée. Le genre femme facile. D'après son air un peu revêche, Lisa en avait conclu qu'il avait dû se faire sèchement éconduire par Sarah.

— Pas de doute, confirma-t-elle. C'est bien elle. Que lui est-il arrivé ?

Lisa jeta un œil en biais à Sue.

— Vous ne regardez pas les infos ?

— Non, indiqua la concierge de l'établissement. Je déteste entendre tous les jours tous ces faits divers et ces actualités déprimantes ! On dirait que les journalistes ne recherchent que le sensationnel, et ont l'unique but de nous faire déprimer. C'est pourquoi je ne lis pas les journaux non plus. La Nouvelle-Écosse pourrait aussi bien déclarer la guerre au Saskatchewan, je ne le saurais qu'en voyant passer les missiles au-dessus de la ville...

Lisa hocha la tête en souriant. Ce petit bout de femme n'était pas ordinaire. Sous son étrange coiffure un peu ébouriffée d'une couleur grise tirant sur le bleu électrique, ses yeux un peu déformés par l'épaisseur de ses lunettes aux larges verres observaient la jeune femme avec attention. Elle ressemblait à un gardien improbable d'un temps révolu, où les escaliers sentaient l'encaustique et la cuisine le pain fait maison. La propreté de l'entrée de Molson Hall était exemplaire, surtout avec la neige que devait apporter chaque jour dans l'entrée la multitude de bottes d'étudiants.

— Excusez-moi, demanda Sue Young, pouvez-vous me donner votre nom ? Je vais en avoir besoin pour mon rapport d'enquête...

— Je suis Henriette Donnahue, indiqua la septuagénaire. Je travaille ici depuis que mon mari est mort, en 63. Il ne m'a pratiquement rien laissé d'autre que des dettes.

La jeune Asiatique hocha la tête, notant consciencieusement les renseignements sur son carnet. Elle leva finalement le nez, et croisa le regard de la vieille femme qui attendait visiblement des informations supplémentaires. Lisa prit les devants.

— Nous devons vous informer que cette femme, une scientifique américaine nommée Sarah Duncan, a été assassinée il y a deux jours. Son corps a été retrouvé hier matin dans la périphérie sud de la ville.

Henriette ouvrit une bouche en cul-de-poule, sidérée par la nouvelle.

— Mon Dieu... parvint-elle finalement à souffler. C'est horrible !

Lisa acquiesça en silence. D'après ce que lui avait expliqué Daniel sur l'état du corps, c'était même plus que cela. Elle estima inutile de préciser davantage.

— Madame Donnahue, verriez-vous un inconvénient à ce que nous jetions un coup d'œil à la chambre où elle résidait ? Qui en est le locataire attitré actuellement ?

La concierge serrait ses joues entre ses mains, saisie par la mort tragique d'une femme qu'elle avait à peine aperçue deux ou trois fois dans un couloir. Elle paraissait avoir perdu le peu de couleurs qui lui restaient, et son teint était devenu presque livide. Sue Young lui posa la main sur le bras pour la ramener à la conversation.

— Madame Donnahue. Écoutez... Nous n'avons pas de mandat de perquisition, mais nous pouvons gagner un temps précieux si vous nous autorisez à...

— Heu... Oui, certainement, dit la vieille femme avec peine, l'air d'avoir soudain dix ans de plus que quelques minutes auparavant.

Elle prit un passe dans un tiroir de son bureau et leur fit signe de la suivre dans l'escalier. Malgré son âge, elle grimpa d'un pas nerveux les deux étages et leur désigna une porte laquée de blanc.

— La 213. C'est ici.

— Vous avez un passe pour toutes les chambres ? s'enquit Lisa.

— Oui, approuva Henriette Donnahue. Certains étudiants oublient de nous rendre les clefs en partant, une fois leur cursus terminé. Ça nous évite d'avoir à casser des serrures tous les ans.

Elle ouvrit la porte et repoussa l'huis d'une main hésitante, gardant l'autre appuyée sur sa poitrine comme pour retenir son souffle devant l'horreur qui allait se jeter sur elle depuis le studio. La gorge tremblante, elle suivit avec appréhension les deux jeunes femmes dans ce qui allait désormais devenir pour elle « la chambre de la morte », quoi qu'elle fasse pour s'ôter cette idée malsaine de la tête.

— Ils vont me foutre dehors, ça, c'est sûr ! dit-elle soudain, au bord des larmes.

Sur le pas de la porte, Lisa se figea, et elle croisa le regard de Sue.

— Que voulez-vous dire, madame Donnahue ?

— Je n'aurais jamais dû accepter, c'est de ma faute...

Là-dessus, la gardienne éclata en sanglots.

— Accepter *quoi ?*

Les deux jeunes femmes s'étaient retournées et observaient la septuagénaire avec attention. La concierge avait à présent le visage rongé par les larmes et le remords. Avec un soupçon de dégoût, Lisa vit une bulle se former sous l'une de ses narines lorsqu'elle releva la tête vers elles.

— Dites-moi, madame Donnahue, est-ce vous qui avez aidé cette Sarah Duncan à obtenir une chambre ici ?

La gérante cligna des paupières. Elle ouvrit deux fois la bouche sans parvenir à prononcer un début de phrase cohérent, tant les hoquets lui coupaient la respiration, puis elle parvint enfin à se calmer.

— C'est Matthew Gatliff qui me l'a demandé pour elle, souffla-t-elle enfin en ayant l'impression de mâcher des clous.

— Matthew Gatliff, répéta Lisa en notant le nom dans son carnet. Et comment le connaissez-vous, ce Matthew ?

— C'est un ami. Un scientifique, vous voyez ? Toujours la tête dans la lune, mais il a souvent besoin d'argent, parce que ça paye pas, les études, tant qu'on n'a pas un bon job derrière. De temps en temps, un jeune s'absente pour quelques jours, et il me demande de donner à manger à son chat, ou de faire le ménage avant qu'il rentre...

Lisa claqua soudain des doigts. Ses yeux brillaient d'excitation.

— Et vous, vous sous-louez à des personnes de passage ! En liquide, bien sûr...

— Je vous jure que je sais pas ce qui lui est arrivé ! cria soudain la concierge, consciente que la situation partait méchamment en vrille pour elle.

Henriette Donnahue eut un moment d'étourdissement, et elle se laissa glisser sur la première chaise venue, juste à côté de la porte, où un sac de cuir était encore accroché. Lisa prit sa voix la plus compréhensive en s'accroupissant à côté d'elle.

— Il faut qu'on sache comment ça s'est passé, pour le studio, Henriette. Il faut *tout* nous expliquer, et si vous n'avez rien à y voir, nous fermerons les yeux sur votre petit trafic. Nous ne traquons pas ce type d'escroquerie, mais un criminel. Un *dangereux* criminel.

La septuagénaire essuya ses yeux du plat de la main, puis elle leva un regard méfiant vers Lisa, cherchant ensuite dans celui de Sue Young la confirmation de ce que venait de lui assurer la jeune Française.

— Matthew m'envoie des locataires de temps en temps... Des congrès, des conférences... Comme les jeunes ne sont pas toujours là...

— On a compris, la coupa Lisa. Comment est-il entré en contact avec l'Américaine ?

La gardienne se tordit les mains tandis que les larmes inondaient à nouveau ses joues ridées.

— Je ne sais pas ! gémit-elle, tandis que des fils de salive éclataient sur ses lèvres. Mon rôle, c'est juste de lui dire si j'ai une chambre disponible ou pas...

Lisa ouvrit son carnet et piocha un stylo dans son sac. Elle posa la pointe sur la feuille blanche, puis elle tourna un regard limpide vers Henriette Donnahue.

— Savez-vous ou nous pouvons le joindre, ce Matthew Gatliff ?

Chapitre 25

Tandis que Rob et Jean-Baptiste attendaient l'arrivée du service de police scientifique en discutant à voix basse dans le couloir, près de la porte de la chambre du mort, Daniel Magne ne pouvait s'empêcher de ressentir un profond sentiment de malaise. Jack Harvey était un petit merdeux ayant réussi à imposer sa loi dans le quartier de Bourassa avec ses muscles, mais il avait manifestement oublié d'être idiot. Le capitaine réalisait bien que les trois jours de délai que le jeune chef lui avait dédaigneusement offerts étaient en fait un appel à l'aide déguisé. Harvey n'avait pas les moyens d'investigation dont jouissait la Sûreté du Québec, et son rayon d'action potentiel ne devait pas dépasser quelques pâtés de maisons, malgré toute la poudre qu'il avait tenté de lui jeter aux yeux.

Le policier français ne cessait de retourner en tous sens les arguments que le jeune homme lui avait lancés au visage avant de partir, et il ne parvenait pas à y trouver une faille lui permettant de lui donner tort.

Et si... *et si les accusations de viol portées contre Dubailly avaient été fausses ?*

Magne tournait la phrase entre ses doigts comme une patate chaude sortie trop vite du four. Il avait lu l'acte d'accusation de Dubailly, en cherchant à creuser le passé de Shinzo Takashimura au pénitencier de *The Haven.* Plusieurs adolescentes avaient disparu en quelques mois, cette année-là, en 1999, avant que l'on retrouve leurs corps dénudés dans des lieux isolés, le regard figé dans l'expression de la terreur la plus totale. Elles avaient toutes été violées et étranglées, avant d'être abandonnées comme des jouets cassés par leur assassin. Une jeune fille, Elsa Columeaux, avait réussi à lui échapper. C'est elle qui avait permis de l'identifier. César Dubailly avait été condamné sur la seule foi de ce témoignage.

La jeune Elsa était blanche.

Le capitaine ne pouvait s'empêcher de penser que cela ne cadrait pas du tout avec Dubailly, un homme respecté par toute l'ethnie haïtienne pour avoir aidé des dizaines de familles à se battre contre la misère. Quelque chose ne collait pas, et son instinct de flic lui indiquait en lettres rouges sur fond blanc que Jack Harvey venait de lui planter une graine qui allait rapidement germer.

Mais quelle plante allait-elle lui donner ?

Quelques minutes plus tard, une voiture banalisée se gara sur le trottoir derrière le pick-up de Magne. Les scientifiques investirent la maison, et Rob leur indiqua la chambre de César et l'endroit où Harvey avait laissé de la salive. Il était inutile de négliger le renseignement.

Magne jeta un dernier coup d'œil au cadavre autour duquel les hommes en combinaisons s'affairaient déjà. Qui avait bien pu en vouloir à cet homme au point de lui infliger ces horribles sévices ?

Il frissonna soudain. Une idée nauséeuse venait de s'imposer à lui et, un goût de cendres sur la langue, il se prit à espérer que César Dubailly avait réellement été éventré et éviscéré *après* sa mort. Il se rapprocha de Rob et Jean-Baptiste, qui avaient attendu en silence qu'il sorte de son mutisme songeur pour se manifester.

— On rentre... dit Rob. Je viens d'appeler le siège. Une équipe va venir sécuriser la maison. Les prélèvements risquent de durer un moment ; inutile que des fouineurs viennent polluer le site. Tu reprends le volant, Dany ?

— Il faut que j'appelle Lisa. Je préfère que tu conduises...

— Pas de problème, acquiesça Dutreux, l'air pourtant maussade.

Magne comprit que quelque chose le chiffonnait, mais l'officier canadien n'avait visiblement pas l'intention d'en dire plus. À vrai dire, le spectacle du cadavre de Dubailly suffisait à lui seul à refroidir l'ambiance.

Ils montèrent dans le Ford et Rob prit le chemin du retour. Ils ne croisèrent pas un seul blouson rouge avant de quitter le quartier de Montréal-Nord. Jack Harvey avait apparemment bien fait passer le message à ses troupes.

Magne ouvrit le clapet du petit mobile que l'inspecteur-chef Lachance lui avait fourni, puis il appuya sur la touche où était mémorisé le numéro de son bureau. L'officier décrocha à la deuxième sonnerie.

— Oh, salut Daniel ! Tu as du nouveau ?

— Du nouveau pas très frais, oui... J'y viens. Est-ce que Lisa est dans les parages ?

Le léger silence de l'officier inquiéta soudain plus le policier français que sa réponse, qui lui parvint avec un léger temps de retard.

— Heu... Eh bien non, en vérité. Elle est partie faire un tour en ville.

Le sang de Magne lui parut soudain devenir aussi liquide que de l'eau.

— Seule ?

— Non, non, temporisa l'inspecteur-chef, visiblement gêné par le ton péremptoire du Français. Elle est avec Sue Young. Elle avait besoin d'acheter des affaires de toilette...

— Oh... fit Magne, dont le signal d'alarme interne venait de s'allumer. Elle a dit où elle allait ?

— Non, pas exactement. Elles sont parties dans la rue Sainte-Catherine, en centre-ville, je crois. C'est tout ce que je sais. Elles ne devraient pas tarder à revenir.

— Elles sont parties depuis quand ?

— Et bien... trois heures, à peu près...

— Anatole, vous êtes en train de me dire que Lisa est partie depuis trois heures et que vous ne savez pas où elle se trouve ? barrit soudain Magne dans son téléphone, attirant immédiatement sur lui le regard interrogatif de Rob et Jean-Baptiste.

— Elle est avec mademoiselle Young, qui connaît Montréal comme sa poche ! coupa Lachance d'un ton plus sec. Je comprends ton inquiétude, Daniel, mais elle est mal fondée. Sue et Lisa ne risquent rien à magasiner un peu ensemble.

Magne se passa la main sur le front, puis il se massa les paupières pour reprendre un peu contact avec le réel. Il ressentait un intense sentiment d'embarras et d'impuissance devant ce pays inconnu, cette ville inconnue, ces gens inconnus. À chaque pas qu'il faisait pour avancer, il avait l'étrange sensation que la situation se dérobait devant lui, même pour un bref instant qui lui aurait permis de sentir le sol sous ses pieds.

Même sous deux mètres d'eau.

L'inspecteur-chef avait raison. Il commençait à s'énerver pour rien. Les filles étaient sorties un moment ensemble, ce qui ne pouvait faire que du bien à Lisa, bloquée par sa propre volonté à l'attendre et à broyer du noir dans un bureau. Son signal d'alarme avait retenti trop vite et trop fort. Il commençait à se faire vieux. Il ne put pourtant pas empêcher la question suivante de franchir ses lèvres.

— Vous avez le numéro de portable de Sue Young ? s'entendit-il demander à l'inspecteur-chef d'une voix à peine aimable.

Lachance lui communiqua le renseignement et changea de sujet, visiblement agacé par le ton que prenait l'échange.

— Et de votre côté, quelles nouvelles ?

Sa voix était devenue plus froide et plus incisive. Magne prit une longue respiration. Il devait désamorcer la situation avant qu'elle ne s'envenime entre Lachance et lui. Sans l'appui de l'inspecteur-chef, il allait rester coincé à son hôtel jusqu'à la fin de son séjour.

— Nous avons retrouvé César Dubailly, l'un des compagnons de cellule de Shinzo Takashimura à *The Haven*, entre 1999 et 2003. Il était allongé sur son lit, dans sa chambre, avec les intestins accrochés au lustre. Aucune indication pour le moment sur l'identité du tueur. Rob a contacté l'équipe scientifique, qui est déjà sur place. C'est possible de faire une recherche poussée sur cet homme ?

— Tu as lu son curriculum dans mon bureau. Ce type a écopé d'une condamnation de vingt ans pour des enlèvements, viols et assassinats d'enfants. Au bout de dix ans, il a été transféré dans un hôpital pénitentiaire pendant quelques mois, puis un connard a jugé qu'il devait être libéré à cause de son infirmité. Qu'est-ce que tu cherches d'autre ?

Magne regarda les rues qui défilaient lentement devant lui. Une population majoritairement colorée arpentait les trottoirs, levant le nez devant le passage de ce véhicule inconnu. Beaucoup de jeunes, les mains dans les poches, posaient avec l'air d'être ce qu'ils n'étaient pas, et des mères marchaient la tête basse, leurs maigres provisions au bout du bras. Le laïus de Jack Harvey finissait par faire son petit bonhomme de chemin dans son esprit, et il ne pourrait pas avoir l'esprit tranquille tant qu'il n'aurait pas vérifié ce que le jeune homme lui avait dit.

— Anatole, la mort de Dubailly est liée à celles de Louis, de Joseph, et de Sarah Duncan, dit-il enfin. C'est Takashimura qui plane sur tous ces meurtres, il n'y a aucun doute là-dessus. Or ce Japonais est une ombre impalpable. Pas d'adresse, pas de complices, pas de preuves, à part mon seul témoignage. On sait qu'il a défendu César en 2001 contre un lynchage en bonne et due forme organisé contre le Haïtien à coup de barre de fer dans un local technique de la prison. Ce que je me demande, c'est pourquoi ce type sanguinaire, sans foi, ni loi, ni limites, a risqué sa vie pour sauver un violeur d'enfants, sur lequel même les criminels les plus endurcis crachaient de dégoût au pénitencier. Je ne comprends pas, rien à faire... Et encore moins pourquoi il l'aurait ouvert comme un poulet dix ans plus tard après s'être donné tout ce mal pour le protéger.

Le téléphone resta muet quelques secondes contre l'oreille du capitaine. Quelque part, sur la ligne, une interférence grésillait faiblement.

— Qu'est-ce que tu veux que je cherche, Daniel ? demanda finalement l'inspecteur-chef.

Magne respira à nouveau une grande bouffée d'oxygène. Ses pensées recommençaient à s'organiser dans le bon sens. Il sentit que l'officier avait été piqué par la curiosité.

— Je veux rencontrer les types qui ont démonté César à *The Haven.*

Lachance siffla dans le combiné.

— Rien que ça ?

— Non, il faut aussi interroger la gamine qui a témoigné contre lui, et qui doit avoir aujourd'hui dans les vingt-deux ou vingt-trois ans.

— Criss ! Mais où tu veux que je trouve les autorisations pour retrouver ces gens, moi ? Ils ont déménagé d'icitte dès la fin du procès, Daniel !

— Il y a les fichiers des impôts, des cartes électorales, des cartes grises... Je n'en sais rien, moi ! La clé de l'énigme Takashimura passe peut-être par la serrure Dubailly. Si les parents d'Elsa Columeaux sont restés au Québec, vous le saurez rapidement. Une enquête sur la mort violente de deux flics peut agiter des fonctionnaires, chez vous aussi, non ?

Daniel Magne vit le crâne de Rob amorcer une nouvelle rotation vers le rétroviseur, et il perçut son regard surpris. Visiblement, on n'avait pas l'habitude de parler sur ce ton à l'inspecteur-chef Lachance. Jean-Baptiste surprit l'échange et plissa silencieusement les lèvres en hochant la tête, tout en gardant un œil sur les passants. Lachance marmonna une imprécation incompréhensible et Magne raccrocha avant de composer le numéro de Sue Young. La sonnerie résonna plusieurs fois, et l'officier français allait proférer un juron bien parisien lorsque Sue décrocha enfin.

— Vous êtes où ? aboya-t-il, surpris par sa propre brusquerie.

Il entendit la jeune Asiatique qui s'adressait à Lisa.

— Tiens, je crois que c'est pour toi... Ton chef...

— Ah... Merci... fit la voix lointaine de Lisa. Allô ?

— Lisa ? Bordel ! Mais qu'est-ce que...

— Tu ne vas pas le croire, Daniel ! le coupa-t-elle d'une voix surexcitée.

Magne resta interdit, la main gauche levée comme pour assener un châtiment à une enfant récalcitrante.

— Quoi ?

— J'ai trouvé un soutien-gorge à tomber par terre ! Si, si ! Je te jure ! Imagine des petits balconnets avec de la dentelle qui s'arrête juste à la pointe de mes...

— Lisa !

— Et une petite culotte assortie... Wouah ! Je ne te dis pas le résultat !

— Lisa, merde !

— Hein ?

— Ne joue pas à ça avec moi !

— Bon, OK, soupira la jeune femme. J'attendrai ce soir pour te les montrer... Ce que tu peux être prude, parfois ! Ah, au fait...

Magne ferma le poing sur le vide. Cette fille allait finir par le rendre complètement dingue.

— Quoi, « au fait » ?

— Pendant que tu faisais une petite balade en voiture avec tes copains, nous, les filles, nous avons travaillé. Et plutôt pas mal, hein Sue ?

Les deux jeunes femmes éclatèrent de rire, et pendant un instant Magne appela dans le vide.

— Et tu sais ce qu'on a trouvé ? ajouta Lisa lorsqu'elle se calma un peu.

— Si je te dis oui, tu vas me faire bâiller pendant encore une heure, alors non. Je m'en fous !

— Dommage, parce que tu pourrais venir nous rejoindre dans la chambre de Sarah Duncan...

Daniel Magne accusa le coup, et la pression retomba. Lisa avait beau être une incroyable tête de mule, il devait reconnaître qu'elle avait son boulot de flic dans le sang. Elle avait réussi à localiser le lieu de résidence de l'Américaine en moins d'une demi-journée, ce que n'avait pu réaliser la toute puissante Sûreté du Québec avec tout son réseau.

— D'accord, Lisa, capitula-t-il. Je te dois un apéritif, et un resto. Accouche. Vous êtes où ?

— Tu oublies encore un truc ! lui lança-t-elle, mutine.

Magne sourit et se renversa sur son siège, l'imagination prenant déjà le départ.

— D'accord pour ça aussi ce soir, mais seulement si tu me donnes l'adresse avant demain matin...

Chapitre 26

La nuit tombait sur la ville, éveillant les façades des immeubles d'une multitude de lucioles isolées dans le ciel. En provenance du Nord, l'air froid dévalait les avenues par bourrasques enrobées de neige fondue, repoussant les piétons vers les coffee-shops et les magasins. La sortie des bureaux projetait dehors une foule de passants pressés de retrouver la chaleur de leur foyer, et personne ne s'attardait bien longtemps devant les entrées du métro pour fumer une cigarette.

Au fur et à mesure qu'il se rapprochait du centre-ville, le pick-up avançait de plus en plus lentement dans la circulation coagulée à cause des travaux qui bouchaient la moitié de la rue Sherbrooke. Daniel Magne consulta sa montre en cachant difficilement son agacement. Il était déjà plus de dix-huit heures. Il y avait maintenant une demi-heure qu'il avait eu Lisa au téléphone, et il ne pouvait s'empêcher de ressentir une sourde inquiétude à la savoir hors du champ de protection immédiat de la Sûreté du Québec. Bien sûr, elle n'était pas seule, et Shinzo Takashimura ignorait son existence, mais la violence sans limites du tueur et la rapidité de ses attaques ne laissaient pas de l'angoisser.

Il s'ébroua mentalement, refusant de se laisser dominer par la crainte. Lisa était une grande fille, et elle était parfaitement capable de réaliser si une situation devenait dangereuse. L'expérience lui avait appris à envisager le risque d'une manière un peu plus réaliste que ce qu'elle avait retenu de son enseignement à l'école de police.

— On est encore loin ? demanda-t-il en se penchant un peu en avant.

— Deux kilomètres, pas plus, assura Rob. Mais avec ce monde, ça peut prendre encore un bon moment...

Il fut coupé par la sonnerie du portable de Magne.

— Daniel ?

Le capitaine fut tout de suite alerté par la voix tendue de Lachance.

— Oui. Qu'est-ce qui se passe ?

— Eh bien... Je viens de recevoir un appel du légiste qui travaille sur... sur la dépouille de Joseph.

Magne déglutit difficilement. *La dépouille de Joseph...*

— Je vous écoute... articula-t-il enfin, la gorge nouée.

— Il y a un truc très bizarre, et le toubib est perplexe...

— Qu'est-ce qu'il a trouvé ?

— Lorsqu'il a placé le corps de Joseph sur la table d'examen, il a inspecté ses blessures et en a fait un relevé très précis, du moins autant qu'il le pouvait avec les dégâts occasionnés par l'incendie de sa voiture.

— *Et* ? insista le Français qui finissait par vraiment avoir l'impression que Lachance voulait ménager son petit effet.

— Et ensuite, il a passé une radio complète du squelette, pour avoir une meilleure vision d'ensemble des fractures que Joseph a subies avant de mourir.

Daniel imagina avec effroi le cadavre calciné du jeune homme placé sur une table d'analyse, et le médecin légiste penché en fronçant le nez au-dessus des émanations putrides exhalées par les chairs éclatées.

— Il y a un truc pas normal, Daniel. Pas normal du tout.

— Mais *quoi*, bon sang ? s'impatienta Magne.

Cette fois, l'inspecteur-chef parut ne pas avoir entendu l'énervement pointer dans la voix du capitaine.

— Joseph avait passé des radios l'hiver dernier, suite à un accident de motoneige. Il pensait avoir la hanche fêlée, mais il s'en était tiré avec un gros hématome et quelques jours d'arrêt. Le légiste a demandé à comparer les radios, tellement il était abasourdi.

Magne mit un coup du plat de la main sur le siège pour se calmer et ne pas envoyer purement balader l'officier. Il lui fallut faire appel à toute sa volonté pour ne pas crier dans le combiné moite de transpiration.

— Quelle différence a-t-il trouvée ?

— Eh bien... Joseph avait un os de plus quand il est mort, Daniel.

Soudain muet, Magne sentit son esprit marquer l'arrêt. Il retourna l'information dans son cerveau, mais ne parvint pas à la mettre à l'endroit.

— Qu'est-ce que vous dites, Anatole ? demanda-t-il enfin après quelques secondes de silence.

— Le légiste est formel. Il a tout d'abord cru qu'il s'agissait d'une de ses vertèbres qui s'était fracturée en plusieurs morceaux à la suite du choc, mais il est arrivé à la conclusion que ce n'était pas ça du tout. L'os en question ne correspond à aucune partie du corps de Joseph. Et l'analyse a montré des traces de laine et de nylon carbonisés sur toute la périphérie du morceau de vertèbre.

— *Mais alors...*

— Ça ne peut vouloir dire qu'une chose, Daniel.

— C'est *ça* qu'il a trouvé en fouillant la Plymouth...

Magne se vit à nouveau à la fourrière en train de récolter un peu de poudre blanche dans la portière de la voiture de Sarah Duncan. Cette poussière blanche qu'il avait envoyée au labo... *C'était de la poussière d'os.* D'un os que Joseph avait certainement ramassé et mis dans la poche de sa veste, contre sa hanche. Seule cette possibilité expliquait les dépôts de tissus brûlés sur l'ensemble de sa surface.

Mais pourquoi l'Américaine avait-elle caché un os à cet endroit-là ? Qu'avait-elle l'intention d'en faire ? Et quel rapport pouvait-il y avoir avec sa mort et celles des policiers canadiens ?

Daniel Magne en laissa tomber son bras et le téléphone lui échappa, rompant la communication en heurtant le plancher du pick-up.

— Merde !

Il le ramassa en pestant et remit en place la batterie qui s'était désolidarisée du boîtier, puis il tenta de rappeler Sue, mais en vain. L'appareil lui afficha qu'il lui fallait entrer un code PIN pour l'activer à nouveau.

— Merde et merde ! rugit le capitaine. L'un de vous deux a le numéro de Sue Young ?

Rob et Jean-Baptiste échangèrent un regard résigné.

— Non, désolé, dit Rob d'une voix contrite. Je regrette...

Le coup de coude de Magne sur la vitre les fit sursauter tous les deux.

— Oh, c'est pas vrai !

Les deux hommes se turent, conscients que pas un mot ne parviendrait à calmer le Français. Le pick-up était à présent à l'arrêt, bloqué par un camion de ramassage des poubelles qui était en panne sur la file de droite. Quelques dizaines de mètres plus loin, le feu passait alternativement du vert au rouge sans qu'aucun mouvement soit perceptible dans la seule file de voitures qui restait praticable à gauche. Le bouchon semblait s'être complètement solidifié.

— Par où il faut passer, pour aller jusqu'à University street ? demanda Magne, tendu.

Il était dix-huit heures trente bien sonnées, et la situation avait bien l'air d'évoluer vers un blocage total de la rue et du carrefour.

— C'est tout droit, puis la sixième à droite, dit Jean-Baptiste de sa voix traînante. Les logements des étudiants sont rassemblés près du parc, tout en haut de la côte.

— OK, merci !

Prenant les deux hommes de court, Magne descendit de voiture et se mit à marcher à grands pas sur le trottoir en direction des dortoirs de l'université, au pied desquels Lisa et Sue avaient promis de l'attendre. Jean-Baptiste le suivit dès qu'il eut terminé de se battre avec sa ceinture de sécurité, ce qui lui coûta plusieurs dizaines de mètres de retard sur le capitaine, qu'il finit par perdre de vue dans la foule.

Resté au volant du Ford, Rob Dutreux soupira profondément. Décidément, l'officier français n'était pas de tout repos... Loin devant lui, le feu passa encore une fois au vert dans un concert d'avertisseurs en colère.

Chapitre 27

— On va lui rendre une petite visite ? demanda Lisa, lorsqu'elle se fut suffisamment éloignée de la concierge pour que celle-ci ne puisse pas l'entendre.

Sue observa le visage décidé de sa nouvelle amie avec circonspection.

— Tu es sûre ? Tu ne veux pas attendre ton capitaine ?

La jeune Française secoua énergiquement la tête, faisant voler son carré de cheveux bruns au-dessus de ses épaules.

— Non. Trop risqué. Il faut qu'on aille interroger ce type-là. Henriette risque de l'appeler très vite, et il peut nous filer rapidement entre les pattes.

La jeune Asiatique hésita un instant, puis elle secoua la tête d'un air désolé.

— Nous ne pouvons pas procéder comme ça, Lisa. Je dois avertir ma hiérarchie de ce que nous avons trouvé. Si je ne le fais pas, après ce qui est arrivé à Joseph, je vais me faire taper sur les doigts...

Lisa réprima un mouvement d'humeur. Ce n'était pas le moment de se mettre à dos sa seule alliée potentielle. Elle acquiesça en faisant mine de comprendre l'objection de Sue.

— OK, tant pis.

Tandis que Sue Young téléphonait à la Sûreté pour faire un rapport succinct de leur découverte et demander l'arrivée de l'équipe des experts scientifiques, Lisa jeta un bref coup d'œil à sa montre, et elle se mit à réfléchir furieusement. Lorsque Sue raccrocha, elle maugréa :

— Je ne sais pas ce que Daniel fabrique, mais il devrait déjà être là. Tu peux le rappeler, s'il te plaît ?

Sue composa le numéro qui s'était affiché sur son écran une demi-heure plus tôt, mais la ligne sonna dans le vide. Elle eut un signe négatif du menton.

— Soit il n'a plus de batterie, soit il a un problème, conclut-elle.

Lisa sourit et lui lança un regard espiègle.

— Daniel ? Pff ! Son seul véritable problème, c'est moi !

Sue ne put s'empêcher de penser que ce n'était probablement pas très loin de la vérité, mais elle sourit à son tour, gagnée par la légèreté de la jeune Française.

— Il nous rappellera, ajouta Lisa avant de revenir sur ses pas, mue par l'idée qui la chatouillait depuis quelques minutes. Viens avec moi, j'ai une autre question que j'ai oublié de lui poser.

Henriette Donnahue, qui avait fini par se remettre de ses émotions et s'apprêtait à refermer la porte de la chambre où avait séjourné Sarah Duncan, les regarda approcher en leur jetant un regard méfiant.

— Dites-moi, Madame Donnahue, demanda Lisa, l'étudiant, celui à qui ce logement est loué, qui est-il ?

— Oh, David Adams... Lui, il a abandonné après à peine un mois de cours. Il est reparti à Gatineau fin septembre. Elle est libre depuis.

Lisa hocha la tête, déçue. Cette piste-là n'allait mener nulle part.

— L'équipe technique est prévenue, précisa Sue Young après avoir noté le nom d'Adams sur son carnet. Les scientifiques seront là d'ici quelques minutes. Ils vont venir fouiller les affaires personnelles de cette femme. Personne ne doit plus y pénétrer dorénavant avant qu'ils vous aient donné leur feu vert, d'accord ?

Lisa sourit, taquine.

— Et encore moins la louer à nouveau...

La vieille femme eut un mouvement désabusé du dos de la main.

— Bah... Ici, c'est foutu maintenant !

Elle marcha lentement jusqu'à l'escalier, précédant en silence ses visiteuses jusqu'à la porte d'entrée de l'immeuble, où elle attendit qu'elles s'en aillent, les poings enfoncés dans les poches de sa blouse.

— De toute façon, continua-t-elle comme pour elle-même, cette chambre restera marquée par la présence de cette... femme. J'aurais dû m'en douter...

Lisa leva la main de la poignée de la porte et lui lança un regard aigu.

— Que voulez-vous dire ?

Elle avait mis l'attitude réservée de Henriette Donnahue sur le compte de l'abattement, mais elle était en train de réaliser que la concierge contenait son ressentiment depuis le début de leur visite.

— Cette maudite *pitoune*...

Lisa ouvrit des yeux ronds.

— C'est quoi une « pitoune » ?

— Une prostituée, lui expliqua Sue. Ça vient du temps où les bûcherons du pays, lorsqu'ils sortaient de plusieurs jours de travail en forêt, allaient s'enivrer et donner leur paye aux professionnelles du sexe établies dans les villes de plaisir non loin de là, les *Happy Towns*.

— Qu'est-ce qui vous fait penser que Sarah Duncan était une pute ? demanda Lisa.

Effarée, Henriette mit la main sur sa bouche, tandis que Sue Young masquait un sourire en baissant le nez. Elle commençait à connaître un peu mieux la jeune policière française, et elle savait à présent qu'elle employait un vocabulaire parfois abrupt pour déclencher des réactions épidermiques.

— Comment vous appelleriez une femme qui reçoit deux hommes dans sa chambre le premier soir de son arrivée en ville, vous ? lança Henriette, soudain écarlate.

— Deux hommes ? répéta Lisa, incrédule. En même temps ?

La vieille femme laissa alors exploser toute sa rancœur.

— Oui, en même temps ! Et cette traînée poussait des cris d'orfèvre pendant qu'ils rigolaient tous comme des malades !

— « D'orfraie », vous voulez dire...

— Des cris de ce que vous voulez ! Je m'en fiche ! *Criss* !

— Calmez-vous, madame Donnahue. Nous ne sommes pas là pour faire le procès de la conduite de Sarah Duncan, mais pour trouver celui qui lui a coupé tous les doigts avant de l'étrangler et de jeter son cadavre mutilé dans un buisson au beau milieu de la nuit. Vous comprenez ?

Douchée, la concierge se figea, la bouche ouverte sur son flot d'imprécations soudain tari.

— À quoi ressemblaient ces deux hommes, madame Donnahue ?

La septuagénaire prit un air dégoûté. Elle répondit à Lisa sans la regarder en face, comme si ce qu'elle allait dire risquait de la salir.

— À deux types surexcités. Ils avaient les yeux qui brillaient, et un sourire qui allait d'une oreille à l'autre. Des vrais détraqués, à mon avis !

— Et physiquement ?

Henriette réfléchit quelques secondes.

— L'un des deux était assez âgé pour être son père, les cheveux blancs, et une veste en velours complètement râpée, avec des renforts aux coudes. L'autre était plus jeune, et plus maigre. Il était mal rasé et dégarni, avec une touffe ridicule autour des tempes.

— Plus jeune de combien ? insista Lisa.

— Pas plus de la quarantaine, à mon avis.

— Vous pourriez les reconnaître facilement, madame Donnahue ?

Henriette secoua la tête avec véhémence.

— Sans aucun doute ! Ils sont gravés là ! précisa-t-elle en rivant son index tavelé sur son front.

— Vous les aviez déjà vus ici auparavant ?

La vieille femme eut un geste négatif catégorique qui alluma des reflets de néons dans les verres de ses lunettes.

— Non, je m'en serais souvenu, mais le visage du plus vieux ne m'était pas complètement inconnu. Cependant, je ne sais pas pourquoi...

Lisa hocha la tête. Ce n'était pas bien épais, mais tout de même mieux que rien.

— Est-ce qu'ils avaient des bagages avec eux ? Un sac, un carton, quelque chose...

Henriette Donnahue plissa les yeux dans le vide, tentant d'évoquer l'image des deux hommes.

— Le plus vieux avait une sacoche de cuir à la main, je crois... dit-elle finalement après quelques instants d'intense réflexion.

— Il était quelle heure, quand ils sont partis ?

Henriette n'hésita pas.

— Pas plus de sept heures. La femme de ménage était encore là à nettoyer les couloirs. Elle n'en a pas cru ses yeux quand elle les a vus sortir tous les trois de la chambre. Ici, les murs sont aussi épais que du papier à cigarettes. Je suis sûre que la moitié de la ville était déjà au courant le soir même...

— *Tous les trois ?* Mais pourquoi ne nous en avez-vous pas parlé tout à l'heure ?

Madame Donnahue détourna les yeux une nouvelle fois.

— Je n'y ai pas pensé.

Lisa ne releva pas. Si elle braquait Henriette, elle n'en tirerait plus rien.

— Où sont-ils allés ?

— J'en sais fichtre rien ! répondit la vieille femme d'un ton rogue.

— Ils sont revenus longtemps après ?

— La femme est rentrée seule. Elle avait bu. Elle a fait tomber son sac dans l'entrée, celui qui est sur la chaise, dans la chambre, et elle s'est mise à pousser des jurons effroyables quand ses nougats se sont répandus par terre.

— Des nougats ?

— Oui, vous savez... comme ceux qu'on mange dans les restaurants chinois. Du coup, elle a tout jeté dans la poubelle, là, dans l'entrée.

Lisa et Sue échangèrent un regard. *Un restaurant asiatique.* La piste que Joseph avait levée était peut-être toute proche, à présent.

Lisa souleva le couvercle de la poubelle. Elle était vide.

Elle s'approcha de la concierge, qui recula instinctivement d'un pas devant l'intensité de son regard.

— Où se trouve le contenu ?

— Eh bien... les sacs sont changés tous les deux jours. Ils partent dans les bennes des éboueurs, trois fois par semaine. Justement, ils sont passés hier...

Lisa tapa violemment du pied sur le sol. *À un jour près !*

— A-t-elle mentionné où elle avait soupé ?

— Non.

— A-t-elle vu quelqu'un d'autre le lendemain ?

Henriette Donnahue haussa les épaules.

— Je ne l'ai pas revue après ce soir-là.

Lisa posa la main sur le bras de la concierge.

— Écoutez-moi, Henriette. C'est très important. Les deux hommes sont-ils venus en voiture jusqu'ici ?

Saisie par le ton grave de Lisa, la septuagénaire se concentra malgré elle.

— Heu... oui... Un vieux tas de ferraille qu'ils ont garé sur la pelouse, juste devant l'entrée, comme si la neige ne suffisait pas à tout abîmer pendant l'hiver !

Lisa s'approcha d'elle à la toucher, la dominant de dix bons centimètres.

— Et quand elle est revenue, madame Donnahue. *Quand elle est revenue du restaurant*... avez-vous vu ou entendu cette voiture monter dans University street ?

Comprenant soudain où la jeune femme voulait en venir, la concierge ouvrit soudain de grands yeux, le regard plongé dans le vide.

— Non ! Je me souviens, maintenant ! J'étais en train de lire un roman policier terrifiant. Elle a poussé la porte d'un coup et l'a envoyée valser contre le mur en faisant un raffut de tous les diables. Elle m'a fichu une telle trouille que j'en ai renversé mon café sur le bureau ! S'il y avait eu un bruit de voiture, je l'aurais entendu.

— Alors, dites-moi, Henriette, dit Lisa, les yeux étincelants. Si vous deviez aller souper à pied dans un restaurant asiatique, par ici, vous iriez *où* ?

Chapitre 28

Magne releva le col de son épaisse veste de laine. Malgré son allure rapide, il commençait à sentir le froid s'immiscer le long de sa colonne vertébrale. Le vent devenait plus fort, plaquant contre ses jambes son pantalon dont il trouva soudain la toile un peu trop fine. Les passants accéléraient le pas, les épaules rentrées pour résister aux rafales.

Le policier bifurqua dans la rue que Jean-Baptiste lui avait indiquée, laissant derrière lui la foule d'employés qui rejoignaient les bouches de métro. L'artère dressait ses façades curieusement un peu provinciales, où chaque entrée d'immeuble desservait deux appartements avec des escaliers de fer, l'un en étage et l'autre en entresol. Les briques rouges tranchaient avec la neige qui recouvrait déjà un peu le noir des branches des grands arbres bordant la chaussée.

En tournant à l'angle de Sherbrooke et University, il consulta brièvement sa montre. Dix minutes encore... Il ne pouvait pas s'expliquer ce brusque désir de rejoindre Lisa le plus rapidement possible. C'était comme si un signal d'alarme entêtant et lointain tentait de focaliser son attention au-delà d'une épaisse couche de brume terriblement opaque. Il avait beau se morigéner en se disant qu'elle n'était pas seule, le fait de savoir qu'elle enquêtait de son côté, loin de lui, sur cette dangereuse affaire, le rendait extrêmement nerveux.

Shinzo Takashimura avait su prouver jusque-là qu'il ne reculerait devant rien pour accomplir ce qu'il avait entrepris, dut-il éliminer quiconque se mettrait en travers de son chemin.

Son souffle s'accélérait, et le sang commençait à lui battre les tempes. Le froid, pourtant, ne le quittait pas. Les doigts de ses mains se serraient instinctivement en un poing compact, comme pour être prêts à frapper un ennemi invisible qui l'attendrait là, tapi sous un escalier sombre, prêt à lui bondir sur les épaules dès qu'il serait passé devant lui et lui aurait tourné le dos. L'éclairage des lampadaires mettait en valeur les flocons épais qui tombaient tels des cônes de cendre grise, et ses semelles dérapaient par moments sur les plaques de verglas qui prenaient petit à petit possession du trottoir.

Loin devant lui, il aperçut le dernier angle de rue qui le séparait de Lisa. Il lui restait encore plusieurs pâtés de maisons à franchir pour y parvenir, et la distance lui sembla soudain intolérable.

Brusquement, sans savoir exactement pourquoi, il se mit à courir.

— C'est là, dit Sue. Le *Fujiyama*.

Elle désignait l'enseigne lumineuse représentant le célèbre mont japonais. Lisa eut un bref moment d'hésitation. Et si elle s'apprêtait à commettre une erreur ? Ne valait-il pas mieux, en effet, attendre que Daniel les rejoigne ?

Elle dévisagea Sue qui attendait, le nez profondément enfoncé dans le col de sa veste, ses cheveux d'un noir de jais voletant autour de ses joues. Elle avait tourné le dos aux rafales, et Lisa plissa les paupières en la regardant sous les aiguillons de neige qui lui entraient dans les yeux. Elle avait fini par convaincre la jeune Asiatique qu'il n'y avait pas de temps à perdre, mais elle ne sentait pas tout à fait à l'aise à l'idée de faire risquer à Sue des remontrances de ses supérieurs. Cependant, celle-ci semblait s'en être totalement remise à elle pour prendre la décision.

Leurs yeux se croisèrent.

— On y va, trancha-t-elle soudain.

Hors d'haleine, le capitaine s'arrêta à l'angle de la rue Prince Arthur. Ses poumons le brûlaient, et un point de côté fulgurant l'avait attaqué dès le troisième carrefour franchi. La rue University était vide, et tous les volets étaient baissés pour la nuit. Derrière les fenêtres masquées, des éclats de lumière indiquaient les postes de télévision allumés dans les salons, et Magne imagina une famille autour d'un repas fumant, devant un bon feu de cheminée crépitant dans l'âtre, dont les effluves lui parvenaient au milieu des bourrasques polaires. Entre les maisons, alternant avec des bâtiments de l'université, des allées obscures disparaissaient derrière des grillages parfois écroulés dessinant des silhouettes fantomatiques sur la neige immaculée des jardins.

La sueur imprégna rapidement le dos de sa chemise, collant sur sa peau une désagréable gangue de glace. Magne repartit en marchant le plus vite possible. Lisa lui avait indiqué que la résidence de Molson Hall était tout en haut de la rue, adossée à la forêt donnant au pied du parc du mont Royal, au numéro 3291. Il leva les yeux vers le premier porche.

2127.

— Désolé, Madame, dit le restaurateur en s'inclinant à plusieurs reprises devant Sue Young, je ne connais pas cette personne.

— Vous êtes sûr ? insista Lisa. Une belle femme comme ça, cela ne doit pas passer inaperçu, surtout accompagnée de deux hommes...

— Tout à fait certain ! confirma l'homme en posant sur la Française un regard froid tout en lui souriant poliment. Elle n'a jamais mis les pieds dans mon établissement.

Lisa perçut parfaitement l'agacement du maître des lieux.

— Avez-vous à votre service une serveuse du nom de Chiyeko ?

L'homme perdit soudain toute expression aimable. Il claqua son torchon sur le comptoir, attirant le regard des quelques clients déjà en salle.

— Est-ce que je peux savoir pourquoi vous me faites perdre mon temps en plein milieu de mon service, madame ?

Lisa se pencha en avant, et elle plongea ses yeux noirs dans le regard courroucé du patron du *Fujiyama*. Elle se saisit brusquement du bout du torchon et le tira d'un coup sec vers elle.

— Parce que cette femme est morte étranglée et découpée comme un sashimi, *monsieur.*

L'homme accusa le coup, et son regard passa de Lisa à Sue, qui lui confirma avec gravité les faits d'un lent hochement de tête. Il se lissa du plat de la main ses cheveux déjà gras, puis il s'essuya sur son tablier. Il ne devait pas dépasser le mètre soixante, mais il parut se recroqueviller encore plus. Il jeta un regard gêné autour de lui, puis il pencha la tête vers elle en parlant à voix basse.

— Chiyeko travaille au *Hokkaido*, abdiqua-t-il. C'est à cinq minutes d'ici, dans la promenade Sir-William-Osler, entre Peel et La Montagne.

Lisa échangea un regard triomphant avec Sue. Elle ressentit une vague d'allégresse qui se propagea en elle à la vitesse de l'éclair.

Enfin, elle tenait le bout de la pelote emmêlée de cette affaire. Il n'y avait plus qu'à tirer doucement sur le fil pour la dérouler.

— Comment ça, *parties ?* éructa Magne. Mais parties *où*, bordel ?

Henriette Donnahue poussa un petit cri d'oiseau terrifié.

— Elles m'ont demandé des adresses. Elles cherchaient des restaurants asiatiques dans le quartier. Je n'en sais pas plus !

Daniel Magne se pinça fortement le haut du nez, juste au-dessous des sourcils, ses doigts comprimant ses globes oculaires. Trop tard. Il était arrivé trop tard. Il fallait qu'il réfléchisse.

Vite.

Joseph était mort la veille au soir en sortant d'un restaurant asiatique. Il avait mis le nez en plein dans le repaire de Takashimura, ou tout au moins dans l'un des endroits qu'il fréquentait habituellement. Visiblement, Lisa et Sue avaient localisé le secteur, mais pas encore l'endroit exact.

— De quel côté sont-elles parties en sortant ? demanda-t-il enfin, se forçant à atténuer le ton agressif de sa voix.

— Ben... en bas... répondit Henriette en agitant vaguement la main vers la rue en pente.

Elle se serrait contre la porte de l'immeuble, comme pour empêcher l'homme qu'elle avait en face d'elle de l'emmener avec lui. Magne réalisa qu'il était en train de commettre l'exploit de terroriser une vieille femme rien qu'en lui posant ses questions. Il se fit violence et accrocha tant bien que mal un sourire réfractaire à ses lèvres.

— Et quel est le premier établissement dans cette direction ?

Henriette Donnahue essaya de lui répondre, mais les mots se heurtaient dans sa bouche. L'homme qui se tenait devant lui dégageait une brusquerie presque animale qui la faisait complètement paniquer.

— Le *Fujiyama*, souffla-t-elle finalement. C'est le premier où elles sont allées. Je les ai entendues en parler dehors.

— Merci. Merci pour votre aide, madame, dit Magne.

Puis, devant le regard horrifié de la concierge, il saisit l'annuaire posé sur son bureau, arracha la page des restaurants de la ville, et sortit en courant.

Chapitre 29

— Une serveuse nommée Chiyeko ? Non, je n'ai personne de ce nom ici. Vous avez été mal renseignées, mesdames. Désolée...

Lisa observa le visage d'une pâleur extrême de la femme en kimono qui les avait guidées au milieu de la salle du *Hokkaido*, pensant qu'elles venaient pour souper. Le fard accentué lui donnait une couleur de peau livide, presque maladive.

— Le renseignement émane d'une personne très affirmative, madame, contra Lisa. Elle est formelle. Cette jeune fille travaille bien chez vous. Nous avons besoin de l'entendre dans le cadre d'une enquête criminelle. C'est très important.

À cet instant, le téléphone de Sue Young se mit à vibrer dans son sac.

— Excusez-moi, dit-elle en s'éloignant de quelques pas.

Lisa considéra le front impassible de la femme au kimono. Autant les yeux bridés de Sue pétillaient de malice et de complicité, autant ceux de cette femme fardée et blême à la fois étaient inexpressifs et froids comme des trous noirs.

Lisa affronta le regard distant de la femme aux pommettes hautes qui la toisait avec un air un peu méprisant. D'un geste impératif, Sue Young lui fit signe de la rejoindre près de la porte, hors de portée des oreilles de leur interlocutrice.

— C'était l'inspecteur-chef, dit-elle à voix basse. La banque de Joseph nous a communiqué les derniers relevés de sa carte bleue, précisa-t-elle. Il s'en est servi environ une demi-heure avant sa mort.

— Ah ? Et à quel endroit ?

Sue tourna la tête vers la Japonaise dont les yeux semblaient la transpercer.

— Ici, dit la jeune Asiatique d'une voix tendue. Au *Hokkaido*.

— Attends-moi, Daniel ! cria une voix essoufflée.

Magne stoppa et reconnut Jean-Baptiste qui trottinait vers lui, la main posée sur le flanc. Malgré son inquiétude, l'image d'un phoque en train de se dandiner sur la banquise s'imposa à lui et il sourit.

— Ah... Toi aussi tu manques d'exercice ?

— Tu sais ce que c'est : les patrouilles en voiture... les sandwiches... les bières...

Magne agita la feuille de l'annuaire devant lui.

— Les filles sont en danger. Je le sens. *Je le sais*. Le restaurant le *Fujiyama*, tu connais ?

— Non, quelle rue ?

— McTavish. Ça te parle ?

— Oui, c'est juste à côté, près du Rutherford Park. Suis-moi.

Dérapant sur l'asphalte glissant, les deux hommes repartirent en courant le long de l'avenue des Pins. À leur droite, au-delà du parking de l'Allan Memorial Institute, les arbres du parc tendaient leurs branches enneigées au-dessus des allées du parc, sur lesquelles des cascades s'étaient figées pour plusieurs mois dans le gel.

— L'inspecteur-chef veut qu'on s'en aille *tout de suite*, Lisa !

Sue avait peur, maintenant, et Lisa sentit pour la première fois qu'elles étaient peut-être allées trop loin toutes seules. Le ton de Sue lui avait brusquement transmis un sentiment d'inquiétude sourde dont l'excitation de l'enquête l'avait isolée jusque-là. Le plus sage était peut-être effectivement de plier bagage, mais elle enrageait de devoir le faire si près du but.

Elle allait répondre à Sue lorsque la porte s'ouvrit dans leur dos, laissant le passage à un homme mince engoncé dans un épais pardessus de laine, le crâne protégé par un feutre à larges bords. Il frappa ses chaussures couvertes de neige sur le paillasson et ôta son chapeau orné d'une bande de cuir trempé avant de s'avancer vers le comptoir en rejetant ses cheveux noirs en arrière. Il marqua un temps d'arrêt face à la femme blafarde qui était restée immobile au milieu de la salle du *Hokkaido*, les yeux braqués sur elles par-dessus son épaule.

Vu de dos, l'homme avait les mâchoires très carrées, qui dépassaient nettement de la courbe de ses joues. Sur le bas de son oreille droite, un morceau de lobe manquait, comme s'il avait été coupé d'un coup de dents.

Lisa posa la main sur la poignée de la porte et poussa Sue Young dehors avant même qu'il ait fini de se retourner.

Laissant exploser sa colère, Magne claqua violemment la porte du *Fujiyama* en sortant dans la rue. La promenade Sir-William-Osler était parallèle à McTavish, à deux blocs de distance.

— Il a dit que c'est juste à côté du parc, en haut de la rue ! cria Magne.

— Oui, je vois où c'est. Je connais un passage, entre les immeubles de Mc Gill. Ça nous évitera de redescendre sur Penfield. Viens !

Le bruit des semelles heurtant la neige retentit faiblement entre les façades, et les silhouettes des deux policiers s'enfoncèrent dans l'obscurité.

— *Cours, Sue, cours !*

— Merde ! C'était lui, hein ?

Coudes au corps, Lisa avait les joues en feu. La promenade montait raide en direction du parc. Elle avait failli tomber dans les premières marches en sortant du restaurant, mais elle avait réussi à se rattraper in extremis à la rambarde. Les flocons de neige lui piquaient durement la peau du visage, poussés par le vent glacial qui s'était brusquement levé.

— Oui...

Elle pouvait à peine parler, le souffle coupé par la pente, les pieds glissant sans cesse sur le macadam gelé. Elle perdit l'équilibre une nouvelle fois et s'affala de tout son long, se cognant le genou contre l'arête dure du trottoir, au bout de l'impasse, juste au pied de l'imposant escalier de bois dont l'interminable volée de marches enneigées reliait la promenade à la rue des Pins, une trentaine de mètres plus haut. Derrière elles, un moteur rugit dans le silence de la nuit. Des phares surgirent sur la chaussée, et les roues patinèrent sur la neige avant d'accrocher l'asphalte en hurlant.

— *Vite !* Lève-toi, Lisa !

Sue la tira par le bras, l'aidant à se remettre debout. Prises dans le halo des projecteurs, elles restèrent figées quelques secondes. La jeune Asiatique réagit la première :

— L'escalier ! Suis-moi !

Lisa se précipita à sa suite en criant de douleur. Elle leva les yeux vers le sommet des marches et sentit son courage s'évaporer à vue d'œil. C'était beaucoup trop haut. Elles n'y arriveraient pas. Aiguillonnée par le bruit de la voiture qui se rapprochait rapidement dans l'impasse, elle se jeta en avant avec l'énergie du désespoir.

Derrière elle, le véhicule s'arrêta sur un violent coup de frein qui se termina dans une poubelle. Des portières claquèrent.

Lisa ignora les avertissements de son genou et força l'allure en se mordant les lèvres pour ne pas hurler. Arrivée en haut de l'escalier, elle se retourna, et ce qu'elle vit lui glaça le sang. Trois silhouettes noires avaient bondi de la voiture et s'élançaient derrière elles en glissant sur les premières marches.

Puis il y eut un cri, et la berline repartit dans un bruit de tonnerre. L'intention du conducteur était claire. Faire le détour nécessaire pour les prendre à revers par la rue de Pins. Bordée de chaque côté par des grilles pointues, celle-ci n'offrait aucune autre échappatoire que l'escalier, le trottoir, et la forêt sombre engoncée dans la neige.

Sue saisit le bras de Lisa et lui montra le parc. Une allée où la poudreuse avait été damée par le passage des piétons durant la journée s'enfonçait entre les branches noires.

— Par là !

Elles s'évanouirent en quelques secondes dans la nuit opaque, tandis que le bruit de course effrénée de leurs poursuivants faisait vibrer les marches de bois sous leurs talons.

Alors que leur vision s'amenuisait, au fur et à mesure que les troncs d'arbres et les flocons denses les isolaient des lampadaires illuminant la rue, Lisa ralentissait, de peur de se cogner dans un obstacle invisible. Connaissant manifestement très bien le terrain, Sue traversa deux autres allées perpendiculaires et la guida de la main vers un autre escalier de bois, barré par une chaîne, qui montait aussi raide que le précédent vers les ténèbres, mais avec des paliers successifs tournant autour de la montagne, dont elle ne pouvait apercevoir que l'amorce du relief, même en écarquillant les yeux. Près de la rambarde, la roche noire affleurait, brillante de gel.

Plus bas, des voix d'hommes s'interpellaient rageusement. Pour le moment, ils semblaient avoir perdu leurs traces et s'être arrêtés pour se concerter. Lisa pensa que Sue avait eu une fine idée de choisir l'allée couverte d'empreintes de pas pour s'enfuir. Dans le bois, elles n'en auraient eu que pour quelques minutes avant de se faire rattraper. Si elle comptait bien, il y avait à présent cinq directions dans lesquelles elles avaient potentiellement pu disparaître, et les hommes n'étaient que trois. Ils allaient donc se diviser pour se lancer à leur poursuite, histoire de mettre de leur côté les meilleures chances de les retrouver. Il en restait encore deux sur cinq qu'ils prennent tous une mauvaise direction. Elle se glissa sous la chaîne à la suite de son amie et lui tendit la main pour qu'elle l'aide à franchir les premières marches.

— Où tu vas ? chuchota-t-elle en tirant Sue vers elle pour s'approcher de son oreille.

De son index croisant ses lèvres, Sue lui fit signe de se taire et de continuer à la suivre. Dans la lueur mouvante des flocons qui s'abattaient sur elles comme un linceul immaculé, Lisa n'apercevait pratiquement plus les traits de son visage, mais uniquement un ovale évanescent masqué par la capuche poudrée de sa veste.

Sue réduisit l'allure et grimpa plusieurs paliers en essayant de les faire vibrer le moins possible. Par chance, le vent s'engouffrait entre les branches nues des grands arbres et emportait loin d'elles le bruit de leurs semelles sur la couche fraîche peu épaisse qui recouvrait les lattes de bois.

Au bout de quelques dizaines de mètres, Lisa ressentit un violent élancement dans le genou et s'arrêta, hors d'haleine, retenant difficilement un gémissement que la douleur lui faisait monter aux lèvres. Malgré le froid intense, elle avait le dos moite de transpiration, due autant à la peur qu'à la course.

Sue stoppa quelques marches au-dessus d'elle, et elle hocha la tête. Elle avait compris. Elles ne pourraient pas aller beaucoup plus loin.

Elle s'orienta rapidement, puis elle redescendit vers Lisa, et lui montra la plateforme de bois qui les surplombait, accrochée à la roche par des piliers taillés dans des troncs qui se fondaient dans l'obscurité.

— Là ! dit-elle à voix basse.

Elle aida Lisa à enjamber la rambarde de fer, et elles se faufilèrent dans le réduit, où la neige ne s'était pas encore engouffrée. Lisa se pelotonna contre la terre dure comme de la pierre, le dos face aux bourrasques. Elle tremblait de la tête aux pieds. Elle resserra le col de sa veste, où des glaçons commençaient à se former.

Sue s'assit à côté d'elle, et elle sortit lentement son arme de son étui. Elle la regarda un moment, comme si elle ne l'avait jamais vraiment véritablement observée auparavant. Elle prit une longue inspiration, puis elle fit basculer la culasse en la retenant de la paume pour atténuer le plus possible le bruit caractéristique de l'armement de la balle dans la chambre.

Elle jeta un regard à la jeune Française agitée de frissons à ses côtés. Quelle que soit la façon dont elles allaient vivre les prochaines minutes, elles ne pourraient pas rester en vie très longtemps à cette température-là, d'autant que le vent ne semblait pas devoir faiblir. Mues par une soudaine impulsion commune, les deux jeunes femmes se serrèrent l'une contre l'autre dans leur cachette pour se donner mutuellement un peu de chaleur et de courage. Sue avait le regard braqué sur l'escalier, en contrebas, d'où elle espérait pouvoir voir arriver ceux qui les traquaient avant que ce soit le contraire. Contre sa joue, l'acier froid du Glock lui transmettait une peur innommable qu'elle ressentait jusque dans le fond de ses viscères.

Celle de devoir s'en servir contre un homme.

Soudain, Lisa lui tira la manche et lui indiqua leurs traces dans la neige. Elles traversaient le sous-bois depuis l'endroit où elles avaient franchi la rambarde, aussi visibles que si elles avaient été peintes en fluo sur le sol. Elles s'étaient finalement jetées elles-mêmes dans la gueule du loup.

Un bruit soudain leur parvint, et elles se regardèrent alors, chacune lisant dans les yeux de l'autre la même frayeur. Ce qu'elles venaient d'entendre, c'était le rire d'un homme, suivi d'un puissant appel. Une seconde plus tard, l'escalier résonna de semelles qui se précipitaient vers elles.

Elles se relevèrent brusquement et partirent en courant entre les arbres, coupant par l'arrière du promontoire. Derrière elles, le bruit de course les suivait d'une centaine de mètres à peine.

— On se sépare ! souffla Lisa. L'une d'entre nous aura peut-être plus de réussite que l'autre !

— Pas question ! objecta Sue. À deux contre trois, on a encore une chance. Celle qui se retrouvera seule contre deux n'en aura aucune. Surtout si c'est toi. Tu ne connais pas le parc, et nous n'avons qu'une arme.

Lisa ne répondit pas. Sue avait raison.

Plus haut, au-delà des arbres, un bruit étouffé leur parvint alors. Des cris de filles, et des rires de garçons.

— Qu'est-ce que c'est ?

— Des jeunes, dit Sue. Un bizutage d'étudiants. Ils font souvent ça dans la première neige, au début de l'hiver. Une manière de se sentir forts face à l'avenir... Le belvédère de Kondiaronk est parfait pour ça. Viens avec moi, on va passer près de là où ils sont.

Lisa posa la main sur le bras de son amie.

— Non, c'est trop dangereux pour eux. Si ces types leur tirent dessus...

— Ce ne sont pas les jeunes que je veux rejoindre, Lisa, mais leurs traces...

Chapitre 30

Daniel Magne déboucha dans la promenade Sir-William-Osler au moment où la voiture percutait la poubelle au bout de l'impasse. Lorsqu'il vit trois hommes sortir en courant du véhicule avec des formes noires au bout des mains, il sentit son cœur battre un grand coup. Derrière lui, Jean-Baptiste ahanait comme s'il venait de grimper l'Everest à cloche-pied.

— Occupe-toi du resto ! cria-t-il par-dessus son épaule. Fais gaffe à toi !

Oubliant son point de côté qui lui fouillait le flanc, il s'élança derrière les ombres qui venaient de parvenir en haut de l'escalier. Lorsque la voiture le croisa, il fit un écart pour éviter l'embardée que le conducteur provoqua pour tenter de lui rentrer dedans.

Il passa comme une flèche devant le *Hokkaido* sans un regard pour la vitrine. Les yeux focalisés sur les dernières marches de l'escalier en haut duquel venaient de disparaître les trois hommes, il martelait le sol neigeux de ses semelles épaisses en priant pour ne pas glisser. Il sauta finalement sur les marches et les grimpa trois à trois avant de mettre le pied sur le trottoir.

Il jeta un œil de chaque côté de la rue. Elle était vide. Les pas des fuyardes et de ceux qui les pourchassaient étaient parfaitement visibles. Ils se dirigeaient vers le bois. Au loin, Magne entendit le bruit d'un moteur en surrégime se rapprocher à vive allure.

Il partit en courant en suivant les pas dans l'allée. Ses foulées renvoyaient un faible écho vers la forêt qui se diluait immédiatement dans le son feutré des flocons épais. Il s'arrêta au bout de quelques instants, perplexe. La trace se perdait au milieu de dizaines d'autres, et la faible lumière ne lui permettait pas de discerner celles qu'il avait vues en haut de l'escalier.

Il sursauta brusquement, le souffle coupé par l'explosion brutale d'un coup de feu.

Un cri traversa la forêt, et lui fit accélérer le sang dans les veines.

Masculin.

Il souffla et se passa la main sur le front pour essuyer la sueur qui lui coulait dans les yeux.

Plus haut, sur la gauche...

Se guidant sur l'endroit d'où provenaient les cris, il coupa à travers des épineux qui lui labourèrent durement les cuisses au travers de son pantalon. La côte était raide, et il monta en s'agrippant à ce qu'il pouvait, priant pour avoir choisi le bon chemin.

Soudain, il se figea. Une silhouette se dressait, droit devant, à quelques mètres.

Il plissa les yeux.

Des cheveux longs...

Un second coup de feu retentit, un peu en retrait, et une balle siffla dans l'air glacial après avoir ricoché sur un tronc.

Magne courut en se baissant vers un rocher qui émergeait du brouillard de neige. Il se colla au granit, tentant d'identifier les mouvements qu'il apercevait devant lui.

— Lisa !

Sa voix se perdit dans les rafales cotonneuses. Le vent fort venait vers lui, emportant ses appels dans son dos.

Sue Young aperçut l'homme juste avant qu'il ne lève le canon de son arme vers elle. Il venait de déboucher d'un chemin en contrebas, et ne s'attendait pas à tomber aussi rapidement sur les deux femmes, qui avaient piétiné dans les traces des étudiants avant de se cacher à proximité de l'allée centrale, au bord d'un promontoire rocheux dominant l'accès au belvédère.

Elle fit feu d'instinct, comme à l'école, et le cri de l'homme lui donna soudain la nausée. L'inconnu tomba sur les genoux en se tenant la poitrine, puis il bascula en avant la tête la première. Elle se leva de sa cachette, chancelante, le cœur au bord des lèvres.

— Sue ! Baisse-toi ! cria Lisa.

La jeune Asiatique n'entendait pas. Le bras ballant, elle ne pouvait pas ôter ses yeux du corps allongé à une vingtaine de mètres d'elle. L'arme lui glissa des doigts et tomba dans la neige avec un bruit mou.

Deux autres formes humaines sombres apparurent entre les arbres. Lisa pouvait voir leurs silhouettes fantomatiques se rapprocher très vite.

Beaucoup trop vite.

Une balle manqua Sue de peu et écorça un arbre près de sa tête.

Lisa sauta alors hors de l'abri et tendit la main pour saisir le pistolet de son amie. Elle perçut alors un choc juste au-dessus d'elle, et Sue lui tomba dessus en hurlant, l'écrasant dans la poudreuse.

Une arme cracha le feu juste à ses oreilles, et elle crut sa dernière heure venue. Un cri de douleur retentit à quelques pas devant elle, et elle vit que l'un des deux agresseurs restants était tombé.

— Allez... montre-toi, enfoiré... murmura une voix à ses côtés.

— Daniel !

— Reste couchée, Lisa. Je l'ai perdu de vue. Je ne sais pas où il est passé.

Magne poussa sans ménagement Sue et Lisa contre la roche, puis il les recouvrit de branchages jusqu'à ce qu'elles disparaissent complètement à la vue de l'allée. Seul un faible espace leur permettait de voir devant elles. Le capitaine frissonna et s'éloigna des deux femmes, tout en gardant un œil sur leur cachette. Bientôt, il lui fut impossible de distinguer le petit tas de bois du reste du talus.

Il unit ses mains et souffla dedans pour les réchauffer. Contre sa joue, le canon du Glock de Sue le cuisait, et il aurait été bien en peine de dire si c'était de froid ou de chaleur. Les articulations de ses doigts s'engourdissaient, et il pensa brièvement que bientôt il serait incapable d'utiliser la queue de détente du pistolet. S'il restait trop longtemps accroupi à attendre, il serait transformé en statue de glace avant le lever du jour.

Il se leva et avança vers l'allée en restant courbé de façon à être moins visible. Par acquit de conscience, il se retourna pour jeter un dernier coup d'œil à l'endroit où il avait caché les deux jeunes femmes, et il aperçut une forme noire qui s'en approchait très lentement par-derrière, au ras des roches qui surplombaient le chemin. L'homme progressait lentement, penché en avant, et Magne réalisa avec horreur que Lisa ne l'entendrait ni ne le verrait pas arriver sur elles. Toute son attention dirigée vers leur abri, l'inconnu ne l'avait pas vu apparaître sur la crête.

Magne avança vers le tueur en essayant de masquer le plus possible le bruit de sa course. L'homme lui tournait le dos, et il se situait exactement dans l'axe des deux femmes, l'empêchant de tirer de peur de les blesser.

Quinze mètres.

Dix.

Sept.

Magne accéléra et il dérapa sur la neige au bord du vide. L'inconnu prit soudain conscience de sa présence et se retourna d'un bloc vers lui, la gueule noire du canon de son arme braquée sur sa poitrine.

L'officier français revit en un éclair la scène du parking. Mû par un brusque accès d'adrénaline jaillissant dans ses veines, il se laissa tomber sur le sol au moment où le coup de feu partait. Emporté par son élan, il frappa le tueur au niveau des cuisses. L'homme cria et écarta instinctivement les bras pour tenter de conserver l'équilibre, et son arme s'envola dans l'obscurité.

Magne vit le tueur ouvrir grand la bouche sur un cri de terreur, puis son corps bascula dans la nuit et il disparut. Il y eut un choc mou, puis le silence.

Pantelant, les genoux le soutenant à peine, Daniel Magne se releva tandis que Lisa et Sue le rejoignaient.

— Il est mort ? demanda Lisa en se penchant au-dessus du vide.

— J'en sais rien, mais il a l'air mal en point.

Magne descendit prudemment les rochers en se retenant à la végétation pour éviter de glisser. Arrivé en bas, il tâta prudemment le corps du bout de la semelle. Il se baissa alors et prit le pouls de l'homme inanimé.

L'angle que formait son cou et la fixité de son regard ne laissaient pas de place au doute. Il ne poursuivrait plus jamais personne. Le policier fit glisser sa capuche. L'homme avait les yeux bridés, les cheveux noirs et raides, mais son oreille était entière.

— *Un Japonais...* dit Magne.

Sue et Lisa s'éloignèrent vers les deux autres cadavres.

— Celui-là aussi, observa Lisa. On dirait des frères...

Sue restait debout devant le corps de l'homme qu'elle avait tué, incapable de regarder son visage. Lisa le retourna tandis que Magne s'approchait.

— Ce n'est pas Takashimura, n'est-ce pas ?

— Non, dit la jeune femme d'une voix sourde.

Le capitaine contempla le parc à présent retombé dans le calme. Au loin, un bruit de sirènes retentit sur une avenue. Les renforts étaient en route.

Il soupira.

— Vous l'avez trouvé, c'est ça, hein ?

Lisa hocha la tête, penaude.

— On était au *Hokkaido* quand il est entré... Je l'ai reconnu tout de suite, et on a filé. Mais c'était déjà trop tard. Il avait compris qu'on était là pour lui.

— Vous avez eu de la chance de vous en sortir vivantes toutes les deux ! gronda Magne, mécontent.

Puis son cœur s'emballa à nouveau. Une décharge électrique venait de lui traverser les épaules.

— Bordel de merde ! Jean-Baptiste ! Il est entré seul au restaurant !

Chapitre 31

Lorsqu'ils arrivèrent hors d'haleine en vue du *Hokkaido*, Daniel Magne poussa un long soupir de soulagement. Le pick-up de location était garé en travers de l'entrée de l'établissement, et trois voitures de patrouille bloquaient la rue et l'accès au restaurant.

Sur le seuil, deux policiers en uniforme gardaient l'entrée de l'établissement. L'un d'eux reconnut le capitaine français et les laissa entrer. À l'intérieur, un autre membre de la Sûreté tenait en respect une femme d'une beauté saisissante, sanglée dans un kimono plus blanc que les flocons qui fondaient dans ses cheveux. Une veste de fourrure était jetée sur ses épaules. Elle avait glissé les mains dans les manches larges et les serrait contre elle pour empêcher le froid, qui s'engouffrait dans la salle par la porte arrière restée ouverte, de se faufiler le long de ses bras. Apparemment, elle avait été rattrapée alors qu'elle tentait de s'enfuir.

Elle opposait un regard méprisant à ceux des hommes qui l'entouraient, et son menton relevé en un geste de défi indiquait clairement qu'elle n'avait pas l'intention de répondre à la moindre question. Magne s'approcha d'elle et la dévisagea un instant. Les prunelles sombres s'attardèrent sur lui, puis elles se posèrent sur Lisa avec un éclair de haine au fond de l'iris.

— C'est elle ? demanda-t-il.

Lisa hocha la tête. Elle s'était appuyée contre le bar, essayant de soulager son genou douloureux.

— Il est allé droit vers elle en entrant dans le restaurant.

À cet instant, Rob Dutreux sortit de la cuisine avec un énorme carton dans les bras.

— Embarquez-la ! dit-il à l'attention des deux fonctionnaires qui se dandinaient en attendant les ordres. Qu'est-ce que vous attendez ? Le dégel ?

Puis il sourit à Magne et lui désigna du menton le carton qu'il avait dans les bras.

— Elle a refusé de donner son nom, et même d'ouvrir la bouche. Mais j'ai mis la main sur tous les dossiers du personnel. Elle y figure en bonne place. Je te présente madame Katô, la gérante de ce boui-boui.

Rob posa son carton sur le bar et, devant l'hésitation de ses hommes, impressionnés par la beauté de la Japonaise, il s'approcha d'elle et lui fit faire demi-tour face au mur de brique, puis il lui força les bras pour pouvoir lui passer les menottes. Alors qu'elle résistait, il lui plaqua un genou dans les reins pour la maîtriser. Il la prit alors par un coude et la poussa rudement dehors, lui fit monter les quelques marches jusqu'à la rue, puis la dirigea d'une poigne ferme vers la porte ouverte d'une voiture de patrouille avant de lui appuyer sans douceur sur la tête pour l'obliger à s'asseoir. Un autre policier prit place près d'elle sur le siège arrière, un autre devant, et Rob se mit au volant après être revenu chercher le carton de documents.

Lisa frissonna.

— Et pour les autres, là-haut, dans le bois, qu'est-ce qu'on fait ?

— Je m'en occupe ! intervint Jean-Baptiste. Rentrez au chaud, tous les deux ! Sue va m'accompagner pour me montrer où ça s'est passé.

— Il faut ramasser les armes d'abord, dit Magne. Il y a au moins trois flingues dans les bois. Je viens avec vous.

— T'en fais pas, Dan, dit le policier québécois d'une voix traînante. On va s'en sortir, avec Sue. Elle est bien couverte, et moi aussi.

Jean-Baptiste lui fit un clin d'œil, et Magne comprit enfin le message. Lisa tremblait dans sa veste trop légère, s'efforçant de ne pas le laisser paraître. Ses lèvres étaient un peu décolorées par la température, mais c'était surtout la pâleur de ses joues qui exprimaient le mieux l'état de fatigue dans lequel elle se trouvait.

Le Français abdiqua. Il sourit.

— OK. Merci, J.-B. Une chance que Rob soit arrivé juste derrière toi, hein ?

Le Canadien le prit familièrement par l'épaule.

— Une chance pour ce démon, oui... Mais il était parti bien avant que je rentre. Certainement même dès qu'il a envoyé ses tueurs pour éliminer les filles. Il savait que sa planque était cramée, et il a préféré prendre le large avant que ça chauffe. Quand je suis arrivé, la femme était en train de se faufiler par la porte de derrière. Le temps que je la serre, il était déjà loin.

Lisa se rapprocha instinctivement de Magne et se colla contre sa poitrine. Le capitaine écarta les bras et referma les pans amples de sa veste de laine sur elle. Il sentait son corps gelé contre le sien. Il était temps d'aller la mettre au chaud.

— On se retrouve plus tard au Centre, Dan, ajouta Jean-Baptiste en enfonçant sa casquette sur son crâne.

Il entraîna Sue Young avec lui, et la jeune Asiatique jeta un regard éperdu vers Lisa. Elle savait qu'elle allait prendre un savon en rentrant à la Sûreté. Lisa eut un maigre sourire mangé par les tremblements de ses lèvres.

L'un des policiers interpella Magne.

— Venez, montez avec moi, mon collègue va rapporter votre pick-up au Centre.

Magne acquiesça et monta dans la voiture avec Lisa. Tandis que le flic démarrait, il entendit Lisa claquer des dents tandis qu'elle se lovait contre lui sur le siège glacé.

Il espéra qu'elle n'aurait plus l'occasion de trembler jusqu'à la fin de l'enquête, mais il se rendit rapidement à l'évidence.

Rien n'était moins sûr...

Shinzo Takashimura savait à présent qu'il avait été démasqué, et il allait contre-attaquer.

Et tous ceux qui avaient croisé son chemin l'avaient payé de leur vie.

Chapitre 32

Une tasse de café fumante à la main, une couverture proposée par l'inspecteur-chef Lachance toujours autour des épaules, Lisa écoutait les deux hommes confronter leurs avis depuis plus d'une heure. Ses yeux papillotaient, bercés par la chaleur du bureau que le commandant avait poussée au-delà de la température habituelle.

— Takashimura a plusieurs planques comme celle-ci, j'en mettrais ma main à couper, dit Magne.

— Qu'est-ce qui te fait croire qu'il est si organisé que ça ? objecta Lachance. On n'a aucune indication sur ce type, sinon qu'il lui manque un bout d'oreille.

Abandonnée aux portes du sommeil, les paupières harassées de fatigue, Lisa s'endormait lentement, malgré tous les efforts qu'elle déployait pour rester avec les deux policiers et écouter leur conversation.

— On sait qu'il a fait quinze ans de pénitencier à *The Haven*, dit Magne au bout d'un instant de réflexion. Il y a bien quelque chose à en tirer. Quelqu'un qui se souvient de lui. Quelqu'un à qui il a parlé, en dehors de César Dubailly.

— Attends, dit l'officier canadien. Je regarde si la base de données peut nous permettre de localiser ses anciens codétenus.

Lisa s'était endormie. Elle plongeait dans le sommeil, dans une spirale inexorable qui l'entraînait de plus en plus profondément. Ses doigts s'entrouvrirent, et sa tête se renversa sur le dossier du fauteuil.

Silence... Le bruit des doigts sur les touches...

L'homme est entré. Il sait qu'il y a un problème. Un gros problème... Il se retourne, lentement, lentement, et elle voit soudain la mort dans ses yeux. Comme Daniel l'a vue trois jours plus tôt. L'expression la plus pure de la folie furieuse, du mal absolu. Elle réalise qu'elle est juste en face de ce qu'elle a rencontré de plus dangereux de toute sa vie, et ses jambes se mettent à trembler. Elle ne parvient pas à prononcer le moindre mot. Sa langue est collée à la glu contre son palais, les battements de son cœur ont atteint un rythme frénétique qui lui coupe le souffle. Les yeux du Japonais se fixent sur elle, comme ceux d'un terrible prédateur que rien ne peut plus empêcher de tuer sa proie. Son regard se vrille dans son cerveau, cherchant à annihiler toute velléité de lui résister...

Lisa se réveilla brusquement en étouffant un cri, le cœur battant. Elle essuya d'un revers de main fiévreux la sueur qui coulait sur son front. Absorbés par l'examen des fichiers de la base de données de la Sûreté du Québec, les deux hommes ne s'étaient pas aperçus de son début de cauchemar. Elle tenta d'évacuer les restes de son rêve en se reversant une tasse de café, puis elle essaya de recoller à la conversation.

— Josey Welch, dit l'inspecteur-chef. Un type originaire du Missouri. Il avait pris vingt ans pour meurtre. On l'a retrouvé pendu dans son garage à Trois-Rivières trois semaines après sa sortie, en 2003. Sa femme s'était barrée depuis longtemps, et il ne lui restait plus rien. Tous ses anciens amis lui avaient tourné le dos.

— Qui d'autre ? demanda Magne.

— Pedro de la Mar. Mexicain. Il est mort dans un accident de voiture deux jours à peine après avoir été libéré pour bonne conduite, en 2004. Il rentrait au Mexique par la route au volant d'une voiture volée. On ne sait pas comment il s'y est pris, mais il a fini au fond d'un fossé peu avant la frontière avec le Maine. Sa voiture s'est retournée et a pris feu contre un arbre.

— Mais encore ?

— John McAffleck. Il venait du Manitoba. Un drôle de bonhomme, celui-là, martela Lachance en tapotant l'écran devant le portrait d'un homme au front bas et à la mâchoire fuyante. Violeur multirécidiviste, adepte de la torture sur ses victimes avant de les achever au rasoir, il avait pris perpète, et il ne devait jamais quitter *The Haven*.

Magne le regarda, surpris.

— Et il est sorti quand même ?

— Les pieds devant, deux semaines après son admission au pénitencier, en 2001. Quelqu'un a eu la bonne idée de lui trancher la gorge avec un éclat de lavabo.

— Pas de bol.

— Pour lui, non.

— Il y en a d'autres, comme ça ?

—Erwan Stomper, 2005. Chute de son toit. Un mois de liberté avant de mourir. Caldwell Holler, 2005 également, étouffé dans son sauna qui s'était bloqué en position forcée. Vingt-cinq ans de taule, puis deux semaines de bonheur dans son chalet au bord du lac Michigan avant de goûter à l'eau du Styx. Philéas Grandin, 2006, écrasé par son tracteur pendant qu'il faisait la sieste dans son champ. Il avait oublié de serrer le frein à main. Libéré trois mois auparavant. Lui n'était qu'une petite main, un vaurien tout juste bon à braquer une épicerie avec un flingue en plastique.

— Mais il a eu la mauvaise idée de se retrouver à *The Haven* au mauvais moment...

— C'est bien ce qu'il semble, oui...

— Et qui reste-t-il de vivant, de cette époque, parmi ceux qui ont croisé le chemin de Takashimura ? Ça ira plus vite...

— Pas grand monde, on dirait... soupira Lachance. Ils ont tous bouffé leur extrait de naissance dès qu'ils sont sortis de prison. Ah... J'ai parlé trop vite ! Il en reste un en vie.

Magne se redressa dans son siège, tentant de voir le visage du miraculé sur l'écran.

— Enfin... quand je dis en vie... murmura l'inspecteur-chef en consultant le commentaire du fichier, je devrais mettre des guillemets.

— Qui est ce type ? demanda le capitaine.

Le portrait montrait un homme aux joues grassouillettes, dont le regard bleu pâle était grossi par des lunettes épaisses. Son cou difforme indiquait un amour immodéré des hamburgers et de l'alcool.

— Je te présente Alan Shepard. Ça s'écrit comme l'astronaute, mais en franchement moins sympathique. Tueur de vieilles dames à la retraite. Il a avoué huit meurtres, mais on pense qu'il en a commis au moins le double, tous dans la région d'Ottawa. Il est à l'hôpital du pénitencier depuis 2001 pour une sclérose en plaques qui l'a laissé cloué sur un lit, incapable de se lever, même pour aller aux toilettes.

— Vous voulez dire qu'il est toujours là-bas, et qu'on va pouvoir l'interroger ? On peut demander une autorisation de visite au juge ?

— Tu veux partir quand, Daniel ?

Magne jeta un œil fatigué à sa montre. Il était plus de vingt et une heures, et il tombait de fatigue.

— Demain matin. Il y a combien de kilomètres jusqu'à *The Haven* ?

— Oublie la route, Daniel. Ça n'a pas de bon sens. Tu es au Canada, icitte, et on prend l'avion pour faire deux cent cinquante kilomètres, pas le char. Surtout avec la neige qui descend. Je te trouve un billet pour *Kingston* pour neuf heures, départ de Dorval, ça te convient ?

— Deux, fit brusquement Lisa. Heu... si c'est possible, bien sûr.

Magnanime, Lachance sourit avec compréhension.

— Pas de problème. Deux billets. Il y aura une voiture de location qui vous attendra. Tu veux quelque chose d'autre ?

Magne réfléchit un instant.

— Un enregistreur numérique. Ça sera peut-être difficile pour moi de tout comprendre en anglais.

— OK. Il sera dans la voiture. C'est tout ?

— Oui, je pense...

Magne se leva, évacuant avec les doigts les grains de sable que le sommeil semait derrière ses paupières.

— À demain, Anatole.

— À demain, dit le commandant en les raccompagnant à la porte de son bureau. Et reposez-vous un peu cette nuit. La journée de demain sera longue.

Chapitre 33

La silhouette de la maison se détachait à peine dans l'obscurité épaisse, plus dense qu'ailleurs à cause de la forêt qui étendait son rideau d'arbres jusqu'à l'arrière du jardin. Les lumières s'étaient éteintes depuis un peu plus d'une demi-heure, et il semblait bien que les occupants s'étaient endormis pour de bon. Dans les rues de Kanawaghe, seuls quelques chiens faméliques traînaient en collant leur museau au sol en quête d'une pitance quelconque. Le vent soufflait tout doucement vers le bois, emportant loin de là l'odeur de l'intrus qui était dissimulé dans un massif de sumac, et qui surveillait l'habitation depuis la tombée de la nuit.

L'ombre bougea légèrement. Après toutes ces heures passées à observer, immobile et accroupi, l'homme commençait à s'ankyloser. Il voulait être sûr que l'Indien était bien chez lui mais, à aucun moment, il n'avait pu en avoir la certitude. La maison était restée muette toute la soirée, et il avait seulement pu identifier la silhouette d'une femme qui fermait les volets aux environs de vingt-deux heures. L'inconnu eut un moment d'inquiétude lorsqu'un grand husky au poil hirsute se dirigea de son côté d'une démarche prudente de loup, la gueule entrouverte sur des crocs puissants qui déformaient sa langue. Le maigre éclairage de la rue lui donnait une apparence menaçante, mais l'homme vit rapidement que le chien était vieux, et qu'il ne cherchait qu'un relief odorant tombé d'une poubelle.

Il se décontracta et le regarda passer du coin de l'œil. L'animal flaira sa présence et tendit le cou vers lui pour tenter d'apercevoir la cause de cette odeur inconnue, mais sa curiosité s'émoussa instantanément tandis que la porte de la maison d'à côté, distante d'une trentaine de mètres, s'ouvrait sur la cuisine. Un bruit d'assiette raclée indiqua à l'homme que le chien avait ses habitudes, et qu'il connaissait les bons coins du secteur pour améliorer son ordinaire. La porte se referma et il l'entendit gronder sourdement. L'un de ses congénères devait être en train d'essayer de lui chaparder son repas.

Une ombre plus petite fila aussitôt sans demander son reste, apparemment convaincue que ce n'était pas une bonne idée. Au vu de la taille du husky, c'était peut-être effectivement la meilleure chose à faire.

L'homme attendit que le chien ait terminé son repas, et qu'il ait pris le parti d'aller chercher un dessert ailleurs. Une fois qu'il fut bien certain que la voie était libre, il s'approcha lentement de la porte arrière de l'habitation, prenant soin de rester dans l'ombre la plus noire projetée par la végétation. La lune était réduite à un maigre croissant voilé par une légère brume. Le vent avait fini par chasser les nuages neigeux depuis un peu plus d'une heure, ramenant une température plus froide par l'absence de couvercle thermique, mais le bruit de ses pas dans la couche épaisse d'une dizaine de centimètres restait faible, la surface de la neige n'ayant pas encore gelé.

Il se colla au bardage, épiant le moindre bruit qui aurait pu indiquer qu'il avait été repéré par un gosse ou un voisin. Il savait qu'il ne risquait pas grand-chose, la température ne prédisposant pas à passer la soirée en terrasse. Quoique, avec ces Indiens, on pouvait s'attendre à tout. Même à des trucs complètement dingues, comme ce que ce vieux cinglé avait fait dans son bar deux jours auparavant.

De mémoire d'Eddy McCallum, jamais un bordel pareil n'avait eu lieu dans son établissement, et si quelqu'un lui avait dit un jour qu'il se ferait tenir en respect avec toute sa bande de Hell's par un seul pépé mohawk tenant à la main une pétoire du XIXe siècle, il en aurait pleuré de rire à s'en faire péter la sous-ventrière. Mais ce soir, McCallum n'avait pas envie de rigoler. Pas du tout, même. Pour tout dire, il se sentait d'humeur *extrêmement* massacrante.

Il eut un sourire mauvais en glissant la main dans sa poche. Lorsqu'il la ressortit, il referma les doigts sur le métal froid du poing américain qu'il avait apporté pour John Wachihta.

Puis il appuya doucement sur la poignée de la porte et entra dans la maison.

Tommy lança sa dixième canette de bière dans le fossé. Ou peut-être douzième, il ne les comptait plus... Depuis qu'il avait avoué son secret à John, il ne savait plus quoi faire. Il ne pouvait pas se rendre à l'idée d'aller simplement voir Anihi pour lui présenter ses excuses. Ce qu'il avait fait était inexcusable, tout simplement. Anihi l'écouterait gravement, puis elle se tournerait et lui fermerait la porte au nez, sans un mot. Ce serait pire encore que si elle lui crachait au visage.

Il savait que le Conseil des Mères du clan allait statuer qu'il méritait d'être mis au ban de sa propre nation. Et malgré son détachement affiché pour toutes les valeurs traditionnelles des siens, la honte le rongeait jusqu'aux tréfonds de son âme.

Il ne sentait plus l'air glacial, engourdi par toute la bière ingurgitée dans la soirée. Sur les bords de sa vision, les formes s'ovalisaient en un magma noir et blanc, fait de neige et d'obscurité. Depuis combien de temps était-il là, en retrait de la route, à attendre dans le froid que sa raison le rattrape et lui indique le bon chemin ? Il n'aurait su le dire. Il se sentait vide comme un crabe mort, prêt à couler à la première vague.

Il soupira et tâtonna derrière lui pour attraper une nouvelle bière, mais sa main resta en suspens. Non loin de lui, un cri venait de retentir. Un cri primal. De l'espèce qui sort du ventre de celui qui sait qu'il va mourir.

Tommy se redressa en titubant. Non, pas de *celui*...

De *celle*.

C'était un cri de femme.

Il se passa la main sur les yeux, essayant de remettre ses idées en place. La bière cognait dans son crâne comme un concert de tambours militaires, réduisant chaque essai de pensée cohérente à un borborygme mental. Il s'appuya sur un tronc d'arbre pour conserver son équilibre, et l'écorce lui procura un étrange sentiment d'apaisement, alors que toute son attention était dirigée vers l'origine du cri.

Il plissa les paupières, essayant de percevoir un peu plus loin que ce que la faible lumière lunaire lui permettait. La majorité des ampoules extérieures des maisons étaient éteintes, et le village avait commencé à s'enfoncer profondément dans la nuit. Quelle heure pouvait-il bien être ? Il tendit l'oreille en consultant le cadran phosphorescent de sa montre, mais le cri ne se reproduisit pas. Les aiguilles marquaient un peu plus de vingt-trois heures. Avait-il rêvé, abusé par l'alcool ?

Il s'avança en tendant les mains en avant pour agripper ce qui pouvait l'aider à se tenir debout. Il aurait juré que le cri venait d'un peu plus loin sur la droite. Pas plus d'une cinquantaine de mètres. Il se saisit d'une touffe de sumac et se hissa de trois pas qui le menèrent hors du fossé. Il fit alors appel à sa mémoire. N'importe quel gamin de Kanawaghe connaissait la disposition des maisons de la réserve. Ils y passaient tellement de temps à jouer dans les rues qu'elles leur étaient aussi familières que leurs propres chambres.

La vérité s'imposa alors à lui avec une acuité qui le fit chanceler. Il n'y avait qu'une seule maison dans cette direction. Elle se situait un peu à l'écart, à l'orée du bois, son propriétaire ayant décidé de nombreuses années auparavant d'habiter au plus près de la forêt. John avait parfois des opinions aussi tranchées que définitives, et pas un membre du conseil n'avait pu le convaincre de renoncer à ce semi-isolement. John Wachihta disait que l'arbre est le centre de la vie, et que s'en éloigner de plus d'une portée de flèche est un non-sens pour un Mohawk.

Tommy traversa le chemin en oscillant sur ses jambes instables. Il pouvait discerner l'angle du toit de John sur le ciel étoilé, mais pas une lumière ne filtrait par les volets.

C'est à ce moment qu'il entendit un second cri, plus faible, qui fut immédiatement étouffé. Il provenait sans aucun doute de la maison. Un bruit de verre brisé lui succéda, rendant les sons plus perceptibles. On aurait dit... On aurait dit...

Des coups...

Pour avoir participé à de nombreuses bagarres avec les Hell's, Tommy connaissait bien le choc sourd que produit l'impact d'un poing dans le corps d'une autre personne.

Il eut soudain un goût de fer sur la langue. Il regarda autour de lui. Il n'y avait personne dehors. Nulle part. Il était aussi simple de s'en aller. Il pourrait toujours dire qu'il n'avait jamais mis les pieds dans la réserve ce soir-là. Il avait laissé sa moto derrière un buisson juste avant le pont marquant la limite du territoire. Il y avait juste ce pack de bière... Il pourrait s'en débarrasser près d'une poubelle quelconque. Ce qui se passait chez John ne le regardait pas, après tout. Chacun faisait ce qu'il voulait chez lui...

Tommy se gratta le crâne. Il hésitait toujours lorsqu'il vit la porte arrière de la maison s'ouvrir. Une silhouette massive en sortit, et il se baissa instinctivement pour ne pas être vu par l'inconnu. Il ne le reconnut pas tout de suite, mais la démarche chaloupée de l'homme lui rappelait vaguement quelque chose.

Il ne s'agissait pas de John Wachihta, c'était certain. L'homme était plus grand au moins d'une tête, et il avait des épaules de déménageur. Allongé dans la neige au ras du buisson séparant le petit jardin de John de sa maison, Tommy resta prostré en attendant que les pas s'évanouissent. Le visiteur nocturne tenta en vain d'ouvrir le portail bloqué par la neige. Il jura et l'enjamba lourdement, collant son entrejambe sur le montant humide.

Tommy s'était plaqué une main sur la bouche pour empêcher la vapeur de sa respiration de révéler sa présence. Les yeux exorbités, il regarda la silhouette massive d'Eddy McCallum se fondre dans la nuit.

Chapitre 34

— Je veux le nom de celui qui a monté le coup, dit Jack Harvey à son premier lieutenant, un adolescent d'une quinzaine d'années qui arborait déjà de nombreuses cicatrices sur le visage. Tu m'as bien compris, Beaver ?

Le jeune garçon hocha la tête d'un air pénétré. Jack Harvey aurait pu lui demander la Lune, il se serait débrouillé pour la lui apporter. Beaver devait son surnom à la faculté qu'il avait développée dès son plus jeune âge de prévenir le groupe en cas de danger[1]. Jack avait pris l'habitude de lui confier les missions délicates de renseignement, car Beaver savait se montrer discret comme une ombre, et courageux au combat comme un jeune tigre. Il était capable de se sortir seul d'une situation qu'un autre aurait crue désespérée, et bon nombre de Crips l'avaient appris à leurs dépens.

— Le type qui a assassiné notre père César n'a pas pu arriver jusqu'ici sans être repéré par un membre de la bande, poursuivit Jack. Ce n'est pas possible. Il y a toujours du monde dans la rue. Quelqu'un l'a for-

1. Beaver : Castor. Cet animal frappe l'eau de sa queue plate pour avertir ses congénères de l'arrivée d'un intrus sur leur territoire.

cément aperçu. Soit à son arrivée, soit lorsqu'il s'est enfui. Je veux que tu me trouves cet oiseau rare.

— OK, Jack.

— Ce qui sera sûrement difficile, c'est qu'il ne s'en souviendra peut-être pas tout de suite, même s'il l'a vu. À toi de faire remonter les souvenirs des membres de la troupe. Tu y arriveras ?

— Oui, Jack.

— Bien. D'après ce que j'ai pu comprendre en écoutant les flics dans la maison, l'assassin de César est de type asiatique. Mais il a peut-être envoyé quelqu'un faire le sale boulot à sa place.

Jack Harvey repensa à la férocité avec laquelle le tueur avait éventré le cadavre de Dubailly et avait exposé ses intestins en les suspendant au lustre de la chambre.

— Non, corrigea-t-il pensivement. Il n'a pas envoyé d'exécutant. C'est lui qui a fait ça en personne.

L'acharnement que le meurtrier avait déployé dans la mutilation du corps montrait une haine pleine et entière qui allait bien plus loin qu'un simple contrat. En sortant de la maison, Jack avait noté que la porte ne présentait pas de signes d'effraction. César connaissait peut-être son bourreau et l'avait laissé entrer, mais ce n'était pas certain. Il vivait ici au milieu des siens, et pas un gosse de la rue ne serait venu voler quoi que ce soit chez lui. Jack savait par expérience que César ne fermait pratiquement jamais sa porte à clef. Il était souvent venu le voir quand il avait des ennuis, et le vieil homme mettait toujours un point d'honneur à accueillir les jeunes qui se retrouvaient dans la mouise. Il lui était même arrivé d'en mettre un ou deux au vert en attendant que la police cesse de les rechercher en ville.

— C'est tout, Jack ?

Harvey considéra le regard fébrile du garçon. Beaver avait déjà hâte de passer à l'action. Il lui sourit en lui donnant une claque sur l'épaule.

— Oui, c'est tout. Fais vite.

Beaver ne se le fit pas dire deux fois, et il détala en direction du boulevard. Jack Harvey le suivit des yeux un instant, puis son visage s'assombrit. Il avait du travail, lui aussi. Il y avait un autre angle par lequel attaquer cette affaire. Le flic français, ce... Magne, lui avait parlé d'un autre policier qui était mort la veille dans un guet-apens, lui aussi dans le quartier nord. Il avait entendu parler de l'affaire, mais cela s'était passé un peu en dehors des limites de son territoire, et tout d'abord il ne s'y était pas vraiment intéressé. Il avait eu vent qu'un type avait brûlé dans sa voiture, sans plus. Des règlements de comptes entre bandes rivales, il y en avait tous les jours dans les quartiers pauvres. Rien d'extraordinaire à cela.

Mais à présent, il savait qu'il s'agissait d'un flic de la Sûreté, et cela risquait fort de compromettre ses affaires à plus ou moins long terme. La police allait se mettre à fouiner partout, et il serait de plus en plus difficile de vivre tranquillement dans le secteur. D'après la conversation des trois policiers, le tueur était le même. Jack y avait réfléchi toute la journée. Il ne parvenait pas à comprendre ce que César pouvait bien avoir à faire avec cet Asiatique surgi de nulle part.

Mais même avec une paire de couilles grosses comme des ballons de *soccer*[1], ce type n'aurait pas pu monter ce piège sans l'appui d'une bande locale

1. Football européen.

fortement implantée dans la zone. Et comme il ne s'agissait pas des Bloods...

Jack vérifia l'arme qu'il portait toujours à la ceinture, collée contre sa colonne vertébrale, et dissimulée par son tee-shirt ample. Le chargeur était plein. Il s'en était déjà assuré un peu plus tôt en quittant la cave où il s'était aménagé une espèce de retraite, complètement isolée de la cité, et où il aimait à prendre un peu de repos et réfléchir calmement de temps en temps, lorsque le grabuge menaçait trop son domaine et requerrait de sa part un maximum de concentration. Il aimait prendre ses décisions importantes en pesant les enjeux, loin de l'image du foudre de guerre que pouvaient avoir de lui ses hommes et ses ennemis. Mais lorsqu'il sortait de son trou, torse nu, le visage peint avec des couleurs vives, les garçons se précipitaient sur leurs cachettes et sortaient leurs battes, leurs couteaux, et tout ce qui pouvait servir à démolir le premier inconscient qui croiserait leur chemin en ne baissant pas les yeux. Leurs cris emplissaient alors le quartier et les femmes rentraient les plus jeunes en les tirant de force par la main.

Du moins ceux qui leur obéissaient encore.

Jack sentit la morsure du froid lorsqu'il sortit dans la nuit noire qui plongeait les immeubles dans un gouffre insondable. Il hésita, puis il redescendit prendre un blouson dans la cave. Mieux valait ne pas risquer l'hypothermie, même s'il s'était habitué aux températures négatives comme un soldat à l'exercice. Il risquait d'avoir besoin de faire un peu d'observation avant de pouvoir agir, et il valait mieux ne pas risquer de se les geler trop longtemps. Il aurait certainement besoin de ses muscles en bon état pour obtenir ce qu'il allait chercher.

Il remonta la fermeture éclair et vérifia que la crosse dépassait bien de l'arrière du blouson. Dans chacune de ses poches, il avait glissé un chargeur de rechange. Cette mission lui appartenait en propre. Il n'était pas question qu'il y envoie un seul de ses gamins.

Jack Harvey rejeta ses cheveux longs en arrière. Il lança un long regard empreint de tristesse au croissant mince suspendu dans la moquette étoilée entre les tours sombres. Il se sentait libre et puissant. Plus qu'il ne l'avait jamais été.

Mais il était à présent orphelin.

Chapitre 35

— Qu'est-ce que c'est que ce boucan ? cria une voix masculine en colère de l'autre côté de la porte close. Qui c'est ?

Le jeune homme frappa une nouvelle fois encore plus fort. Il ne pouvait pas ôter de sa vue l'image du corps prostré de la femme qu'il avait trouvée baignant dans un tapis de verre brisé, et geignant en crachant du sang comme un chevreuil blessé au bord de la route. Il était sorti comme un aveugle de la maison de John, cherchant désespérément dans quelle direction aller chercher du secours. La femme vivait toujours, mais elle avait le visage dans un tel état qu'il avait ressenti une panique viscérale rien qu'en la regardant.

Elle respirait faiblement, par à-coups désordonnés, et la sensation d'urgence l'avait instantanément dégrisé. L'angle que formait son bras dans son dos lui avait fait mal rien qu'à le regarder, et il se trouvait à présent muet devant la porte de Mike Pitawa, le voisin le plus proche de John, avec l'atroce sensation qu'il ne parviendrait pas à ouvrir la bouche pour s'expliquer.

— C'est Tommy, articula-t-il enfin. Vite, Mike, ouvre !

— Tommy ? reprit Pitawa sans comprendre. Mais quel...

— Mike ! Vite ! C'est chez John ! Deborah ! Elle... Elle... Oh, mon Dieu... *Mike*...

La porte s'ouvrit soudain sur un visage hostile planté au-dessus d'un gabarit de plus de six pieds. De gros sourcils barraient le front de Mike, comme des nuages d'été annonciateurs de pluie.

Et d'orage.

— Quoi ? Qu'est-ce qui se passe chez John ? Qu'est-ce que tu fais ici ?

Tommy agrippa la chemise du géant d'une main hystérique. Il fit mine de le secouer, mais Mike lui serra le poignet dans une poigne de fer, l'obligeant à se courber pour échapper à la douleur.

— Mike... gémit le jeune Mohawk. C'est Debbie. Elle a besoin d'aide... *Pour l'amour du ciel*, *Mike*...

Mike Pitawa parut soudain se rendre compte de ce qu'était en train de lui dire Tommy. Il se précipita pieds nus dehors et franchit la distance qui le séparait de la maison de John en quelques secondes. Tommy reprenait sa respiration en prenant appui sur le chambranle de la porte, ne sachant pas s'il devait le suivre ou rester là où il était. Mais Mike ressortit à peine quelques instants plus tard en tenant le corps de Debbie dans ses bras, lui ôtant toute indécision sur la conduite à tenir.

— Ouvre la porte ! commanda Mike d'un ton sec.

Tommy s'exécuta, et il entra derrière Pitawa pour l'aider à coucher Deborah sur le lit de Mike. Il resta ensuite les bras ballants, observant le géant se déplacer avec une vitesse incroyable malgré sa masse pour rapporter une bassine d'eau chaude et des linges propres. Pitawa ne put retenir un gémissement en constatant que Deborah avait perdu toutes ses dents de devant, qu'elle avait la mâchoire et le nez cassé, et le bras certainement aussi. Les hématomes bleuissaient son visage à vue d'œil, et il se rendit compte qu'elle avait perdu connaissance. Des petites perles rouges bordaient les lobes de ses oreilles.

— Lave-la, ordonna Mike en prenant sa veste. Ne laisse pas le sang couler dans son nez ni dans sa bouche.

— Où tu vas ? demanda Tommy, livide.

— Chercher Anihi. Elle seule pourra lui venir en aide, dans l'état où elle est. Ne la quitte pas des yeux. Tu m'en répondras sur ta vie.

Mike sortit en claquant la porte, et Tommy entendit le moteur de son pick-up tousser avant de déraper sur la neige. Il ne doutait pas un seul instant que Mike mettrait sa menace à exécution s'il arrivait malheur à la femme de son ami, et il se pencha sur le corps immobile de Deborah pour essuyer le sang qui s'infiltrait dans ses narines.

Mike revint quelques minutes plus tard avec la veille Anihi qui se débarrassa de ses vêtements chauds sans jeter le moindre regard à Tommy. Elle se lava rapidement les mains dans l'évier au-dessus de la vaisselle sale, puis elle s'assit près de Deborah pour inspecter ses blessures. Dans la pièce, la respiration oppressée des deux hommes était suspendue aux lèvres de la chamane.

Anihi releva la tête et regarda Mike d'un air impénétrable.

— Elle vivra.

Le géant hocha la tête avec gravité.

— Je vais chercher John. Je ne sais pas où il est. Je risque d'en avoir pour un moment...

Anihi passa un linge sur le front de Debbie. Elle parla lentement, et la force de sa présence envahit Tommy tout entier.

— Il parle avec les ancêtres. Il y est depuis deux jours. Tu le trouveras près de la rivière.

Mike acquiesça, et Tommy le regarda partir sans qu'ils prononcent un mot de plus. Le jeune homme observait la vieille femme qui semblait avoir oublié jusqu'à son existence. Elle se balançait sur ses chevilles, accroupie près de la femme blessée. Une étrange mélopée s'échappait de sa gorge, dans une langue que Tommy ne comprenait pas. Il réalisa à ce moment que cette langue était celle de son propre peuple, et qu'il y était devenu totalement étranger.

Chapitre 36

Les ailes du Cessna basculèrent au-dessus du fleuve, dévoilant les rues minuscules de Kingston inondées de soleil. Au fur et à mesure que l'appareil se rapprochait du sol, elles augmentèrent rapidement de taille, et bientôt les rares piétons furent aussi visibles sur les trottoirs recouverts de neige que des fourmis sur un pain de sucre. Le temps maussade de la veille avait fait place à une belle journée qui faisait scintiller les hublots et projetait des rais dorés sur les sièges vides.

Lisa jeta un œil amusé aux doigts de Daniel Magne qui venaient d'agripper les accoudoirs.

— Ça va ? demanda-t-elle innocemment.

— Mm ? Oui, oui. Mais ça bouge pas mal, ce truc.

— C'est parce que c'est plus petit qu'un Boeing. C'est moins stable.

— Ouais, dit Magne en jaugeant d'un air tendu la distance qui séparait l'arrière de la carlingue du poste de pilotage. Ça ressemble plus à un autobus avec des ailes qu'à un avion, si tu veux mon avis.

Lisa se pencha vers lui et posa sa joue sur son épaule. Elle savait qu'il n'aimait pas se retrouver enfermé à plusieurs centaines de mètres au-dessus du sol, et elle décida d'attendre que la navette se soit posée sur le tarmac pour le taquiner sur le sujet. Elle avait encore au creux du ventre l'apaisement que lui avait procuré la fin de soirée de la veille, au cours de laquelle, malgré sa fatigue, Daniel lui avait donné toute l'énergie qui lui restait pour l'emmener jusque dans les étoiles.

Ils avaient fait l'amour avec beaucoup de délicatesse, pendant un long moment, puis ils avaient trouvé une réserve de vigueur qui les avait emportés dans un maelström d'érotisme où leurs corps affamés s'étaient repus l'un de l'autre jusqu'à ce que le sommeil les terrasse. Ils s'étaient réveillés abasourdis, leurs jambes emmêlées, avec l'odeur sensuelle de leur union encore collée à la peau.

Lisa avait senti la peur de Daniel tandis qu'il la prenait à nouveau au milieu de ses gémissements déguisés en rires et en cris de protestation. Il ne lui en avait pas parlé, mais ses mains qui la tenaient par les hanches l'avaient serrée plus fort que d'habitude, comme pour s'assurer qu'elle était bien là dans la chambre avec lui. Son sexe vibrait en elle comme une antenne qui lui transmettait malgré lui son inquiétude, et elle s'était offerte en lui ouvrant grand les jambes, les talons refermés sur ses reins, accompagnant ses va-et-vient avec son propre bassin pour l'emporter encore plus loin au fond de son corps. Elle avait fini par perdre toute notion de l'endroit où ils se trouvaient, et tout était devenu de plus en plus lumineux, de plus en plus coloré, de plus en plus intense. Elle se souvenait vaguement d'avoir entendu des coups furieux sur la porte, mais ses sens s'étaient fermés à tout ce qui n'était pas étincelle et explosion, et elle avait mis le pied dans une fusée dont la mise à feu ne pouvait plus être désactivée.

La vague de jouissance était venue plus lentement, comme portée par celle de la veille, grosse de la vague précédente qui n'avait pas fini de s'évanouir. Elle se souvenait d'avoir mordu l'épaule de Daniel pour s'empêcher de crier lorsque le plaisir l'avait submergée, et tout ce qu'elle avait pu connaître auparavant s'était volatilisé en un instant. Elle n'était plus qu'une boule de chaleur lancée à pleine vitesse dans le ciel, dans un vol totalement hors de contrôle. La seule sensation dont elle était encore consciente à ce moment-là était la présence du pieu brûlant qui la maintenait sur la crête de la déferlante dont elle avait bien cru un moment qu'elle ne descendrait jamais plus.

Lisa rougit en enfonçant le nez dans le cou de Daniel, comme si quelqu'un avait pu lire dans ses pensées en regardant par-dessus son épaule. Elle se mordilla la lèvre pour penser à autre chose. Il était peut-être temps d'atterrir...

Daniel bougea dans son fauteuil.

— Ça se rapproche drôlement ! dit-il d'une voix rauque.

Lisa posa ses lèvres contre son oreille. Elle glissa la pointe de sa langue sur son lobe, et vit avec satisfaction les poils de Magne se dresser sur ses bras.

— Je t'aime... murmura-t-elle.

Surpris, Daniel tourna la tête vers elle en souriant à moitié.

— Ah oui ? Et tu me dis ça juste au moment où nous allons mourir sur la piste d'un aérodrome au fin fond de l'Ontario, dans un bled que personne ne connaît ?

Lisa allait répondre lorsque le train d'atterrissage heurta la piste sans douceur. L'appareil resta un instant horizontal, puis la roue avant se posa à son tour alors que Magne déglutissait avec difficulté.

— C'est bon, tu peux desserrer les fesses, dit la jeune femme, mutine. Nous sommes arrivés.

Magne eut un sourire crispé. L'avion roulait toujours à haute vitesse vers le bout de la piste, et les coffres au-dessus des sièges se mirent à trembler comme s'ils allaient se désolidariser des montants de la cabine. Puis les moteurs cessèrent de rugir et ils ralentirent enfin avant de s'immobiliser devant un escalier mécanique qui avait visiblement été avancé pour eux. Tandis que des employés de l'aérodrome mettaient le matériel en service, Lisa et Daniel se levèrent et attendirent devant la porte en discutant avec le commandant de bord, un jeune officier dégingandé qui mâchait nonchalamment un chewing-gum d'un air blasé.

— Prenez votre temps, leur dit-il. Je dois ramener avec vous un homme d'affaires en début d'après-midi. Je suis obligé de l'attendre. Cette fois, vous serez trois pour le voyage de retour.

Magne consulta sa montre. Il était à peine neuf heures et demie. Lachance leur avait obtenu un rendez-vous à dix heures avec le directeur de la prison. Ils saluèrent le pilote et descendirent les marches dès qu'il put ouvrir la porte extérieure.

Une fois les maigres formalités de débarquement effectuées, ils se dirigèrent vers l'agence de location de voitures où un taxi les attendait. Un homme jovial d'une cinquantaine d'années les accueillit avec chaleur.

— Permettez-moi de me présenter. Isaac Bloomsberg, secrétaire de Robin Warwick, le directeur de la prison. Toutes les voitures étaient déjà louées. Le parc n'est pas très grand. Il y a un colloque de médecins, en ville, et ça nous perturbe pas mal. On n'a pas l'habitude de tout ce monde...

Magne sourit et lui serra la main.

— Aucune importance. L'important est d'être à l'heure. Vous pourrez nous faire la visite touristique en chemin.

— Oui, oui. Pas de problème. Bonjour, mademoiselle.

L'homme ne put s'empêcher de jeter un regard admiratif à la silhouette de la jeune Française. Il tendit au capitaine le petit enregistreur numérique que le Français avait demandé.

— L'inspecteur-chef Lachance a été très persuasif, je dois vous dire, poursuivit-il. Vous travaillez, je crois, sur une affaire extrêmement importante...

Le sourire de Magne fondit lentement. L'air mielleux de Bloomsberg lui sembla soudain factice. Il sentait que l'homme souhaitait avant tout leur soutirer des renseignements sur leur curieuse requête, mais il n'avait pas l'intention de parler de Takashimura avec tout le personnel du pénitencier.

— C'est exact. Combien y a-t-il de prisonniers, à *Millhaven* ?

La fin de non-recevoir était claire, et Bloomsberg n'insista pas.

— Environ quatre cent trente, répondit-il en ouvrant la portière arrière à Lisa. C'est l'un des établissements les plus sécurisés d'Amérique du Nord, et nous y accueillons les détenus parmi les plus dangereux du pays.

Les deux Français montèrent dans le taxi, et Bloomsberg prit place sur le siège avant, près du chauffeur. L'homme les salua d'un bref mouvement de la visière de sa casquette de base-ball, puis il quitta aussitôt la zone de location et s'engagea sur la petite route côtière qui reliait l'aérodrome de Kingston à la ville de Bath.

Dès la sortie de l'enceinte des pistes, la vue sur le lac Ontario était magnifique. La berline glissait silencieusement le long des berges enneigées, et le soleil se reflétait sur les eaux d'un bleu sombre de saphir de Ceylan, qui le disputait en profondeur à l'azur pur du ciel.

— La prison est au bord du lac ? s'enquit Lisa.

— Pas tout à fait, dit Bloomsberg. Elle est implantée juste avant Bath, a environ un kilomètre du rivage. Mais je vous assure que les prisonniers n'ont pas la sensation d'y être en vacances pour autant.

— Combien par cellules ? demanda Magne, qui observait le vol lent des oiseaux au-dessus de la baie.

— Normalement deux. Parfois un peu plus en cas de surpopulation. La prison est prévue pour quatre cents personnes. Nous sommes actuellement en léger sureffectif. Mais, de temps en temps, des places se libèrent.

— Il ne doit pourtant pas y avoir des remises en liberté tous les mois, s'étonna Lisa.

— Non, mais des meurtres, si, ajouta Bloomsberg avec un sourire cynique. Rien que les dix derniers mois, cinq prisonniers ont été assassinés dans l'enceinte de la prison.

Lisa grimaça et détourna le regard du sourire satisfait du secrétaire.

— Ces hommes sont des fauves en cage, mademoiselle, poursuivit néanmoins Bloomsberg. Ils ne connaissent rien d'autre que la violence, et ils sont irrécupérables pour la société. Ils meurent comme ils ont vécu. La loi de la jungle est la seule qu'ils comprennent. Mais elle est parfois à leurs dépens...

Magne hocha la tête. Bien sûr, ce genre d'établissement était une nécessité dès lors que l'on avait affaire à des hommes ayant perdu toute notion de ce que pouvait être le bien ou le mal.

— Vous avez déjà eu des évasions ?

— Non, jamais. Les escouades de sécurité qui patrouillent vingt-quatre heures sur vingt-quatre à l'extérieur de l'enceinte sont équipées de lance-roquettes pour parer à toute tentative d'extraire des pensionnaires par la voie des airs. La clôture double de trente pieds de haut est surmontée d'un enchevêtrement infranchissable de barbelés, et elle est pourvue de senseurs de tentatives d'escalade. Entre ces deux enceintes, un espace de plusieurs mètres est couvert par des rayons infrarouges prohibant tout passage de quelque nature que ce soit. La zone d'exercice est bordée d'une ligne de quatre pieds de large qu'il leur est strictement interdit de tenter de franchir sous peine d'être abattus sur place par les gardes des tours implantées à chaque angle. Des véhicules armés avec des AR 15 tournent en permanence en vigilance maximum, même la nuit. Ils disposent de micros paraboliques pour entendre ce qui se passe dans la zone comme s'ils y étaient. Toute tentative d'évasion se solderait inévitablement par un bain de sang, et les condamnés le savent...

La voiture franchit rapidement les faubourgs d'Amherstview et Bayview, puis elle contourna Nicholsons Point en traversant les terres sur quelques centaines de mètres. Au bout d'une dernière ligne droite d'un peu plus de quatre kilomètres, le taxi pénétra dans un réseau de routes privées où ils furent arrêtés trois fois par des hommes en armes pour un contrôle d'identité.

Quelques minutes plus tard, ils stoppèrent enfin devant une porte en acier donnant sur un sas de treillis métallique très épais. Au-dessus de l'accès, un couloir grillagé permettait aux gardes de surveiller les allées et venues sur toute la distance menant de l'extérieur jusqu'aux portes de l'établissement.

— Bienvenue à *The Haven*, dit Bloomsberg en leur montrant le bunker avec affectation. La perle des pénitenciers du Canada...

Chapitre 37

— Qui t'a fait ça, Deborah ? gémit John Wachihta en lissant les cheveux de sa compagne sur son front brûlant.

Près de lui, la tête baissée, Mike Pitawa serrait inconsciemment sa casquette dans ses poings énormes. Sur l'oreiller blanc, le visage bleui de Deborah lui faisait trop mal à regarder. Anihi avait pris les choses en main avant leur retour et avait appelé une ambulance. Elle avait fini par juger que les soins qu'elle pouvait apporter à la femme de John ne seraient pas suffisants. Deborah avait été transférée en urgence à l'hôpital de Montréal. Lorsque Mike était revenu avec John au petit matin, elle était déjà dans les mains du chirurgien au bloc opératoire.

— Qui t'a fait ça, Debbie ?

La voix de John n'était plus qu'un souffle. La femme était toujours évanouie, mais cela était dû à présent aux sédatifs que l'anesthésiste lui avait injectés avant les opérations simultanées de sa fracture du bras et celle de sa mâchoire. Son nez gonflé avait été incisé pour tenter de réparer les morceaux de cartilage éclatés, et des points de suture apposés sur son front et sa joue gauche. Elle respirait calmement, mais le bruit que faisait l'air en traversant les chairs tuméfiées qui appuyaient sur ses cloisons nasales produisait un bruit qui donnait à John envie de hurler.

— Qu'est-ce qui s'est passé, Mike ? *Qu'est-ce qui s'est passé, putain de merde ?*

— Je... Je n'en sais rien, John. Tommy est venu frapper à ma porte comme un cinglé. C'est lui qui l'a trouvée.

— *Tommy* ?

Mike hocha sa grosse tête d'ours hirsute. John perdait les pédales. Il lui avait déjà raconté deux fois la succession des événements de la nuit, mais le vieil homme lui avait alors semblé déconnecté de la réalité. Il l'avait interrompu en pleine visite des esprits, et une partie de son cerveau paraissait n'être pas encore complètement revenue du pays des visions. Malgré l'annonce de la situation, John était longtemps resté muet, prostré contre la porte du pick-up pendant le retour au village.

Mike soupira. Son ami avait besoin de l'entendre une nouvelle fois...

— Je ne comprenais rien à ce qu'il me disait. Il n'arrivait pas à parler, et il s'est agrippé à ma chemise comme un possédé. Il a fini par me montrer ta maison, et a prononcé le nom de Debbie. J'ai couru, puis j'ai ramené ta femme chez moi et je suis allé chercher Anihi. La suite, tu la connais. J'ai pris le pick-up et j'ai coupé par le chemin de la mine pour venir te rejoindre.

— Qu'est-ce que Tommy foutait chez moi, Mike ?

Le géant lui jeta un regard douloureux. La main toujours posée sur les cheveux de Deborah, assis sur le lit métallique, John le dévisageait d'un air dur qu'il ne lui avait jamais vu.

— Je n'en sais rien, John.

— Où est-il ?

— Je ne sais pas. Il était encore à la réserve quand Anihi nous a expliqué que Deborah avait été transportée ici. Je l'ai aperçu assis dehors, sous la terrasse. Il n'a pas osé se montrer devant toi, je présume.

— Trouve-le moi, Mike. S'il te plaît...

Pitawa acquiesça silencieusement. Il ouvrit la porte de la chambre avec précaution, puis il contempla une dernière fois le visage ravagé de Deborah avant de refermer sans bruit le battant derrière lui.

Chapitre 38

— L'inspecteur-chef Lachance m'a chaleureusement parlé de vous, capitaine Magne, ainsi que de votre adjointe, également. Il vous a fortement recommandés auprès des autorités provinciales de l'Ontario, et je vous avoue qu'un tel acte provenant d'un haut responsable de la Sûreté du Québec est suffisamment rare pour mériter toute mon attention. Surtout dans un délai aussi court.

Magne observa le visage très mince de Robin Warwick, dont la calvitie luisait sous les néons de son bureau. L'homme était serré dans un élégant costume sombre, et sa chemise claire était rehaussée d'une cravate d'un bleu électrique. Isaac Bloomsberg était assis en retrait, prêt à prendre des notes sur un calepin à spirales.

— L'homme que vous venez voir ici est un prisonnier un peu particulier, poursuivit Warwick. Il est atteint d'une maladie incurable, mais dont on peut uniquement ralentir la progression, pas l'éradiquer.

— La sclérose en plaques, intervint Lisa, s'attirant un regard appuyé du directeur du pénitencier.

— Exactement, mademoiselle Heslin. Je vois que vous êtes bien renseignée. Je vous parle là d'un cas où des paralysies soudaines peuvent causer des immobilisations de plusieurs semaines. Pendant ces périodes, Shepard peut à peine respirer, et il ne peut tout simplement pas s'alimenter.

— Et ça dure depuis combien de temps ?

— Nous avons affaire à une manifestation curieuse de la maladie, qui ne s'aggrave pas réellement. Elle stagne ainsi depuis un peu plus de dix ans.

— Et le pénitencier dispose d'une infirmerie suffisamment médicalisée ?

Warwick eut un sourire glacial. Il posa ses coudes sur son bureau, plaçant soigneusement les doigts de ses deux mains ouvertes les uns contre les autres.

— Suffisamment pour un homme qui a mis à mort plus d'une demi-douzaine de personnes âgées en leur tranchant la gorge, mademoiselle.

Lisa fit la grimace et jeta un œil en biais à Daniel. Elle ignorait ce détail.

— Comment Shepard est-il logé ? demanda Magne. S'agit-il d'une cellule comme les autres prisonniers ?

Warwick fit jouer ses doigts en écartant et repliant les mains, comme avec un jeu d'adresse compliqué qu'il maîtriserait et voudrait mettre en avant pour impressionner ses interlocuteurs.

— Toutes les portes des cellules sont verrouillées avec un système hydraulique, ainsi que celles de l'infirmerie. La seule différence entre celle de Shepard et les autres est qu'il y a en permanence quelqu'un à portée de voix au cas où il aurait un problème vital.

— Mais pourquoi se donne-t-on autant de mal pour conserver cette ordure en vie ? intervint Lisa.

Le sourire de Warwick s'accentua, découvrant des dents parfaitement alignées.

— Parce qu'on ne peut condamner à mort que des vivants, mademoiselle.

Devant les yeux horrifiés de Lisa, le directeur leva la main pour contenir toute objection.

— Alan Shepard a également assassiné plusieurs personnes aux États-Unis, et sa demande d'extradition est soumise à une amélioration de sa santé. Nous attendons une période de rémission suffisante pour pouvoir accéder à la demande de la justice américaine.

Warwick se tourna vers un classeur vertical et en sortit un épais dossier relié par une sangle. Il le posa avec affectation sur le bureau nu.

— Voici l'ensemble des méfaits connus de Shepard. Désirez-vous y jeter un coup d'œil avant d'aller le voir ?

Assis au bord du fleuve, Jack Harvey lançait des cailloux dans l'eau d'un air absent. Au-dessus de sa tête, la flèche d'une grue de déchargement attendait la reprise de l'activité portuaire, bloquée par une grève des dockers qui durait depuis la veille. L'odeur d'un feu de palettes flottait le long de la berge, émanant d'un groupe de marins tentant de se maintenir au chaud, quelque part en aval.

Le jeune homme était perplexe. Beaver avait fini par trouver un garçon qui avait vu un Asiatique qui semblait sortir tout droit de chez César, la veille de l'arrivée des flics. Le gamin était formel, et avait décrit l'homme comme ayant un regard qui fichait la trouille. Il n'avait pas osé en parler jusque-là de peur qu'on se moque de lui. Mais devant l'insistance de Beaver, il avait tout balancé.

Jack devait reconnaître que le flic français avait raison, mais la simple idée de collaborer avec la police lui donnait envie de vomir. Il avait passé la nuit à circuler comme une ombre sur le territoire des Crips, et il avait entendu des conversations, caché derrière une poubelle au pied d'un immeuble. Il avait encore les doigts gelés d'avoir serré des heures durant la crosse de son arme, prêt à faire feu et à prendre la fuite s'il venait à être découvert. Heureusement, les jeunes buvaient comme des trous et ne s'éloignaient pas des portes d'entrée des bâtiments, histoire de se protéger du vent et de la neige. Les paroles lui parvenaient par bribes, mais il en avait suffisamment entendu pour comprendre que l'attaque de l'intendant de la Sûreté avait été organisée par un Japonais qui leur avait donné une bonne quantité de fric pour voler le camion et les voitures ayant servi au piège qu'ils lui avaient tendu. Ils se claquaient le dos en riant, ne revenant toujours pas de leur bonne fortune. Ils avaient dû faire vite, mais le salaire était au rendez-vous. Le Jap' n'était pas un ingrat, et il payait bien.

Jack avait attendu qu'ils rentrent tous au bercail jusqu'au dernier avant de sortir de sa cachette, et il était retourné chez lui pensif, essayant de relier les événements entre eux. En quoi la mort du flic et celle de César étaient-elles liées ? Pourquoi le Japonais avait-il fait appel à une bande de morveux pour l'aider à mettre à mort un policier ? Pourquoi avait-il assassiné César en mettant en scène le meurtre de cette façon si dégradante pour sa victime ?

Une chose était certaine, cependant, c'est que l'Asiatique avait déjà des contacts dans le quartier des Crips avant cette affaire de guet-apens. Sinon, il n'aurait jamais eu le temps d'organiser le piège en un laps de temps aussi court. Le tout était maintenant de savoir comment il avait pu s'y prendre.

Mais d'*où* venait ce type ?

Robin Warwick introduisit une carte magnétique dans une fente, puis il composa un code sur le clavier situé juste en dessous. La porte s'ouvrit dans un chuintement, et se referma juste derrière eux.

— Nous sommes à présent dans l'aile I, où est implantée l'infirmerie. Vous pouvez voir que le pénitencier est construit sous la forme générale d'un Y à trois branches égales, séparées en plusieurs unités. Chaque couloir est double, et tous les membres du personnel sont équipés d'un système Flash comme le vôtre, qui permet de lancer l'alarme immédiate devant une situation d'urgence, en particulier en cas d'attaque.

Lisa posa nerveusement la main sur l'appareil que Bloomsberg lui avait attaché à la ceinture, une sorte de radio à fréquence sécurisée que tout membre du staff portait dans l'enceinte de l'institution. Sur la face avant de l'émetteur, un gros bouton rouge dépassait nettement du module. Il suffisait de l'enfoncer pour appeler la cavalerie à la rescousse.

Leurs pas résonnaient longuement dans les couloirs vides, et Lisa eut soudain la sensation désagréable de faire partie d'un peloton d'exécution venant chercher un condamné. Derrière quelques portes, des bruits de coups sur les cloisons retentissaient, de plus en plus fort, et des cris d'animaux jaillirent de sous les portes.

— Ne vous laissez pas impressionner, mademoiselle, dit Warwick avec un sourire. Ils sont déjà au courant qu'il y a une dame dans l'établissement, et ils montrent leur bonheur...

— Vous avez un quartier de haute sécurité, ici, n'est-ce pas ? demanda Magne.

— Bien entendu. C'est l'aile J, juste à côté de celle-ci.

— Hm... Aucune communication possible avec les autres prisonniers ?

— Non, absolument aucune. Ils ne sortent même pas en promenade.

— Monsieur Warwick, étiez-vous déjà en poste en 1999 ?

Le directeur s'arrêta dans l'allée, surpris par la question.

— Je suis arrivé ici en 1985. C'était ma première affectation, et je ne l'ai jamais quittée.

— Vous devez donc vous souvenir de César Dubailly, le violeur d'enfants ?

Robin Warwick fit la grimace.

— Oui, bien sûr. Une bien sale histoire. Ces pauvres gamines...

— Qu'est-ce qui est arrivé à Dubailly, exactement ? J'ai entendu dire qu'il avait été battu quasiment à mort dans un endroit isolé du pénitencier, mais...

Magne fit un tour sur lui-même, montrant du doigt toutes les issues closes.

— ... Comment cela a-t-il pu être possible dans un environnement aussi sécurisé ?

Warwick parut soudain très mal à l'aise.

— Comment plusieurs prisonniers ont-ils pu le frapper aussi longtemps sans que personne ne réagisse ?

Le directeur se passa la main sur le crâne, comme pour lisser des cheveux qu'il n'avait plus.

— Monsieur Magne... Dubailly était un violeur et un meurtrier d'enfants, dit-il d'une voix gênée. Les prisonniers ne supportent pas ce type d'individu, quels que soient les actes qu'ils aient pu commettre par eux-mêmes.

Magne hocha la tête d'un air entendu.

— Et vous non plus, c'est ça ?

Warwick plongea soudain son regard d'acier droit dans les yeux du policier français.

— Non. Moi non plus.

Magne observa attentivement le visage du directeur de la prison. Warwick venait implicitement de reconnaître qu'il avait eu connaissance du lynchage et ne l'avait pas empêché.

— Dans ce cas, pourquoi Shinzo Takashimura lui est-il venu en aide, seul contre tous les autres ?

Warwick inclina la tête. Le Français était bien renseigné.

— Takashimura était ici pour quelques années encore. Son attitude lui a valu une remise de peine. Je pense qu'il l'a fait uniquement pour ça. Il se trouvait par hasard près du local à linge quand ça a commencé. Mais ils ont eu le temps de passer Dubailly à la moulinette avant que le Japonais ne vienne mettre son grain de sable.

Magne leva les mains et dressa un doigt à chaque nom qu'il prononçait.

— Josey Welch, Pedro de la Mar, John McAffleck, Erwan Stomper, Caldwell Holler, Philéas Grandin. Tous morts. Le seul qui reste, c'est Alan Shepard. Le seul qui ne soit pas sorti de *Millhaven*.

Warwick plissa les yeux, dévisageant Magne comme s'il le voyait pour la première fois.

— Nous sommes arrivés, dit-il d'une voix sourde. Faites attention à ne pas vous approcher trop près de lui. On ne sait jamais.

Il glissa sa carte dans la fente commandant l'ouverture de l'infirmerie, et passa devant ses invités. Magne put voir ses mâchoires crispées tandis qu'il franchissait la porte coulissante. Warwick en savait plus qu'il n'avait bien voulu le dire...

Chapitre 39

— Où est passé le gamin ? demanda Mike Pitawa.

Anihi montra la porte de la main.

— Parti.

— Parti où ?

— J'en sais rien. Il a juste dit : « Les salauds », et il est parti. Avant, il a jeté son cuir de moto dans le feu.

— *Il a quoi ?*

— Il a brûlé son cuir. Me demande pas pourquoi.

Mike se gratta le crâne.

— Il est parti comment ?

— En courant.

— C'est tout ? En courant ?

— Oui.

— Et sa moto ? Elle était où ?

— J'en sais rien.

— Il y a combien de temps qu'il est parti ?

— Une heure... peut-être un peu plus.

Mike frappa le montant de la porte du plat de la main. Comment le retrouver, maintenant ?

— Mike...

— Quoi ?

— Il a pris ton fusil de chasse.

— Mon... Oh ! Merde !

Pitawa ouvrit la porte d'un coup sec. Il fallait qu'il mette la main sur le gosse avant qu'il ne fasse une connerie.

— Mike...

— Quoi ?

— Tommy m'a fait ses excuses. Il s'est mis à genoux, et il m'a demandé pardon. Je veux que tu t'en souviennes quand tu le retrouveras.

Mike Pitawa se força à acquiescer devant le regard inquisiteur de la vieille femme.

— J'y penserai, Anihi.

L'homme était allongé dans un lit sobre d'hôpital. Son bras gauche était relié à un appareil de mesure qui contrôlait par bips sonores les flux vitaux de son organisme. Par mesure de précaution, Warwick referma sur son poignet droit une paire de menottes qui le maintiendrait attaché au montant tubulaire en inox durant la visite.

Magne s'approcha, malgré les recommandations du directeur. Il se pencha sur le visage mou d'Alan Shepard, dont les yeux d'un vert dérangeant croisèrent les siens. Le capitaine eut soudain l'impression de contempler deux crachats sur un trottoir. Des cheveux longs, blond filasse, étaient collés par la crasse sur l'oreiller comme une algue morte.

— Salut Alan, dit Magne en s'asseyant dans le fauteuil métallique qui jouxtait le lit. Alors, ça ressemble à ça, un survivant...

Le détenu tourna la tête vers lui.

— Qui t'es, toi ?

— Ta gueule. C'est moi qui pose les questions.

Shepard eut une amorce de sourire.

— Un flic. Tu ne peux être qu'un flic.

Magne opina.

— T'es pas bête, Alan. C'est pour ça que t'es encore vivant.

L'homme se passa la langue sur les lèvres. Il tourna la tête et aperçut Lisa. Ses yeux étincelèrent instantanément.

— Tu veux me sucer, salope ?

La gifle que lui assena Magne fit bondir Warwick de sa chaise. Le capitaine prit Shepard par le col de son pyjama et lui serra le cou jusqu'à ce que son visage rougisse d'asphyxie.

— Une seule autre sortie comme celle-là, Shepard, et j'explique à l'administration pénitentiaire, représentée ici par monsieur le directeur en personne, comment tu as fait pour la baiser depuis dix ans. Ensuite, tu auras tout le temps de penser à moi très fort sous la douche, en attendant de passer sur la chaise électrique. Est-ce que tu m'as bien compris, tête de nœud ?

Malgré la poigne de Magne qui l'empêchait de respirer, Shepard plongeait dans ses yeux un regard de haine pure. Magne serra un peu plus et, à bout de souffle, Shepard finit par lever sa main libre. Tout d'abord estomaqué par la violence du policier français, Robin Warwick se détendit sur son siège. Finalement, la scène ne manquait pas d'intérêt.

— Je vais te parler de 2001. D'un détenu qui s'appelait César Dubailly. Ça te dit quelque chose ?

Shepard ne répondit pas. Il se frottait la gorge, haletant, comme pour permettre à l'air de retourner dans ses poumons.

— Ce César Dubailly a été agressé par sept autres prisonniers dans un local à linge de la prison, avec la bénédiction de tout le monde, direction comprise. Seule l'intervention d'un homme appelé Takashimura a empêché qu'il meure, ce jour-là. Bien, je vois que ça commence à te revenir...

Le prisonnier avait blêmi, et son regard passait alternativement de Magne à Warwick.

— Ce qui est marrant, poursuivit le capitaine, c'est que tous les autres sont morts sauf toi. Une teigne, ce Japonais, hein ?

Magne croisa les jambes et observa Shepard en souriant.

— Toi, tu as été moins con que les autres. Dès que tu as vu que Takashimura allait tous vous descendre les uns après les autres, tu es tombé malade, et tu t'es retrouvé au chaud ici.

Magne se pencha en avant. Il appuya le bout de son index sur l'épaule de Shepard en ponctuant son propos de petits coups assénés d'un mouvement sec du poignet.

— Seulement, tu oublies que ce type a le bras long, et qu'il joue gros, maintenant qu'il a buté deux flics. Si tu es transféré dans une cellule classique, je ne donne pas deux semaines avant qu'on te retrouve pendu avec tes draps aux barreaux de ta fenêtre. Dis-moi que je me trompe et je m'en vais, OK ?

Alan Shepard tira sur son bras droit et la chaîne des menottes claqua contre le montant du lit.

— Qu'est-ce que tu veux ?

Magne sourit.

— Je veux que tu m'expliques pourquoi Takashimura a pris la défense de Dubailly. Et je veux savoir ce qui s'est passé ensuite entre ces deux-là.

Shepard se redressa contre le dossier du lit. Il rejeta en arrière les mèches grasses qui lui retombaient sur les yeux. Warwick avait pris son menton entre ses mains, les coudes appuyés sur les genoux.

Magne sortit l'enregistreur de sa poche et le posa sur les draps.

Tommy stoppa sa moto juste devant le *Coyote's* sans arrêter le moteur. Il ôta le fusil de chasse de l'étui qu'il avait attaché au guidon et pénétra dans le bar en donnant un coup de pied dans la porte vitrée, faisant exploser un carreau au passage. La salle était pratiquement vide, à l'exception d'une des tables du fond, où deux motards jouaient aux cartes en buvant de la bière.

Eddy McCallum était en train de ranger des verres sur l'étagère derrière lui, et il se retourna au moment où le premier coup de feu éclata, brisant le miroir et quelques bouteilles d'alcool juste sur sa gauche. La seconde cartouche le projeta en arrière contre le mur, au milieu des éclats de verre. Tommy réarma le fusil à pompe une troisième fois et lui tira dans la tête à bout portant.

Il jeta alors le fusil sur le bar et sortit en courant. Il sauta sur sa moto qu'il enfourcha en donnant un grand coup d'accélérateur, faisant hurler le moteur et crachant une lourde fumée de son pot d'échappement. Emportée par son poids sur la route glissante, la machine manqua de se coucher sur la neige, mais Tommy parvint à le redresser, juste avant de tomber, en frappant violemment du plat de sa botte sur le sol.

Quelques secondes plus tard, il était déjà loin.

— Reprenons, Madame Katô, si vous le voulez bien, dit l'officier Rob Dutreux en tournant sa chaise pour s'y asseoir en cavalier, les avant-bras appuyés sur le dossier.

— Je n'ai rien à vous dire.

— C'est ce que j'ai cru comprendre, oui...

La femme ne répondit pas. Elle tourna son visage vers le mur, se barricadant obstinément dans son silence.

— Vous vous appelez Hisae Katô, et vous êtes d'origine japonaise, plus exactement de la région de Hokkaido, d'où le nom de votre restaurant, que vous avez racheté à un ancien *Subway*[1] qui a brusquement eu envie de déménager lorsque vous êtes apparue sur le territoire canadien il y a deux ans, avec vos deux sœurs et votre mère, c'est bien ça ?

La femme ne broncha pas.

— Vous avez demandé la double nationalité l'année dernière, et vous êtes toujours en attente de la décision de l'administration québécoise. Toujours exact ?

Madame Katô ne le gratifia même pas d'un regard.

— Comment avez-vous eu l'argent pour acheter ce commerce, chère madame ? Trois mois à peine après votre arrivée sur le continent américain, alors que des centaines de vos compatriotes pleurent misère dans les bas-fonds de la ville, vous financez une petite entreprise de restauration dans un quartier résidentiel où les loyers coûtent un œil chaque mois. Expliquez-moi donc ce mystère...

— J'ai besoin d'aller aux toilettes, dit la Japonaise d'un air hautain.

1. Genre de fast-food très répandu au Québec.

— J'ai pas entendu, répondit Rob, posant son carnet.

— J'ai besoin d'aller aux toilettes, répéta madame Katô, excédée.

Rob secoua la tête et reprit ses papiers.

— J'entends toujours pas. C'est curieux, l'acoustique, dans cette salle, non ?

— Vous n'avez pas le droit de m'empêcher d'aller aux sanitaires ! Ça fait bientôt douze heures que je suis ici !

Rob se pencha vers elle comme s'il allait lui faire une confidence. Sur ses lèvres, un mince sourire sans joie fendit sa barbe de deux jours sur des dents carnassières.

— Quand il y a deux policiers assassinés dans une vilaine histoire dans laquelle on est enfoncée jusqu'aux yeux, on ne monte pas sur ses grands chevaux, ma petite dame.

— Je vais porter plainte !

L'officier québécois ouvrit son carnet et appuya sur la mine de son stylo.

— Bonne idée. Je vous écoute.

Madame Katô posa sur Rob un regard acéré.

— Je ne vous dirai rien, même si je dois m'inonder d'urine, et votre parquet avec.

— Très bien. Faites donc. J'ai l'habitude. La semaine dernière, on a eu un meurtrier qui avait la chiasse. Je vous raconte pas l'ambiance. La différence, en fin de compte, c'est que nous, on peut sortir un peu de temps en temps. C'est vous qui voyez... J'en étais où ? Ah oui... Vous avez une serveuse répondant au nom de Chiyeko. Où habite-t-elle ? Qui est votre protecteur à Montréal ?

Hisae Katô vrilla son regard sur le mur et se ferma à nouveau. De ses paupières qui battaient malgré elle pour retenir sa colère, une larme coula lentement sur sa joue.

Chapitre 40

— *Associés ?* Tu me dis bien que Dubailly et Takashimura étaient associés ?

Shepard hocha la tête avec impatience.

— Oui, c'est bien ce que j'ai dit, bon sang ! Takashimura l'a protégé pendant deux ans, de 1999 jusqu'à peu de temps avant la bastonnade. Ce Japonais fichait la frousse à tous les gars. Personne n'a osé franchir le pas pendant toute cette période. Dubailly s'en était pris à des gosses, et tout le monde ici voulait lui faire la peau, chacun de son côté. On en était malades !

Il regarda Magne d'un air de défi.

— On a beau être des assassins, on a notre morale !

— Je garde ça en mémoire. C'est beau comme du Verlaine. Continue...

— Jusqu'à environ deux semaines avant la bagarre, ils... ils étaient tout le temps fourrés ensemble. Mais ça s'est arrêté d'un coup. Alors on ne comprenait plus rien, nous, surtout quand Takashimura est venu nous voir dans la cour.

Daniel Magne tiqua.

— Comment ça, « *venu vous voir dans la cour* » ?

Alan Shepard soupira et cracha le renseignement comme on se jette à l'eau sans savoir nager.

— C'est lui qui a organisé le lynchage de Dubailly. Lui seul.

Il y eut un moment de silence, uniquement souligné par les bips de la machine reliée au bras gauche de Shepard.

Magne s'était reculé sur le dossier du fauteuil, tentant d'assimiler ce que venait de lui dire le prisonnier. Ainsi, Takashimura avait lui-même programmé l'agression contre César Dubailly et s'était volontairement interposé au risque de se faire tuer, lui aussi. Magne touchait au nœud du problème, il le sentait.

— Et qu'est-ce qui s'est passé, quand il s'est mis en travers de ce qu'il vous avait demandé de faire ? Pourquoi vous l'avez démoli, lui aussi ?

Shepard soupira, et il eut un rictus amer qui lui déforma les lèvres.

— Ce type nous faisait peur depuis trop longtemps. Il était imprévisible, incompréhensible. On a pensé qu'on allait se le faire aussi. On était sept.

— Ouais, dit Magne. Mauvaise pioche, on dirait, hein Alan ?

Le prisonnier hocha la tête silencieusement. À son regard perdu en direction de la vitre, le capitaine estima qu'il était en train de revivre, du moins en partie, l'un des pires cauchemars de sa vie.

— Qu'est-ce qui a changé, après cette affaire de la lingerie ? continua le policier français. Comment a évolué la situation ?

Shepard fit une mimique expressive.

— John McAffleck a été le premier. Il était à *Millhaven* depuis très peu de temps quand cette histoire a eu lieu. Il a surpris une engueulade entre Dubailly et le Japonais dans les douches, quinze jours avant la baston. Apparemment, Takashimura proposait à César une association pour « faire des affaires » en Haïti, une fois sorti du trou.

Magne eut un éclair de lucidité qui lui frappa le cerveau comme un coup de tonnerre.

Haïti. Des affaires en Haïti.

Voilà pourquoi personne n'avait de traces sur la façon dont Shinzo Takashimura s'était occupé durant les huit dernières années.

Il s'était exilé en Haïti !

— Qu'est-ce qu'ils avaient manigancé ? McAffleck t'en a parlé ?

— Non, il n'a pas tout entendu, mais il a vu qu'ils n'étaient pas d'accord. Apparemment, Dubailly lui a lancé un truc du genre : « Je ne te laisserai pas faire ça ! »

— De quoi parlait-il ?

Shepard secoua la tête.

— J'en sais rien. Mais McAffleck est mort deux jours après la bagarre.

— La gorge découpée avec un morceau de lavabo, je sais. Comment ça s'est passé ?

Alan avala sa salive. La peur resurgissait en lui, présente comme ce jour-là lorsqu'il avait compris de quoi le Japonais était capable.

— Takashimura a pété les plombs dans sa cellule. Il a cassé son lavabo à coups de poing. *À coups de poing, putain !* Il y avait du sang partout. Il hurlait comme un damné, et il a été conduit de force à l'infirmerie pour être recousu. Seulement, il y a un truc auquel les matons n'ont pas pensé...

Magne tendit l'index vers Shepard.

— ... C'est à reconstruire le lavabo pour voir s'il n'en manquait pas un bout.

Shepard sourit malgré lui.

— T'es pas si con que ça, flicard.

— Ton compliment me va droit au cœur. Qu'est-ce qui s'est passé, ensuite ?

— On a retrouvé McAffleck dans les chiottes. Il s'était vidé de son sang comme un veau à l'abattoir. Personne n'a rien vu, rien entendu. Le morceau de lavabo était tombé par terre entre ses jambes.

— Où était Takashimura, pendant ce temps-là ?

— J'en sais rien.

— Pourquoi es-tu si sûr que c'est lui qui l'a tué ?

— Qui d'autre aurait pu voler ce morceau de lavabo, Sherlock ? John avait entendu quelque chose qu'il n'aurait jamais dû entendre. Un et un, ça fait deux.

Magne jeta un œil à Lisa, qui suivait passionnément l'échange.

— Tu veux lui poser des questions ?

La jeune femme acquiesça et s'approcha de Shepard. Magne fit un mouvement pour montrer au prisonnier qu'il n'avait pas définitivement rangé sa main droite dans sa poche.

— Lorsque Takashimura vous a sollicité pour agresser Dubailly, comment s'y est-il pris ? demanda Lisa.

Shepard eut un petit rire sans joie.

— Les autres ont sauté sur l'occasion de dérouiller le Black. Moi, je l'ai fait parce que je me suis dit que si le Japonais savait que McAffleck m'avait fait des confidences et que je me méfiais de lui, il allait trouver rapidement un moyen de me descendre.

— Il vous a promis une récompense ?

— Il a dit que chacun de nous aurait de quoi vivre une fois sorti de taule. Et c'est bien ce qu'il a fait pour les autres.

— ... Il les a tous tués ensuite, compléta Lisa.

Shepard lui adressa un regard muet empreint de frayeur, toute velléité d'arrogance disparue.

— Et vous êtes le dernier sur la liste...

Les larmes aux yeux, Alan Shepard acquiesça du menton.

— Et ces affaires, en Haïti... C'était quoi, exactement ?

Shepard secoua la tête.

— J'en sais rien, je vous dis...

Lisa s'agenouilla. Elle lui posa la main sur le bras droit. Celui qui était toujours attaché au lit.

— Alan... dit-elle d'une voix cajoleuse, un sourire radieux collé sur les lèvres. Si vous ne voulez pas qu'il revienne ici, il faut nous aider, allons...

Shepard regarda Daniel et Lisa. Ses yeux affolés passaient de l'un à l'autre, tentant d'évaluer les chances qu'il avait de s'en sortir vivant.

— Vous me promettez que tout ce que je vais vous dire restera entre nous, pas vrai ?

— Promis, dit Lisa.

Magne hocha simplement la tête.

Alan Shepard se passa une nouvelle fois la langue sur les lèvres. Il n'avait plus le choix, à présent.

— Takashimura voulait faire du trafic d'enfants, avoua-t-il en baissant le front, comme s'il avait expiré sa dernière bouffée d'oxygène. Proxénétisme, trafic d'organes, bandes organisées...

Magne siffla et leva les yeux vers le visage de Warwick, qui affichait un sourire impénétrable. La révélation était de taille, mais elle n'avait pas l'air de générer le moindre effet dans l'attitude du directeur du pénitencier. Les yeux fixés sur Shepard, il ne perdait pas une seule parole qui sortait de la bouche du détenu.

Lisa s'écarta instinctivement de l'homme, un air de profond dégoût déformant ses traits.

— Si je comprends bien, résuma le capitaine, vu le passé de Dubailly, il s'est dit que ça serait du gâteau de lui demander de le mettre sur un coup en Haïti, compléta Magne. Des milliers de gosses à la rue, pas de papiers, un vivier inépuisable de victimes... Pour un tueur d'enfants, ça ne devait pas lui poser une crise de conscience trop aiguë...

Shepard opina silencieusement.

— Seulement, objecta le Français, il n'avait pas prévu une chose, une chose *capitale*... Si Dubailly avait effectivement été condamné pour des viols et meurtres d'enfants, il avait *réellement* décidé de s'amender, de faire pénitence, et de demander le pardon de Dieu. C'est ce qui lui a permis de sortir un peu plus tôt, surtout après avoir élu domicile dans un fauteuil roulant pour le reste de ses jours.

— Et lorsque Takashimura lui a proposé le deal, il a refusé tout net, ajouta Lisa.

Shepard hochait toujours la tête. Il était trop tard pour faire marche arrière.

Daniel Magne finit de dénouer les derniers événements :

— Takashimura l'avait déjà pas mal cuisiné pendant des semaines en le protégeant. Il savait tout ce qu'il lui était nécessaire de savoir pour passer à l'action en Haïti. Il n'avait plus qu'à s'en débarrasser, mais en le gardant un minimum en vie pour pouvoir faire pression dessus le cas échéant. Dubailly avait une grande dette envers lui, du moins il le croyait. Il lui serait éventuellement beaucoup plus utile vivant que mort, et il ne serait pas difficile à retrouver par la suite...

Alan Shepard ne bougeait plus, prostré contre le dossier du lit. Le haut de son pyjama était couvert de sueur, et une odeur âcre montait de ses aisselles. Il sursauta lorsque Magne se leva en bousculant son fauteuil.

— Nous en avons terminé, monsieur Warwick.

Le directeur, qui était resté imperturbable durant toute la conversation, se leva lentement à son tour et tira sur ses manches pour éviter d'imprimer un faux pli à la veste de son costume. Il accompagna les deux policiers français jusqu'à la porte, puis il glissa sa carte dans le détecteur magnétique. Il se retourna alors vers le prisonnier qui les regardait s'en aller, l'air maussade, tandis que la porte coulissait dans un chuintement discret.

— Monsieur Shepard... dit Warwick. Rappelez-vous bien une chose...

L'homme releva le nez, hésitant. Le directeur affichait un sourire qui ne se propageait pas jusqu'à ses yeux.

— Je ne vous ai rien promis, moi...

Chapitre 41

Lorsque Jack Harvey était arrivé au Canada, huit ans auparavant, peu de temps avant l'âge de douze ans, il avait fait la connaissance d'un groupe de jeunes voyous du quartier des docks sud, avec lequel il avait appris à survivre au sein des banlieues défavorisées de Montréal. Il n'avait rejoint les Bloods qu'un peu plus tard, quand le gang auquel il appartenait avait été anéanti par une rafle de la SPVM dans le milieu de la drogue. Ils n'étaient que deux ou trois à être sortis libres, trop jeunes pour être incarcérés. Les prisons étaient pleines, on ne savait pas quoi faire d'eux, et on les avait jetés dehors en leur agitant un index mécontent devant le nez.

Les Bloods étaient alors devenus sa nouvelle famille.

Accoudé à un container stocké contre un entrepôt, Jack regardait l'homme qui traversait le quai à quelques dizaines de mètres de lui. En lui retirant le poil qu'il avait sous le menton, cela pouvait effectivement fortement ressembler au gamin qu'il avait connu à cette époque. La démarche chaloupée en plus, et des épaules à faire hésiter n'importe qui à lui forcer le passage sur le trottoir.

— Conrad !

L'homme se figea, et il se tourna lentement vers Jack, cherchant à identifier l'inconnu qui l'appelait par son prénom.

Jack se décolla de la paroi gelée et s'avança, les mains ouvertes à la hauteur des hanches.

— Comment vas-tu, Conrad ?

L'interpellé fronça les sourcils et marcha avec précautions vers lui.

— On se connaît, mon pote ? demanda-t-il sèchement.

— Jack Harvey... Le casse de la station USoil, en 2005. Le braquage de la Royal Bank, à Sault-Sainte-Marie, en 2006. Jack... Tu te souviens pas de moi, Conrad ?

— Oh ! Merde ! C'est pas vrai ! Jack !

Les deux hommes se frappèrent la main, avant de s'administrer de solides bourrades dans les épaules, rattrapés par les années d'amitié à partager les mêmes actions communes, les mêmes dangers.

— Qu'est-ce que tu deviens, Jack ? Toujours dans l'arnaque ?

Harvey prit un faux air modeste.

— J'ai pris le contrôle d'une petite bande, les Bloods du quartier Bourassa Nord... Et toi, j'ai entendu dire que tu bosses sur les quais, depuis quelque temps ?

Conrad haussa les épaules comme si le travail avait toujours été une valeur profondément ancrée en lui.

— J'ai un gosse, maintenant. Je ne peux plus me permettre de retourner en taule...

Jack hocha la tête. Il voyait ça d'ici. Un soir de sortie de boîte bien arrosée, Conrad avait tiré son coup avec une de ces délurées qui ne cherchaient qu'à trouver un pigeon pour se faire planter un gosse avant de le forcer à aller au boulot, histoire de pouponner peinard devant *Dallas* ou *Les Feux de l'Amour*.

— Ça doit être sympa, d'avoir une famille... dit-il en essayant de ne pas avoir l'air de mentir.

— Ouais, c'est super... commenta Conrad en jetant un regard lointain au fleuve, confirmant ce que Jack soupçonnait. Dis-moi, qu'est-ce que tu viens faire par ici ? C'est plutôt loin de ta zone d'influence, non ?

— En fait...

Jack hésita. Demander un renseignement à quelqu'un qu'on n'a pas revu depuis des années, c'est lui montrer qu'on ne l'a contacté que pour cela.

— Accouche, Jack. On était des amis. On s'était juré qu'on serait toujours des frères, tu te rappelles ?

Jack Harvey lui sourit. Conrad n'avait pas changé. C'était toujours quelqu'un sur lequel on pouvait compter.

— Trouve-nous un coin tranquille pour discuter, et je te raconte tout.

Tommy pénétra dans la réserve à fond de troisième. La Harley décolla sur les premières ornières et il crut un instant qu'il allait se faire désarçonner par sa moto rendue folle sur les plaques de verglas. Il parvint tant bien que mal à rétablir l'équilibre, et il lança le bolide dans un chemin enneigé menant au centre de la forêt qui ceinturait Kanawaghe jusqu'au fleuve.

Une fois quelques centaines de mètres parcourues en maintenant son engin par miracle en équilibre sur la piste étroite, il bifurqua vers un fossé où il pensait pouvoir la dissimuler. Au moment où il engageait la roue avant au bord du trou, il se dit que ce serait une autre paire de manches de la faire sortir, mais à ce moment c'était bien le cadet de ses soucis.

Il ne put pas la retenir quand elle commença à plonger dans l'excavation, déséquilibrée par la neige mêlée de terre qui jaillissait sous sa roue arrière. Il tenta un coup de gaz pour forcer l'arrière à descendre aussi, mais la fourche cogna dans un rocher et il fut instantanément projeté par-dessus le réservoir tandis que le cadre se retournait avant de se coucher entre les blocs de granit recouverts de givre.

Tommy se releva en se tenant le bras gauche, qui avait heurté durement la roche. Il ramassa des branchages qu'il disposa par-dessus le carénage brillant, et il y jeta ensuite des poignées de neige jusqu'à ce que ses doigts ne répondent plus.

Il retourna ensuite à l'entrée du chemin et balaya les traces avec une branche d'épinette, espérant qu'une nouvelle chute de neige effacerait ce qu'il en restait entre le pont et la bifurcation, ou qu'une voiture passerait dessus et les écraserait complètement.

Il recula en balayant soigneusement au fur et à mesure de sa progression, et il ne cessa que lorsqu'il estima qu'il était hors d'atteinte d'une recherche approfondie. Il se tourna alors résolument vers le bois et s'enfonça entre les arbres.

Il n'avait plus qu'une seule chose à faire.

Il n'avait plus qu'un seul endroit où aller.

Chapitre 42

Le Cessna se posa avec douceur, cette fois, et Daniel Magne pensa qu'il allait peut-être finir par se réconcilier avec les avions. L'homme d'affaires qui voyageait avec eux leur avait fait la conversation une partie du trajet, empêchant le trouillomètre de remonter dans les tours. Ce n'était peut-être après tout qu'une question d'habitude, de rodage...

L'inspecteur-chef Lachance les attendait dans la zone d'accueil, le téléphone collé à l'oreille. Il raccrocha alors qu'il les voyait approcher de l'autre côté de la vitre.

— On a du nouveau ! leur dit-il sans préambule en les emmenant vers le parking. La police américaine nous a rappelés ce matin. Sarah Duncan était une scientifique. Ça, on le savait déjà. Mais ils nous ont précisé que c'était une prof de paléoanthropologie à l'université de Philadelphie. Ses collègues la décrivent comme une passionnée, presque une illuminée. Elle s'était mise en disponibilité trois jours avant pour deux semaines de congés.

— Pour venir à Montréal ? demanda Lisa. Mais dans quel but ?

Magne se figea en posant la main sur la portière de la voiture de patrouille.

— Une spécialiste de la préhistoire... Un os... *Un os, bon sang* ! Anatole ! Sarah est venue chercher ce que Joseph a déniché planqué dans la doublure de la portière de la Plymouth ! L'os de trop de Joseph ! Vous avez reçu les analyses des restes que nous avons trouvés ?

Secoué, Lachance considérait le visage exalté du Français.

— Elles sont sur mon bureau, je n'ai pas encore eu le temps de les lire.

— Je suis sûr que c'est ça ! martela Daniel en frappant du poing dans son autre main. Ça commence à s'emboîter, nom d'un chien ! Et la Japonaise du restaurant, qu'est-ce qu'elle vous a raconté ?

Le commandant monta dans la voiture en soupirant.

— Rien. Nous l'avons interrogée toute la nuit, et elle n'a rien voulu nous lâcher sur Takashimura. Elle va quitter la Sûreté cet après-midi pour être incarcérée à Joliette, une prison pour femmes. Les geôles de la rue Parthenais sont déjà pleines, et elles ne sont pas adaptées à une détenue de ce genre. Elle est visiblement liée à la mort de Joseph, et je n'ai pas l'intention de la laisser repartir dans la nature. Au bout d'un moment, elle finira bien par craquer.

Magne haussa un sourcil.

— C'est loin ?

Lachance secoua sa tête d'ours.

— Non, à mi-chemin entre Montréal et Trois-Rivières, à peu près. Deux heures de route, environ... Je veux l'avoir rapidement à portée de main quand elle va céder.

L'inspecteur-chef mit le contact et s'engagea vers la sortie du parking après avoir jeté un œil à sa montre.

— Elle est transférée en fourgon blindé avec une équipe de protection rapprochée. On ne sait jamais. Ils doivent être en route, déjà.

Le capitaine hocha la tête. Mieux valait veiller sur ce témoin capital, effectivement.

— Et vous, ça a donné quoi, cette visite à *Millhaven* ?

Daniel Magne lui relata succinctement les révélations d'Alan Shepard, prouvant que Takashimura avait manigancé le lynchage du Haïtien.

— Ce que je ne parviens pas à comprendre, ajouta le policier français, c'est la raison pour laquelle il s'est interposé dans la bagarre qu'il avait lui-même déclenchée. C'est lui qui a tué Dubailly chez lui. J'en suis certain. Mais pourquoi est-ce arrivé seulement *maintenant*, alors qu'il en avait après lui depuis si longtemps ? Je suis sûr que la raison de ce meurtre est liée à Sarah Duncan. Tout a démarré après son enlèvement. On a l'impression que Takashimura est sur les dents, comme si la situation lui échappait complètement depuis ce moment-là. Il élimine systématiquement tout ce qui peut conduire à lui, et je suis prêt à parier qu'il va tenter d'éliminer madame Katô également.

Lachance secoua la tête avec vigueur. Il mit un violent coup d'accélérateur pour doubler un poids lourd qui se traînait sur la chaussée.

— Impossible. Elle ne mettra pas le nez dehors. Il ne pourra pas l'approcher.

Magne fit la moue. Il tourna la tête vers le carreau, et de la buée se déposa dessus lorsqu'il soupira.

— Si vous le dites...

Un instant passa, saturé par le bruit du moteur lancé à plein régime.

— Le fourgon blindé... dit soudain Magne, il a des vitres, à l'arrière ?

L'officier canadien lui jeta un regard pointu dans le rétroviseur.

— Criss ! Il ne peut tout de même pas...

Il se tut brusquement, les mâchoires serrées pour contenir ses objections qui ne tenaient pas debout.

Si.

Il le pouvait.

Le Japonais avait déjà prouvé qu'il était animé d'une détermination sans limites. S'il avait une possibilité d'abattre Hisae Katô avant qu'elle ne puisse témoigner contre lui, il le ferait.

Lachance attrapa son talkie sur la console de bord.

— Unité C1 appelle le Central. Central, vous me recevez ?

— Affirmatif, émit le haut-parleur nasillard en crachotant. Je vous écoute, C1.

— Mettez-moi en relation avec le fourgon de transfert n° 3, Central. C'est une urgence.

— Je vous branche sur leur fréquence, chef. Juste une petite seconde... Central appelle Unité 3. Un appel prioritaire de l'unité C1. OK, je vous mets en relation. Voilà ! Vous avez la ligne, C1.

— Merci. Unité 3 ?

— Affirmatif, C1.

— Écoutez, les gars. Nous avons de bonnes raisons de croire que vous risquez d'être victime d'une attaque. Certainement au moment où vous sortirez du fourgon, devant le centre de détention. Mettez bien toutes les chances de votre côté pour que...

— *Merde ! Qu'est-ce que c'était que ça ?*

L'inspecteur-chef écarta le talkie de son oreille. Le cri amplifié par l'appareil avait atteint un volume insupportable. Il appuya violemment sur le frein et braqua le volant d'un coup, montant sur le trottoir sans avoir eu le temps de ralentir complètement. Par chance, la voie était déserte.

— Unité 3 ? Unité 3 ? Répondez !

Il y eut un bruit de choc, une succession de cris incompréhensibles, puis une respiration haletante dans le micro.

— *Inspecteur ?*

— Qu'est-ce qui s'est passé, tabarnak ?

— On nous a tiré dessus, chef ! On venait juste de passer Repentigny, et on se dirigeait vers le nord sur l'A40. Il y a des bois tout autour. On ne voit rien du tout !

— Quelqu'un est touché ? Il y a des blessés ?

Magne regardait les lèvres de Lachance tandis qu'il éructait devant le combiné. Il le voyait postillonner au ralenti, essayant de savoir et maudissant le talkie de ne pas répondre assez vite. Il tourna les yeux vers Lisa, qui croisa son regard avec une expression fataliste.

— *La femme !* cria la voix dans le talkie. *Elle a pris une balle dans la tête ! Il y a de la cervelle partout ! Oh ! Merde ! Merde !*

— Ne paniquez pas, Unité 3 ! Y a-t-il un policier atteint ? Je répète : y a-t-il un policier atteint ?

— Non, non, reprit la voix en baissant un peu d'intensité. Il n'y a eu qu'une seule balle, apparemment. Elle a traversé le fourgon de part en part. *De part en part, inspecteur !* Vous vous rendez compte ?

— Arme de guerre, commenta sobrement Magne. Il n'a pris aucun risque de la rater.

— Je vous envoie des renforts et une ambulance, Unité 3, dit Lachance en montant la voix pour couvrir les bruits parasites de la communication. Restez sur place, et ne vous montrez pas aux vitres ! Je pense que vous ne risquez plus rien, à présent. C'est elle que ce fumier voulait. Il doit être loin, à présent. Donnez votre position GPS ! Je répète : donnez votre position GPS, et restez en place. C'est un ordre. Terminé.

— Bien reçu, Inspecteur-chef ! Attendons les secours. Terminé.

— Comment a-t-il su ? murmura Magne en tapotant la vitre avec les ongles. *Si vite* ?

Lisa ouvrit la bouche pour parler, mais Daniel lui fit un signe discret pour qu'elle se taise, qu'il appuya d'un regard pénétrant. Ils venaient apparemment d'avoir la même idée, mais il valait mieux éviter d'en parler en présence de l'officier québécois.

Tommy retrouva sans peine le chemin du puits à travers bois. Il savait que personne ne viendrait le trouver là. Ce trou était inconnu de tous.

À part d'Anihi et de John.

Et de Sarah Duncan, aussi. Seulement elle, elle en était morte. Et il en était la cause indirecte. *Mais en avait-elle révélé l'existence à ses ravisseurs avant de mourir ?*

Le puits était trop récent, et personne ne venait jamais se balader dans ce coin isolé. Surtout avec la réputation de sorcière de la vieille femme.

Il parcourut les dernières dizaines de mètres à découvert avant de descendre dans l'excavation. En levant les yeux un peu plus haut, il pouvait voir le toit de la maison d'Anihi à travers les branches.

Chapitre 43

— Il y a un type qui vient de temps en temps sur les quais, et qui me fait penser à ce que tu me racontes, dit Conrad. Un Japonais, effectivement. Un mec avec un drôle de regard, que t'as pas envie d'aller emmerder... Il est là depuis quelques mois. Il apparaît, et puis il disparaît pendant un moment. Il ne s'attarde jamais. Je l'ai vu deux ou trois fois avec des groupes de jeunes Haïtiens fraîchement débarqués, comme s'il était leur guide local, tu vois ?

— Je crois que je commence à voir très bien, même, grinça Jack Harvey en tâtant la crosse du revolver dissimulé contre sa colonne vertébrale. Est-ce que tu as une idée d'où je peux le rencontrer ?

— Pas la moindre, dit Conrad en écartant les bras. C'est un courant d'air, ce gars-là. Il y a plusieurs semaines que je ne l'ai pas vu dans le coin. Il doit préparer quelque chose ailleurs...

— Tu m'étonnes...

Jack se passa une main nerveuse dans les cheveux pour les repousser en arrière. Il fallait qu'il fasse confiance à Conrad.

— Écoute, lui dit-il, ce Jap' est un tueur comme tu n'en as encore jamais rencontré de toute ta vie, Conrad. Il a déjà descendu plusieurs personnes qui le gênaient, ainsi que d'autres qui auraient simplement pu le faire, et il n'hésitera pas à recommencer s'il se sent coincé. Alors, évite-le absolument, mais préviens-moi si tu le revois passer par ici.

Conrad observa le visage fermé de son ami. Il vit que Jack était véritablement sur les nerfs, et il s'abstint d'insister.

— OK, dit-il enfin. Je te préviendrai. Je te trouve comment ?

Jack se releva et lui tendit la main.

— Je n'ai pas de téléphone. Je déteste ça. Viens dans le quartier nord. Les Bloods te trouveront et me préviendront. Je vais passer le mot. Sois tranquille, tu ne risqueras rien chez moi. Tout le monde veut retrouver qui a assassiné César.

— Un complice ? Tu penses que Takashimura a un complice dans la police ?

Daniel Magne plongea son regard dans les yeux incrédules de Lisa. Le commandant les avait laissés à l'entrée du Centre de la Sûreté pour courir aux nouvelles. L'effervescence qui régnait dans le hall montrait que l'ensemble de la maison était au courant de l'attaque du fourgon cellulaire. La jeune femme ne put s'empêcher de jeter un œil suspicieux autour d'elle. Parmi tous ces fonctionnaires en uniforme, qui circulaient d'un air affairé d'un bureau à un autre, n'importe qui pouvait avoir été corrompu.

Magne l'attira loin de l'accueil, et il franchit avec elle la porte magnétique en montrant la carte que lui avait remise l'inspecteur-chef Lachance le jour de sa première visite au centre. Il la précéda près des cages d'ascenseurs, et il la fit monter dans la première cabine qui se libéra avant d'appuyer sur le bouton du dernier étage.

— J'en suis persuadé, ajouta-t-il à voix basse dès qu'ils furent seuls. Comment aurait-il pu savoir aussi rapidement que cette femme allait être transférée à Joliette ? Tout s'est décidé beaucoup trop rapidement pour qu'il ait eu le temps d'espionner le centre par ses propres moyens. Surtout que l'on connaît son visage, maintenant, et qu'il est recherché par toute la police du Canada. N'oublie pas qu'il a enlevé Sarah Duncan dans les sous-sols d'un bâtiment où se tenait une réunion de Francopol. À mon avis, Takashimura dispose d'un réseau à Montréal. À l'hôpital, quand il m'a demandé de rester pour tenter de filer un coup de main à l'enquête, Lachance m'a parlé des différents groupes de délinquants qui sévissent en ville. Je suis prêt à parier que le Japonais dirige, ou en tout cas fait partie d'une branche locale d'un syndicat de yakusas. Le vol de la camionnette a été très rapide, lui aussi. On ne peut pas improviser un truc comme ça tout seul, ni même à deux ou trois en un délai aussi court, et sans avoir une taupe à la source même des informations. Quelqu'un le renseigne, Lisa. C'est incontournable. Il nous reste à trouver qui...

La jeune femme le regardait intensément. Le numéro d'étage clignotait en progressant vers le douzième niveau. Ils passèrent le cinquième, puis le sixième.

— Tu as une idée ? s'enquit Lisa.

— Je n'en suis pas sûr. Pas encore...

Septième...

— Tu ne veux pas m'en parler ?

Magne hésita. Si son idée se révélait fausse, il pouvait tout mettre par terre en dirigeant l'attention de Lisa vers une mauvaise personne tout en alertant la bonne.

Huitième...

— Je ne préfère pas. Je n'ai aucune preuve.

Neuvième...

— *Ce n'est pas l'inspecteur-chef, tout de même ?*

Le tintement de la sonnette de la cabine retentit juste avant qu'elle ralentisse en arrivant au dixième étage. La porte s'ouvrit sur une secrétaire qui s'engouffra avec les bras chargés de dossiers.

— Vous montez où ? demanda-t-elle.

Voyant qu'elle ne pouvait pas appuyer sur les boutons sans risquer de faire tomber ses papiers, Magne se proposa pour le faire à sa place.

— Quatorzième. Merci.

— Ah ? Nous aussi.

La femme leur sourit. La porte se referma derrière elle. Elle se tourna alors pour faire face à l'ouverture. Lisa jeta un regard à Daniel, mais celui-ci avait les yeux dans le vague. Il regardait la paroi sans la voir, comme s'il essayait de discerner la vérité au travers du métal brossé qui lui renvoyait un reflet imparfait.

Tommy atteignit le fond du trou en descendant avec précaution les traces de godets que la pelle mécanique, puis le forage, avaient laissées. Il manqua plusieurs fois de glisser sur des morceaux de glace accrochés à la roche, mais il y en avait de moins en moins au fur et à mesure qu'il s'enfonçait sous la surface de la Terre. Bientôt, il sentit le fond sous les semelles de ses bottes de moto. L'absence de l'eau le rassura. Il trouva à tâtons l'ouverture qui s'était effondrée lors de la dernière explosion de dynamite. Celle qui donnait sur les ossements.

Tommy avait tout perdu. Il ne sortirait jamais de ce trou, il en était conscient. Il l'avait lui-même décidé lorsqu'il avait empoigné le fusil de Mike pour aller venger Deborah. De cette façon, il avait réparé une partie de ses fautes vis-à-vis de son peuple, mais sa traîtrise était trop lourde à porter. Il ne pourrait plus jamais supporter le genre de regard que Mike avait posé sur lui quand il lui avait ouvert sa porte, emprunt de mépris glacial et de révulsion. Il ne pourrait pas affronter une nouvelle fois l'indifférence impassible d'Anihi, comme s'il n'existait déjà plus.

Il avait déshonoré les siens en volant cette barrette à Anihi et en l'offrant à l'Américaine. Il avait vu les yeux de la scientifique briller quand elle l'avait remarquée sur une étagère, dans l'entrée de la maison de la vieille femme, lorsqu'elle était venue la première fois pour voir le squelette. Elle avait tout de suite saisi que l'objet était ancien, et qu'il était authentique. Depuis qu'il l'avait rencontrée, sur ce forum de paléontologie, quelques mois auparavant, il désirait tellement attirer son attention... Lui prouver qu'il était quelqu'un, lui aussi. *Il voulait tellement la posséder...*

Tommy était d'un naturel curieux et, un an plus tôt, il avait voulu savoir pourquoi le géologue que John avait embauché pour creuser le puits d'Anihi avait soudain cessé le travail, et pourquoi la vieille femme avait ensuite continué à se rendre au fleuve une fois par jour pour remplir ses seaux. D'après ce qu'il avait compris, il ne restait plus qu'une douzaine de mètres à creuser avant d'arriver à la nappe phréatique.

Lorsqu'il était plus jeune, Tommy venait souvent à la pêche dans ce coin-là, avant qu'il se lie avec les *Warriors*, puis qu'il les quitte deux ans plus tard, avant qu'il rencontre quelques bikers dans un bar du centre-ville, et qu'il comprenne que le trafic de drogue rapportait beaucoup plus que le travail, et beaucoup plus vite.

Il avait mis sur pied une véritable petite organisation avec les *Warriors* de Kanawaghe, et établi un commerce florissant avec d'autres gangs de la ville, ce qui lui avait permis de s'acheter une splendide moto américaine qui attirait les regards envieux de tous les adolescents de la réserve.

Tommy savait que John avait des doutes sur l'origine de la manne soudaine qui lui permettait de vivre mieux à vingt ans que la majorité des autres Mohawks à la fin de leur vie, mais le vieux chef ne lui avait jamais fait de remarques à ce sujet. John comptait toujours sur l'intelligence des siens pour qu'ils sachent où devaient se tenir les limites.

John avait eu tort...

Le lendemain du jour où l'entreprise de terrassement avait plié bagage et était partie, Tommy était descendu dans le trou, et il avait trouvé le squelette. Une paroi avait cédé, libérant une anfractuosité d'une dizaine de mètres de diamètre sur deux de haut, dans laquelle reposaient des restes humains. Il n'y avait aucun objet funéraire, aucune trace d'un ancien foyer, aucun bijou. Juste quelques os alignés qui avaient été protégés de l'air pendant un laps temps inconnu, mais qu'à vue de nez Tommy avait estimé très long. Le crâne, anormalement petit, comme les membres, lui avait paru étrange à la lumière de son briquet. Ses arcades formaient de grosses protubérances au-dessus de ses orbites, et il avait l'air très ancien. Vraiment très ancien.

Si c'était le cas, ça devait valoir du fric.

Beaucoup de fric...

N'osant pas y toucher, il en avait pris quelques photos avec son téléphone portable. Il s'était dit qu'il pourrait peut-être trouver des renseignements sur Internet pour dater le corps, et peut-être toucher le pactole. Et c'est là qu'il s'était mis en quête d'un site d'informations sur les recherches préhistoriques, pour trouver un spécialiste à qui poser la question. Sur ce site, il y avait un forum, où tous les passionnés échangeaient leurs avis sur les résultats de leurs travaux.

C'est là qu'il avait rencontré Sarah Duncan.

Tommy s'assit contre la paroi de pierre. Il faisait moins froid qu'à la surface, et l'absence de son blouson le gênait moins. Il ne devait pas y avoir plus de dix degrés au fond de la fosse, mais c'était toujours plus confortable que le gel. Il s'adossa le plus loin possible de la verticale du trou et alluma une cigarette. Sa dernière.

Celle du condamné.

Chapitre 44

L'inspecteur-chef était au téléphone lorsqu'ils frappèrent à son bureau. Ils s'assirent en silence, attendant qu'il ait terminé sa communication. Magne avait toujours un air absent et, malgré tous ses efforts, Lisa ne parvenait pas à capter son regard. Le plafond semblait accaparer l'essentiel de son attention. Lachance raccrocha lorsqu'il eut terminé de donner ses consignes à l'équipe de secours qui se rendait sur place pour venir en aide au fourgon nº 3.

— C'est impensable ! Ce type va nous rendre complètement dingues !

Le géant se frotta les paupières, comme s'il essayait d'évacuer un mauvais rêve persistant.

— Vous avez les résultats d'analyse de la poudre blanche que nous avons récoltée dans la Plymouth, Anatole. On peut y jeter un œil ?

Le son de la voix du capitaine sortit l'officier québécois d'une espèce de stupeur paralysante.

— Oui. Les analyses...

Il souleva deux dossiers et exhuma une enveloppe blanche estampillée du cachet du laboratoire de la Sûreté. Il l'ouvrit et consulta rapidement le document, puis il le tendit à Magne en l'interrogeant du regard. Le

Français lut le compte rendu et écarquilla les yeux en sifflant entre ses dents.

— Dix millions d'années ! *Ce truc a dix millions d'années !*

Il tendit ensuite la feuille à Lisa qui la parcourut à son tour.

— Qu'est-ce que ça veut dire, au juste ? demanda-t-elle en rendant l'imprimé à Lachance.

L'inspecteur-chef se gratta la tête.

— Je ne suis pas un spécialiste de la question, mademoiselle Heslin, dit-il, mais ça me semble rudement vieux pour des poussières d'os humains...

— Mais...

Lisa se tut. Elle ne comprenait plus rien du tout.

— Sarah Duncan était paléontologue, Lisa, précisa Daniel. Plus exactement, paléoanthropologue. Elle a trouvé quelque chose qui devait s'apparenter à une bombe nucléaire scientifique, si tu veux mon avis. Tu as déjà entendu parler de Lucy ?

— Heu... Oui. *In the Sky with Diamonds* ?

Daniel laissa échapper un petit rire.

— Je vois que tu connais la petite histoire[1]... La découverte de 1974 a fait école, depuis. Lucy a longtemps été considérée comme la grand-mère de l'humanité. Le plus lointain ancêtre en remontant vers la bifurcation entre les hominidés et les australopithèques. Mais en fait, Lucy était elle-même une australopithèque, et la bifurcation remonte à bien plus loin encore. Je n'en sais pas plus, mais il me semble bien que Sarah Duncan

1. Lorsque le squelette de cette australopithèque a été découvert, la radio qu'écoutaient les scientifiques diffusait cette chanson des Beatles sur les ondes...

ait fait voler en éclats ce vieux concept à plus de cinq millions d'années en arrière !

— Tu... tu crois que c'est pour ça qu'elle est morte ? *Pour un os ?*

— Je n'en sais rien, Lisa. Mais la coïncidence est tout de même troublante, non ? Juste au moment où elle met la main sur ces vestiges, elle est assassinée...

Magne se tourna vers Lachance.

— Vous avez fait analyser cet os de trop qui a été trouvé sur Joseph ?

L'inspecteur-chef hocha lentement la tête.

— Il a trop été abîmé par le feu pour être exploitable. Mais sa forme est celle d'une vertèbre d'hominidé. Les experts se sont acharnés là-dessus pendant des heures, et leurs conclusions sont formelles. Elles indiquent une forte courbure de la colonne vertébrale. Plus que la nôtre. Mais la créature à laquelle elle appartenait marchait debout. Elle ne devait pas mesurer plus de 1,30 m. En revanche, la chaleur a détruit tout ce qui aurait permis de le dater.

— Aucune importance, trancha Daniel. Nous savons que la poussière provient de cet os.

— Ce genre de découverte ne se produit pas en Afrique, plutôt ? Intervint Lisa. En Éthiopie, au Tchad, dans ces coins-là...

— Vers la vallée du Rift, oui, confirma Daniel Magne. C'est la sécheresse qui permet la conservation des ossements. Mais le gel peut le faire aussi bien. On a trouvé des corps de mammouths entiers enfouis dans les profondeurs de la glace, au Danemark et au Canada.

— Des mammouths, peut-être, convint Lisa. Mais pouvait-il y avoir des humains extrêmement primitifs sous ses latitudes, sans vêtements pour les protéger du froid ? C'est complètement insensé ! Même nous ne pourrions pas y survivre plus de quelques jours avec un équipement moderne !

— Le squelette auquel ces vestiges appartiennent n'a pas été retrouvé sous la glace, mais ici, près de Montréal, dit pensivement Daniel. Sarah Duncan a précipitamment posé deux semaines de congé avant de prendre l'avion. *Mais elle avait loué une voiture pour revenir aux États-Unis.* Elle avait ainsi moins de chances de se faire repérer en passant l'os à la frontière. C'est pour moi la seule et unique raison pour laquelle elle préférait la route pour rentrer. Elle savait qu'elle était sur un gros coup, mais elle voulait certainement analyser la vertèbre et être certaine des résultats de la datation avant de revenir chercher le reste du squelette.

— Mais pourquoi a-t-elle fait une chose pareille ? Ce n'est pas interdit de faire des fouilles paléontologiques, quand même ? objecta la jeune femme.

Magne se recula dans son siège. Un petit sourire flottait sur ses lèvres, qui irrita instantanément Lisa.

— Ça dépend *où*...

Chapitre 45

— Impressionnants, tes gars, Jack ! dit Conrad en dissimulant un sourire devant l'air mauvais de Beaver.

L'adolescent poussa Conrad en avant d'un coup rageur sur l'épaule.

— Ce type dit qu'il te connaît et veut te parler, Jack ! Il se balade chez nous comme à la plage en parlant à tout le monde dans la rue !

— Du calme, Beaver. Je vous avais tous mis au courant que mon ami Conrad allait me rendre visite. Qu'est-ce qu'il y a ? Pourquoi tu t'énerves comme ça ?

Beaver baissa les yeux sur ses chaussures trouées, le front buté.

— Je veux pas qu'il t'arrive la même chose qu'à César.

Jack se leva et lui redressa la tête. Puis il le prit par les épaules et le secoua sans rudesse.

— Regarde-le, Beaver. Conrad est un ami, un vrai. Entre lui et moi, il y a quelques années, c'était *à la vie à la mort.* Tu comprends ? Ça n'a pas changé. Tu peux avoir confiance en lui comme en moi-même.

— *C'est un Blanc !* contra Beaver, à bout d'arguments.

— À l'intérieur, il est de la même couleur que nous, dit Jack d'un air pénétré. Maintenant, laisse-nous. Nous avons à parler.

Jack fit signe à son ami de le suivre et le conduisit à travers un dédale de voitures abandonnées jusqu'à l'entrée de sa cave. Tandis qu'il actionnait la serrure, Conrad jeta un œil surpris autour de lui, observant avec incrédulité les entrepôts aveugles qui s'élançaient vers le ciel bas et lourd comme un sac prêt à crever.

— Tu as choisi un drôle d'endroit pour t'établir...

Jack eut un petit rire.

— Je suis au milieu de mon territoire, immédiatement opérationnel en cas de pépin. Je ne dépends de personne, je peux vivre la nuit sans me faire remarquer par le bruit, et sortir quand ça me plaît sans que personne soit au courant. Parfait pour moi.

Il fit entrer Conrad derrière lui et calfeutra le dessous de la porte d'acier avec des vieux vêtements après avoir allumé une bougie pour s'éclairer.

— Assieds-toi quelque part où tu trouveras de la place. Café ? Bière ?

— Bière, merci ! Il fait bon, ici... Comment tu te débrouilles pour chauffer ?

— Le chauffage central de l'usine est dans le local juste à côté. Un peu bruyant quand ça se déclenche, mais efficace. J'ai un petit réchaud à gaz pour la bouffe, mais pas de frigo. Ça me suffit. Les gosses dehors n'ont pas tous ce luxe...

Conrad opina silencieusement. Il avait vécu ça, quelques années plus tôt. Jack posa les deux bières sur un vieux rouleau de bois qu'il avait couché au milieu de la pièce, et dont il se servait de table. Ils s'assirent dans des chaises déglinguées récupérées dans des locaux à poubelles et rafistolées avec les moyens du bord.

— Alors, raconte ! dit Jack. Qu'est-ce que tu as trouvé ?

Conrad fit sauter la capsule de sa Bud. Il engouffra une longue lampée de bière, et émit un rot sonore.

— Ton Asiatique est bien un Japonais. Il s'appelle Takashimura. Shinzo Takashimura. Il est arrivé fin janvier 2010 à Montréal. Il débarquait d'un bateau en provenance de Saint-Domingue. C'est un type du port qui m'en a parlé. Il a vu ce Jap' pousser un mec par-dessus bord parce qu'il l'avait bousculé en descendant la passerelle. En janvier ! Un vrai fêlé ! Dès qu'il a mis un pied sur le quai, Takashimura a demandé des renseignements sur un certain César Dubailly.

Les yeux brillants, Jack serrait sa bière si fort que ses phalanges blanchissaient.

— Personne ne connaissait ce type, et même si quelqu'un avait su où était ton César, je ne crois pas que quiconque le lui aurait dit.

Conrad avala une nouvelle rasade de bière, puis il continua après avoir claqué de la langue pour marquer sa satisfaction.

— Ce Japonais est recherché par toute la police du Canada pour le meurtre d'une Américaine et de deux jeunes officiers de la Sûreté du Québec. Si c'est bien lui qui a tué Dubailly, tu as affaire à un véritable psychopathe, Jack. Fais attention où tu mets tes fesses, mon ami !

Jack hocha la tête. Il savait déjà tout cela.

— C'est tout ?

— Non.

Conrad termina sa bière et la sirota à vide de façon éloquente. Jack se leva et lui en rapporta une autre.

— Je t'écoute.

— Takashimura a rejoint un syndicat de yakusas. Il fait du trafic de plein de trucs dangereux : armes, drogue, contrats louches, etc. Mais ce n'est pas tout.

Devant l'air hésitant de son ami, Jack devina que le morceau était gros à avaler.

— Continue...

Conrad baissa les yeux.

— Il... Il fait venir des enfants d'Haïti.

— *Quoi ?*

Le plus simple était de fournir à Jack les données brutes qu'il avait récoltées. À lui de faire le tri ensuite.

— Depuis le tremblement de terre de janvier dernier sur l'île, il y a des milliers de gosses orphelins, blessés, malades, qui traînent dans les rues dévastées de Port-au-Prince. Des proies faciles...

— Ne me dis pas que...

— Si. Takashimura a affrété plusieurs bateaux pour rapatrier des dizaines d'enfants au Québec, aux États-Unis et en Amérique du Sud. Pour la prostitution.

— Oh ! L'enfoiré ! *La sale ordure de fils de pute !*

Jack s'était levé d'un bond et mettait de violents coups de pieds dans tout ce qui se trouvait en travers de son passage. Des objets volèrent avant de se fracasser contre le mur de béton brut.

— C'est là qu'il s'est heurté à Dubailly.

Jack se figea et se tourna vers son ami.

— C'est bien lui qui l'a tué, c'est ça ?

Conrad leva les mains en signe d'ignorance.

— En tout cas, Dubailly a été condamné dans les années quatre-vingt-dix pour viol et meurtre sur des enfants.

— C'est faux ! hurla Jack. C'est un tissu de conneries ! César était incapable de faire une chose pareille !

Impassible, Conrad considéra le visage empourpré de Jack qui se tenait au-dessus de lui, menaçant.

— Pardonne-moi, Jack, mais il l'a lui-même avoué, et il s'est confessé de ces faits au père Marcellin – celui qui s'occupe des déshérités, sur les quais – avant d'être pris par la police, en 1999. C'est lui qui me l'a dit.

Jack se prit la tête dans les mains.

— C'est impossible ! *Impossible...*

Conrad décapsula sa deuxième bière.

— D'après ceux que j'ai interrogés, poursuivit-il, quand Dubailly est sorti du pénitencier, en 2006, il était complètement paralysé des deux jambes. Il ne se déplaçait plus qu'en fauteuil roulant. Mais il est retourné voir le père Marcellin, *et il s'est confessé une nouvelle fois.*

Jack releva la tête. Des larmes de rage lui embuaient les yeux, et il ne pensait même pas à les essuyer. Conrad se pencha en avant, appuyant ses phrases d'un mouvement de sa bouteille de bière.

— C'est à ce moment-là qu'il a décidé d'aider les enfants défavorisés, et de vouer le reste de sa vie à les protéger, de toutes les façons possibles. Il avait besoin de payer pour ce qu'il avait fait, et c'est comme ça qu'il t'a pris sous son aile, Jack, comme beaucoup d'autres gamins d'Haïti. Mais ce n'était plus le même homme que celui qui avait assassiné des enfants sept ans plus tôt. Il l'a fait pour se racheter devant Dieu.

Jack mit un coup de poing dans le mur.

— Il a appris ce que faisait Takashimura, et où il allait chercher ces gosses. Il a dû vouloir se mettre en travers de son activité, et c'est pour ça que cette ordure l'a descendu.

— C'est aussi ce que je me suis dit, acquiesça Conrad. Takashimura est appuyé par les yakusas. Ils s'occupent de tas de contrats. Ils gèrent des assassinats un peu partout où il y a de la demande. Et surtout, ils ont des bons plans pour faire transiter les armes de l'étranger. Des États-Unis et du Mexique, surtout.

— Ah oui ? Et par où ?

Conrad suçota le goulot de sa deuxième Bud. Il lui en restait encore une petite lampée qu'il faisait durer sur le bout de la langue.

— Il y a un endroit, près d'ici, où les lois ne sont pas tout à fait les mêmes que dans le reste du Canada. Un endroit où la police ne met pas trop le nez, depuis quelques années. Voire pas du tout. Idéal pour ce genre de trafic. Il paraît même qu'on peut y faire pousser du cannabis à l'air libre. Il paraît que même les mômes se font des couilles en or en vendant simplement des cigarettes de contrebande.

Conrad regardait le plafond, souriant d'un air rêveur.

— C'est *où*, Conrad ?

Le jeune homme termina sa bière, puis il regarda Jack. Les traits tendus, celui-ci ne pensait plus qu'à la vengeance, et rien ne pourrait plus l'empêcher de l'obtenir.

— Kanawaghe, dit-il en articulant bien les syllabes. Sur la Rive-Sud du fleuve. La femme américaine qu'il a tuée a été retrouvée juste devant l'entrée de la réserve des Mohawks... Ce n'est pas un hasard. Elle le gênait pour une raison précise, et il l'a jetée là pour attirer l'attention de la police sur ces Indiens. Seulement ça... je ne sais pas pourquoi. Si toi tu parviens à le savoir, tu pourras peut-être mettre la main dessus...

Chapitre 46

La température baissait lentement dans la caverne au fur et à mesure que le soir approchait. La lumière provenant de l'ouverture diminuait au ralenti, montrant que le ciel nuageux avait déjà voilé depuis longtemps le jour, et produisait un effet de crépuscule prématuré qui se répercutait sur la paroi humide.

Tommy s'était allongé à côté du squelette, les bras croisés sur la poitrine. Il avait fermé les yeux, et les images étaient revenues toutes seules, sans qu'il ait eu besoin de recourir à des artifices pour évoquer la belle Américaine et ses seins lourds. Elle avait tenu parole, et même au-delà de ses plus folles espérances. Elle lui avait promis qu'il n'oublierait jamais ce qu'elle allait lui offrir, et il en avait encore des frémissements au creux des reins rien qu'à être couché là où elle s'était donnée à lui avec toute sa violence de femme passionnée.

— S'il s'agit bien de ce que j'espère, Tommy, avait-elle dit, tu seras comblé comme jamais tu ne l'as été, et aucune femme ne te fera plus jouir comme ça de toute ta vie.

Il avait ri, gêné malgré lui par l'assurance un peu agressive de la scientifique. Elle avait un visage un peu anguleux, mais ses formes pleines et charnues l'avaient séduit même à travers l'objectif de la webcam de son ordinateur. Ils ne s'étaient pas encore rencontrés de vive voix, et il s'était demandé si elle tiendrait sa promesse. Lorsqu'elle était tombée sur les photos qu'il avait placées sur le forum en demandant si quelqu'un avait une idée de ce que pouvait bien être l'origine des ossements, elle l'avait immédiatement contacté et lui avait demandé de lui garder l'exclusivité de la nouvelle. Elle avait expliqué qu'il s'agissait d'une découverte importante, et que cela ne devait pas tomber entre toutes les mains.

Tommy revoyait encore son visage contracté sous l'effet de l'émotion, lorsqu'elle avait délicatement essuyé les os avec un pinceau au poil très doux, comme s'il s'agissait d'une poupée en porcelaine d'une valeur inestimable qu'elle s'apprêtait à mettre en vitrine dans un magasin d'antiquités de luxe. Elle avait les yeux brillants, et sa poitrine tendue se soulevait au rythme de sa respiration terriblement excitée. Ses narines palpitaient comme après une course d'endurance, et ses poumons émettaient des petits râles presque inaudibles, proches du gémissement.

Tommy s'était approché d'elle pour observer de plus près ce qu'elle était en train de faire. Elle l'avait regardé d'un air halluciné, puis elle avait souri d'une manière qui lui avait immédiatement donné une violente et incontrôlable érection. Elle s'était levée, avait posément ôté sa veste, puis sa chemise, et enfin son soutien-gorge. À aucun moment ses yeux n'avaient quitté les siens. Elle avait enjambé le squelette et s'était mise à genoux devant lui pour lui déboutonner son jean. Elle le lui avait ensuite fait lentement glisser d'une main le long des jambes, tandis qu'elle lui mordait le sexe à travers son caleçon. Il s'était senti durcir au-delà de toute expression lorsqu'elle avait libéré son membre comprimé par le tissu avant de refermer ses lèvres dessus.

Il avait la tête qui tournait, les jambes tremblantes de désir. Elle avait pris ses seins à pleines mains, les avait plaqués contre ses testicules, et il s'était cru en proie à une fournaise soudaine qui s'était mise à lui dévorer le bas-ventre.

Ses souvenirs étaient plus flous, ensuite, mais il avait encore en mémoire l'explosion de plaisir qui lui avait tiré de sa propre gorge des plaintes dont il ignorait jusqu'à l'existence. L'Américaine ne l'avait pas lâché jusqu'à la fin de sa jouissance, l'accompagnant en lui enserrant les fesses jusqu'à ses derniers spasmes alors qu'il avait du mal à se tenir encore debout.

Elle l'avait ensuite laissé se coucher sur le sol, et l'avait complètement déshabillé, puis elle avait enlevé ses derniers vêtements et s'était jetée sur lui en le chevauchant brutalement. Il s'était senti renaître en quelques minutes, et il l'avait prise au milieu de ses cris de chat sauvage qui se répercutaient entre les parois de pierre. Il avait perdu le sens du temps et de tout ce qui n'était pas leurs deux corps étroitement réunis.

Il avait oublié qu'ils n'étaient pas très loin de la maison d'Anihi.

— Cela a assez duré ! dit le vieil homme assis en tailleur sur le tapis.

Shinzo Takashimura s'inclina, les deux mains jointes devant son visage fermé.

— Oui, Senseï.

— Je veux que ces reliques disparaissent aujourd'hui !

La tête toujours inclinée, Takashimura entrouvrit les yeux.

— Mais...

— Silence !

Le patriarche attendit que son ordre fasse effet, puis il continua.

— Si le gouvernement met les pieds dans la réserve, nous allons perdre toutes les facilités que nous offre le transit de nos marchandises hors de la vigilance de la police.

— Si la femme avait parlé, Kanawaghe aurait grouillé de scientifiques et de militaires, Senseï. Notre commerce aurait été stoppé net.

Le vieil homme hocha brièvement la tête. Ses yeux flamboyaient de colère.

— Je sais cela, Shinzo. Et c'est la raison pour laquelle je t'ai épargné jusqu'ici. Tu as pensé bien faire. Mais tu as commis une grossière erreur. Ce n'est pas en faisant accuser les Mohawks que tu allais nous sortir de là.

Takashimura baissa la tête encore plus bas.

— Pardon de vous contredire, Senseï, mais depuis que cette Sarah Duncan avait identifié le squelette comme étant une source inestimable de revenus, le marché à Kanawaghe était fortement compromis. Il fallait faire comprendre aux Mohawks qui voulaient tourner leurs intérêts vers elle que c'était la moins bonne des choses à faire.

Le vieil homme leva le menton et considéra le guerrier agenouillé devant lui. Le raisonnement n'était pas complètement dénué de bon sens, même si les événements commençaient à lui donner tort. Takashimura avait toujours été un bon élément, et cela malgré les périodes qu'il avait passées en prison. Ces années de captivité en avaient fait un homme rude, qui n'avait plus peur de rien.

À part de lui.

Le patriarche sourit intérieurement. Il pouvait lui laisser encore une chance d'essayer de résoudre le problème du squelette de la réserve.

— C'est déjà une excellente chose que tu aies pu avoir ce renseignement avant qu'il ne soit trop tard. Comment as-tu fait ?

Shinzo Takashimura respira un peu plus librement. Il allait peut-être survivre à cette journée, finalement.

— L'un de mes hommes était dans un bar de la banlieue nord, un soir, lorsque l'un des jeunes motards d'une bande de *Hell's*, un Mohawk, s'est vanté devant ses copains d'avoir eu les faveurs d'une Américaine contre un morceau de squelette trouvé dans la réserve. Il a dit qu'elle était comme folle, et qu'elle lui avait montré ce que c'était qu'une vraie salope. Mon lieutenant n'a pas trouvé ça normal, Senseï, et il m'a rapporté l'affaire. Alors j'ai organisé une planque devant la réserve avec deux hommes à moi. Quand elle y est retournée, je l'ai suivie jusqu'au centre-ville. Vous connaissez la suite...

Le vieil homme observa Takashimura en hochant lentement la tête.

— Tu as eu la présence d'esprit de la faire disparaître rapidement, c'est déjà très bien. Les dégâts auraient pu être plus importants si tu étais passé à côté de l'information.

Shinzo ne releva pas le buste, les mains toujours jointes devant lui en signe de soumission, mais il respirait plus librement.

— Va, maintenant. Et assure-toi que ces ossements ne seront jamais retrouvés.

Takashimura s'inclina jusqu'à terre, et il se remit debout avant de s'éclipser à reculons sans regarder le vieillard dans les yeux.

La pièce resta silencieuse quelques instants, puis le petit homme âgé, aussi fragile qu'un fétu de paille, claqua des doigts.

Il y eut un mouvement derrière lui, et un montant du paravent glissa sans bruit.

— À tes ordres, Senseï, dit une voix.

— Le visage de Takashimura est connu de la police. Je veux que toute trace de cette affaire disparaisse.

— Bien, Senseï. Et le policier français qui l'a aperçu dans le parking ? C'est le seul à pouvoir témoigner contre lui, à présent... Il est intelligent, et il pourrait remonter jusqu'à nous. Je pense qu'il a des soupçons... Ma couverture ne tiendra pas bien longtemps s'il flaire la piste.

Le vieil homme approuva d'un mouvement sec du menton.

— Très bien. Occupe-toi de lui aussi. Va.

Il fit un geste bref du poignet et sa manche de kimono émit un bruit de branche qui casse. Le paravent glissa à nouveau et il se retrouva seul dans la pièce vide. Sur le mur qui lui faisait face, le portrait de son père le regardait d'un air sévère. Senseï Yasaka salua la photographie avec beaucoup de respect. Le visage ascétique de son géniteur le toisait de haut. Il n'aurait certainement pas apprécié que son fils fasse appel aux services d'un flic blanc corrompu. Mais les temps changeaient, et il fallait s'adapter. Sans compter qu'il était toujours meilleur pour les affaires de se débarrasser d'une planche pourrie que d'une saine. Il fallait laisser l'officier de la Sûreté faire le ménage, et le mettre hors jeu ensuite. Pas de témoin. L'intérêt majeur du syndicat d'abord.

Yasaka se leva ensuite avec une souplesse étonnante, puis il se mit en garde. Pour évacuer les mauvaises pensées qui avaient gâché sa journée, il attaqua par un kata particulièrement difficile pour se vider l'esprit.

Bientôt, la pièce ne résonna plus que des coups portés dans le vide, et de la respiration contrôlée qui sortait de la poitrine creuse du vieil homme.

Chapitre 47

Le téléphone de l'inspecteur-chef grésilla.

— Oui ? demanda-t-il en appuyant sur le bouton rouge clignotant.

— Le sergent Grangé, Inspecteur, dit la voix nasillarde de sa secrétaire, déformée par le micro. Il pense que c'est très important et que je dois vous mettre en communication immédiatement.

— Très bien. Passez-le moi.

Il y eut un déclic.

— Lionel ? Qu'y a-t-il ?

— J'ai une information d'un de nos indics sur le port. Ça concerne le Japonais.

Lachance appuya sur le haut-parleur de son combiné.

— Le capitaine Magne est avec moi. Nous t'écoutons...

— Heu... Il y a un petit curieux, sur les quais, qui pose des tas de questions sur un dénommé Shinzo Takashimura. C'est l'un de mes informateurs, qui tient un bar sur le port, qui m'a mis au courant. J'ai pensé que ça pourrait vous intéresser.

— Tu as bien fait, Lionel. Qui est ce type ?

— Conrad Cussler. Un ancien voyou, un jeune mec qui bosse dur, sur les docks. Pas le genre à embrouilles, d'après ce que j'en ai vu. Il a une petite famille, et il s'est mis au boulot en laissant derrière lui son ancienne vie.

— Et pourquoi s'intéresse-t-il au Japonais, alors ?

— Mon indic n'a pas réussi à le savoir. En revanche, il sait où le môme travaille. Alors, je l'ai localisé, et je l'ai suivi en douce jusqu'au boulevard Bourassa, dans le quartier nord. Ensuite, il s'est fait encadrer par une bande de jeunes blacks avec des blousons rouges, et je l'ai perdu.

— *Jack Harvey...* dit Magne, l'air rêveur. Ce jeune trou du cul essaie de me doubler... J'y crois pas !

— Merci Lionel, bon boulot ! dit Lachance. Serre-moi ce Cussler et amène-le ici, okay ?

Puis il raccrocha, l'air ravi.

— Bon, ça bouge, on dirait... Le loup va sortir du bois !

Magne se leva d'un bond.

— Il faut interroger Jack Harvey, Anatole ! Ce petit con est en train de se foutre de notre gueule !

Le commandant leva une main apaisante.

— Ne t'emballe pas, Daniel. Conrad Cussler sera là d'ici une heure ou deux, le temps de le coincer et de le ramener. Si son profil est bien ce qu'en a décrit le sergent Grangé, il ne nous résistera pas bien longtemps. Une fois qu'un voyou est repenti, qu'il a une femme et un bébé, il devient beaucoup plus accessible aux questions. On aura peut-être alors de quoi alimenter l'interrogatoire de Harvey dans d'autres directions...

Magne hésita, mais le bien-fondé de la réflexion de Lachance s'imposait comme une évidence.

— Je peux consulter Internet ? demanda-t-il soudain.

L'inspecteur-chef sourit.

— Pas de problème. Si tu veux être tranquille, va dans la pièce à côté. Il y en a un autre connecté. Je te préviens quand notre oiseau sera au nid. Un café, mademoiselle Heslin ?

Lisa regarda Daniel se diriger d'un air maussade vers la porte.

— Volontiers ! répondit-elle en souriant. Dites-moi... Je n'ai pas revu Sue Young depuis la course dans la neige, près du *Hokkaido*. Elle va bien ?

Lachance s'était levé pour mettre la machine à expresso en route. Il fit couler une tasse de café et la tendit à la jeune femme.

— Elle a pris un coup de froid ce soir-là, et elle a attrapé un vilain rhume. Son médecin l'a arrêtée pendant quelques jours.

— Oh... fit Lisa en soufflant dans son café brûlant. J'espère qu'elle ira bientôt mieux...

Les yeux noirs de la Française étaient plongés dans la surface moirée de l'arabica fumant.

Le Japonais gara son 4 × 4 sur le bas-côté du chemin menant au golf, et il alluma la veilleuse de bord pour consulter la carte. L'Américaine lui avait indiqué l'emplacement du puits juste après le premier coup de sécateur qui lui avait coupé l'auriculaire de la main gauche au ras de la paume. Cette teigne était tellement coriace que même les brûlures de cigarette n'avaient pas suffi à la faire parler. Il l'avait frappée de toutes ses forces pour faire cesser ses hurlements insupportables et lui répéter encore une fois la même question. Lorsqu'elle s'était évanouie une nouvelle fois, il lui avait arraché ses vêtements, et il avait préparé du plus sérieux. Personne n'avait jamais résisté à ses instruments...

« Où est le puits ? »

En mettant du sang plein la carte, elle avait pointé l'endroit avec le stylo qu'il lui avait donné, et juste après elle avait tenté de le lui planter dans un œil. Pris de rage, il lui avait sectionné tous les autres doigts et il l'avait cognée avec la crosse de son arme jusqu'à ce qu'elle n'émette plus aucun bruit. Elle était devenue méconnaissable, le visage complètement fracassé par le métal qui avait détruit son nez, ses arcades sourcilières, et lui avait arraché quelques morceaux de peau sur les pommettes et sur le front.

Il l'avait ensuite étranglée de ses propres mains, jusqu'à ce que le cadavre avachi pèse suffisamment lourd sur ses avant-bras pour lui faire reprendre peu à peu contact avec la réalité.

Takashimura rassembla ses affaires dans le sac à dos qu'il avait prévu pour ramener le squelette avec lui. Il s'habilla d'une chaude veste doublée de fourrure, chaussa ses épaisses bottes de peau aux semelles crantées prévues pour la neige, puis il enfila ses gants et son bonnet de Thinsulate[1] noir. Il détestait avoir froid, et préférait mettre toutes les chances de son côté pour cette randonnée en solitaire dans une zone qu'il ne connaissait pas. Car s'il avait conclu beaucoup d'affaires avec les Warriors en terme de trafic d'armes et de drogue, il n'avait pour sa part jamais mis les pieds dans la réserve, laissant ce soin à ses lieutenants qui

1. Fibre textile, isolant thermique. Le mot – marque déposée – dérive de l'anglais *thin*, fin, et *insulate*, isolant.

devaient s'assurer que les livraisons correspondaient bien aux commandes.

Il savait d'autre part qu'une certaine partie des Mohawks essayait de lutter contre la délinquance à Kanawaghe, et il ne tenait pas à être personnellement impliqué dans une rixe éventuelle sur le territoire des Indiens. Cela aurait eu un effet désastreux sur ses affaires et sur sa progression dans la hiérarchie yakusa.

Il redémarra le pick-up volé et pénétra dans le sous-bois de quelques dizaines de mètres, jusqu'à ce qu'il soit invisible depuis le chemin. Il ne reviendrait pas le chercher, ayant décidé de franchir le pont Mercier à pied au retour, ce qui lui permettrait de jeter les os dans le fleuve au fur et à mesure de sa traversée. Une fois parvenu sur l'autre rive, il se débarrasserait du sac à dos dans une poubelle quelconque. Le véhicule tout-terrain serait retrouvé sur la réserve, ce qui induirait les flics en erreur, encore une fois.

Il ferma la portière sans la claquer, revint sur ses pas jusqu'à la route, et attendit qu'elle soit parfaitement libre des deux côtés avant de traverser la chaussée. Il assura ensuite le sac sur son dos et franchit la bande de bitume en courant. Il entra dans le bois sur quelques mètres avant de s'accroupir et d'allumer brièvement sa mini torche au ras du sol afin de prendre son azimut de départ. Il orienta la carte avec la boussole de poche qu'il avait agrafée à sa veste, puis il l'éteignit et s'avança entre les branches noires des épinettes.

Tommy sentait le froid entrer sous ses maigres vêtements. Il tremblait malgré lui, honteux de ne pas être capable de mourir dignement. Il serrait fortement les dents pour les empêcher de claquer, mais c'était seulement ce qu'il pouvait faire de mieux. Sous son dos, la roche pointait des éclats tranchants à travers les mailles de son pull-over, lui rappelant douloureusement leur présence à chaque mouvement de son corps.

La nuit était complètement tombée, à présent, et avec le refroidissement de la température les premiers flocons arrivaient jusqu'au fond du puits. Tommy les regardait descendre comme des petits anges de coton dégringolant d'un arbre de Noël, et ses paupières alourdies par l'engourdissement clignaient pour ne pas se fermer.

Le son délicat que rien ne venait recouvrir le berçait lentement, le renvoyant vers des nimbes blancs qui lui tendaient les bras. Il tourna la tête vers la colonne du puits, afin de faire le moins d'efforts possible pour assister au spectacle que la nature lui offrait avant son dernier voyage.

Chapitre 48

— C'est à cause du tremblement de terre, Anatole !

L'inspecteur-chef reposa sa tasse de café, la même expression interrogative que celle de Lisa plaquée sur le visage. Magne venait de ressortir de la salle de l'ordinateur, et il affichait un sourire satisfait, une feuille remplie de notes à la main.

— Quel tremblement de terre, Daniel ?

Le Français prit le temps de se faire une tasse de café et vint s'asseoir près de Lisa. Tandis qu'il trempait ses lèvres dans le breuvage odorant, la jeune femme haussa les yeux au ciel en soupirant. Si Daniel jouait à ce petit jeu, c'est qu'il avait vraiment trouvé quelque chose et qu'il voulait les faire moisir un peu avant de...

— *Haïti* ! *s*'écria-t-elle soudain, tandis que tous les derniers éléments de l'enquête trouvaient brusquement leur place dans son esprit. C'est le tremblement de terre d'Haïti ! Takashimura était en prison là-bas, et il s'est évadé en janvier quand les murs se sont écroulés ! C'est ça, Daniel ?

Magne reposa sa tasse sur la table et applaudit doucement en adressant à Lisa une moue admirative à peine empreinte d'exagération.

— C'est exactement ça, jeune fille... Notre meurtrier s'est enfui des geôles haïtiennes avec environ quatre mille autres prisonniers qui ont été relâchés d'un seul coup dans la nature, pour ceux qui ne sont pas morts écrasés sous les blocs de béton. C'est la raison pour laquelle notre bon Japonais n'est apparu sur le port de Montréal qu'à partir du début de cette année.

— Mais... intervint l'officier québécois, comment as-tu pu retrouver sa trace ? Tous les documents haïtiens ont pratiquement été détruits dans le cataclysme...

Magne eut un geste étudié de fausse modestie.

— Les autorités de Port-au-Prince ont mis un site en ligne qui recense une majorité des noms des évadés. Seulement elles ont inscrit son nom de façon un peu phonétique, et il n'a pas dû être pris en compte par les logiciels de recherche de Francopol. C'est pour cela que nous n'avons pas pu mettre la main dessus plus tôt lorsque nous les avons interrogés.

— Mais comment a-t-il pu rentrer au Canada aussi vite ? insista Lachance. Il y avait des milliers d'Haïtiens qui se traînaient encore dans les rues, à ce moment-là ! Tous blessés ou affamés, recherchant des membres de leurs familles ou des proches sous les décombres... On a même vu aux infos que les secours n'arrivaient pas à intervenir efficacement ! Ils étaient obligés de se protéger avec des armes quand ils apportaient des médicaments et de la nourriture à la population...

Daniel sourit plus largement encore.

— Je pense que lorsqu'il a pris conscience de l'ampleur de la catastrophe, puisqu'il l'avait vécue lui-même, il a réalisé qu'il avait sous la main un cheptel sans limites. Tous ces gosses qui erraient sans but, malades, la faim au ventre, n'avaient aucun moyen de se défendre contre un tel prédateur. Il n'a eu qu'à trouver un téléphone portable, une CB, ou n'importe quoi qui puisse se connecter à Internet, et le tour était joué. Il a vendu son idée au réseau pour lequel il travaille à Montréal, qui l'a rapatrié en vitesse. Si ça se trouve, il est même rentré avec un des premiers navires d'intervention sanitaire...

— Quelle ordure ! ragea Lisa. Mais quel fumier ! Tous ces gosses... Daniel ! Il faut qu'on arrête ce monstre avant qu'il aille plus loin ! On *doit* stopper ce dégénéré !

— Lisa, je te rappelle qu'il est extrêmement dangereux. Louis et Joseph n'étaient pas des petits garçons, et il les a abattus sans hésiter. Oui, il faut l'arrêter, mais il ne faut pas perdre toute notion de prudence. Ta récente expérience a dû méchamment te le rappeler. Nous commençons à le cerner, à connaître son passé et ses activités. Il va bientôt commettre une erreur, et nous devrons saisir notre chance.

La jeune femme se leva et marcha vers la fenêtre d'un pas énervé. Elle observa un instant la ville révélée par ses lumières scintillantes suspendues dans un écrin noir voilé de neige.

— Et s'il n'en commet pas ? demanda-t-elle d'un ton tendu.

Magne termina sa tasse de café et la reposa doucement sur la table.

— Alors nous le pousserons à en faire une...

Chapitre 49

À bout de nerfs, Conrad Cussler abattit ses mains sur la table métallique scellée au sol qui résonna comme un gong dans un monastère.

— Mais puisque je vous dis que je le connais pas, ce Japonais !

Assis face à lui, Daniel Magne se pencha en lui clignant de l'œil d'un air de connivence.

— Ça, je le sais, Conrad. Parce que si tu avais croisé sa route, tu serais dans un chariot en inox avec une étiquette autour d'un doigt de pied, à l'heure qu'il est. En admettant qu'il te les ait laissés...

— Alors qu'est-ce que vous me voulez ? Je travaille... J'ai quitté les affaires depuis plusieurs années. J'ai un gosse, une femme... Je touche plus à ces trucs, maintenant !

Magne frappa sur la table à son tour, provoquant un bruit encore plus assourdissant que celui de Conrad. Il était temps qu'il abatte sa carte maîtresse.

— Ce que je veux, c'est que tu me répètes ce que tu es allé raconter à ton pote Jack Harvey quand tu es allé le voir ce matin dans le quartier Bourassa.

Conrad cligna des yeux. Il ne s'était pas attendu à cette attaque soudaine venant d'un autre angle.

— M... Mais je...

— Ne joue pas au plus malin, mon garçon. Il s'agit d'un type qui tue des flics, et nous voulons mettre ce fumier hors circuit le plus rapidement possible. Pense à une chose. Si ce Takashimura apprend que tu as récolté des informations sur son compte pour les donner à quelqu'un qui le recherche pour le buter, tu crois qu'il va en faire quoi, de ta petite famille ? Tu crois qu'il va t'apporter un nounours pour l'anniversaire du petit, ou plutôt qu'il va faire des sushis avec tes burnes et les nichons de ta bonne femme ?

Lisa jeta un regard désapprobateur à Daniel, mais celui-ci parut ne pas s'en apercevoir. Elle savait que l'inspecteur-chef Lachance ne perdait pas une miette de l'interrogatoire, de l'autre côté de la vitre sans tain, et elle se demanda ce qu'il allait penser des méthodes françaises que le capitaine lui avait vantées, et qui avaient emporté sa curiosité, puis sa décision. Elle n'était pas certaine que l'expérience serait reconduite de sitôt, d'autant que Conrad Cussler roulait des yeux effarés autour de lui, comme pour tenter de se réveiller d'un cauchemar particulièrement atroce. Il venait juste de comprendre qu'il avait mis les pieds là où il aurait surtout bien dû se garder de les poser, et que tout ce qu'il avait construit depuis qu'il avait arrêté les coups foireux risquait de sombrer corps et bien à cause de la folie d'un tueur sanguinaire.

— OK. C'est bon. Tout ce que je veux, c'est qu'il n'arrive rien à ma famille, d'accord ?

Magne dissimula une féroce envie de crier victoire.

— C'est tout à ton honneur, Conrad. On fera ce qu'il faut pour les mettre à l'abri dès aujourd'hui, ça te va ?

Cussler acquiesça en lui jetant un regard éperdu.

— Oui. C'est... C'est d'accord.

Les yeux de Magne ne quittaient plus le visage torturé du jeune homme.

— Alors, raconte-moi tout, maintenant...

Conrad se prit la tête dans les mains. Il ne pouvait plus faire marche arrière. Ce flic en savait beaucoup trop sur lui, sur Jack... Il ne lui était même pas possible de tenter de sauver sa peau en jouant les ignorants, car il était maintenant évident que le Japonais se vengerait sur lui, qu'il le balance ou pas.

Alors, il expliqua tout ce qu'il savait. L'arrivée de Takashimura sur les quais, fin janvier 2010, ses apparitions aléatoires, les endroits où il avait été vu, son appartenance aux yakusas...

— Comment sais-tu qu'il est lié aux syndicats du crime japonais et qu'il ne travaille pas uniquement pour son propre compte ? le coupa Magne.

— Eh bien... Il y a une limousine qui vient le chercher, de temps en temps, avec d'autres bridés à l'intérieur. C'est ce que m'a dit un vigile de boîte de nuit, un ancien de la bande... celle qu'on avait montée quand on tournait avec Jack dans le secteur.

Magne tiqua.

— Des bridés, hein ?...

Conrad rougit et baissa les yeux.

— Oui... enfin... des Asiatiques, quoi !

— J'avais compris, merci. Pourquoi avez-vous aussi bien accepté Jack, dans cette bande ? Vous aviez l'air d'être un peu... racistes, non ? Jack est quand même très marqué, dans le genre minorité visible...

Conrad releva le front d'un coup comme si le policier l'avait giflé.

— Jack est un type bien ! Quand il a débarqué, il y a environ huit ans, il a sauvé un gamin de la noyade le jour même en se jetant à l'eau pour aller le chercher. On a su qu'après qu'il ne savait pas nager à ce moment-là. Pas un seul d'entre nous n'avait eu la présence d'esprit de bouger avant qu'il saute.

— Et ce gamin, c'était qui ?

— Le plus jeune de la bande. Mon petit frère... Il s'était un peu trop approché du bord du quai pour regarder les bateaux...

Magne eut un sourire appréciateur. Le geste ne l'étonnait pas venant de la part du jeune Black fonceur qu'il avait déjà eu l'occasion de rencontrer.

— Effectivement, ça ouvre des portes... admit-il.

Il posa les yeux sur Cussler, et fut surpris par son attitude encore contractée. Il plissa les paupières, à l'affût comme une mère de renardeaux affamés.

— Qu'est-ce que tu me caches encore, Conrad ?

Le regard fuyant du jeune homme le trahit plus sûrement que s'il avait avoué de lui-même.

— Heu... rien, je vous jure !

Daniel Magne garda le silence un instant. Il se renversa dans sa chaise inconfortable en observant l'expression circonspecte de son interlocuteur.

— Accouche, dit-il simplement en le fixant droit dans les yeux, tapotant du bout des ongles sur le plateau métallique de la table.

— Mais... je vous ai dit que...

— On n'a pas toute la nuit pour attendre que tu te décides, bordel de merde ! cria soudain Magne, le faisant sursauter violemment sur son siège. Tu veux avoir la mort de Jack sur la conscience ? Dieu seul sait quelle connerie il est train de mijoter en ce moment !

Conrad chercha de l'aide dans les yeux de Lisa, mais la jeune femme restait impassible, son attention fermement rivée à l'interrogatoire. Elle se pencha sur son carnet et prit quelques notes. Le jeune homme secoua la tête, comme pour échapper à la pression que lui imposait le policier.

— En fait, ajouta Magne sur le ton de la conversation, si je te demande où est allé Jack, ton ami Jack, c'est parce que ce sera plus facile pour mettre la main sur son cadavre, tu vois ? Enfin... ce que les corbeaux et les ours en auront laissé quand on le retrouvera. Oui, parce que les gars que la Sûreté a envoyés pour aller le chercher dans le quartier Bourassa ne l'ont pas trouvé. Même quand on a arrêté deux de ses lieutenants et qu'on a envoyé les autres cavaler pour le sortir de son trou.

Magne tapota à nouveau du bout des doigts sur la table.

— Ça mange de la chair putréfiée, les ours, Conrad ? Non, je te demande ça parce que tu sais, moi, les ours, je les ai plutôt croisés au zoo du bois de Vincennes, et là-bas on ne leur jette pas des morceaux de bras et d'intestin de jeune branleur pour les nourrir... Alors, je ne suis pas bien au courant de leurs habitudes alimentaires... C'est vrai qu'on est un peu couillons dans le domaine des ours, nous, les Parisiens. En revanche pour ce qui est des corbeaux et des rats...

— OK. C'est bon, capitula Conrad Cussler. Je... Je lui ai parlé du trafic d'armes des yakusas. Et de celui de la drogue, aussi.

— *Des armes et de la poudre...* répéta Magne en haussant les sourcils d'un air songeur. Ça va bien ensemble, remarque... Et quel est le rapport avec l'affaire Sarah Duncan, mon garçon ?

— J'en sais rien. Je ne la connais pas. Les armes et la cocaïne arrivent du Mexique par une filière souterraine gérée par une bande spécialisée. Et pour pouvoir réceptionner le matériel et le revendre tranquillement, cette bande a établi ses bases arrières dans un endroit où la police canadienne ne va jamais fouiner, et où ils sont les maîtres.

— *Kanawaghe...* souffla Lisa, brusquement saisie par la révélation.

Conrad hocha la tête, comme soulagé de ne pas avoir prononcé le nom lui-même.

— Les *Warriors* de Kanawaghe sont une bande de jeunes Mohawks de la réserve. Ils refusent d'être des victimes de l'oppression des Blancs, comme leurs ancêtres l'ont été depuis des centaines d'années. Les marchandises transitent de réserve en réserve jusqu'au Canada, et elles sont revendues ensuite à tous les gangs du pays. Les *Hell's*, les yakusas, les Triades, les Latinos... tout le monde.

Magne siffla entre ses dents.

— Ça doit générer un tas de pognon, dis-moi...

Cussler fit la grimace.

— J'imagine...

— C'est là que Jack est parti ? Kanawaghe ?

Conrad écarta les bras.

— J'en sais rien.

Lisa regarda Magne, perplexe.

— Mais pourquoi Takashimura a-t-il balancé le corps de Sarah Duncan devant la réserve, s'il voulait y préserver ses intérêts ? Il se tirait une balle dans le pied, non ?

Le policier repensa alors au sentiment qui l'avait saisi en contemplant la dépouille détrempée de l'Américaine au milieu du sumac écarlate.

Un avertissement... Il avait vu juste. C'était exactement cela : une terrifiante mise en garde...

Il soupira profondément, puis il frappa à la porte située derrière lui et deux agents en uniforme apparurent instantanément dans la salle, accompagnés de l'inspecteur-chef Lachance.

— Mettez-le au frais pendant deux jours, dit l'officier en ponctuant sa phrase d'un coup de menton en direction de la sortie. D'ici là, on y verra plus clair.

Tout d'abord pétrifié sur place, Cussler explosa de colère et se débattit comme un beau diable entre les poignes solides des agents.

— Pourquoi vous me coffrez, putain ? Je vous ai tout raconté ! Tout !

Lachance se tourna vers Conrad et lui mit la main sur l'épaule tandis qu'un sous-officier lui passait les menottes.

— Justement. Je ne tiens pas à ce que tu ailles le raconter à quelqu'un d'autre.

— Vous avez promis ! lâcha le jeune homme en suppliant Magne du regard. Ma femme... mon gosse...

Conrad pleurait et criait à la fois, la voix déformée par la terreur. Lisa jeta un nouveau regard empli de reproches à son supérieur. Magne interrogea Lachance du coin de l'œil, qui lui signifia son assentiment d'un bref mouvement du menton.

— L'inspecteur-chef va envoyer quelqu'un les mettre en lieu sûr jusqu'à ce que cette affaire soit terminée, dit Magne. OK ?

Cussler s'écroula entre les policiers en hoquetant. Il murmurait des paroles inintelligibles noyées de salive. L'officier québécois fit signe aux policiers de l'emmener, puis il se tourna vers Magne et Lisa.

— On se revoit plus tard, il faut que je m'occupe de ce paroissien.

Magne acquiesça, puis il prit Lisa par le bras et la dirigea avec douceur vers les ascenseurs. Le couloir était vide, hormis une femme de ménage qui passait l'aspirateur dans un bureau au même palier. Personne ne pourrait surprendre ce qu'il avait à dire à la jeune femme.

— Sarah Duncan allait foutre le bordel dans l'organisation avec sa découverte du squelette, dit-il à voix basse. Une révélation pareille dans le monde scientifique allait projeter Kanawaghe au centre de tous les médias, et la réserve aurait été envahie d'équipes de télévisions, de scientifiques et de chercheurs de tout poil. C'en aurait été fini de la manne d'argent que génèrent les petites affaires bien tranquilles qu'ils conduisent avec les *Warriors* au sein même de la Nation iroquoise. Les yakusas ont trop besoin du flux de drogue et d'armes pour tolérer qu'une activité parasite s'installe dans la réserve. C'est la raison pour laquelle l'Américaine a été exécutée avant qu'elle ne proclame à la planète entière qu'elle avait découvert le chaînon manquant à l'histoire de l'humanité.

— Mais pourquoi devant la réserve, Daniel ? demanda-t-elle sur le même ton. Pourquoi *juste devant* ?

Magne appuya sur l'appel de la cabine. Elle était déjà sur le palier et s'ouvrit instantanément. Ils entrèrent et il enfonça le bouton du rez-de-chaussée.

— C'est simple. Sarah Duncan n'a pas trouvé ces reliques toute seule. On n'entre pas dans Kanawaghe comme dans un moulin, quand même. Enfin... Pas tout à fait. Il y a des yeux partout, des mômes dans les rues, des petits vieux prostrés sur des bancs qui regardent la journée passer au bout de leurs cannes, des chômeurs qui boivent de la bière, assis sur les terrasses...

— Elle avait une connaissance là-bas, tu crois ?

Magne fronça les sourcils.

— Ce n'est pas possible autrement, Lisa. Sarah *devait* rencontrer quelqu'un dans la réserve lors de sa première visite. Et c'est cette personne qui lui a révélé l'endroit où reposent ces ossements.

— Mais comment est-elle entrée en contact avec elle depuis Philadelphie ?

Magne haussa les épaules.

— Il y a des tas de moyens pour ça. Des dizaines de réseaux sociaux sur la Toile, des forums, des sites spécialisés. Rien qu'en une demi-heure, tout à l'heure, j'ai eu des centaines de réponses à ma recherche sur « squelette ancien ». Ils ont pu se rencontrer n'importe où. Ça prendrait des mois à éplucher, page par page. Sans compter que cela a pu être effacé depuis. Ça m'étonnerait fort qu'une femme aguerrie comme Sarah ait laissé la moindre trace sur Internet avant de se rendre sur place pour vérifier par elle-même. Ça explique aussi son départ si précipité et sa mise en disponibilité pour deux semaines. Si elle était arrivée au bout de sa découverte, elle n'aurait plus eu à s'en faire pour son avenir. Sa célébrité et sa fortune étaient assurées.

— C'était compter sans des intérêts antagonistes, dit Lisa d'une voix sourde.

— Oui. Elle ne savait pas que Kanawaghe était déjà le théâtre d'une activité intense, mais dissimulée et très surveillée. Quelqu'un a remarqué son manège près du site où les os ont été découverts, et elle en a payé les frais.

La cabine s'arrêta et s'ouvrit sur le hall.

— Tu auras assez chaud avec ta veste ? demanda Daniel.

— J'ai un bonnet et une paire de gants dans ta voiture. On y va. On prévient Lachance ?

Magne secoua la tête et se pencha contre l'oreille de la jeune femme.

—Non. On ne prévient personne. Tant que je ne saurai pas qui a mis Takashimura au courant de ce qui se passe dans ces murs, on ne prévient plus personne.

Chapitre 50

Le pied du Japonais buta contre un morceau de tronc et il se rétablit de justesse avant de s'affaler dans les branchages recouverts de neige. La nuit n'était pas aussi noire qu'il l'avait craint, et la blancheur du sol des sous-bois lui permettait de visualiser le contraste avec les troncs et de se déplacer sans trop de difficultés. Parfois, cependant, quelques obstacles de branches arrachées aux arbres par les vents lui barraient le passage, l'obligeant à faire un bon détour pour garder son cap.

Il contourna l'amas de tiges enchevêtrées et s'accroupit encore une fois. Il orienta sa carte avec la boussole et éteignit avant de se relever. Il n'avait pas encore parcouru le dixième de la distance qui le séparait de la fosse. Il avait prévu de faire le tour du village en passant du côté où le vent n'enverrait pas son odeur aux chiens errants, malgré le fait que c'était le chemin le plus long pour y parvenir. Il ne devait prendre aucun risque, cette fois. Sa mission devait être menée parfaitement, car sinon Senseï Yasaka ne lui ferait pas de cadeau.

Shinzo Takashimura n'avait tout de même pas l'intention de laisser le vieil homme se débarrasser de lui aussi facilement qu'on jette un mouchoir usagé. Il savait de quoi Yasaka était capable, pour l'avoir lui-même vu exécuter de ses propres mains l'un de ses hommes qui avait manqué à son objectif. Il lui avait asséné un seul coup du tranchant de la main sur la tempe, en plein milieu d'une assemblée de ses proches les plus fidèles. L'homme était tombé raide, sans une plainte. Il était mort avant d'avoir touché le sol.

Malgré la crainte instinctive que le patriarche lui inspirait, Shinzo était passé par des périodes tellement dures qu'il pensait pouvoir venir à bout de n'importe quelle menace qui poserait son ombre sur lui. Et s'il fallait pour cela qu'il élimine le vieux maître, il finirait peut-être par se résoudre à lutter contre la seule autorité qu'il respectait encore.

Pris par ses pensées sombres et pessimistes, il ne vit pas la branche qui se confondait avec la noirceur des épinettes et il se cogna violemment le crâne dessus, s'arrachant un grognement de colère. Quelque part, non loin de lui, quelque chose détala avec un bruit de course précipitée. Un chevreuil, peut-être...

Il s'arrêta un moment, guettant les échos de la forêt. Mais le calme était revenu en quelques secondes, et le seul son infime qu'il entendait était celui des flocons se posant délicatement sur la végétation. Pas un oiseau de nuit ne hululait, et tous les habitants du bois semblaient s'être réfugiés dans leurs abris pour passer l'hiver qui s'annonçait précoce.

Rassuré, il se remit debout et continua d'avancer entre les arbres en prenant encore plus de précautions. Il n'était pas question qu'il se crève un œil sur un bout de branche cassé par manque d'attention. Il calcula qu'il lui faudrait encore plus de deux heures pour couvrir le reste du chemin. Et une fois arrivé sur place, il faudrait qu'il fasse attention à ne pas croiser le chemin de la vieille sorcière dont lui avait parlé l'Américaine avant de mourir. Elle habitait non loin du trou, et avait paraît-il de très bonnes oreilles...

Shinzo sourit dans le noir. Avec elle, au moins, il ne risquait pas d'être pris au dépourvu...

— Je n'ai pas réussi à mettre la main dessus, John, dit Mike piteusement. Je l'ai cherché partout, mais Tommy est introuvable.

John Wachihta leva sur son ami un regard éteint.

— Il n'y a pas d'autre témoin à ce qui s'est passé, Mike. Sans lui, je suis pieds et poings liés, comme un enfant dans le noir.

Mike hocha la tête.

— Il y a tout de même un truc qu'il faut que tu saches, John. Tommy avait l'habitude de fréquenter un bar, le *Coyote's*, du côté de la banlieue nord de Laval, sur la 15.

— Et alors ?

— Lorsque je m'y suis rendu, je n'ai pas pu m'approcher. Il y avait un cordon de flics tout autour du bar, et j'ai entendu que le barman avait été descendu avec un fusil de chasse. Un Remington à trois coups, John.

— Un Remington à trois coups...

— Oui. Avec une crosse gravée de chevaux sauvages. Comme le mien... Le type qui a fait ça a laissé le fusil sur place. Il l'a jeté sur le bar avant de sauter dans son pick-up et de filer. C'est ce qu'on dit les deux clients, des *Hell's* qui ne l'ont pas reconnu.

— Tommy n'a pas de pick-up, objecta John.

— Non. Je sais bien. Mais il avait mon fusil. Ils ont menti, John. Pour le protéger, ou pour ne pas mêler les

Hell's à ce règlement de comptes. C'est Tommy qui a buté ce type. Il a vengé Deborah pour toi.

John considéra la forme allongée sous le drap blanc qui avait été sa compagne pendant trente longues années. Les coups de son agresseur lui avaient enfoncé la boîte crânienne à deux endroits, et le chirurgien qui l'avait opérée ne savait pas si elle ouvrirait un jour les yeux à nouveau. Tommy avait vu Eddy McCallum pénétrer chez lui et frapper Deborah, et il avait ensuite décidé de payer sa dette.

Mais à quel prix ?

John se pencha sur le corps inerte et baisa les lèvres de Deborah. Sur le côté du lit, le goutte-à-goutte instillait un semblant de continuité de vie à sa femme, en dépit de tous les mauvais auspices.

Il se leva et engloba l'ensemble de la chambre dans un dernier regard brillant de larmes.

— Tout ça est de ma faute, Mike. Aide-moi à retrouver le gamin...

Chapitre 51

Lorsque Daniel Magne bifurqua sur le pont Honoré-Mercier, la neige l'empêcha de remarquer, dans son rétroviseur, qu'une paire de phares le suivait à une cinquantaine de mètres de distance. Il était bientôt vingt heures, et il brancha la radio du pick-up pour écouter le flash d'informations. Quelques affaires violentes avaient marqué la journée dans la métropole québécoise, mais rien qui semblait avoir un rapport avec ce qui les préoccupait.

— Dix millions d'années... soupira Lisa. Tu te rends compte, quand même ? Elle avait mis le doigt sur un sacré truc, cette femme !

— Un truc inestimable, certainement, renchérit Magne. Et insoupçonnable à cette latitude. Elle aurait marqué de son nom l'histoire de l'humanité. Son squelette aurait pu s'appeler « l'Homme de Duncan ». Pas moins.

— Ou Sarah... Comme Lucy, ergota Lisa. Rien ne prouve que ce soit un homme.

Daniel sourit. Mue par une impulsion subite, elle se pencha vers lui et posa sa joue sur son épaule.

C'est à cet instant précis que la vitre arrière explosa, instantanément suivie par le pare-brise. Magne aperçut le capot d'un énorme GMC qui le suivait de près.

— Couche-toi ! cria-t-il en bousculant Lisa. On nous tire dessus !

Il la poussa du coude et lui appuya fermement la main sur le sommet du crâne jusqu'à ce qu'elle soit allongée sur le plancher en avant du siège passager.

Deux balles sifflèrent dans l'habitacle, projetant de nouveaux éclats de verre sur le tableau de bord. Magne baissa le cou et donna un violent coup de volant pour s'écarter du bord du pont vers le milieu de la chaussée. Derrière le pick-up dont le moteur rugissait comme un réacteur d'avion, le véhicule approchait encore plus vite. Trois autres coups de feu éclatèrent dans la nuit tandis que le policier français tentait d'éviter les voitures qui avançaient sur le même côté du pont que lui à la vitesse d'un escargot asthmatique. Il coupa à droite, puis à gauche, en jetant le Ford dans des embardées qui menaçaient de les précipiter contre les fragiles glissières du pont.

Dans un soudain éclair de lucidité, il réalisa qu'un plongeon dans le Saint-Laurent se solderait par une agonie très rapide par hypothermie, si la chute d'une telle hauteur avec le pick-up ne les tuait pas sur le coup, ce qui était plus que probable.

Il y eut un coup brutal à l'arrière quand le GMC lui défonça le pare-chocs. Magne perdit un instant le contrôle de la trajectoire de sa voiture qui s'approcha dangereusement du parapet surplombant le fleuve. Il redressa au dernier moment, arc-bouté sur la direction qui avait soudain durci.

— Ils m'ont bousillé le circuit hydraulique, ces enfoirés ! jura le capitaine en bandant tous ses muscles pour éviter la collision avec la glissière.

Il parvint à braquer *in extremis* tandis que la carrosserie arrachait des étincelles au rail de ferraille.

Magne souffla une seconde. Son poursuivant ne lui tirait plus dessus. C'était déjà ça. Au loin, droit devant lui, à environ une centaine de mètres, il aperçut les balises indiquant la fin de la voie suspendue. Passé cette limite, ils ne seraient plus en danger de mort au-dessus des eaux glacées du fleuve, et il aurait peut-être l'occasion de tenter quelque chose contre son assaillant.

Il appuya le champignon jusqu'au plancher, indifférent aux hurlements de la machine qui protestait. Il voulut éviter une nouvelle voiture qui se traînait sur la voie centrale, et braqua sèchement sur le côté gauche. L'un des pneus avant surchauffés du Ford explosa dans un bruit assourdissant et le véhicule fit un tête-à-queue qui le colla contre la rambarde centrale dans un fracas de tôles embouties et de pneus déchiquetés.

Lisa poussa un cri et, cramponné de toutes ses forces au volant, Magne ne put l'empêcher de se redresser. Incrédule, refusant de croire ce que ses yeux distinguaient, il vit le visage de la jeune femme ruisselant de sang se contracter sous l'effet de la rage la plus noire. Elle ouvrit la boîte à gants et en sortit l'arme du tueur du parc que Magne avait oublié de rendre à l'inspecteur-chef Lachance.

— Lisa ! cria Magne. Couche-toi, bon Dieu !

Les soubresauts du pick-up raclant la glissière métallique couvrirent sa voix qui se perdit dans le vacarme indescriptible. Indifférente aux cahots qui faisaient sauter le pick-up sur lui-même tandis que les frottements ralentissaient sa course éperdue en sens inverse, Lisa monta le bras droit face à la place conducteur du GMC qui s'était retrouvée juste en face d'elle et vida son chargeur en moins de deux secondes, qui lui semblèrent durer une éternité.

Dans un moment qui lui parut suspendu dans le temps, le pare-brise du camion éclata, et le véhicule poursuivit sa course folle en direction du capot du Ford. Sur un choc plus violent que les autres, le pick-up se détacha de la rambarde et fit une embardée qui le projeta de l'autre côté de la route. L'arme échappa des mains de Lisa et tomba sur le plancher tandis que Magne percutait une autre voiture par l'arrière. Le Ford dérapa sur une plaque de verglas avant de se mettre en travers de la route et le capitaine sentit qu'il allait se retourner sur la chaussée. Il saisit la tête de Lisa, la plaqua contre l'appui du siège et se jeta sur son corps pour la protéger alors que le pick-up basculait.

Un grincement épouvantable lui emplit les oreilles lorsque les portières droites du véhicule raclèrent le bitume tandis qu'il tournoyait sur lui-même dans un bruit d'enfer, avant que le Ford finisse enfin par s'arrêter au bout d'une longue glissade pendant laquelle il crut qu'ils allaient se fracasser contre un pilier du pont.

Il y eut un fracas terrible non loin de là, puis soudain plus rien. Plus rien d'autre que le silence, souligné d'une odeur d'essence et de caoutchouc brûlé.

— *Vite ! Il faut sortir de là !*

Daniel Magne parvint à ouvrir sa portière qui heureusement n'avait pas été pliée, et il se hissa dehors à la force des bras dans un effort surhumain. Il s'allongea alors sur la carrosserie fumante, saisit Lisa sous les aisselles, puis il se mit à tirer de toutes ses forces pour l'extraire du piège mortel. La jeune femme était à moitié sonnée, et ses jambes ne répondaient plus. Sous ses semelles, la flaque d'essence s'agrandissait à vue d'œil, et il se mit à hurler.

— Bordel de merde, Lisa ! Aide-moi ! *Aide-moi !*

Les biceps tétanisés, incapable de haler plus fort sur les bras de sa compagne, il regarda avec horreur le liquide clair se répandre sous le bloc-moteur.

Il se pencha sur Lisa et embrassa ses cheveux poisseux de sang, puis il sentit ses forces le quitter en la tirant en arrière dans une ultime tentative avant de sombrer dans un gouffre noir.

La neige avait bien cinq centimètres d'épaisseur au fond du trou, à présent, et il ne sentait plus vraiment le froid. Une douce torpeur prenait lentement possession de son corps, comme l'annonce prochaine d'une mort rédemptrice.

Tommy avait laissé tomber ses bras le long de ses cuisses, renonçant à garder contre lui la moindre parcelle de chaleur. Dans les lueurs mouvantes que les flocons apportaient dans leur chute, il voyait les ombres de ses ancêtres s'approcher de lui en silence. Ils prenaient place peu à peu autour de lui, comme des invités se rassemblant pour un *potlatch*[1], dans une attitude plus proche d'un rite funéraire que d'une fête de mariage.

Les anciens avaient la pipe à la bouche, et leurs mines renfrognées montraient qu'ils étaient en désaccord total avec sa décision. L'un d'eux avait même pointé l'une de ses flèches vers lui et avait prononcé des paroles inaudibles, mais dans une langue qu'il

1. Mot chinook, signifiant « donner ». Pratique rituelle d'échange dans le monde amérindien de la côte ouest, par extension à l'Est.

n'avait même pas pu lire sur ses lèvres. Seule son expression de colère avait pu traverser son esprit noyé de brume, et la violence de l'attitude révoltée de l'aïeul lui avait fait du mal. Tommy avait fermé les yeux un instant, et il s'était dit que son peuple comprendrait, *plus tard...*

Il était encore trop tôt pour l'instant.

Le Japonais s'accroupit et jeta un œil à la carte. Il lui restait encore un peu plus de deux kilomètres à parcourir. Il devait être à présent à peu près au plus proche du village selon la direction qu'il avait choisie, et il décida de ne plus allumer la lampe jusqu'à ce qu'il ait parcouru mille pas. Il serait trop bête d'attirer l'attention d'un éventuel promeneur nocturne par un éclat de lumière surgissant du bois, même si cela était extrêmement peu probable.

Takashimura rangea soigneusement la carte dans la poche intérieure de sa veste pour lui éviter le contact avec l'humidité. Il s'était aperçu que cela commençait à la décolorer, et il ne tenait pas à se retrouver à moins de cent mètres du trou sans plus pouvoir s'orienter à coup sûr. Il glissa la lampe dans sa poche extérieure, sans réaliser qu'elle était déjà à moitié remplie de neige. Quelques pas plus loin, tandis qu'il franchissait une souche particulièrement grosse, il leva la jambe plus haut pour passer par-dessus sans se mouiller l'entrejambe, et le bruit du cylindre de plastique s'enfonçant mollement dans la couche tendre recouvrant l'humus se confondit avec celui de ses pas dans la poudreuse...

Chapitre 52

— Monsieur ! *Monsieur ! Vite ! Levez-vous !*

Daniel Magne ouvrit les yeux sous la puissance de la gifle. L'ombre penchée sur lui le prit par les pans de sa veste et le secoua avec l'énergie du désespoir.

— Il faut que vous m'aidiez à la sortir de la voiture ! Vous comprenez ce que je vous dis ? *Ça va exploser !*

Daniel reçut ce qui lui sembla l'équivalent d'une décharge de chaise électrique. Il sauta sur ses pieds et se précipita vers Lisa dont les bras dépassaient encore de l'habitacle. La jeune femme était à présent complètement évanouie. Il prit l'une de ses mains et l'inconnu se saisit de la deuxième. Ils se consultèrent du regard en une fraction de seconde et l'homme cria.

— On y va !

Ils tirèrent ensemble aussi fort qu'ils le purent, et la jambe de Lisa qui était coincée par le siège se libéra soudain. Ils la hissèrent hors de la cabine du pick-up et la traînèrent sur la chaussée le plus loin possible de la flaque d'essence. L'homme la prit alors maladroitement dans ses bras et se mit à courir comme il pouvait avec le dos courbé sous la charge. Magne le suivait en boitant, la respiration sifflante.

Le silence lui tomba dessus en même temps que la déflagration de lumière. Il fut projeté en avant par le souffle de l'explosion et chuta en essayant de protéger sa tête du mieux qu'il pouvait. Des éclats de métal brûlant tombèrent un peu partout autour de lui, mais son vêtement épais amortit ceux qui atterrirent sur son dos.

Il leva un instant le cou et s'aperçut que l'inconnu avait réussi à emmener Lisa encore un peu plus loin, et qu'ils étaient accroupis au pied d'un véhicule aux portes béantes. Une femme était à genoux près d'elle et lui passait quelque chose sur le front. L'homme lui faisait des grands signes de la main tout en criant dans son téléphone. Magne sourit, puis il posa son front sur le dos de sa main et ferma les yeux.

Les ancêtres étaient décidément mécontents. Tommy ne sentait plus les éclats de silex sous les mailles trempées de son pull-over, mais il entendait parfaitement leurs voix courroucées se répercuter entre les parois de la grotte. Ils s'apostrophaient les uns les autres, en dissension totale sur ce qu'il convenait de faire. Certains agitaient leurs armes de façon menaçante en scandant des ordres inintelligibles, d'autres opposaient une attitude farouche et déterminée, et la fixité même de leurs regards exprimait tout leur désaccord.

Impuissant, le jeune homme assistait à la brouille de ceux qu'il avait voulu honorer par le sacrifice de sa vie. Il n'avait déjà plus aucune sensation au niveau des mains et des pieds, et il était incapable de leur faire un signe d'apaisement. Il tenta de bouger la tête, mais les muscles de son cou ne répondaient pas non plus. À vrai dire, il aurait été incapable de dire si ses yeux étaient ouverts ou fermés. Sa vision le suivait en permanence, comme s'il n'avait absolument aucun battement de paupières.

L'une des ombres se détacha du groupe et s'approcha de lui lentement. Elle tourna autour de son corps immobile avec précaution, à la façon d'un charognard qui tient à vérifier que sa proie est bien morte, et qu'elle ne va pas se jeter sur lui au moment où il va se décider à lui arracher un morceau de chair.

Tommy voulut parler, mais les mots restèrent au fond de sa gorge, plus étouffants et secs que des fleurs de chardons. Il essaya de transmettre ce qu'il voulait dire par la pensée :

« Laissez-moi... Je suis indigne et j'ai choisi de mourir ici, loin des miens que j'ai trahis. Vous n'avez pas à vous quereller pour cela. Je suis le seul responsable... »

Était-ce un effet de son délire alors qu'il approchait des portes du Grand Inconnu, mais il crut discerner, penché au-dessus de lui, un visage qui émergeait de la lumière blafarde de la nuit. Un vrai visage, fait de chair et d'os...

Et ce visage, c'était... c'était...

Une main se posa sur son poignet, et le cœur de Tommy se figea dans sa poitrine.

Tous gyrophares scintillants et sirènes hurlantes, l'ambulance était arrivée sur le site de l'accident en moins de cinq minutes. Le médecin, un quinquagénaire massif aux traits énergiques, avait rapidement pris la situation en main. Il avait soigneusement examiné Lisa, puis il avait émis un pronostic rassurant malgré les coupures multiples qu'elle avait sur le front et sur les joues.

Magne n'entendit pas toutes les paroles qu'il prononça, mais le soulagement du praticien était perceptible. La quantité de sang sur le visage de la jeune femme lui avait visiblement tout d'abord fait craindre des blessures internes beaucoup plus sérieuses. Le capitaine poussa un profond soupir de soulagement.

Une fois qu'il en eut terminé avec l'examen et les premiers soins prodigués à la jeune femme, il s'approcha de Daniel, qui le repoussa fermement malgré son insistance.

— Écoutez, dit le toubib, conciliant. Je comprends que vous soyez inquiet pour votre amie, mais je vous assure qu'elle ne risque rien. Elle est juste un peu choquée. D'accord ? Elle a eu beaucoup de chance que vous puissiez la sortir de la voiture avant que ça ne crame. De toute façon, vu la violence du traumatisme que vous avez subi tous les deux, je dois vous faire passer un bilan complet. OK ? Ce n'est pas parce que vous n'avez pas l'air touché que vous ne l'êtes pas. Nous devons nous en assurer.

Magne secoua la tête. Il avait compris. Les sons avaient encore du mal à franchir correctement ses tympans meurtris, mais cela prouvait qu'il n'allait pas rester sourd, contrairement à ce qu'il avait cru juste après l'explosion du 4 × 4.

Il regarda le bout du pont qui disparaissait dans la nuit une cinquantaine de mètres plus loin. Plus bas, il le savait, débutait sous les arches le territoire des Mohawks. La solution de l'enquête qu'il menait depuis quelques jours s'y trouvait, quelque part, reposant sur le sol d'une tombe plus vieille que personne ne pouvait l'imaginer. Des ossements oubliés du temps, et qui avaient déclenché une véritable tempête de conflits d'intérêts. Une solution improbable, et pourtant terriblement meurtrière... Lisa et lui avaient bien failli y laisser leurs vies, eux aussi.

Quelqu'un avait réalisé qu'ils étaient pratiquement arrivés au but, et les passagers du GMC avaient tenté le tout pour le tout pour les en empêcher.

Il glissa la main dans sa poche intérieure et produisit sa carte de police française devant les yeux de l'urgentiste, puis il désigna du menton la forme étendue sous la couverture de survie, dont seuls les cheveux bruns collés par le sang dépassaient. Deux infirmiers se saisirent du brancard et le poussèrent avec délicatesse dans le véhicule de secours.

— Je viens avec elle... On verra ça là-bas.

L'air du flic dut être suffisamment convaincant, car le médecin ne discuta pas. Il fit signe aux infirmiers de l'aider à relever le policier et de le conduire à l'hôpital avec la blessée. En montant à l'arrière du fourgon du service d'urgences, Daniel Magne chercha des yeux le GMC qui les avait pourchassés depuis l'autre côté du pont. Le camion était invisible, mais quelques personnes étaient descendues des voitures pour s'approcher prudemment du parapet qui avait été détruit par le choc d'un véhicule lancé à vive allure. Osant à peine toucher la balustrade arrachée, les badauds observaient la surface noire du fleuve en contrebas, dont les crêtes des vagues scintillaient des lumières reflétées de la ville.

Les deux inconnus se tenaient toujours en retrait, serrés l'un contre l'autre, debout près de leur voiture arrêtée en travers de la route. L'homme qu'il avait en face de lui leur avait sauvé la vie à tous les deux. Sans son courage, ils auraient fini carbonisés sur le macadam.

Magne lui sourit, leva la main pour les remercier une dernière fois, et il laissa les infirmiers refermer les portes du fourgon.

Quand l'ombre le souleva, Tommy n'eut pas la force de résister. Son corps ne lui appartenait déjà plus. Il perdit toute conscience du monde, et les esprits l'envahirent en un éclair aveuglant, comme une bourrasque de glace projetée dans les yeux par le vent.

Chapitre 53

— Il va s'en sortir ?

Anihi observa John du coin de l'œil. L'inquiétude, qui était perceptible dans sa voix, la rassura. Si John Wachihta parvenait aujourd'hui à revenir sur l'une de ses décisions, c'était bien le signe que les temps étaient en train de changer.

— S'il l'accepte, peut-être...

John se rongeait les sangs en scrutant avec inquiétude le visage bleui de Tommy. Seul un mince mouvement irrégulier de ses narines montrait qu'il était toujours en vie. Il l'avait allongé sur un matelas à distance raisonnable du poêle pour ne pas le réchauffer trop vite. Le remède aurait pu se révéler pire que le mal, et ses fonctions vitales auraient pu ne pas supporter un écart de température aussi violent appliqué à son corps gelé.

Anihi avait apporté une couverture de laine pour envelopper le jeune homme qu'elle avait auparavant déshabillé et séché. Sous sa tête, un vieil oreiller lui maintenait le cou et isolait son crâne de la dureté du carrelage.

— Comment as-tu su qu'il était là-dedans ? demanda John.

La vieille femme haussa les épaules.

— Les esprits étaient fâchés à cause de lui.

John la dévisagea intensément.

— Ils t'ont parlé ?

Elle claqua de la langue avec irritation. Une chose que les esprits n'aimaient pas non plus, c'était que l'on discute d'eux à tort et à travers. Elle avait appris à respecter un certain protocole avec le monde des morts qui lui permettait de les comprendre, mais il lui était impossible de l'expliquer à qui que soit sans risquer de dénaturer ce rapport si particulier qu'elle avait établi avec eux.

Elle hocha brièvement la tête en fronçant les sourcils, espérant que John Wachihta s'en tiendrait là.

— Qu'est-ce qu'ils t'ont dit ? insista le vieux chef, qui passa outre l'avertissement.

Maussade, Anihi se releva en se tenant les reins. Depuis que cette Sarah Duncan avait mis les pieds dans la réserve, rien ne se passait plus comme avant. La terre sacrée des ancêtres avait été profanée par un accouplement sauvage sur le lieu même où l'un d'entre eux avait été exhumé de sa retraite éternelle, Tommy lui avait volé un objet historique pour le donner à l'Américaine, qui avait été assassinée et jetée devant l'entrée de Kanawaghe, l'ultime refuge que les Blancs avaient daigné, dans leur grande mansuétude de peuple envahisseur, accorder un siècle et demi auparavant à ses arrières grands-parents mourants de faim.

Attirée par l'écho de leurs ébats qu'avaient répercuté les parois minérales, Anihi avait chassé Tommy et cette maudite femme qui criait comme un démon quand elle les avait surpris en pleine fornication. C'est à ce moment-là qu'elle avait aperçu la barrette de sa grand-mère dans les cheveux de Sarah, et qu'elle avait posé sur le jeune homme un regard plein de mépris.

Elle n'avait même pas eu besoin d'ouvrir la bouche. Tommy avait lu sur son visage qu'il avait instantanément perdu le droit de vivre au sein de la communauté. Il avait volé une vieille femme de son peuple. Il avait trahi sa confiance.

Ils s'étaient rhabillés en silence, sous le regard accusateur d'Anihi. Tommy avait baissé les yeux, pliant sous le poids de la culpabilité. Il avait remonté la fosse comme un pèlerin qui a trop péché pour oser même espérer le pardon de son confesseur. Sarah Duncan l'avait toisée avec un air de défi où luisait une arrogance qu'elle connaissait bien. Celle que donne l'assurance d'être dans le seul *vrai* chemin. Elle avait vu le poing de l'Américaine serré dans sa poche, et elle avait compris que l'irréparable allait être commis. Le peuple des Mohawks allait encore subir la cupidité des Blancs. Le fragile équilibre qu'ils avaient réussi à instaurer dans la réserve allait être rompu par ce qui pouvait leur arriver de pire : le vol de leur identité, de leur Histoire. Celle de la Nation iroquoise.

Anihi avait voulu provoquer une vision, cette nuit-là. Elle avait brûlé de l'herbe et de la sauge dans toutes les pièces de sa maison pour les purifier, puis en avait jeté un bouquet fumant dans la fosse, espérant apaiser la colère des esprits qui avaient été dérangés dans leur quiétude. La pente était beaucoup trop abrupte pour elle, et il lui était impossible d'y descendre sans risquer de se rompre le cou.

Elle avait attendu longtemps le sommeil, les yeux grands ouverts dans le noir, profondément perturbée par le fait que la tombe avait été pillée.

Car c'était bien de cela qu'il s'agissait.

Un pillage.

Lorsqu'elle avait fini par lentement plonger vers le sommeil, les anciens lui étaient apparus en songe.

Et ils avaient parlé.

Elle était la gardienne de l'Arbre. Elle était la chair et le sang de son peuple, chargée de veiller sur l'âme du peuple mohawk. Elle était l'aigle aux yeux perçants, accroché à la plus haute cime de son frère feuillu, surveillant ses enfants pour qu'ils gardent leurs pas dans les traces de leurs ancêtres. Elle était le tronc puissant, contre lequel le feu et le vent n'avaient pas de prise, et dont l'écorce témoignait des efforts des ours pour y montrer leur puissance à coups de griffes. Elle était le feuillage éternellement vert, bruissant dans les esprits des Mohawks comme une langue secrète issue du fond des âges, qui réunissait sous son ombre les paroles des anciens Iroquois. Elle était les branches noueuses et noires, qui abritaient toutes les créatures qui voulaient y trouver refuge, et tous les espoirs de futur des siens.

Elle était les racines, les quatre racines blanches indiquant les quatre directions de la Création, auxquelles son peuple était lié jusqu'à la mort.

Les quatre racines blanches dont le rôle était de le protéger...

Chapitre 54

— Il y a une chose qui m'échappe, dit Lisa en essayant de ne pas poser la main sur la blessure qui lui grattait la joue.

On lui avait apposé un *stripe*[1] pour éviter qu'elle ait des traces de points de suture en plein milieu de la figure, mais le médecin n'avait pas pu faire autrement pour son arcade sourcilière fendue, dont la coupure était plus profonde. Les radios n'avaient détecté aucune fracture, mais bien que son évanouissement n'était heureusement pas dû à un traumatisme sérieux, elle n'avait pu sortir de l'hôpital que six heures environ après y avoir été admise. Elle était vannée.

L'inspecteur-chef Lachance lui adressa un bon sourire. La jeune femme aurait pu lui demander des fraises, elle les aurait obtenues en moins de cinq minutes chrono. Son visage avait repris des couleurs, mais cela était peut-être également la conséquence du deuxième verre de whisky qu'elle était en train de siroter, assise les deux pieds remontés sous les fesses, dans le fauteuil le plus confortable du bureau de l'officier.

— Quel est cette « chose », mademoiselle Heslin ?

1. Ruban autocollant destiné à rapprocher les bords d'une coupure légère pour améliorer une cicatrisation discrète.

Lisa avala une nouvelle rasade de scotch et plissa le nez.

— Si tu veux que je t'appelle Anatole, inspecteur, il va falloir que tu fasses un effort...

Le sourire de Lachance s'élargit.

— Bien, Lisa. Je t'écoute.

La jeune femme rassembla ses idées un instant en faisant légèrement tourner le liquide couleur de miel devant ses yeux.

— Quel est le rapport entre Takashimura et le *Hokkaido*, et qui sont les deux hommes que Sarah Duncan a fait venir dans sa chambre d'hôtel ?

Le policier québécois se resservit lui aussi un fond de *Jack Daniel's*. Il se carra au fond de son siège et trinqua dans le vide en levant son verre à hauteur de celui de Lisa.

— Mes informateurs tournent à plein régime depuis quelques jours, et les renseignements commencent à arriver en masse. Shinzo Takashimura a pris la tête d'une section des yakusas dans le sud-ouest de la ville. C'est lui qui s'occupe de la prostitution, de la drogue, des armes, et aussi de faire payer les commerçants qu'il a asservis sous sa protection.

— Notamment les restaurants asiatiques... suggéra la jeune femme.

— Exactement. Je pense que c'est pendant qu'il surveillait la chambre de Sarah, celle qu'elle avait trouvée à McGill, jusqu'où il l'avait suivie en repartant de Kanawaghe, qu'il a dû la voir sortir avec ses deux visiteurs. Voulant savoir ce qu'ils mijotaient tous les trois, il les a certainement filés jusqu'au moment où il s'est aperçu qu'ils entraient au *Hokkaido*, qui fait justement partie de son protectorat. J'imagine qu'il a réussi à entendre une partie de leur conversation en se faisant passer pour un client ou un serveur. Ce qu'il a surpris devait être particulièrement important et dangereux pour ses intérêts, puisqu'il est passé à l'action tout de suite après.

Lisa tiqua.

— Tout de suite après ? Mais Sarah n'a été enlevée et assassinée que le lendemain soir...

L'inspecteur-chef hocha lentement la tête.

— Sarah, oui...

La jeune Française se redressa.

— Tu veux dire que...

Lachance but une gorgée et émit un petit bruit de lèvres satisfait.

— Le paléontologue Andrew McGollan et l'éminent directeur de recherche de sciences humaines Jeremy Clover, de l'université de New York, ont eu un malencontreux accident de voiture le soir même en se rendant à Dorval prendre leur avion de retour pour JFK[1]. Des témoins de l'accident ont dit qu'une camionnette blanche leur avait coupé la route, provoquant le choc mortel avec un poids lourd qui arrivait en face.

— Pas de bol, fit Lisa. Comment les a-t-on identifiés ?

L'officier eut une moue modeste.

— Ce détail me chiffonnait depuis un moment. Considérant que le Japonais ne voulait absolument aucune fuite après l'exhumation du squelette, il n'avait pas pu laisser tranquillement repartir les deux visiteurs de l'Américaine, sachant qu'ils étaient au

1. Aéroport principal de New York.

courant. Ils auraient forcément fait le lien entre le meurtre de Sarah et cette découverte, et la police aurait fini par mettre le doigt sur l'affaire. Takashimura ne voulait prendre aucun risque de voir se tarir les profits que génère la réserve. J'ai donc fait établir une liste de toutes les personnes disparues et décédées depuis ce jour-là et j'ai envoyé l'officier Rob Dutreux voir madame Donnahue, la concierge de Molson Hall, pour lui montrer les photos. Elle les a reconnus immédiatement, parmi celles d'une vingtaine d'autres personnes. Si le visage du plus vieux ne lui était pas inconnu, c'est parce qu'elle l'avait déjà vu auparavant en compagnie de son beau-frère, Malcolm Gatliff, lors d'une soirée en ville. Rob est également allé interroger ce Gatliff, qui a confirmé qu'il connaissait Sarah Duncan depuis plusieurs années. Ils s'étaient rencontrés à un congrès, à New York, en 2003, et avaient gardé le contact depuis. Elle l'avait donc naturellement appelé pour lui demander s'il connaissait un hôtel tranquille à Montréal, et il l'avait orientée sur les chambres d'étudiants de McGill. Il a formellement reconnu les deux scientifiques. Je ne te raconte pas la tête qu'il a faite en comprenant qu'ils étaient morts tous les trois...

— Bien vu, commenta Lisa, accompagnant son appréciation d'un geste du poignet. Et madame Katô ?

L'inspecteur-chef soupira.

— Takashimura l'a forcément mise dans la confidence, puisqu'elle a envoyé Joseph chercher Chiyeko, la serveuse, à une adresse qu'elle savait fausse, et qui était en fait un vrai guet-apens. Ensuite, lorsque nous l'avons arrêtée, il a décidé qu'elle en savait trop, elle aussi. Elle devenait également dangereuse pour lui. Il a dû l'éliminer.

— On a la preuve que c'est bien elle qui a tendu ce piège à Joseph ?

Lachance finit son verre avec un bruit de succion annonçant que le contenant était trop petit ou le contenu évaporé.

— Takashimura l'a descendue. C'est une preuve suffisante, à mon avis...

Lisa opina silencieusement. L'officier avait raison, bien sûr. Elle commençait à avoir la tête qui tournait un peu, et elle posa son verre vide sur le guéridon qui jouxtait l'accoudoir de son fauteuil. Elle bâilla et regarda le cadran de sa montre en réprimant un frisson de fatigue.

— Mais où est donc passé Daniel ?

Lachance prit sa veste et la posa avec douceur sur le corps à demi allongé de la jeune femme. Elle cligna des yeux et lui sourit avec reconnaissance.

— Il est parti vérifier quelques données sur Internet, dans la salle des archives. Il ne va pas tarder à remonter...

Il tendit la main vers le rhéostat manuel et baissa la lumière de son bureau. Dans la pénombre soudaine de la pièce, les yeux de Lisa brillaient comme des lucioles.

— Celui qui nous a tiré dessus, Anatole... Qui était-ce ?

Lachance se recula dans son dossier. Il savait que cette question allait arriver, et la vérité lui faisait plus peur que l'éventualité d'avoir tort. Un horrible soupçon commençait à se frayer un chemin à travers son refus d'accepter l'évidence.

— Je ne sais pas, Lisa, dit-il d'une voix atone. J'ai envoyé les plongeurs sonder le fleuve. Pour l'instant, ils n'ont rien retrouvé. Pas de véhicule, pas de cadavres.

— Hm... fit la jeune femme en essayant de garder les paupières ouvertes. C'est bizarre, quand même, la rapidité de réaction de ces tueurs... Ils devaient nous suivre depuis un bon moment, et quand ils ont compris que nous retournions à la réserve, ils ont eu peur que nous ayons découvert la vérité.

— Oui, certainement. Mais c'était compter sans le sang-froid des deux flics de choc de la police française... et une arme oubliée dans une boite à gants...

Lisa sourit et se cala contre l'accoudoir. La veste de l'officier gardait la chaleur corporelle de la jeune femme sur elle, et elle ferma les yeux un instant. Juste un instant... Pour goûter au plaisir de se laisser aller. Elle eut l'impression de plonger dans un bain tiède. Un voile de bien-être s'enroula autour d'elle, l'attirant dans ses volutes dans un mouvement hypnotique.

L'inspecteur-chef observa sa respiration devenir plus lente, plus régulière. Il baissa la lumière jusqu'à ce qu'elle ne soit plus qu'une faible lueur nimbant les meubles de la pièce d'une pénombre apaisante. Il ôta ses chaussures et posa les pieds sur son bureau, le regard tourné vers la fenêtre donnant sur la nuit.

Il avait inspecté les feuilles d'affectation des membres de son équipe, durant les dernières vingt-quatre heures. Jean-Baptiste aurait dû se trouver en ville dans sa voiture de patrouille, à l'heure qu'il était. Mais le véhicule qui lui était affecté n'avait pas bougé du parking depuis la veille et, depuis plusieurs heures déjà, le policier n'avait donné aucun signe de vie qui aurait permis à l'officier de penser à autre chose qu'à ce qui s'imposait à lui peu à peu.

Chapitre 55

Le jour se levait à pas de loup, se frayant difficilement un passage au milieu des sous-bois denses, dans un silence ouaté qu'aucun oiseau ne venait rompre d'une trille.

Shinzo Takashimura repoussa lentement le sac à dos et les branches de sapin dont il s'était recouvert durant la nuit pour échapper à la neige. Lorsqu'il s'était rendu compte qu'il avait perdu sa lampe sur le chemin, il avait progressé encore durant une centaine de mètres, mais il avait dû se rendre à l'évidence.

Il risquait trop de se perdre sans l'aide de la carte.

Il se félicita de ne pas avoir sous-estimé la qualité des vêtements dont il s'était équipé avant de s'engager dans son expédition. Les nombreux exemples de chasseurs qui s'étaient retrouvés congelés pour un incident mineur dans le bois faisaient école auprès des oreilles inexpérimentées. On ne comptait plus ces histoires, au Québec, qui circulaient dans l'inconscient collectif comme une part de l'éducation de survie, dans ce pays où le froid régnait en maître plus de la moitié de l'année.

Le Japonais avait toujours gardé en mémoire celle de l'homme qui s'était un jour coincé les deux mains dans un piège à castors tendu au ras de l'eau, juste avant l'embâcle, et qui avait dû réaliser au plus mauvais moment qu'il aurait bien eu besoin d'une troisième pour détendre le ressort des mâchoires d'acier, ou pour aller attraper dans sa poche la clé qui ouvrait le cadenas de la chaîne fixée sous l'eau à une racine grosse comme son bras.

Lorsque ce qui restait de son corps avait été aperçu trois semaines plus tard par un autre trappeur relevant sa ligne de pièges, l'homme avait réussi à se ronger un poignet, mais il lui avait toujours manqué une main pour ouvrir l'engin avant de mourir vidé de son sang.

Le ciel était toujours gris, mais la neige avait cessé de tomber, rendant la progression dans les buissons plus facile. Le Japonais épousseta sa veste et son pantalon, puis il secoua son bonnet pour en déloger la glace qui s'était accumulée dans l'ourlet de tissu polaire. Il frotta la surface de la boussole et s'orienta rapidement avec la carte. D'après son estimation, il n'avait pas dévié de sa trajectoire, et il lui restait moins d'un kilomètre à parcourir.

Il se donna une grosse demi-heure pour franchir la distance à travers les taillis. Il fallait qu'il rejoigne le puits avant que la matinée soit trop avancée, pour éviter au maximum une rencontre fortuite avec un autochtone. Pour la même raison, il avait prévu de ressortir du trou juste avant la nuit, une fois les ossements rassemblés dans son sac. Il traverserait ensuite discrètement la réserve en diagonale pour rejoindre une rampe d'accès au pont Mercier, d'où il pourrait se débarrasser définitivement de son encombrant colis dans le Saint-Laurent.

Simple. Efficace. L'exemple même de la façon dont il avait toujours géré ses problèmes.

Takashimura se fondit entre les troncs noirs, ombre fantomatique bientôt avalée par les branches d'épinettes qui fouettaient l'air piquant en se délestant de leurs charges de neige après son passage.

— Le plus vieil ancêtre de l'humanité était jusqu'ici l'homme de Toumaï, dont le crâne fossilisé a été découvert par hasard dans le sable d'un désert du nord du Tchad en juillet 2001. Je peux même vous dire qu'il appartient à une nouvelle espèce dont il était jusqu'à présent le seul représentant : le *Sahelanthropus Tchadensis*.

Magne cessa de lire ses notes un instant, pour être sûr que Lisa et l'inspecteur-chef l'écoutaient bien. La jeune femme avait les yeux encore gonflés de sommeil, mais les quatre heures passées à dormir dans le canapé de l'officier canadien lui avaient redonné une meilleure mine que la veille. Une fois qu'il fut certain que leur attention était suspendue à ses paroles, il reprit sa lecture. Il avait passé presque toute la nuit à collecter ses informations, et il n'avait pas l'intention de rater son petit cours magistral.

— Il est âgé de sept millions d'années environ... Entre 2001 et 2005, un seul autre crâne a été retrouvé complet dans la même région, à l'ouest du Rift, au bord d'un ancien lac asséché depuis des millénaires. L'homme de Toumaï serait né environ 350 000 générations avant nous !

Lisa évacua les derniers restes de sa nuit en se frottant énergiquement les tempes. Cela faisait beaucoup trop de zéro à ingurgiter d'un seul coup.

— Ce qui fait que le squelette mis à jour à Kanawaghe est une véritable révolution dans la paléoanthropologie, continua Daniel. Il recule notre plus ancien aïeul de plus de trois millions d'années, et de surcroît enfonce littéralement toutes les théories établies depuis des décennies comme quoi l'humanité a vu le jour en Afrique. À cette distance dans le temps, il apparaît fort peu probable que le squelette de la réserve provienne de la même espèce que Toumaï. Ce qui indique, de par les échantillons de poudre analysés, que nous sommes en présence de ce que les savants du monde entier appellent de tous leurs vœux : le Chaînon manquant.

Tandis que Lachance gardait un silence pensif, Lisa s'étira, puis elle se recoiffa en se glissant les doigts dans ses cheveux emmêlés.

— Tu me laisses le temps de prendre une douche à l'hôtel et de me changer avant, Daniel ? dit-elle en enfilant ses chaussures.

— Avant de quoi ?

— Ben... avant d'aller à la réserve ! Je suppose que si le nœud de cette histoire est là-bas, on va y aller faire un tour ce matin, non ? Ah... Anatole ! Il me faudrait un autre chargeur ! Pour traverser le pont... C'est possible ?

Un jour morne avait pris possession de la ville. Les façades élancées des immeubles disparaissaient dans un brouillard bas qui empêchait la lumière d'atteindre le sol. La voiture banalisée de patrouille quitta le parking dans un bruit mouillé en écrasant la neige déjà sale, puis l'inspecteur-chef s'engagea sur la rue Parthenais et descendit lentement vers le fleuve, se frayant difficilement un passage dans les embouteillages denses de ce début de matinée.

Lisa et Daniel avaient pris leur douche ensemble à l'hôtel, et Lachance avait dû attendre un peu plus longtemps que prévu sur le parking avant qu'ils ne le rejoignent, frais comme des gardons, sentant bon le savon, et souriants. Daniel Magne avait toujours de larges cernes sous les yeux, mais il avait l'air d'avoir provisoirement oublié sa nuit blanche passée sur Internet.

La voiture traversa le pont, au milieu duquel une déviation avait été mise en place pour éloigner les usagers de la brèche qui s'ouvrait dans le parapet. En passant à côté, Lisa jeta un regard dur vers le trou qui donnait sur le fleuve.

— On a des indications sur l'identité de celui qui a cherché à nous tuer ? demanda-t-elle d'une voix âpre en posant la main sur les fils qui dépassaient de son arcade sourcilière.

Le commandant remua sur son siège, mal à l'aise.

— Rien encore, non...

Daniel Magne l'observait du coin de l'œil, et il vit l'embarras dans lequel l'officier s'embourbait en essayant de garder le nez hors de l'eau. Peut-être le moment était-il venu de pousser un petit peu plus loin. Le policier français était convaincu que l'inspecteur-chef était complètement étranger à l'agression dont ils avaient été victimes. Dévoiler ce qu'il soupçonnait ne pourrait pas plus porter à conséquence que de le garder pour lui.

— Ça vient de l'intérieur, hein, Anatole ?... interrogea-t-il doucement. Du sein même de la Sûreté, pas vrai ?

Lachance sembla se recroqueviller sur lui-même. Ce qu'il craignait le plus venait d'arriver. Lisa gardait le silence, regardant la route d'un air renfrogné.

— Pas vrai, Anatole ?

Acculé, les mains crispées sur le volant tandis qu'il négociait le virage au bout du pont qui menait vers la réserve, l'officier hocha brièvement la tête. Il eut du mal à desserrer les mâchoires pour prononcer les mots qui sonnaient le glas de la belle unité de son équipe.

— Jean-Baptiste est introuvable depuis hier soir. Il n'est pas rentré chez lui, n'a pas repris son service de nuit, et n'a pas non plus donné le moindre coup de fil d'explications.

Daniel Magne respira lentement pour digérer l'information. *Jean-Baptiste.* Ce salopard s'était bien foutu de sa gueule... Toute la scène chez César Dubailly avait bien dû le faire rigoler ! C'était *lui* qui avait prévenu Takashimura de leur prochaine visite chez le Haïtien, parce que les choses commençaient à se cristalliser autour de son nom. Ce n'était pas bien difficile pour lui de récupérer les renseignements au Centre, puisque tout le monde parlait du Japonais depuis qu'il avait été reconnu par le capitaine français.

Magne se souvint de l'air contrarié du policier lorsqu'il avait jailli de la voiture pour se lancer à la poursuite de Lisa et Sue Young. Jean-Baptiste l'avait suivi, mais heureusement d'assez loin, car sinon il aurait tout aussi bien pu lui loger une balle dans le dos dans une rue sombre. Et comme il avait dû rigoler, le gros Québécois à l'air bonasse, quand il s'était retrouvé seul au *Hokkaido* avec tout le temps qu'il fallait pour prévenir le Japonais de filer immédiatement. Pas étonnant qu'il se soit précipité sur l'occasion ! Madame

Katô avait été sacrifiée pour permettre à Takashimura de prendre le large en toute tranquillité...

Le capitaine ressentit une soudaine flambée de colère contre lui. Il se sentait cocufié jusqu'au fond de l'âme. Magne jeta un regard noir à Lisa, qui paraissait éprouver le même sentiment que lui.

— Je comprends ce que vous ressentez tous les deux, finit par lâcher l'officier canadien. Il a presque réussi à vous tuer, et il vous a menés en bateau depuis le début.

Magne repensa au moment où il avait arrêté les Mohawks alors qu'ils s'apprêtaient à tomber à bras raccourci sur le peloton d'agents de la Sûreté. Jean-Baptiste s'était avancé vers lui à côté de Rob, le sourire aux lèvres, visiblement soulagé. En fait, ce devait être lui qui avait conseillé l'endroit au Japonais pour faire exploser une situation de violence qui aurait mis les Indiens dans une situation ingérable. Il n'avait rien laissé paraître, mais l'intervention de Magne avait gâché ce qu'il espérait provoquer.

— Depuis le début, oui... confirma-t-il à voix basse.

— Pourquoi ? intervint Lisa. Pourquoi a-t-il couvert les meurtres de deux de ses jeunes collègues ?

Lachance haussa les épaules.

— L'argent, je suppose... L'engrenage, ensuite... La mort de Louis n'était pas prévue au programme. Il devait juste enlever Sarah Duncan pour la faire parler, et éliminer ce qui mettait en danger leur trafic avec les Warriors de Kanawaghe.

— J'ai été le grain de sable, fit Magne avec aigreur.

— Un sacré grain de sable, tu peux le dire, Daniel... Sans toi, il nous aurait trompés pendant des années encore avant qu'on ne s'en rende compte.

Le capitaine acquiesça en silence. Il était logique que le Japonais ait tenté de corrompre des membres de la police québécoise, mais il était grave qu'il ait pu y parvenir. Cependant, une question restait en suspens.

Y en avait-il d'autres ?

Cette question n'était pas encore à l'ordre du jour, et il n'y avait aucun moyen de le savoir au moment présent. Le Français se concentra sur ce qui les attendait au-delà de l'arche taguée qu'ils étaient en train de franchir.

Chapitre 56

— Aide-moi, Mike. On va le porter chez toi. Si les flics le cherchent, ils vont venir ici, mais c'est moi qu'ils viendront trouver. La description que leur feront les motards les mènera à moi.

— Il ne faut pas le bouger d'ici, dit Anihi. Il est presque mort de froid. Il faut le laisser revenir à lui.

— On n'a pas le choix, s'énerva John. S'ils le trouvent chez toi, il est cuit, lui aussi. On doit l'emporter.

— Alors, tu l'emporteras mort. Il ne survivra pas dix minutes dehors.

John ferma les yeux et soupira violemment en se retenant de jurer à voix haute.

— Anihi a raison, dit doucement Mike, qui cherchait à apaiser la situation. On va le garder près du feu jusqu'à ce qu'il reprenne connaissance. C'est plus prudent...

— Je vais faire du café ! trancha Anihi d'un air sévère.

John prit une mine renfrognée et s'assit près de la fenêtre qui donnait sur la piste enneigée. La vieille femme disparut dans sa cuisine, et, murés dans un mutisme affecté, les deux hommes l'écoutèrent préparer la cafetière en évitant de se regarder.

Anihi revint avec un plateau odorant qui détendit insensiblement l'atmosphère.

— Vous êtes allés derrière la maison, ce matin ? demanda-t-elle en versant le liquide bouillant dans les vieilles tasses émaillées.

John et Mike échangèrent un regard surpris.

— Heu... Non, pas moi, dit Mike.

— Moi non plus, assura John. Pourquoi ?

— Pour rien.

Anihi servit le café brûlant et n'ajouta pas un mot. Maintenant, elle savait ce qu'elle avait à faire.

Accroupi dans la cavité ouverte sur le côté de la fosse, Shinzo Takashimura observait le squelette qui avait mis en péril l'ensemble de ses activités sur la berge sud du Saint-Laurent. La créature était à peine plus grande qu'un enfant de dix ans, et son crâne aplati aux bourrelets orbitaires surdimensionnés semblait le contempler à travers les millénaires qui séparaient leurs deux vies.

Durant toute son existence, le Japonais n'avait jamais hésité à donner la mort à qui que ce soit, mais au moment de poser la main sur ces reliques qui provenaient du fond des âges, il ressentit un profond malaise, comme s'il avait profané la tombe de l'un de ses propres parents.

Il recula de quelques pas et s'assit au fond de la grotte, mécontent de se laisser ainsi impressionner par quelques os à moitié tombés en poussière. Il détourna les yeux du squelette et leva la tête vers l'ouverture du puits, dont il discernait juste l'amorce au-delà du bord de la corniche. Il allait essayer de dormir un peu.

Il aurait besoin de toute son énergie pour la marche qui l'attendait la nuit suivante, et la dernière n'avait pas été particulièrement confortable.

Lorsque Takashimura ferma les paupières, les orbites vides du crâne fossilisé restèrent longtemps imprimées sur ses rétines.

— Laissez-moi faire, dit Lachance. Ici, personne ne dira quoi que ce soit à un flic. Quel est le nom de la femme qui a fabriqué la barrette, déjà ?

Magne creusa dans sa mémoire. Il se retrouva face à la vieille femme, dans la boutique, qui avait été interrompue par John Wachihta alors qu'elle venait juste de la nommer.

— Anihi, je crois.

Ils s'étaient garés dans la rue principale de Kanawaghe, juste en face d'une boutique de souvenirs autochtones. Lachance descendit de la voiture et s'avança en souriant vers deux jeunes garçons qui venaient vers lui en discutant, appuyant sans conviction sur les pédales de leurs VTT.

— Salut ! dit-il en anglais en abordant les deux jeunes, tout en remontant son pantalon de treillis sur ses fesses opulentes.

Magne ne remarqua qu'à ce moment-là que l'inspecteur-chef n'avait pas enfilé d'uniforme. Il ne put entendre la suite de la conversation, car les deux adolescents avaient tourné la tête vers le bout opposé de la rue en tendant la main pour appuyer leurs explications. Le capitaine vit l'officier québécois hocher plusieurs fois la tête, puis finalement sortir deux billets de sa poche. Les deux garçons eurent soudain un sourire jusqu'aux oreilles. Le géant leur dit encore quelque chose et tapota l'épaule du plus grand des deux, qui opina du menton avec véhémence.

— Et voilà ! annonça-t-il avec un petit air satisfait en reprenant sa place au volant. En route !

Magne et Lisa échangèrent un regard perplexe.

— Vous avez localisé le puits ? s'enquit Daniel, incrédule.

L'inspecteur-chef lui jeta un regard amusé en enclenchant le levier de vitesse en marche avant.

— Je leur ai dit que nous sommes des membres de la famille d'Anihi, que nous venons de Val-d'Or pour lui apporter des nouvelles des siens, et que nous ne savons pas où elle habite.

— Et les billets ? demanda Lisa.

— Je leur ai expliqué que je voulais faire une surprise à ma chère vieille tante, et qu'ils devaient garder le silence pour qu'elle soit la plus totale possible. C'est sacré, la famille, icitte.

Magne poussa un petit sifflement admiratif.

— Bravo, Anatole...

Le commandant sourit brièvement, mais son air redevint grave.

— Ils m'ont également appris que John et Mike seraient très contents de voir la joie d'Anihi, puisqu'ils y sont partis à fond de train en pleine nuit. L'un des gosses a entendu le pick-up de Mike démarrer à trois heures. Il habite à côté de chez lui, et il est sorti pour voir ce qui se passait. Mike lui a dit de ne pas s'inquiéter, qu'il allait aider Anihi à s'occuper de Richard, son mari handicapé, qui n'allait pas très bien.

— On ne va pas être seuls, on dirait... dit Lisa.

— Non. Et n'oubliez pas qu'ici, nous n'avons aucune légitimité. Seule la police tribale peut faire régner l'ordre sur la réserve. Toute tentative d'une action de force serait à coup sûr perçue comme une véritable déclaration de guerre.

Le commandant sourit à la jeune femme dans le rétroviseur.

— Tout va bien se passer. Nous venons seulement prendre des renseignements. Mais ils peuvent nous foutre dehors s'ils sont mal lunés. Ils sont chez eux.

Au bout d'un kilomètre environ, le commandant bifurqua d'un coup de volant sec sur la droite. Il s'engagea en dérapant dans une voie plus étroite, sur laquelle une seule trace de pneus larges avait laissé une empreinte à moitié dissimulée par la neige.

Lisa s'accrocha à la poignée de la portière tandis que la voiture quittait la route goudronnée pour le chemin parsemé de trous qui menait chez Anihi. Ses suspensions peu adaptées se raidirent sur les crêtes de terre que le manteau neigeux n'avait pas suffisamment recouvertes.

Ils restèrent silencieux durant les quelques centaines de mètres pendant lesquelles ils traversèrent un bois épais d'épinettes noires. Des petits animaux avaient laissé des pistes qui s'entrecroisaient dans toutes les directions.

— C'est étonnant, comment on arrive à lire ce qui se passe dans la nature, dans ces conditions... dit Lisa d'une voix rêveuse.

Les deux hommes ne l'entendirent pas à cause du bruit du moteur, que l'officier était obligé de solliciter un peu plus pour sortir des ornières gelées.

— C’est le flic ! s’écria John en se levant d’un bond tout en tendant le doigt vers l’avant de la maison. Je le reconnais, et la fille aussi ! Je vous l’avais dit !

— Ils sont ici chez moi, arbitra Anihi. Je vais les recevoir. Transportez Tommy dans ma chambre et couchez-le près de Richard. Il lui tiendra chaud.

Elle enfila ensuite un châle et sortit dans la lumière blanche en plissant les paupières.

Dans la grotte, Takashimura ouvrit les yeux en entendant claquer les trois portières de voiture.

Chapitre 57

Tandis que, garé parmi les véhicules stationnés dans la rue centrale de Kanawaghe, Jack Harvey attendait au volant de son vieux pick-up Chrysler d'avoir une bonne idée pour entamer ses recherches sans se faire trop remarquer, il aperçut le visage du flic français à travers la vitre arrière d'une autre voiture au moment où celle-ci ralentissait devant deux gamins roulant à vélo en faisant des glissades sur la glace.

Jack se baissa brusquement, maintenant juste un œil au ras du tableau de bord pour pouvoir suivre le manège du conducteur qui venait de quitter la berline. L'homme était costaud comme un ours noir, et presque aussi souple. Il s'accroupit prestement face aux adolescents pour leur parler, dans le but évident de ne pas les effaroucher. Il vit l'un d'eux désigner la route derrière lui, et il se raidit en voyant l'inconnu tendre deux billets aux enfants, puis faire demi-tour avec un petit sourire aux lèvres.

Le jeune homme eut un instant d'inquiétude en réalisant que son pare-brise était le seul exempt de glace, et que cela allait attirer l'attention sur lui. Mais le gros type reprit sa place au volant et repartit aussitôt sans le remarquer. Jack attendit que la voiture ait disparu au bout de la rue, puis il suivit les traces fraîches dans la couche de neige. Il était encore tôt, et le fait qu'il n'y ait aucun autre véhicule dans les rues l'incita à garder une distance prudente avec celle qu'il suivait.

Cela lui permit d'avancer au ralenti, car il se doutait bien que les garçons n'avaient pas indiqué à l'inconnu un lieu distant de nombreux kilomètres, d'autant que la direction qu'ils avaient indiquée était celle du fleuve. Il garda son pied juste au-dessus de l'accélérateur, son moteur faisant uniquement avancer le pick-up avec la marche avant enclenchée. Quelques ornières où la berline avait glissé nécessitèrent un peu plus de gaz, mais il relâcha immédiatement la pédale. Cela lui permit d'apercevoir la fumée sortant de la cheminée de la maison avant d'en être lui-même en vue.

Il stoppa sur le bas-côté et sortit silencieusement, refermant la portière en appuyant dessus avec le plat de la main pour absorber le moindre bruit. Il remonta alors la fermeture éclair de sa veste camouflée blanche et noire, et enfonça jusqu'à ses yeux un bonnet assorti. Il enfila ensuite une paire de mitaines assorties, et arma la culasse de son SIG qu'il remit dans sa poche ventrale après avoir vérifié le cran de sécurité.

Il n'était bien sûr pas question qu'il s'approche par le chemin, et il choisit le côté gauche de l'habitation, puisque la fumée allait dans ce sens. Cela aurait été particulièrement idiot de faire fuir un chevreuil ou un lièvre en direction de ceux dont il avait bien l'intention de rester inaperçu.

Du moins jusqu'à ce qu'il sache enfin où était celui qu'il recherchait.

Daniel Magne descendit de la voiture en observant le visage hermétique de la vieille dame qui leur faisait face, seule sur la terrasse branlante de sa maison.

Anihi.

Selon les dires de la vendeuse âgée de la boutique de souvenirs, cette femme était la personne qui avait fabriqué la barrette que portait Sarah Duncan lors de son enlèvement, dans le parking souterrain, le soir de la mort de Louis.

Ils n'auraient peut-être jamais de deuxième occasion de pouvoir l'interroger, et ils devaient avancer sur des œufs. Lorsque le conseil de bande et la police tribale mohawk auraient appris qu'ils étaient arrivés jusque chez elle en profitant de la crédulité de deux enfants, ils risquaient de passer un mauvais quart d'heure.

— Bonjour, madame, dit l'inspecteur-chef Lachance en s'avançant vers elle avec un franc sourire sur les lèvres.

— Qu'est-ce que vous foutez chez moi ? lança Anihi sans se départir de son immobilisme.

Le sourire de l'officier se figea légèrement, mais il essaya de le conserver tant bien que mal, tout en hésitant sur la meilleure façon de continuer à aborder l'aïeule revêche.

— Nous avons besoin de votre aide, intervint instinctivement Lisa.

Anihi tourna lentement le cou vers la jeune femme et la détailla de la tête aux pieds. Lorsqu'elle croisa le regard de Lisa, son expression parut s'adoucir imperceptiblement.

— Mon aide pour quoi ? demanda-t-elle du même ton abrupt.

— Plusieurs personnes ont trouvé la mort cette semaine, dit la jeune Française en s'engouffrant dans la brèche, et deux d'entre eux étaient des jeunes officiers de police qui avaient fait le serment de lutter contre le crime dans votre pays.

— Mon pays, c'est entre le pont et le fleuve. C'est tout ce que les Blancs nous ont laissé. Vos morts ne nous regardent pas, répondit Anihi, dont les yeux n'avaient toujours pas quitté le regard tendu de Lisa.

— La troisième victime est une Américaine. Sarah Duncan. Une professeure de paléoanthropologie d'une grande université de Philadelphie. Son cadavre a été retrouvé devant l'entrée de Kanawaghe, il y a quelques jours. Deux autres scientifiques ont également été abattus en ville alors qu'ils repartaient aux États-Unis, ainsi qu'un vieil handicapé haïtien dans sa pauvre maison, dans le quartier nord.

— C'est toujours à l'extérieur de la réserve. Nous ne sommes pas concernés par la violence de vos assassins.

— Sarah Duncan portait une barrette, le soir de sa mort, poursuivit la jeune policière sans tenir compte de la remarque. Une barrette décorée de piquants de porc-épic.

Lisa glissa lentement la main dans son sac et en sortit un pochon de plastique. Elle s'avança vers la vieille femme rabougrie qui semblait s'être légèrement tassée sur elle-même. Le commandant Lachance avait fait un pas en arrière et gardait le silence, comme Daniel Magne qui se tenait en retrait près de la voiture dont le moteur refroidissait en produisant des petits bruits secs.

— Tenez, dit Lisa. Je crois qu'elle vous appartient.

Anihi avança la main malgré elle et se saisit de l'objet que lui tendait la jeune femme. Elle baissa les yeux un instant, puis les reposa sur le visage de l'inconnue.

— C'est celle que ma mère m'a donnée quand elle est morte, dit-elle enfin d'un ton adouci. La sienne la lui avait remise de la même manière... Lorsque j'ai commencé à en fabriquer, je me suis inspirée de celle-ci.

Lisa hocha la tête avec un léger sourire.

— Alors, elle a retrouvé sa place, dit Lisa. Vous pourrez l'offrir à votre propre fille.

Le visage d'Anihi se referma brusquement. Elle n'avait jamais eu d'enfants, mais ces étrangers n'avaient pas à le savoir. Pas plus que le rôle qu'avait tenu Tommy dans cette affaire de vol de barrette.

— Qu'est-ce que vous voulez ? J'ai du travail.

Magne se mordit les lèvres et fit la grimace intérieurement. Ça s'annonçait mal une nouvelle fois.

— Nous avons beaucoup avancé dans cette enquête, madame Anihi...

La vieille femme garda un mutisme obstiné. Elle semblait ne plus rien avoir à ajouter. Lisa sentait que la situation lui échappait, et qu'il ne lui restait que quelques secondes avant qu'Anihi tourne les talons et rentre chez elle en les laissant dehors.

— Nous savons, pour les ossements, lâcha-t-elle dans un souffle. Nous savons que Sarah Duncan est venue ici dans un but purement intéressé, et qu'elle vous a volé cette barrette. Elle a volé un os du squelette, également.

Anihi se solidifia brusquement sur les planches de sa terrasse.

— Toute cette affaire tourne autour de la réserve de Kanawaghe, continua Lisa, et autour de ces restes humains qui datent de plusieurs millions d'années. Il y a un homme, un Japonais, qui traite un trafic de drogue et d'armes florissant avec des jeunes Mohawks, les *Warriors*. Je ne vous apprends rien, je pense...

Anihi ne répondit pas. Il n'y avait rien à argumenter contre la vérité. Les trafiquants qui détournaient la jeunesse iroquoise des voies traditionnelles de leurs ancêtres, en profitant du statut à part du peuple autochtone sur ses terres, étaient un véritable cancer dans la réserve.

— Ce trafic ne nous concerne pas, madame. Nous sommes à la recherche d'un assassin, et nous pensons qu'il va chercher à faire disparaître les reliques que vous cherchez, vous, à protéger. Car il sait que si elles sont dévoilées à la science, rien n'empêchera le gouvernement, poussé par les énormes intérêts internationaux qui ne manqueront pas d'être éveillés par cette découverte, de faire des fouilles partout ici, dut-il déplacer encore une fois le peuple mohawk par la force un peu plus loin sur le fleuve. Toute sa petite entreprise illégale sera alors détruite, et il perdra tout crédit auprès des antennes yakusas du pays. Peut-être même risque-t-il la mort s'il échoue. Croyez-moi, il a tout à perdre s'il ne met pas la main sur ces ossements.

Lisa respecta un bref silence, le temps d'être sûre que la vieille femme allait de nouveau rester muette.

— Nous voulons la même chose, vous et nous, conclut Lisa. Si vous refusez de nous aider, nous ne pourrons rien pour vous, nous non plus... Cet homme est implacable, et rien ne l'arrêtera.

À bout d'arguments, Lisa se tut. Elle attendit le verdict de la vieille femme avec le cœur qui battait la chamade.

La porte de la maison s'ouvrit à ce moment, et un homme âgé apparut derrière Anihi. Ses cheveux longs et gris lui tombaient en cascade sur les épaules sous un vieux Stetson aux bords déchirés.

— Tout va bien, Anihi ? demanda-t-il d'une voix abrupte.

— Salut, John, dit Magne en lui adressant un petit salut ironique de la main.

Anihi toisa le Français avec curiosité, puis elle se tourna vers Wachihta, qui s'était adossé nonchalamment au chambranle de la porte sans répondre.

— Vous vous connaissez ?

John eut un bref signe affirmatif du menton. Daniel n'aurait pu le jurer, mais il lui sembla que le Mohawk dissimulait un léger sourire sous l'ombre de son chapeau.

— Nous nous sommes déjà rencontrés une fois, oui.

— Deux fois, John, corrigea Magne en levant son index et son majeur réunis.

— La première m'a plus marqué, rétorqua Wachihta en se grattant l'oreille.

Cette fois, il souriait très visiblement.

Anihi essuya ses mains sur sa blouse défraîchie. Elle devait prendre une décision. Elle ne parvenait pas à décider si elle pouvait faire confiance aux étrangers ou non. Parfois, le remède est pire que le mal, et rien ne prouvait que ces policiers allaient respecter un quelconque accord, une fois leur meurtrier mis hors d'état de nuire. Rien ne prouvait que son peuple ne serait pas ensuite envahi par les pelleteuses, et que les Esprits retrouveraient leur quiétude éternelle.

Une voix ténue lui parvint alors, portée par le vent glacial qui se levait sur le fleuve, en provenance directe du Bouclier Canadien et du pôle Nord.

Tu es le feuillage, Anihi. Tu es le tronc et les branches. Tu es l'aigle sur la cime, et tu es les racines, les quatre racines blanches de ton peuple. Tu es la gardienne, celle qui veille sur nos enfants, sur notre avenir. La décision t'appartient. La décision t'appartient...

Anihi s'ébroua mentalement. Jamais les Esprits ne lui avaient parlé en présence de qui que soit, et encore moins devant des Blancs. La situation était grave, elle l'avait compris. Il était temps d'agir.

— J'ai fait du café, dit-elle simplement.

Elle regarda les trois policiers les uns après les autres, puis elle fit demi-tour pour rentrer à l'abri du vent qui faisait voler son châle sur ses maigres épaules.

Chapitre 58

Shinzo Takashimura avait tendu l'oreille, mais il n'avait pas réussi à entendre les paroles échangées dehors. Le bruit de la conversation s'éteignit bientôt, et il comprit que les visiteurs étaient entrés dans la maison. Trois portières, cela voulait donc dire au moins trois paires d'yeux en plus qui pourraient le voir sortir du trou s'il s'y aventurait maintenant. Cependant, le fait de rester dans l'anfractuosité était peut-être une mauvaise idée. Il était coincé là-dedans comme un rat dans une nasse, et l'éventualité d'une visite impromptue au squelette commençait à être inquiétante.

Le Japonais se décida d'un coup. Il ouvrit fébrilement son sac à dos et en sortit le fusil d'assaut qu'il avait apporté pour réagir en cas de coup dur. Il s'agissait d'un fusil d'infanterie, un AK 47 usagé, dont il avait veillé à ce qu'il soit parfaitement nettoyé et graissé, prêt à servir. Il déplia la crosse métallique, puis enclencha le chargeur rempli de trente cartouches soviétiques de 7,62. Il positionna ensuite le sélecteur sur la position de tir en rafales, puis il posa l'arme contre le mur de la grotte.

Dominant alors son inexplicable répugnance à toucher le squelette, il prit les os un par un et les enfouit dans le fond du sac. Il fouilla la terre autour des restes pour être bien certain qu'il n'en restait pas un seul morceau utilisable, puis il mit des pierres au-dessus de l'endroit où le corps avait reposé depuis des milliers d'années.

Il enfila alors les courroies du sac sur ses épaules, puis il reprit son arme à la main et il s'accroupit dans l'ombre de la grotte.

Si les visiteurs avaient décidé de venir faire un tour dans la tombe, ils allaient être servis.

Il arma la culasse avec le levier latéral, propulsant la première des trente balles de guerre dans la chambre de tir.

Puis, les yeux rivés sur les parois abruptes et glissantes descendant dans le puits, il attendit.

— Vous vivez seule, ici ? demanda Magne.

Anihi le toisa comme s'il avait uriné sur le tapis.

— Je ne suis jamais seule, sur la terre de mes ancêtres ! lança-t-elle d'un air de défi en posant d'un coup sec devant les policiers la cafetière en aluminium qui chantait encore.

— Oh, bien sûr... Pardon, je voulais dire que...

Le regard glacé d'Anihi fit taire le capitaine, qui regretta instantanément d'avoir ouvert la bouche.

Lisa intervint une nouvelle fois, tentant d'attirer l'attention de la vieille femme sur elle.

— Madame Anihi, nous aimerions comprendre une chose. Comment ce squelette aussi ancien s'est-il retrouvé là ? À l'époque où cet hominidé est mort, toute la région devait être recouverte de glaces, non ?

La doyenne des Mohawks servit le café en veillant à ne pas renverser de gouttes sur son napperon blanc.

Elle leva des yeux limpides sur Lisa et trempa le bout de ses lèvres dans le breuvage fumant.

— Il est là. C'est tout.

Lisa hocha la tête et baissa les yeux sur sa tasse. L'inspecteur-chef Lachance, qui n'avait pas prononcé une seule parole depuis qu'il s'était fait rembarrer dès leur arrivée, fit de même. Un courant ténu passait entre les deux femmes, et il n'allait certainement pas commettre l'impair de le rompre par la moindre intervention. John Wachihta était resté debout et s'était appuyé sur la cloison, près du poêle. Il observait le groupe improbable comme un garde du corps refusant de s'éloigner de la célébrité qu'il doit protéger.

Daniel remua les fesses sur le tabouret inconfortable en faisant grincer les pieds sur le carrelage. Un silence pesant s'était abattu sur la pièce, isolant chacun d'entre eux dans ses propres pensées. L'odeur du café embaumait l'atmosphère, apportant une note étrange de semblant de convivialité à la scène.

Anihi, alors, prit la parole. Sa voix s'éleva, nette et âpre, et tous rivèrent instantanément leurs regards sur elle.

— Depuis la nuit des temps, les Iroquois constituent une grande famille, divisée en deux grands groupes. Un premier groupe s'appelle la Ligue des Six Nations, les Haudenosaunee, ou peuple de la Maison Longue. Le deuxième est la Confédération iroquoise des sept Nations, ou Sept Tribus, ou encore Sept Feux. Cette alliance de villages, situés le long du Saint-Laurent, était constituée d'Iroquois, de Hurons, d'Abénakis et de Nipissings, entre autres, qui étaient les alliés des Français jusqu'à la conquête des Anglais en 1760. Les Mohawks lui ont donné le nom de Tsiata Nihononwenstiake.

Lisa glissa un regard stupéfait à Daniel, qui se garda bien de prononcer le moindre mot.

— Les Iroquois sont venus de l'ouest, de l'Asie, il y a très longtemps de cela. C'est du moins ce qu'en disent les Blancs. Quoi qu'il en soit, nous, les Mohawks, avons été guidés par une femme d'une grande sagesse, Gaihondariosk. Elle nous a conduits ici à travers tout le continent, et c'est elle qui a choisi cet emplacement pour que nous puissions y vivre en harmonie. À la suite de la création de la Loi sur la Paix, les Mohawks ont été chargés de garder la porte Est de la Maison Longue, symbolique de l'alliance. Les Senecas étaient chargés de la porte Ouest, et les Onongadas ont reçu la responsabilité d'être les gardiens du Feu. Tous ceux qui voulaient entrer en contact avec la Confédération devaient d'abord passer par les gardiens, quelle que soit la direction par laquelle ils arrivaient.

Anihi but une gorgée de café, les yeux fixés dans le vide. Elle semblait ne plus jamais devoir s'arrêter de parler.

— Les Européens sont alors arrivés sur notre terre. Ils se sont déversés par milliers sur les rives du fleuve, chaque jour plus nombreux, chaque jour plus affamés de possessions. Ils sont venus avec leurs vices et leurs armes, avec leur cupidité et leurs mensonges, et ils ont mis la guerre dans le cœur des miens. Là où ils ne se battaient pas, ils ont donné des couvertures infestées de maladies à des femmes et à des enfants pour tuer silencieusement ce peuple qui était là depuis la nuit des temps, ce peuple qui les gênait, ce peuple qui n'était pas immunisé contre leurs microbes venus d'au-delà de l'océan[1].

Anihi avait les pupilles sèches, mais sa voix se brisa sur cette dernière phrase. Elle ferma les paupières un instant avant de poursuivre.

— Ils ont anéanti nos villages, tué nos maris, nos pères, nos frères, nos enfants. Ils nous ont imposé leurs religions, leurs coutumes, leur mépris.

Lisa sentit une grosse boule se former peu à peu dans sa gorge, et ses yeux commencèrent à la piquer. Daniel avait baissé la tête vers le sol, perdu dans la contemplation du bout de ses chaussures.

— Ils ont fait de certains d'entre nous des mendiants, des alcooliques, et des rebuts de ce monde que nous ne comprenons pas.

Anihi se leva et remit une bûche dans le poêle. Discrètement, Lisa essuya une larme qui s'obstinait à vouloir couler sur sa joue.

— Mais le peuple Mohawk en a eu assez de voir ses enfants mourir les uns après les autres dans des conflits qui ne le regardaient pas, dit la vieille femme en se rasseyant. Des voix se sont élevées dans la Ligue des Six Nations, dans la Confédération des Sept Feux, et chez les Abénakis. Les différents clans ont alors envoyé leurs hommes les plus sages participer à la mise au point d'un grand traité de paix. Ils se sont réunis sept jours dans ce qui s'est ensuite appelé le « Wigwam du Silence ». Sept jours ensemble, au même endroit, sans ouvrir la bouche. Aucune possibilité de tromper qui que ce soit.

1. Authentique.

Anihi porta son regard sur chacun d'entre eux, posément, comme on évalue la qualité d'un exposé à l'attention de son auditoire.

— Pendant ces sept jours, pas un n'a parlé, ni même soupiré. Mais tous ont réfléchi, et chacun a fait son propre chemin dans son cœur.

Anihi se resservit une tasse de café sans en proposer à ses hôtes. Il fallait qu'elle termine, et la salive lui manquait.

— Dekanawidah planta alors l'Arbre de Paix sur le territoire des Onongadas, les gardiens du Feu. Leur chef Adodarho et les autres chefs de la confédération furent invités à prendre place sous les longues feuilles protectrices, à y tenir leurs Conseils de tribus, et à y décider toutes les affaires concernant le peuple iroquois.

Anihi fit une grimace à l'adresse de Lisa.

— Et vous savez le plus dérisoire, dans tout cela ? C'est sur *ce* modèle que nos envahisseurs, les Américains, ont construit leur propre constitution, en 1776. Même ça, ils nous l'ont volé...

Anihi en arrivait à la phase ultime de son récit. Elle avait parfaitement conscience qu'elle n'aurait jamais une autre chance de tenter de faire entrer dans les crânes épais de ces Blancs le sens de l'existence que lui avaient transmis les générations de Mohawks par la voix de ses parents.

— Des racines ont poussé à cet Arbre de Paix. Une au nord, une à l'est, une au sud, et une à l'ouest. On les appelle ici les Quatre Racines Blanches. Leur nature, leur composition même, c'est la Paix et la Force. Si une personne ou une nation prend conscience de l'espoir que procure l'ombre de son feuillage, il peut alors tracer le signe des racines sur son tronc et s'approcher sans crainte.

Anihi plongea alors son regard presque blanc dans les yeux sombres et brillants de Lisa.

— Dekanawidah a placé un oiseau sur la plus haute branche de cet arbre, continua-t-elle. Un oiseau capable de voir très loin si une menace approche. Une sentinelle, qui est chargée de prévenir le peuple du danger imminent. Il a ensuite déraciné l'Arbre, a jeté toutes les armes dans le trou, et a replanté l'Arbre de Paix par-dessus. C'est ainsi qu'est née Kayenarhekowa, La Grande Paix.

Lisa resta muette, les yeux agrandis par la révélation qui venait de la frapper.

Cet oiseau, cette sentinelle... Aujourd'hui, c'était Anihi.

Elle ne pouvait plus quitter les yeux de la vieille femme, qui avait esquissé un semblant de sourire.

Chapitre 59

Shinzo Takashimura changea de position et se mit à genoux. Il y avait déjà un long moment qu'aucun bruit ne filtrait plus en provenance de la maison. Il allongea le cou pour observer la découpe du puits dans le ciel, mais le faible diamètre de l'excavation et la profondeur où il se trouvait ne lui permettaient pas de voir quoi que ce soit d'autre qu'un fond gris de nuages uniformes.

Il se demanda si Jean-Baptiste avait réussi à descendre le flic français. Il avait cru l'avoir tué lui-même dans le parking, le soir de l'enlèvement de l'Américaine, mais il avait péché par excès de confiance, et il avait été obligé d'attendre un peu avant d'essayer de s'en prendre à nouveau à lui. L'éliminer tout de suite aurait immanquablement porté des soupçons immédiats sur son informateur intérieur de la Sûreté, et il avait préféré suivre de loin l'avancée de l'enquête plutôt que de faire l'erreur de le perdre par trop de précipitation. De plus, il avait mis la pression sur la réserve avec le cadavre de la femme. Il fallait que le jeune Tommy comprenne le message et revienne aux *vraies* affaires. *Aux siennes.*

Mais il ne pouvait pas présager exactement de l'attitude qu'adopterait le jeune motard. La nation des Mohawks était fière, comme la sienne, et il y avait toujours une part d'impondérable dans leur comportement. Il y avait chez eux une répugnance naturelle à accorder leur confiance à qui que ce soit, et leur passé récent ne pouvait que leur donner raison, il fallait bien l'admettre. Il était bien conscient que les Japonais avaient eu, eux aussi, leur part de responsabilité, au fil des siècles, dans l'écrasement de populations plus pacifiques autour de leur île. Ils ne s'étaient pas mieux comportés que les Européens et, plus tard, les Américains avaient fait de même en pratiquant la guerre à outrance pour asseoir leur soif de domination en Asie. Mais c'était le jeu de la guerre...

Et le maître de guerre, ici, *c'était lui*.

Il les avait appâtés avec des promesses de gains qui dépasseraient toutes leurs espérances s'ils acceptaient sa proposition. Il leur avait offert la moitié de ce que le trafic d'armes rapporterait, et le quart des revenus de la vente de la drogue, cocaïne ou héroïne. Il leur avait même laissé la majorité des dividendes du haschisch pour qu'ils aient un os à ronger en propre. Les jeunes guerriers mohawks n'avaient pas répondu tout de suite à l'appel des sirènes du profit, car des voix discordantes manifestaient leur désaccord au sein même du groupe. La querelle qui s'en était suivie avait retardé la conclusion du pacte, qui s'était soldée quelque temps plus tard par une augmentation substantielle de son emprise sur la rive sud du Saint-Laurent, de Châteauguay jusqu'à Trois-Rivières.

Quelques jeunes hommes des *Warriors* y avaient perdu la vie, mais ils ne comptaient désormais plus que comme des statistiques anonymes des accidentés de la route.

Sa spécialité.

Rien n'est plus difficile, en effet, pour la police, que de discerner un véritable accident d'un meurtre prémédité avec l'aide d'un autre véhicule. S'il n'y a pas de témoins, bien sûr...

En tout cas, les deux scientifiques n'avaient pas fait long feu, et leurs corps disloqués, que les secours avaient mis des heures à extraire de leur voiture en bas du talus où les avait projetés le choc avec le poids lourd, n'avaient pas dû se révéler bien bavards...

Les paupières plissées jusqu'à ce que ses yeux ne soient plus que deux fentes brûlantes, le Japonais serra les dents en repensant à cette salope d'Américaine qui était venue foutre le bordel dans la mécanique bien huilée de son organisation. Il s'en était fallu de peu... Mais elle n'avait pas été la seule. Dubailly avait bien failli réussir à mettre un terme à ses activités, lui aussi.

Pendant les dix-sept mois qu'il avait passés dans une cellule exiguë de la prison de Port-au-Prince, il avait ruminé la certitude que c'était le vieux César qui l'avait dénoncé aux autorités haïtiennes. Lui seul avait eu connaissance de son projet de réseau de prostitution de ces gosses perdus dont personne ne se souciait. L'idée de cette activité très lucrative lui était venue bien avant le tremblement de terre, car ce que lui en avait dévoilé Dubailly dans des moments où il évoquait son île avec nostalgie lui avait mis l'eau à la bouche. Dans un pays aussi dévasté, dans lequel des milliers d'enfants erraient sans but et sans parents dans les rues, la police avait beaucoup de mal à s'organiser, et il avait mis en place son trafic avec une facilité insolente, avec même moins de risques que ses autres activités métropolitaines. Seulement, il avait commis l'erreur d'essayer de se faire un allié de ce putain de violeur de petites filles. Quelle idée, vraiment ! Il avait fallu qu'il tombe sur le seul pauvre type de *Millhaven* qui voulait se racheter ! Toutes les précautions qu'il avait prises en éliminant tous ceux qui avaient éventuellement pu entendre leurs conversations, au pénitencier n'avaient finalement servi à rien.

Takashimura grimaça un sourire sinistre. Ça lui avait pris plus d'un an, mais il avait enfin réussi à retrouver la trace du Haïtien. Il avait compris, dès que Jean-Baptiste lui avait appris que le Français avait reconnu son visage dans les fichiers des anciens pensionnaires de *The Haven*, qu'il allait tenter de remonter sa piste par ses anciens compagnons de cellule. Il avait alors pris un risque, celui de demander à Jean-Baptiste d'explorer la base de données de la Sûreté pour lui trouver l'adresse où César Dubailly résidait depuis sa sortie du pénitencier. Le flic s'en était bien sorti, sans se faire repérer, mais le Français s'était vraiment révélé plus malin que prévu.

Il se remémora avec un picotement de plaisir dans les reins la tête qu'avait faite le vieil homme brisé en ouvrant sa porte ce soir-là, croyant tomber comme d'habitude sur un gosse qui venait lui demander du secours. Takashimura l'avait bloquée du pied et avait propulsé le Haïtien au centre de l'entrée d'un seul coup d'épaule, tant sa rage était intense. Le temps que Dubailly récupère l'usage des roues de son fauteuil, il était déjà sur lui, son arme pointée sur sa tête. Il l'avait conduit dans sa chambre, où il avait fermé les rideaux, pour que personne ne puisse rien voir de la rue de ce qu'il avait l'intention de lui faire. Mais Dubailly avait eu un sursaut d'énergie au moment où il le poussait devant son lit, et il avait tenté de le frapper d'un revers de coude au visage. Le coup de feu était parti presque tout seul, emportant la moitié de la cervelle du Haïtien sur le papier peint.

Devant sa vengeance anéantie, Takashimura avait littéralement explosé dans une colère indescriptible, et il était allé chercher un couteau dans la cuisine pour faire payer le cadavre de celui qui l'avait vendu à la police haïtienne deux ans plus tôt.

Jean-Baptiste lui avait raconté comment le flic français avait découvert le corps atrocement mutilé, et comment ce jeune branleur de Jack Harvey était devenu blanc comme un linge en voyant le résultat de sa petite mise en scène. Le Japonais avait entendu parler de ce garçon, sur le port, qui voulait protéger les enfants haïtiens de Montréal. Encore un emmerdeur qui risquait de se mettre en travers de son chemin. Le spectacle de ce qu'il avait fait à Dubailly avait dû lui foutre une frousse du diable. Dès qu'il en aurait terminé ici, à Kanawaghe, il s'occuperait de lui.

Définitivement.

Ensuite, la voie serait libre, et son projet pourrait atteindre sa vitesse de croisière. Senseï Yasaka serait fier de lui, et il serait récompensé par un secteur plus vaste encore. Et un jour... peut-être...

Le Japonais ricana en sourdine.

Il y avait beaucoup d'argent et de pouvoir en jeu. Mais personne ne lui prendrait son dû.

Il posa la paume de la main sur l'acier glacial de la Kalachnikov.

Personne...

Takashimura se contracta soudain.

Des voix. Des voix venaient de lui parvenir du sommet du trou, au-dessus de lui. Elles s'approchaient, et il en discerna deux différentes. Des voix de femmes.

Une vieille, et une jeune.

Le Japonais sourit, puis il enroula la sangle de l'arme automatique autour de son bras à la façon commando, prêt à faire feu dès qu'un visage se profilerait au-dessus du bord de la fosse.

Il posa son œil droit sur la ligne de mire et attendit, le doigt effleurant à peine la queue de détente du fusil d'assaut.

Chapitre 60

— C'est ici ? demanda Lisa d'une voix timide empreinte d'émotion.

Anihi opina gravement. Elle désigna le trou noir qui s'enfonçait profondément dans le sol, à côté du tas de gravats recouvert de neige que la pelleteuse avait laissé juste au bord. Elles étaient seules, Anihi ayant demandé aux hommes de rester à l'intérieur de la maison.

— John l'a fait creuser en mon absence il y a un an environ. Il insistait pour que j'arrête d'aller chercher de l'eau au fleuve. Il me disait que je n'avais plus l'âge de faire ça, qu'il me fallait ce puits, que ce serait mieux pour Richard et moi. Sacré John ! Quand il a une idée derrière la tête, celui-là...

— Pourquoi en votre absence ?

— Je ne voulais pas entendre parler de creuser cette terre sacrée. Notre mère guide, Gaihondariosk, n'aurait pas aimé cela. Elle avait choisi ce lieu parce que les vents lui avaient dit qu'il serait bon pour nous. Je pense qu'elle avait reçu un message des Esprits. Un message qui lui disait que d'autres hommes avaient vécu en paix ici, de nombreuses années auparavant.

Anihi jeta un regard distrait aux traces de pas qui venaient depuis l'autre côté du bois jusqu'au puits, celles qu'elle avait aperçues quelques minutes plus tôt, avant que les policiers arrivent, alors qu'elle était sortie pour récupérer un peu de glace à faire bouillir pour son café. Des traces qui n'avaient pas été recouvertes par les flocons, parce qu'il avait cessé de neiger au milieu de la nuit, deux heures après que John était descendu dans le trou chercher Tommy. Des traces de chaussures à crampons très marqués. John portait des vieilles bottes de cow-boy usées jusqu'à la corde, même en plein hiver. Un cadeau de Deborah, pour ses soixante ans. Il n'y avait plus une seule aspérité sur ses semelles depuis au moins la première élection de George W. Bush à la présidence des États-Unis. Mike, lui, était arrivé pieds nus, et elle avait été obligée de lui donner de vieux chaussons de Richard pour qu'il ne perde pas ses doigts de pied qui commençaient à geler.

— Richard a eu une crise et j'ai dû le faire emmener à l'hôpital pour qu'on me le soigne, ajouta-t-elle d'une voix rêveuse. Il y est resté trois jours. Quand nous sommes revenus, il y avait ce trou, ici, et la bande de terrassiers qui venait de tomber sur le squelette d'un inconnu avait quitté les lieux. John les avait renvoyés. Il m'attendait, penaud, et il m'a expliqué ce qui s'était passé.

Anihi soupira.

— J'ai alors voulu lui donner une leçon. Et c'est là que j'ai commis une grossière erreur. J'ai laissé le trou ouvert, pour que John le voie chaque fois qu'il me rendait visite. Pour qu'il se sente coupable de ne pas avoir suivi les consignes des anciens qui recommandaient de ne pas creuser la Terre Mère.

Lisa claqua des doigts. Tout s'enchaînait, maintenant.

— *Quelqu'un d'autre a vu ce squelette, et il en a parlé !* Un membre de l'équipe de l'entreprise, peut-être ?

Anihi secoua lentement la tête.

— Non. Un jeune Mohawk. Mon petit-neveu Tommy. Un garçon fragile. Il a voulu s'attirer les faveurs de cette *Canna Warori* en lui montrant les ossements. Il a introduit le mal dans la mémoire de notre peuple. Je l'ai banni de la réserve, et il a échoué chez les *Hell's Angels*, qui trafiquent avec les *Warriors* dans des bars de la ville.

Lisa ne demanda pas le sens exact de « Canna Warori ». Le ton employé par la vieille femme était largement suffisant. Sarah Duncan avait abusé de la crédulité du jeune homme, et il ne lui avait pas été difficile de trouver un moyen de le remercier pour cela. Une petite pute, prête à tout pour arriver à ses fins. Voilà ce qu'était Sarah Duncan, finalement...

Lisa rejeta ses cheveux en arrière alors que le vent soufflait un peu plus fort, soulevant des flocons mal agglomérés sur les branches des arbres.

— Qu'est-ce que vous comptez faire, maintenant ? demanda-t-elle.

Anihi leva vers elle ses prunelles claires comme de la glace.

— La bonne question n'est pas celle-ci, jeune fille. Mais qu'est-ce que vous allez faire, *vous* ?

L'attente devenait insoutenable. Les femmes s'étaient arrêtées hors de vue, et malgré le froid intense, les mains de Takashimura commençaient à suer sur la crosse de l'AK 47. Il ne pouvait pas tenir plus longtemps sans savoir ce qui se passait en surface. Il allait peut-être prendre un gros risque, mais celui de rester blotti dans ce cul-de-sac était peut-être plus grand encore.

Il décida de s'avancer lentement au pied de la paroi pour pouvoir mieux contrôler avec son arme le cercle lumineux qui éclairait le trou. Pour remonter jusqu'au sommet sans les alerter, il devait mettre son arme en bandoulière et l'empêcher de heurter la roche.

Au moment où il faisait un pas en avant, la crosse lui battant les fesses, un visage se découpa dans le ciel, à douze mètres au-dessus de lui.

— *Il* est là, n'est-ce pas ?

— Oui.

Plissant les yeux à cause de la lumière réverbérée par la neige, Lisa s'approcha du trou et essaya de percer la pénombre qui régnait au fond du puits.

— *Depuis dix millions d'années...* dit-elle pensivement.

Anihi passa la langue entre ses gencives, là où deux incisives lui manquaient sur la mâchoire supérieure. Elle posa sur Lisa un regard translucide.

— Au cours des millénaires, il y a eu sur la planète beaucoup de périodes glaciaires et d'autres de réchauffement intense, mademoiselle. Des hommes ont certainement vécu ici sans voir le moindre flocon de neige de toute leur courte existence. Ils vivaient peut-être nus comme en Afrique ou en Amazonie. Il y avait peut-être un désert aride, des steppes d'herbes rases ou des grandes forêts tropicales. Et celui qui est enfoui ici depuis des âges immémoriaux est tombé à l'époque dans une crevasse de sécheresse ou dans une faille tellurique, je n'en sais rien. Des glaciers plus grands que des provinces se sont formés ensuite, plus épais que ce que vous pouvez vous imaginer. Ils se sont étalés pendant des ères entières, repoussant les hommes dans des contrées plus accueillantes et les roches les unes contre les autres, puis ont disparu. Personne ne sait ce que ces hommes sont devenus, mais moi je crois qu'il s'agissait de nos ancêtres...

Lisa resta silencieuse un instant, cherchant à mettre de l'ordre dans ses idées. Anihi s'approcha d'elle et lui prit le bras dans sa main sèche comme une serre de rapace. La jeune femme croisa à nouveau les yeux clairs et vifs de l'aïeule, happée par l'emprise de son regard pénétrant.

— Ils sont revenus ensuite, mademoiselle. Ils sont revenus chez eux. C'est ce qu'a fait Gaihondariosk, lorsqu'elle a conduit la nation iroquoise jusqu'ici. *Elle nous a ramenés sur nos propres terres.* Elle n'est pas venue ici par hasard, *mais parce qu'elle a été guidée par les esprits de nos pères !*

Shinzo Takashimura fit lentement glisser la bretelle du fusil sur son épaule. Il avait juste eu le temps de se plaquer contre le mur pour échapper au regard qui s'était penché au-dessus du vide.

Il jura intérieurement. S'il avait patienté juste quelques minutes de plus, il aurait pu tirer une balle dans la tête de cette emmerdeuse comme au stand de tir.

Il se cala à nouveau contre la paroi, vissant sa ligne de mire sur l'arête du trou. La prochaine qui passerait la tête pour observer l'intérieur de la fosse, il la lui ferait éclater comme une tomate trop mûre.

Lisa dirigea son regard vers l'entrée du puits, terminant pour elle-même à mi-voix.

— *Et c'est la raison pour laquelle cet endroit est sacré depuis la nuit des temps, et que seul le gardien y habite, hors du village...*

Anihi eut un sourire édenté. Elle acquiesça gravement en silence. Puis elle émit un claquement de langue, indiquant par là qu'elle était arrivée au terme de ses explications.

À présent, elle attendait une réponse à sa question.

— Mais qu'est-ce qu'elles fabriquent, dehors ? Elles doivent commencer à avoir froid, non ?

La remarque de Daniel Magne tomba à plat dans le silence. John était accoudé à la fenêtre, selon sa posture favorite, semblait-il, et l'inspecteur-chef tournait en rond dans la pièce en produisant un bruit très agaçant avec la semelle de ses chaussures à chaque fois qu'il faisait demi-tour devant un mur.

— Où est Mike, John ? demanda soudain l'officier québécois. J'ai cru comprendre que vous étiez arrivés d'urgence, cette nuit. Ce n'était pas pour boire du café, je pense ?

John ne tourna même pas la tête vers lui.

— Ça ne vous regarde pas.

— Hm... fit Lachance.

Le géant s'approcha de la porte de la chambre, et posa la main sur la poignée. John ne bougea pas d'un pouce, mais sa voix perdit toute trace d'amabilité.

— Je ne ferais pas cela, à votre place.

L'officier tourna la tête vers lui.

— Et pourquoi donc, John ? Il y a quelque chose à cacher dans cette pièce ?

John ne put retenir un ricanement plein d'animosité.

— Vous vous, croyez chez vous dès que vous mettez les pieds quelque part, pas vrai ?

Lachance croisa le regard de Daniel et suspendit son geste.

— Vous êtes ici dans la maison d'Anihi, ajouta John d'un ton cinglant. Elle vous a tous accueillis et offert de partager son café. Respectez donc cela si le reste vous échappe !

Puis John reporta son attention sur le ciel rempli de neige suspendue. La lumière baissait de minute en minute, et il fallait s'attendre à de fortes précipitations dans la matinée. Dans son dos, la poignée de la porte ne bascula pas, et il émit un insoupçonnable soupir de soulagement.

À quelques dizaines de mètres de lui, à travers les branches enneigées des érables qui lui bouchaient à moitié la vue, il vit alors la jeune Française pencher une deuxième fois la tête au-dessus du puits.

Chapitre 61

Jack Harvey se glissait lentement de buisson en buisson, veillant à écraser le plus souplement possible la neige molle sous ses semelles, et à rester autant que faire se pouvait dans l'ombre des troncs d'arbres. Un bruit de voix lui indiquait que la direction qu'il avait choisie était barrée, mais il était à présent trop engagé sur son mouvement de contournement de l'accès principal pour faire demi-tour. Si les inconnus avaient un rapport avec le policier français, et s'il se rapprochait suffisamment, il en apprendrait peut-être assez pour savoir ce qu'il était venu faire ici sans avoir besoin de se montrer.

Qu'espérait-il, finalement ? La présence de ce Magne n'impliquait pas forcément qu'il savait où trouver Takashimura. Ce n'était peut-être qu'une coïncidence, après tout. Et pourquoi ressentait-il ce besoin de se cacher au lieu de rejoindre le Français et de lui poser directement la question ?

Il n'en savait rien exactement. Peut-être cela était-il dû à la présence du gros type au volant de la voiture. Jack aurait juré que c'était un flic, lui aussi. La démarche, cette façon de remonter son pantalon en approchant des jeunes... Ça *sentait* le flic. Et s'il y avait un type de citoyens que Jack n'aimait pas fréquenter, c'était bien les poulets.

Il rabattit la cagoule camouflée de sa veste sur son visage à la peau sombre, qui risquait de devenir plus visible sur fond de neige au fur et à mesure de sa progression vers la source du son qui l'avait alerté quelques instants plus tôt. Devant lui, deux silhouettes féminines apparurent soudain à travers les branches serrées des épinettes. Il s'arrêta un instant pour mieux les observer. Elles étaient très dissemblables. L'une très âgée et frêle comme un oisillon tombé du nid, vêtue d'une blouse enfilée par-dessus une chemise à carreaux ; l'autre beaucoup plus jeune et emmitouflée dans une épaisse veste de laine et coiffée d'un bonnet qui lui descendait jusqu'aux yeux, laissant dépasser des cheveux bruns et le bout de son nez rougi par le gel.

La vieille femme, qui ne sentait apparemment pas la morsure du froid, tenait le bras de la plus jeune, et paraissait insister sur un argument précis, car elle s'était plantée sous son nez. Il lui sembla qu'elle attendait une réponse à quelque chose qu'elle lui avait demandé.

En faisant un pas supplémentaire, Jack fit craquer une branche dissimulée sous la couche de poudreuse et se figea instantanément. Par chance, il était derrière un énorme érable lorsque cela se produisit. L'aïeule jeta un œil de son côté, mais les bruits des animaux devaient être fréquents dans le secteur car elle ne parut pas s'alarmer pour autant. Jack souffla avec prudence dans ses mains réunies devant sa bouche, pour évacuer la brusque montée d'adrénaline sans la vapeur de sa respiration qui aurait pu le trahir.

Il la vit alors tendre le doigt vers le sol et montrer quelque chose à la plus jeune, quelque chose qu'il ne pouvait pas discerner, entre le bois et l'endroit où elles se trouvaient. De là où il était, Jack ne put comprendre le sens des paroles qu'elle ajouta, mais il perçut tout de suite la tension qui les fit se baisser toutes les deux tandis qu'elle marchait juste devant sa compagne en direction de ce qu'elle lui avait indiqué. Elles stoppèrent soudain, et la jeune tendit le cou en avant pour tenter de voir ce que la vieille lui montrait.

Daniel Magne vit le dos de John Wachihta se contracter brusquement, et il se leva d'un coup, faisant sursauter l'inspecteur-chef qui s'était resservi une autre tasse de café et la sirotait avec application, perdu dans ses pensées.

— Qu'est-ce qu'il y a ? aboya-t-il.

John se précipita dehors sans répondre, prenant le flic de vitesse d'une fraction de seconde. Au passage, il arracha la Marlin suspendue au-dessus de la porte. Daniel l'entendit armer le levier de sous grade avant de le perdre de vue au coin de la maison.

À cet instant, le staccato d'une puissante arme automatique retentit dans l'air glacé, lui coupant le souffle.

Jack Harvey vit le corps de la vieille femme projeté en arrière par la violence de l'impact au moment où il reconnaissait le bruit de l'arme.

Une Kalachnikov !

La plus jeune hurla et se précipita sur elle avant de la tirer par les épaules un peu en arrière sur la neige.

Jack jaillit hors du bois et se mit à courir vers elle, son SIG à la main. Le bruit du fusil d'assaut s'était tu, et il tournait la tête de tous les côtés en courant pour essayer de comprendre d'où le tir était venu.

— Stop ! cria une voix sur sa droite.

Alors qu'il se rapprochait très rapidement des deux femmes, Jack aperçut une silhouette le long de la maison, et la forme menaçante d'une arme longue dans ses mains. Sans ralentir sa course, il tendit le bras et fit feu à deux reprises en courbant l'échine.

Il y eut un cri perçant, mais Jack entendit immédiatement après une balle lui siffler au ras des oreilles. L'homme réarma en faisant claquer la culasse.

En regardant devant lui pour éviter de tomber, Jack vit la plus jeune des deux femmes qui levait vers lui un visage recouvert de sang.

L'inconnu en tenue de combat camouflée arrivait presque sur Lisa et Anihi. John réarma rageusement et épaula avec encore plus de rapidité. Il fit le vide dans son esprit, ignorant les cris du Français qui lui parvenaient déformés par la peur de manquer son coup, ainsi que par la brûlure qui lui enflammait l'aine.

Dans une espèce d'éclair instantané, il se souvint de ce que lui avait longtemps répété son père avant qu'il ne réussisse à tirer son premier cerf, de nombreuses années auparavant :

« Concentre-toi, John. Il faut que tu tires la mouche qui est posée sur son cœur, pas son cœur lui-même... »

Wachihta repensa alors à la plénitude qui l'avait envahi lorsque sa première capture était tombée devant lui quelques semaines plus tard, morte avant même d'avoir touché le sol.

Il posa le doigt sur la queue de détente, laissa sa mire trouver toute seule le point de visée, et le bruit de la détonation lui emplit les oreilles tandis qu'il était violemment projeté contre le mur.

Magne tourna l'angle de la maison avec le cœur qui lui bondissait dans la cage thoracique.

— Lisa !

Il vit la jeune femme penchée sur le corps d'Anihi, et un coup de feu puissant éclata à quelques mètres de lui, au bout de la terrasse de planches.

Le capitaine entendit John Wachihta jurer et il distingua un homme qui courait dans la neige en direction des deux femmes. L'inconnu manqua de trébucher, et sa capuche se releva avec le vent.

— *Jack ! Putain, c'est Jack ! Stop, John ! STOP !*

Jack Harvey ne tenait qu'une arme de poing à la main, et pas un fusil automatique.

Magne comprit que le Mohawk ne l'entendait plus. Il réalisa avec horreur que John allait lui balancer une balle de 10 mm à travers le corps. Avant d'avoir compris ce qu'il était en train de faire, il se jeta sur l'Indien avec l'énergie du désespoir.

Chapitre 62

Jack Harvey s'écroula aux pieds de Lisa en roulant dans la neige. Une brûlure atroce lui labourait la poitrine comme un fer chauffé à blanc qu'on lui aurait enfoncé dans les chairs. Il plaqua ses deux mains sur ses poumons en ouvrant la bouche sur un cri sans paroles. L'air ne voulait plus entrer dans sa gorge, comme solidifié dans sa trachée-artère.

Ses yeux croisèrent ceux de Lisa, et il vit le visage rouge de la jeune femme se pencher sur lui. Elle lui parlait, mais lui n'entendait plus rien qu'un son d'orage, qu'un écho du monde inconnu vers lequel il se dirigeait déjà.

C'est alors que, derrière elle, une main apparut, comme sortant d'une tombe. Puis une deuxième suivit, et Jack Harvey vit deux yeux bridés aiguisés comme des lames de rasoir émerger à la surface au milieu d'un visage contracté par la haine.

Takashimura... Celui qui était responsable de la mort de César Dubailly, son père bienfaiteur, sortait du sol comme un spectre à moins de trois mètres de lui.

Il aperçut aussi le canon de la Kalachnikov qui dépassait du dos du Japonais. Dans moins de cinq secondes, il serait debout hors du trou et reprendrait son arme à la main pour finir ce qu'il était venu faire.

Jack Harvey tendit la main droite vers Lisa, et il recommanda son âme au Diable en regardant l'Asiatique dans les yeux.

Daniel Magne percuta John avec une fraction de seconde de retard. Il ressentit la déflagration de la Marlin au moment où leurs deux corps entraient en contact avant de s'écrouler sur les lattes de bois vermoulues.

Il se dégagea en saisissant la carabine.

— John ! Bordel de merde ! Ce n'est pas lui qui a tiré ! Qu'est-ce que tu as fait ?

John se releva en chancelant. Il ne voyait plus que le corps d'Anihi étendu dans la neige. Il se mit à courir vers les deux femmes en chancelant, une main appuyée sur son flanc inondé de sang.

Magne cherchait des yeux l'origine de la fusillade due à ce qu'il avait identifié comme un fusil-mitrailleur. Il réarma la carabine avant de se précipiter vers Lisa.

Shinzo Takashimura se hissa d'un coup de reins et posa le deuxième pied sur le bord de la fosse. Un sourire implacable s'élargissait sur son visage. Face à lui, une vieille peau gisait dans une mare de boue neigeuse rougeâtre, une autre femme penchée sur elle pleurait en lui tournant le dos, et ce merdeux de Harvey avait pris dans la poitrine une balle qu'il n'avait même pas tirée.

Incroyable ! Il n'y avait plus qu'à se débarrasser de ces deux ploucs qui l'observaient comme des demeurés, armés en tout et pour tout d'une pétoire qui avait dû faire la conquête de l'Ouest, et qui s'étaient arrêtés, comme pétrifiés au milieu d'un endroit aussi vide que le plat de sa main, aussi faciles à descendre que des ballons dans un stand de foire. Dans son dos, il sentait dans le sac le poids du squelette lui affirmer qu'il avait gagné sur toute la ligne.

Le Japonais mit un rapide coup d'épaule pour basculer son AK 47 en position de tir, et il croisa alors le regard du flic.

Son sourire se transforma alors en un mauvais rictus tandis qu'il le reconnaissait.

C'était *son* flic.

Le putain de flic du parking, celui qui avait lancé toute cette chasse contre lui. Jean-Baptiste avait donc raté son coup. Il faudrait qu'il s'en débarrasse, quand il aurait nettoyé le terrain ici. Cet incapable ne valait pas qu'il s'y attarde plus longtemps.

Ses yeux se plissèrent encore un peu plus, et il écarta légèrement de Magne le canon de la Kalachnikov, le posant nonchalamment sur la nuque de Lisa.

— Qu'est-ce que tu préfères, Frenchy ? Elle ou toi d'abord ?

Daniel Magne se retint de hurler lorsque Takashimura pointa le canon de son arme automatique sur la tête de Lisa. Il eut brusquement envie de jeter la carabine pour essayer de sauver la vie de la jeune femme, mais la physionomie du Japonais exprimait toute sa détermination à ne laisser aucun témoin derrière lui.

Le Français serra les dents. Ses doigts se contractèrent sur l'acier de la Marlin. Il ne restait plus à Lisa qu'une fraction d'instant à vivre.

Lisa cligna des paupières. Elle avait compris. Jack Harvey baissa le menton. Ses yeux se voilaient déjà d'une brume qui lui brouillait la vue, tandis qu'un filet de sang coulait entre ses lèvres. Lisa sentit le contact du canon sur l'arrière de son crâne, et elle compta jusqu'à trois en posant sa main sur celle de Jack.

Tout à sa prochaine et éclatante victoire, le Japonais ne quittait pas Magne du regard. Il ne comprit pas tout de suite pourquoi le canon de l'AK 47 ne rencontrait soudain plus aucune résistance. Lorsqu'il baissa les yeux sur la femme qu'il tenait en joue quelques instants auparavant, il lui fallut un tout petit peu trop longtemps pour réaliser que, la tête collée contre la neige, elle avait glissé les bras entre ses jambes, et que ce qu'elle dirigeait vers lui n'était pas le bout de son index.

La première des balles blindées de 9 mm que contenait le SIG de Jack fit un trou gros comme une balle de tennis dans la cuisse gauche de Takashimura. Le Japonais, frappé de stupeur, regarda d'un air hébété la jeune femme rouler sur elle-même en braquant toujours le pistolet vers lui tandis qu'il tombait à genoux. La seconde lui perfora les intestins, emportant une partie de sa colonne vertébrale dans le sous-bois. La troisième et le reste du chargeur lui broyèrent le cœur et le poumon gauche.

Puis la nuit tomba sur lui tandis qu'il basculait en arrière en appuyant compulsivement sur la détente de la Kalachnikov.

John Wachihta serrait contre lui le corps abandonné de la vieille femme qui avait du mal à garder les yeux ouverts. Les trois impacts qu'elle avait pris dans l'épaule lui avaient à moitié arraché le bras, et elle perdait du sang en abondance de son artère sectionnée. Daniel Magne lui faisait un point de compression pour tenter de juguler l'hémorragie, tandis que l'inspecteur-chef Lachance donnait des ordres avec son talkie pour obtenir des secours d'urgence.

En moins d'une minute, Lisa se retrouva seule, assise dans la neige poisseuse du sang répandu d'Anihi et de Jack, l'arme encore fumante à la main. La dernière rafale tirée par Takashimura avait labouré le sol juste à côté de sa jambe, en se perdant ensuite dans les bois. Elle posa son regard sur le visage de Jack, dont les yeux étaient devenus fixes.

— *Merci*, dit-elle à voix basse.

Puis elle lui ferma les paupières.

Elle se leva alors et courut vers la maison.

— Approche... dit Anihi d'une voix faible lorsque Lisa entra dans le salon où les deux hommes l'avaient allongée sur le canapé qu'ils avaient tiré près du feu.

Daniel Magne ne lâchait pas le point de compression, et John leva vers elle un regard empli de désespoir.

— On va la perdre...

Lisa s'agenouilla près de la vieille femme qui la fixait de ses yeux étrangement clairs.

Anihi bougea lentement sa main valide et Lisa lui tendit la sienne. Le contact de l'objet que la mourante lui laissa avant de laisser tomber son bras la surprit.

La barrette...

Anihi hocha lentement la tête sans la quitter des yeux. Elle ne pouvait plus parler, mais ses mots résonnaient dans la tête de la jeune femme comme si elle entendait sa voix.

« La bonne question n'est pas celle-ci, jeune fille. Mais qu'est-ce que vous allez faire, vous ? »

Lisa regarda la barrette et chercha les yeux de John.

— Pourquoi me donne-t-elle ceci ?

— Elle n'a jamais pu être mère, dit John d'une voix sourde. Elle n'a pas de fille. Elle vous en estime digne. C'est tout.

Anihi scrutait attentivement le visage de Lisa, traversé par l'expression de sentiments contradictoires. Elle attendait toujours la réponse à sa question.

La jeune femme acquiesça alors lentement, et elle serra la barrette sur sa poitrine.

— John ! dit-elle d'une voix forte. Allez chercher du matériel et des volontaires. Nous avons un trou à reboucher.

Anihi sourit à Lisa. Ce fut un sourire empreint d'une profonde délivrance qui lui arracha un long soupir, puis sa tête bascula sur le côté et elle cessa de respirer.

Épilogue

— Tu crois qu'ils vont y arriver ? demanda Lisa.

Daniel grogna. Il avait fini par s'endormir, malgré le bruit des réacteurs et la position inconfortable que leur offraient les sièges du Boeing.

— Quoi ?

— John et l'inspecteur-chef Lachance... Tu penses qu'ils vont parvenir à s'entendre ?

Magne se gratta la tête et bailla à s'en décrocher la mâchoire.

— Ils poursuivent le même but, si on y regarde de près, insista-t-elle. John aimerait voir éradiquer le crime de Kanawaghe.

— Ils sont tenus par ce qu'Anihi a voulu, jugea le capitaine. Nous avons rebouché la fosse avec une tractopelle après avoir sorti le cadavre de Takashimura. Le squelette a retrouvé l'emplacement où il était couché avant d'être profané, d'après les photos que le jeune Jimmy avait encore dans son téléphone. Tu as scrupuleusement veillé à ce que chaque os y soit à sa place, à part celui qui se trouve encore au labo. Anihi et Jack ont été enterrés sur le territoire de la réserve, et la dépouille du Japonais a été « retrouvée » le lendemain par une patrouille près du fleuve, sur la berge nord, à deux kilomètres des docks où il sévissait.

Lisa hocha la tête. Elle savait déjà tout cela.

— Ils sont liés par cet arrangement, ajouta Daniel. Lachance le premier, car c'est la version des événements qu'il a déclarée au coroner en chef de Montréal...

Malgré ses réticences, l'officier québécois avait donné son accord, car il avait enfin mis la main sur son coupable. Les meurtres de Louis et Joseph étaient à présent résolus. Le fait que son rapport mentionne que les motifs pour lesquels Sarah Duncan avait été abattue par le Japonais étaient inconnus lui importait peu. Le responsable de cette tuerie était définitivement hors d'état de nuire, et c'était ce qui comptait. Lachance se débrouillerait bien avec sa conscience et sa hiérarchie, Daniel lui faisait confiance.

— Ce que je veux dire, c'est... Est-ce que tu crois qu'ils vont *vraiment* s'écouter, maintenant ? Qu'ils pourront collaborer dans d'autres affaires comme celle-ci ?

Magne haussa les épaules.

— J'en sais rien... C'est leur histoire, à présent... Tommy va rester avec Richard pour s'occuper de lui, et il continuera à aller jusqu'au fleuve pour aller chercher de l'eau avec des seaux. Il l'a expliqué à John pendant l'enterrement. Il a décidé de payer sa dette à Anihi de cette façon-là. Mike a perdu un fusil de chasse qui moisira longtemps sous la poussière dans le stock des pièces à conviction de la justice québécoise. Lorsque Lachance a su ce que le barman des *Hell's* avait fait à la femme de John, j'ai cru qu'il allait nous faire une attaque ! C'est tout juste s'il n'a pas félicité le gamin en lui remettant une médaille ! De toute façon, s'il avait décidé de le mettre en examen, John aurait mis le feu à Kanawaghe. Sur ce plan-là, au moins, ils se sont mis d'accord. Quant au reste... je pense qu'ils n'en ont pas terminé avec les yakusas. Les hommes qui dirigent cette mafia dans l'ombre ne laisseront pas tomber comme ça, juste parce que l'une de leurs têtes est tombée. Ça représente trop de fric en puissance...

Daniel soupira et reposa la tête sur son oreiller, qu'il avait coincé contre le hublot.

— John va avoir du travail pour convaincre les jeunes de revenir vers les valeurs traditionnelles de leur nation... ajouta-t-il d'une voix cotonneuse en réprimant un bâillement.

Il ferma les yeux. Lisa appuya sa nuque sur son siège. Elle ne pouvait évacuer le souvenir du visage d'Anihi tourné vers elle dans l'attente de sa décision. La vieille Mohawk lui avait donné une charge en héritage, une responsabilité.

Certes, elle avait remis les ossements à leur place et demandé aux hommes de reboucher le puits, et John s'était activé comme si Anihi elle-même lui en avait donné l'ordre. Certes, elle avait suggéré au vieux Mohawk et à l'inspecteur-chef Lachance de faire en sorte que Jack soit enterré dans la réserve auprès de la vieille femme, afin que personne ne vienne chercher pourquoi la balle qui l'avait tué provenait de la Marlin qui appartenait à Richard. Mais elle savait qu'Anihi lui avait transmis plus que cela. Et ce qui la perturbait, c'est qu'elle était incapable de formaliser ce qu'elle ressentait.

Elle jeta un regard sur Daniel, qui s'était rendormi, et sourit. Les choses évoluaient en permanence. Même lui n'avait plus peur de l'avion. Un vrai miracle en soi.

Elle se cala plus profondément encore dans son siège, sortit avec précaution la barrette de son sac, puis elle referma les mains dessus et ferma les paupières à son tour.

Sur l'écran de contrôle qui indiquait aux passagers la trajectoire de l'avion pendant toute la durée du vol, la silhouette très claire de l'appareil se découpait au-dessus d'un fond bleu uni, comme quatre racines blanches planant au-dessus de l'océan.

REMERCIEMENTS

Je tiens à adresser mes plus chaleureux remerciements à tous les lecteurs qui me soutiennent et m'encouragent, et tout particulièrement aux fidèles du premier jour. Ils se reconnaîtront...

Je ne pourrais pas travailler sans la compréhension de ma femme Nathalie, ni sans sa patience face aux longues heures que je passe devant l'écran de mon ordinateur. Je lui suis très reconnaissant de me laisser vivre cette aventure malgré le temps que cela grignote sur la vie de famille.

J'ai eu l'extrême honneur d'avoir l'occasion de faire lire le manuscrit de *Quatre racines blanches* au célèbre écrivain français de polars Andrea H. Japp, qui a accepté, comble de joie, de commenter ce livre sur l'édition originale. Je l'en remercie encore mille fois ici. C'est pour moi une chance extraordinaire d'avoir pour marraine un écrivain aussi reconnu, d'autre part traductrice officielle des romans de Patricia Cornwell.

Ce thriller, que j'ai choisi d'implanter dans la magnifique province du Québec, doit la cohérence de la partie « police » au sergent Grégory Gomez del Prado, qui m'a très aimablement reçu au 1701 de la rue Parthenais, au siège de la Sûreté du Québec, à Montréal, et a pris le temps de répondre à toutes les questions que je lui ai posées sur l'organisation des forces de l'ordre au Canada, y compris sur les modèles de leurs voitures et de leurs armes. Toute erreur résiduelle sur ce sujet ne pourrait résulter que d'une mauvaise interprétation de ma part...

Je remercie également Henry Boucher, que j'ai rencontré sur le forum des autochtones du Québec. Henry m'a fourni beaucoup de liens et d'explications concernant la culture et les légendes des Mohawks, et a considérablement débroussaillé mon travail à ce sujet.

Un solide coup de patte à mon ami Hervé Laigle, spécialiste du monde amérindien, dont les remarques sur les Mohawks modernes m'ont aidé à finaliser l'ambiance dans la réserve de Kanawaghe.

Un toujours énorme merci à mon cher Philippe Demaille, imprimeur à Alfortville, pour les maquettes de mes manuscrits qui me permettent de recueillir les premiers avis sur mes projets en cours.

Je tiens également à remercier Jean-Laurent Poitevin, Isabelle Humbert et Nicolas Grondin, mon correcteur, ainsi que les Éditions *Les Nouveaux Auteurs*, qui donnent une vraie chance d'édition à des auteurs encore inconnus et leur permettent d'avoir ainsi une possibilité d'être découverts au milieu de ce monde fermé de l'édition littéraire.

Un grand, un énorme merci au jury de lecteurs des Nouveaux Auteurs, qui a donné à ce polar la très bonne note qui lui a permis d'être édité.

Il s'agit d'Isabelle G100, Céline F100, Laurence O, Évelyne D, Joséphine P, Carine P100, Pascaline H100, et Élisabeth P.

Mes romans, et en particulier ce polar canadien, ne pourraient pas trouver leur public sans l'aide d'Interforum pour la distribution dans les points de vente, notamment en France et au Canada. C'est un grand moment de trouver son premier ouvrage mis en avant dans une librairie de l'autre côté de l'Atlantique, je vous le garantis !

Et enfin, j'envoie une très amicale pensée à tous les blogs qui ont critiqué mon premier roman, *De sinistre mémoire*, et ont donné à d'autres lecteurs l'envie de le lire, bien au-delà de ce que j'aurai pu faire sans eux.

Cette histoire est dédié à Jimi et Michèle Manach, mes amis qui m'ont fait découvrir de l'intérieur la magnifique province du Québec, ainsi qu'à Hervé Laigle, qui m'a initié à la beauté de la vie des hommes premiers du Canada. Je salue également tous ceux avec qui j'ai partagé des moments inoubliables dans la grande forêt, l'arc à la main, à bien des heures de piste au nord d'Ottawa. Je pense en particulier à Jimi et Hervé, mais également à Gilles Villeneuve, Yves Lepine « Blackwidowman », ainsi que Rob et Chris Laczi. Vous êtes mes frères de cœur.

BIBLIOGRAPHIE

• *De mémoire indienne*, de Tahca Ushte et Richard Erdoes, éd. Terre Humaine.

• *Élan noir parle*, de John G. Neihardt, éd. du Mail.

• *Artisanat québécois*, de Cyril Simard et Michel Noël, éd. de l'Homme.

• *Les Indiens d'Amérique du Nord*, de Colin F. Taylor et William C. Sturtevant, éd. Solar.

• *Les Premières Nations du Canada*, de Olive Patricia Dickason, éd. du Septentrion.

• *Justice for Canada's Aboriginal People*, de Renée Dupuis, éd. Lorimer.

• *Aboriginal Issues Today*, collectif de textes traitant des relations entre Amérindiens et non-Amérindiens, rassemblées par Stephen B. Smart, avocat à Toronto, et Michael Coyle, directeur des Revendications Territoriales à la Commission Autochtone de l'Ontario, éd. Self Councel Legal Series.

• L'encyclopédie en ligne Wikipédia, pour toutes les recherches sur la Sûreté du Québec, Francopol, et la délinquance dans les quartiers Nord de Montréal ainsi que dans les réserves autochtones Mohawks.

Du même auteur :

Le Joyau du Pacifique, BD tirée d'une nouvelle éponyme du recueil *Anicroches,* Éditions Joker, 2007.

De sinistre mémoire, Éditions Les Nouveaux Auteurs, 2010.

Colère noire, Éditions Les Nouveaux Auteurs, 2013.

Principes mortels, Éditions Les Nouveaux Auteurs, 2013.

L'Enfant aux yeux d'émeraude, Éditions Les Nouveaux Auteurs, 2014.

Le Loup peint, Éditions du Toucan, 2016.

Le Livre de Poche s'engage pour l'environnement en réduisant l'empreinte carbone de ses livres. Celle de cet exemplaire est de :

410 g éq. CO_2

Rendez-vous sur www.livredepoche-durable.fr

Composition réalisée par MAURY-IMPRIMEUR

Imprimé en France par CPI
en juin 2016
N° d'impression : 3017580
Dépôt légal 1re publication : avril 2014
Édition 04 - juin 2016
LIBRAIRIE GÉNÉRALE FRANÇAISE
31, rue de Fleurus - 75278 Paris Cedex 06

24/5554/2